MENSONGES ET ILLUSIONS

BARBARA PARKER

MENSONGES ET ILLUSIONS

Traduit de l'anglais (États-Unis)
par Dorothée Zumstein

PAYOT SUSPENSE

Retrouvez l'ensemble des parutions
des Éditions Payot & Rivages sur

www.payot-rivages.fr

Titre original : *The Perfect Fake*
(Published by arrangement with Dutton,
a member of Penguin Group (USA) Inc.)

ISBN : 978-2-228-90311-0

Pour James

1 Miami. Par-delà les vitres teintées défilait le quartier des clubs – des néons pourpres, des colonnes de stuc, et une foule dense sur les trottoirs. Sur la banquette arrière de la Cadillac Escalade, Larry jeta un coup d'œil à Carla. Elle balançait les épaules au rythme des fortes pulsations émanant de la chaîne stéréo, une mèche blonde retombant sur son visage. Elle croyait qu'ils allaient acheter de la coke.

Joe prit à droite et le 4 × 4 traversa le centre-ville – désert à cette heure de la nuit. À l'aube, la température tombait en dessous de dix degrés. Assis sur le siège passager, Marek se tourna et observa Carla. Il éclata de rire, marqua la mesure d'un claquement de doigts, et regarda l'ourlet de sa robe remonter sur ses jambes nues.

Ils passèrent au-dessous des passages surélevés de la voie express, dans une forêt de piliers de béton. Derrière le grillage, des SDF dormaient sous des bâches de plastique en lambeaux. On apercevait, dans l'obscurité, la lueur intermittente des cigarettes. Un petit pont enjambait le fleuve et débouchait sur West Flager Street. Marek tendit le cou pour mater deux femmes qui quittaient une boîte nicaraguayenne d'un pas vacillant.

Marek travaillait pour le Russe, qui l'avait envoyé ici. La première chose qu'il avait demandée quand Larry l'avait accueilli à l'aéroport, c'était des pinces de crabe caillou. Et, aussitôt après :

— Conduis-moi à South Beach. Je veux m'acheter une chemise chez Tommy Bahama.

Il en était sorti avec une dizaine de chemises hawaiiennes et un pantalon en soie, mais donnait toujours l'impression de sortir tout droit d'une ferme d'Europe de l'Est.

Lorsque Joe, virant à droite, s'engagea dans la zone industrielle qui longeait le fleuve, Carla lui demanda s'il ne s'était pas paumé. Il éteignit la chaîne et répondit qu'ils y étaient presque. En silence, la Cadillac Escalade franchit la grille ouverte d'une clôture d'enceinte surmontée de fil barbelé et passa devant des piles de casiers à homards. Le gardien, à l'entrée, disparut dans l'obscurité. Joe se gara devant un bâtiment de deux étages, ancienne halle aux poissons. Une lampe de sécurité étanche baignait de sa lueur des lettres d'un rouge fané.

Carla colla son visage à la vitre.

— On est où, bordel ?

Larry lui arracha son sac à main et le glissa entre les sièges avant. Elle hurla, mais l'homme la maîtrisa. Joe dit qu'il n'y avait rien dans le sac. Marek se retourna et ordonna à Larry de chercher un micro.

— Elle n'en porte pas.

— Vérifie !

Carla se mit à jurer de plus belle lorsque Larry lui palpa le dos et la taille.

— Pas de micro, répéta-t-il. C'est bon, tu es content ?

Carla se pencha en avant et reprit son sac à Joe.

— Je me tire ! annonça-t-elle en tirant sur la poignée verrouillée. Joe, ouvre la portière !

— Du calme, bébé, fit Larry. On a juste un truc à te demander.

L'éclairage de sécurité ne portait pas jusqu'à eux, mais la lueur des transformateurs électriques, en aval, donnait suffisamment de lumière. Carla tremblait.

— Je vais pas te faire de mal, précisa Larry. Je veux juste que tu me dises la vérité. Mardi dernier, Joe va déjeuner au Second Street Diner et te voit avec un type au fond de la salle – un Latino aux cheveux noirs, frisant la quarantaine. Ça te rappelle quelque chose ?

Elle prit un air vague.

— Mardi ?

— C'est ça. Il y a quatre jours. C'était qui ?

— Mardi…oh… lui. C'est juste un… il vient manger. Il doit habiter le quartier, j'imagine.

— Il s'appelle comment ? demanda Larry.

— Je me souviens pas.

Larry lui asséna deux claques avant qu'elle n'ait levé les bras pour se protéger.

— Joe dit que tu es montée dans sa voiture. C'était quoi son nom ?

— Je sais pas, répliqua-t-elle d'une voix stridente. Attends ! Laisse-moi réfléchir ! Manny !

— Manny quoi ?

Elle le scruta, par-delà le bouclier de ses bras.

— Suarez.

— OK. Manny Suarez.

Carla toucha, du bout de la langue, sa lèvre supérieure.

— Fils de pute ! lança-t-elle, fondant en larmes.

— Où t'a-t-il emmenée, ce Manny Suarez ?

— Nulle part. J'étais allée déjeuner à pied, il m'a déposée chez moi en voiture. Pourquoi vous me demandez ça ? C'est qui ce type ?

— C'est un flic. Il bosse pour l'ATF.

— C'est quoi ?

— Lutte contre le trafic de l'alcool, du tabac et des armes à feu.

Carla demeurait sans expression.

— L'ATF dépend du gouvernement, précisa Larry. Ce mec est un agent fédéral.

— Eh bien, il m'a pas abordée avec un truc du genre « Eh, je suis flic ! » s'exclama-t-elle. Pourquoi est-ce qu'il voudrait me parler ? Je suis au courant de rien.

— Tu ne l'avais jamais vu avant ?

— Non. Enfin, sauf quand il venait manger dans ce café, comme j'ai dit.

Larry était tenté de la croire. Carla n'était pas fute-fute, et il ne pensait pas que l'ATF prendrait pour informatrice une bimbo pareille. D'un autre côté, la police de Miami Beach l'avait arrêtée pour possession de drogue, et il n'y avait pas eu de poursuites – ce qui ne signifiait pas nécessairement qu'ils l'avaient donnée aux fédéraux.

Marek appuya le menton sur le dossier de son siège et la dévisagea de ses petits yeux marron.

— Je suis sûr qu'elle ment.

— T'en mêle pas ! dit Larry.

Le Croate haussa les sourcils.

— Repose-lui la question.

Carla éclata de rire.

— Franchement, Larry. Je savais pas qui il était. Je suis censée faire quoi ? Demander à tous les gars qui m'adressent la parole s'ils sont flics ?

— Vous avez discuté de quoi, Manny et toi ?

— De rien... T'imagines. Des trucs du genre : « Je peux te payer à boire un de ces quatre ? » Je lui ai rétorqué que j'avais un petit copain. Trois fois rien, quoi...

— Il t'a posé des questions sur Oscar Contreras ?

— Non.

Larry tenta de repousser les bras de Carla, qu'elle tenait devant son visage.

— Tu mens, garce !

Il sentait que Marek l'observait, et ça le rendait furieux. Carla chercha à le griffer. Il écarta ses bras et lui flanqua une nouvelle gifle. Elle donnait des coups dans tous les sens et, de son talon, érafla le cuir de la banquette.

— Hé ! Hé ! fit Joe, se retournant. Salope pas ma voiture, mec ! Emmène-la dehors.

— Dans ce cas, ouvre cette putain de portière !

— Ouais ! Sortez !

Larry ouvrit la portière en la frappant du pied et traîna Carla sur la banquette. Elle se retrouva par terre et tenta de se dégager, mais il la tenait bien. L'éclairage intérieur tomba sur l'asphalte défoncé. Carla se débattit. D'un genou, il la bloqua au sol.

La puanteur du fleuve, charriée par le vent, parvint jusqu'à eux – mélange de gazole, d'algues et de poisson pourri. Marek alluma une cigarette.

Larry se baissa, jusqu'à être tout près d'elle.

— Je t'ai donné une chance de me dire la vérité. Rien ne m'empêche de te balancer à l'eau. Personne ne te cherchera. Personne ne se souciera de toi. Une saloperie pareille… ! Rien qu'une pute parmi d'autres, et ça, Miami n'en manque pas.

Elle pleurait.

— Joe, va me chercher la corde qui est dans le coffre.

— OK ! Il m'a posé des questions sur Oscar, mais j'ai rien dit du tout. J'ai répondu que je connaissais personne qui s'appelait comme ça.

— Il t'a posé des questions sur d'autres gens ?

— Non. Juste sur Oscar. Je vous en prie, laissez-moi m'en aller !

Elle les suppliait à présent, le visage ruisselant de larmes.

— Je vais m'en aller. Je vais repartir à Los Angeles. Je le jure.

— Tu dis ça depuis un bout de temps.

— Je pars demain. Par le premier avion. Je veux rentrer chez moi. Je vous en supplie !

— Je sais pas, bébé. Franchement, je sais pas.

Larry se releva, sortit une liasse de sa poche et en tira quelques billets de cent dollars.

— Très bien. Tu pars demain et, crois-moi, si jamais je revois ton visage, ça va vraiment chauffer.

Rassemblant précipitamment les billets, Carla s'en empara.

Marek se tenait derrière elle. Lorsqu'elle se remit debout, il plaça le bras autour de son cou et le releva d'un geste sec. Il le tourna vers la droite, puis vers la gauche. Un craquement s'ensuivit. Comme Carla retombait en exhalant un soupir, Marek la rattrapa par la taille. L'urine coula le long de ses jambes, éclaboussant les pieds de Marek, qui fit un pas de côté.

— *Coño !* s'exclama Joe.

Larry écarquilla les yeux.

— T'es cinglé ou quoi ?

— Elle leur aurait parlé, dit Marek. Si ça se trouve, elle leur parlait déjà.

— Elle allait partir demain.

— C'est mieux comme ça. Maintenant, on en est sûrs.

Larry expira une grande bouffée d'air, pivota sur ses talons et se passa la main dans les cheveux. Il avait le front en sueur. En amont, le pont mobile commençait à cliqueter et les phares projetaient leurs lueurs. Un cargo passait sur le fleuve.

Marek prit Carla par les bras et la traîna à l'arrière du 4 × 4.

— Dans *Les Experts*, j'ai vu un épisode où ils laissent un cadavre dans les Everglades. Une semaine plus tard, il n'y a plus rien. Étonnant. Emmenez-la là-bas. Et brûlez ses papiers.

— Pas question que j'emmène mon Escalade dans ces putains de marécages ! protesta Joe.

— Ouvre la portière. Ne t'inquiète pas. Je ne vais pas tacher ta bagnole, il n'y a pas de sang…

Marek rit, la cigarette coincée entre les dents.

Larry adressa un signe de tête à Joe. Celui-ci s'exécuta. Marek fourra Carla à l'intérieur et lui replia les jambes. Ses cheveux lui retombaient sur le visage. Le Croate la recouvrit d'un drap de bain puis claqua la portière. Il se tourna vers Larry.

— Tu as dit que personne n'allait la chercher. Elle vivait seule ?

— Avec une autre fille, dit Larry. Une colocataire.

— Faudrait qu'on parle à cette fille.

— Oublie. Ici, c'est pas la Roumanie.

— La Croatie. Elle travaille aussi pour toi, cette autre fille ?

— Je te dis de lui foutre la paix ! D'ici quelques jours, tu seras retourné en Europe. Moi je vis ici et je tiens pas à avoir les flics au cul.

Les yeux rivés sur Marek, Joe se rapprocha de Larry, comme s'il ignorait quoi faire. Il avait un revolver sous le siège avant, mais avec un allumé comme Marek, ça ne suffirait pas.

— Écoute-moi, Marek. Des négociations sont en cours, il y a de grosses sommes d'argent en jeu. J'ai des intérêts dans l'affaire, pas des intérêts directs, mais tout de même… Je te le dis une bonne fois pour toutes : ne vas pas t'en prendre à la colocataire.

— C'est ta copine ou quoi ?

— Non. Mais si elle disparaît, on va se poser des questions. Elle travaille à temps partiel pour un juge. Un juge, ça a des relations. Tu saisis ? La fille ne nous causera pas d'ennuis à moins que tu t'en mêles.

La moustache frétilla, comme si Marek souriait – à la pensée, sans doute, des abrutis avec lesquels il fallait qu'il traite. Il haussa les épaules.

— OK.

— On est d'accord, alors.

Larry ramassa les billets que Carla avait laissés tomber, tandis que Marek parcourait des yeux les alentours du véhicule. Il trouva un talon et le balança à l'eau. Le petit point noir dériva lentement vers la baie. Marek posa un pied sur le parapet et fuma sa cigarette. Le cargo se rapprocha, occupant peu à peu toute la largeur de la rivière, tel un mur d'acier rouillé. L'un des hommes, sur le pont, agita la main en direction du parking, et Marek lui fit signe à son tour. Les hélices firent gicler l'eau, et le vrombissement des moteurs se fit de plus en plus faible.

2 Lorsque son numéro apparut au-dessus du bureau de l'accueil, Tom Fairchild replia son journal ouvert aux pages « Sports », saisit son blouson de motard et se fraya un chemin à travers les rangées de chaises en plastique. Il trébucha sur les jambes nues et maigres d'un homme, et dut contourner un gamin qui cognait une canette de soda vide sur le carrelage crasseux. La mère arracha la canette des mains de son gosse, lui envoya une gifle, et se remit à parler dans son portable.

Tom glissa le ticket numéroté sous la vitre de séparation.

— *Hola*, Daniela.

— *Hola*, Tomás.

Elle raya son nom.

— Quoi de neuf, ma belle ?

— Pas grand-chose.

— Tu as bonne mine. Un nouveau petit copain ?

Ses joues rondes se creusèrent de fossettes lorsqu'elle sourit.

— J'aimerais bien.

Elle l'invita à entrer, à peine une demi-heure après son arrivée – un record. Après avoir tourné à plusieurs reprises dans le couloir maculé, il parvint devant le bureau de Keesha Smith, dont la porte était ouverte. En entrant, il vit les murs nus et les cartons.

— Qu'est-ce qui se passe ?

Se détournant de son classeur à tiroirs, Keesha fit volte-face, les bras chargés de dossiers qu'elle laissa tomber sur son bureau. C'était une femme corpulente, qui avait l'âge d'être sa mère. Ses cheveux tombaient bien droit, et elle portait des lunettes à verres teintés roses et monture dorée style papillon.

— Salut, Tom. Pousse ce carton et assieds-toi, si tu veux bien.

— Ils ont fini par te virer ?

Elle éclata de rire.

— Non. J'ai demandé mon transfert au bureau de Tampa.

— Tu rigoles ?

— Eh bien… Ma mère a une maladie de cœur, et elle est âgée. Elle a besoin de moi. Je ne voulais pas m'en aller comme ça et t'obliger à demander : « Elle est passée où, Mme Smith ? » À partir d'aujourd'hui, tu as un nouvel agent de probation.

— Je n'en veux pas d'autre.

— Ne me dis pas que tu vas me regretter. Tu n'arrêtais pas de répéter que je te mettais la pression !

— C'est le cas. Tu ne me laisses rien passer.

— À présent, n'oublie pas : la route qui mène à la liberté est droite, et étroite. Ne la quitte pas et tout se passera bien.

— Alors… qui va avoir le plaisir de me fréquenter, maintenant ?

— George Weems.

— La fouine ?

— Écoute-moi, il n'est peut-être pas commode, mais il tient à ce que ses clients s'en sortent. Montre-toi sous ton meilleur jour, et fais gaffe à ce que tu dis. Il ne fera qu'une bouchée de toi, s'il sent que tu te donnes des airs.

— Comment ça, que je me donne des airs ?

Elle secoua la tête.

— Ne me déçois pas.

— Je te le promets.

Ils échangèrent une poignée de main, que Tom prolongea.

— Tu vas me manquer. Tu m'as fait confiance, quand le système avait fait une croix sur moi. Tu m'as permis de ne pas retourner en prison.

— Bonne chance, Tom. Et bonne chance avec ton voilier. Si jamais tu passes par la baie de Tampa, jure de m'emmener faire une balade.

— C'est juré.

Elle le renvoya dans la salle d'attente, où il dut prendre un autre ticket numéroté au distributeur. 51. Il jeta un coup d'œil à l'afficheur lumineux qui indiquait 24. Roula le ticket en une petite boule.

— Eh, Daniela, dit-il, se penchant vers la vitre de séparation. Mme Smith veut que je passe voir M. Weems tout de suite. Tu peux essayer de savoir s'il est disponible?

Elle décrocha le téléphone, pendant que Tom appuyait un coude sur le comptoir et se passait la main dans les cheveux coupés en brosse, jurant intérieurement. George Weems, tu parles d'une mauvaise nouvelle! Ils ne se connaissaient pas d'hier : ça remontait à la première arrestation de Tom, à l'âge de treize ans. Il s'était fait choper dans un centre commercial, pour avoir chipé une figurine de Musclor sur son tigre de combat. Le père de Tom venait juste de mourir. Ce n'était peut-être pas une excuse, mais Weems avait maintenu son sursis probatoire pendant un an en adressant au juge des rapports défavorables. Quand Tom et un de ses copains avaient été surpris à fumer de l'herbe au lycée, Weems avait insisté pour qu'il soit placé dans un centre pour mineurs délinquants. C'est là que l'adolescent avait appris les bases du combat de rue, qui s'étaient révélées très utiles, plus tard, dans la prison du comté. Weems détestait tous ses clients, mais haïssait particulièrement ceux capables de l'insulter en composant des phrases avec sujet, verbe et complément.

Tom avait évité les gros ennuis pendant quatre ans, avant son dernier faux pas – dont il n'était même pas responsable. Sans un bon avocat, un juge intelligent, et si Keesha Smith n'avait pas plaidé en sa faveur, Tom aurait écopé de huit à dix ans. Le juge l'avait condamné à un an ferme et à huit ans de liberté surveillée. Il en avait fait deux, il lui en restait six à accomplir. Une seule grosse erreur, et on l'enverrait directement à la prison d'État pour qu'il y effectue le reste de sa peine.

Malgré sa relative incompétence, George Weems avait été promu à la section « adultes ». Il n'avait pas oublié Tom Fairchild. La première fois qu'ils s'étaient croisés dans le hall, les yeux de la fouine avaient brillé d'impatience. *Regardez-moi qui est là... Ben ça alors !*

Keesha avait raison. Il allait devoir filer droit. Il n'avait pas le choix.

Un tapotement sur la vitre attira son attention.

— Il dit que vous devez attendre. Je suis désolée.

Elle inscrivit le nom de Tom au bas de la page de Weems.

Tom consulta sa montre. 9 h 45. Il prit l'ascenseur pour redescendre. Planté sur le trottoir, devant le bureau de probation et de liberté conditionnelle, les yeux fixés sur le bâtiment abritant le poste de police de Miami, à un bloc de là – bâtiment qui lui était plus familier que n'importe quelle église –, Tom ouvrit son portable et appela Rose, sa sœur, pour la prévenir qu'il serait en retard. Rose possédait une boutique spécialisée dans les cartes géographiques et les gravures anciennes. Tom s'occupait de l'encadrement et de la restauration des couleurs d'origine. Il le faisait pour trois fois rien, Rose ne pouvant lui offrir davantage. Elle avait eu un mari alcoolique, dont la disparition prématurée (au volant de sa voiture, il avait foncé droit dans un canal) n'avait eu qu'un seul revers : il avait laissé à Rose, pour seul héritage, une quantité de dettes et deux gamines à élever seule.

Lorsque, après quelques tonalités, le répondeur se déclencha, Tom laissa un message : « Rose, c'est moi. Je suis coincé chez mon agent de probation, mais t'inquiète, au sujet de la carte pour Royce Herron. Elle est presque finie, et je pourrai sans problème la lui apporter cet après-midi. »

Tom avait préféré attacher sa moto à un poteau plutôt que de la laisser dans le parking principal. C'était une Kawasaki de 1988 qu'il n'avait payée que cinq cents dollars, mais un junkie défoncé à la méthadone risquait de la lui voler pour récupérer les pneus. Tom ouvrit le top-case, en sortit un carnet de notes et un critérium. Le carnet contenait des croquis de l'écoutille avant du bateau à voile qu'il était en train de retaper. Dix ans plus tôt, lui et un de ses amis l'avaient extirpé des mangroves et, depuis lors, Tom bossait dessus. Il s'était fixé une échéance. Dans un mois, fin février, il ferait sa première sortie sur le fleuve Miami. Tom le manœuvrerait au moteur jusqu'à la baie de Biscayne pour l'essai de mise à l'eau – à supposer qu'il trouve le fric pour faire réparer le moteur.

Lorsque son numéro s'afficha, au bout d'une heure vingt, Tom avait dessiné les écoutilles avant et arrière, orné les plats-bords de teck ouvragé, et conçu une figure de proue aux seins nus et à la chevelure flottante.

Il referma le carnet.

Le bureau de la fouine, décoré dans le style classeurs en acier et moquette marron, était aussi peu convivial que les bureaux d'une compagnie d'assurances. Weems avait réglé son siège à la hauteur maximale, de façon à pouvoir regarder ses clients droit dans les yeux. S'il parvenait à dépasser le mètre soixante-cinq, c'était uniquement les jours où il portait ses chaussures à talonnettes. Il avait la peau légèrement hâlée et des yeux d'un gris étrange. Son front dégarni et ses grandes dents de devant accentuaient sa ressemblance avec un rongeur.

— Monsieur Fairchild, on dirait que le destin tient à nous réunir.

— On dirait.

— Sachez déjà que, quel qu'ait été votre accord avec Mme Smith, ça ne marchera pas avec moi.

— Mme Smith et moi n'avions pas d'accord. Si Keesha me demandait de faire quelque chose, je le faisais.

— J'ai passé votre dossier en revue, poursuivit-il en indiquant d'un léger signe de tête l'épais classeur posé devant lui. J'y ai trouvé pas mal de laisser-aller. Par exemple : les Alcooliques Anonymes. Assistez-vous aux réunions régulièrement ?

— Plus maintenant. Je n'ai pas de problème d'alcool. Mme Smith l'a noté dans mon dossier.

— Je ne me soucie guère de ce qu'elle a noté dans le dossier. Le juge vous a ordonné d'assister aux réunions.

— Ce serait une pure perte de temps. Je ne suis pas alcoolique.

— Du déni, monsieur Fairchild, c'est du déni. Justement ce qui vous a conduit ici. Et vous ne vous en sortirez pas tant que vous ne l'aurez pas admis.

Il laissa le silence s'installer, tandis que Tom le fixait, pardessus le bureau.

— Vous n'avez pas respecté les termes de votre probation. Je pourrais vous signaler tout de suite.

Tom sentit la chaleur monter sur sa nuque et se mit à suer. Il sourit.

— Vous voulez que je retourne aux réunions des Alcooliques Anonymes ? Pas de problème.

Après quoi, il sortirait boire un bon demi. Un psychologue, il y avait de ça un bail, avait écrit « abus d'alcool » dans son dossier. Depuis, ça le poursuivait.

— Avant de partir, prenez les formulaires. Demandez à votre parrain de remplir tout ça.

Weems tritura le bouton-poussoir de son stylo, émettant une suite de petits *clic*, et commença à compléter le rapport de probation mensuel.

— Avez-vous effectué votre versement, ce mois-ci ?

— Je viens d'envoyer un mandat, répondit Tom.

— Ah oui… l'argent va arriver. Le délai de paiement est fixé au premier du mois. Nous sommes aujourd'hui le 2 février. *Clic. Clic. Clic.* Il semblerait que vous soyez systématiquement en retard en ce qui concerne vos versements aux autorités judiciaires.

— Non, pas toujours. Et d'un ou deux jours, tout au plus.

— Vous en avez fait une habitude, monsieur Fairchild. Un manque de respect pour la cour de justice, voilà ce que c'est. Vous devez accepter vos responsabilités et payer à la victime ses dommages et intérêts.

— La soi-disant victime devrait être assise ici, à ma place. Il a surestimé le préjudice matériel d'environ cinq mille dollars.

— Ce n'est pas mon problème. Le juge vous a donné l'ordre de payer, et mon boulot, c'est de m'assurer que vous le faites.

Weems tourna lentement les pages du dossier.

— Votre dernière déclaration de revenus date d'il y a six mois. Remplissez-m'en une nouvelle, avant de partir. Je veux connaître l'origine de vos revenus et savoir où ils partent.

— Très bien.

— Vous possédez un véhicule ?

— Une moto.

— Vous êtes assuré ?

— Oui.

— Vous gagnez toujours dans les deux mille dollars par mois ?

— Plus ou moins. Ça dépend.

— Pensez-vous que vous travaillez à la hauteur de vos capacités, monsieur Fairchild ?

Tom tapotait l'un contre l'autre le bout de ses baskets, histoire de se maîtriser.

— Je suis en train de monter mon affaire. Ça prend du temps.

Weems fit cliqueter son stylo.

— Et elle consiste en quoi, au juste ?

— Je suis graphiste free-lance. C'est écrit là-dedans. Et puis je travaille pour ma sœur, dans sa boutique de cartes anciennes.

— On fait ce qu'on peut. Vous êtes inscrit dans notre bureau de placement ?

— Mais j'ai un boulot.

— Inscrivez-vous tout de même, et faites en sorte que j'en reçoive la preuve écrite.

— D'accord.

D'un doigt, Weems tapota la page.

— Votre loyer est toujours de huit cents dollars par mois ?

— Oui.

— C'est une grosse somme.

— Pas tant que ça, vu le prix du marché.

— Vous vivez seul ?

— Oui.

— Beaucoup de mes probationnaires célibataires louent une chambre par souci d'économie.

— Chez moi ce n'est pas assez grand pour que je prenne un colocataire.

— Non... je voulais dire que *vous* pourriez trouver une chambre à louer, répliqua Weems. Pourquoi est-ce que ce ne serait pas possible ?

Tom regarda son nouvel agent de probation. Tenter de lui expliquer quoi que ce soit, c'était comme s'adresser à une salade de pommes de terre. Le jeune homme vivait dans un garage aménagé, à dix minutes de la boutique de Rose. Il y rangeait ses outils et son vélo, et le propriétaire lui permettait de retaper son bateau dans le jardin.

— J'aime bien le quartier, dit-il.

Weems souleva la couverture du dossier à l'aide de son stylo, et la laissa retomber.

— Voici ce que nous allons faire, monsieur Fairchild. Jusqu'à présent, vous vous l'êtes coulée douce. C'est fini. Désormais, vous paierez vos deux cent soixante dollars et dix-neuf cents le premier de chaque mois, pas un jour plus tard. Si le premier tombe pendant un week-end, vous enverrez votre règlement le vendredi qui précède. Vous assisterez régulièrement aux réunions des Alcooliques Anonymes, et vous vous inscrirez à un programme de maîtrise de la colère.

— Maîtrise de la colère ?

— Vous trouvez que je n'ai pas été clair ?

— Une minute ! s'exclama Tom en levant les mains. Quand on m'a libéré de prison, Keesha a déclaré que je devais suivre ce programme, et c'est ce que j'ai fait. Le certificat est dans mon dossier. Jetez-y donc un œil !

— Vous avez peut-être suivi ces cours, mais ça ne semble pas vous avoir beaucoup profité. Je veux que vous suiviez à nouveau ce programme.

— Là, tout de suite, je n'ai pas l'argent pour.

— Ce n'est pas mon problème. D'ici une semaine, je veux que vous soyez inscrit. Et vendredi matin, *ce* vendredi, je vais vérifier le greffe du tribunal pour m'assurer que votre versement est bien arrivé. Vous prétendez l'avoir envoyé aujourd'hui ? Vous n'auriez pas menti à votre agent de probation, n'est-ce pas ?

— Merde, c'est grotesque !

Les yeux de la fouine brillèrent d'excitation.

— Monsieur Fairchild, vous êtes à deux doigts de la violation de probation.

Tom leva les yeux vers le plafond et sourit.

— Vous trouvez ça drôle ?

— Non, monsieur Weems. Pas le moins du monde.

La voix impassible de la fouine obligea Tom à s'arrêter devant la porte.

— Monsieur Fairchild, votre charme vous a peut-être tiré d'affaire jusqu'ici. Avec moi, ça ne prend pas. On va vous mater. D'une façon ou d'une autre.

Serrant les dents pour ne pas être tenté de répondre, Tom se rendit au bureau principal pour y remplir ses formulaires. Une demi-heure plus tard, il poussait la porte vitrée du bureau des probations et dévalait les quatre étages de marches en béton menant à la sortie de secours, qu'il ouvrit d'un grand coup de pied.

Il mit ses lunettes de soleil et défit l'antivol de sa moto. Levant les yeux, il repéra la fenêtre du bureau de George Weems. Il poussa sa moto juste au-dessous, passa une jambe par-dessus la selle, sauta sur le démarreur, et mit les gaz. Le hurlement du moteur de six cents centimètres cubes ricocha sur le bâtiment voisin, et le pot d'échappement cracha un nuage de fumée.

Des fenêtres à double vitrage étouffaient les bruits de la rue. L'auvent du porche et l'abondant feuillage des figuiers des banians dissimulaient les bâtiments bordant l'autre côté de la rue. Lorsqu'il franchissait le seuil de la Rose des vents – avec ses parquets de pin foncé, ses murs décorés de cartes anciennes dans des cadres de bois doré ou d'acajou et, en discret arrière-fond sonore, l'un des CD de musique classique de sa sœur –, Tom avait l'impression de remonter le temps. De retrouver l'époque où, son livre de coloriage ouvert sur une table vitrine, il s'affairait avec ses crayons de couleur. Il en arrivait presque (mais pas tout à fait) à oublier son envie de casser la gueule à la fouine.

Le bâtiment, datant des années vingt, avait été la demeure de leur grand-père Fairchild. La boutique se trouvait au rez-de-chaussée, tandis que Rose et les filles vivaient à l'étage. Ils avaient peu de clients. Pour le marché des cartes anciennes, il y avait de meilleurs endroits que Miami. Mais c'était leur grand-père qui avait fondé la boutique et l'avait léguée à Rose car elle adorait les cartes. C'était toute sa vie.

Rose était occupée à sélectionner les cartes destinées au salon international de Miami, événement se déroulant une fois par an au musée d'histoire de la Floride, dans le centre-ville. Elle y louait toujours un stand et parvenait à vendre suffisamment pour s'en sortir.

— Rose, ça me rend malade d'avoir à te demander ça, mais j'ai besoin de trois cents dollars. Si tu me prêtes l'argent, je peux te le rendre vendredi. Si je n'envoie pas le mandat aujourd'hui, Weems va me pourrir la vie. Il cherche un prétexte pour me dénoncer pour non-respect de probation.

Une ride se creusa entre les sourcils de Rose.

— Oh non. Je suis désolée, Tom. Je viens de régler des factures, et je n'ai pas… Attends ! Si, j'ai !

Elle fit le tour du bureau et fourragea parmi le courrier à envoyer. Elle saisit l'une des enveloppes.

— Ça peut bien attendre quelques jours.

— C'est quoi, la banque ? Non, pas question de te laisser…

— C'est bon. Je t'assure. Du moment que tu es certain de pouvoir remettre l'argent sur mon compte d'ici la fin de la semaine.

Tom hocha la tête.

— J'en suis certain. À cent pour cent.

— Parfait, dit-elle avec un sourire. Problème résolu.

Tom se reconnaissait en cette femme aux yeux verts, aux cheveux blond cendré. Elle était jolie, mais les soucis avaient laissé leurs traces sur son visage. À trente-huit ans, elle était la grande sœur raisonnable. Le roc. Celle qui avait pris une hypothèque de soixante-quinze mille dollars sur la maison pour payer à son frère un avocat capable de lui obtenir un an à la prison du comté et une peine de probation au lieu de huit à dix ans dans une prison d'État. Parfois, Tom se demandait s'il n'aurait pas dû l'empêcher de se donner autant de mal pour lui. Rose lui avait déjà tant donné ou prêté qu'il avait renoncé à tenir les comptes. Il avait tenté de la rembourser, mais voilà que sa moto avait un pneu crevé, ou qu'il devait se faire soigner une carie, ou que son propriétaire lui réclamait un dépôt de garantie. Que Rose lui fasse confiance lui donnait envie de hurler : « Dis-moi non, espèce de gourde ! »

Il la regarda avec tristesse remplir le chèque. Lorsqu'elle le lui tendit, il dit :

— Je promets de te rendre l'argent vendredi. Je préférerais retourner en prison plutôt qu'ôter le pain de la bouche de tes gosses.

— Oh, pas la peine de dramatiser ! Tout va bien.

Elle le regarda droit dans les yeux.

— Et toi aussi tu vas bien, Tom. N'oublie pas ça. Je sais que ce n'est pas facile, pour toi, en ce moment. Mais serre les dents et tiens bon. Un conseil, pour Weems : ignore-le ! Il ne peut rien contre toi, à moins que tu ne fasses un faux pas. Et ça n'arrivera pas. Pas question !

Tom affecta un sourire rassurant. Si seulement elle savait ! Il y avait cinquante façons de quitter le droit chemin. Keesha Smith avait été un cadeau du ciel. Tom craignait désormais d'avoir perdu sa bonne étoile.

Il fit claquer ses doigts.

— Eh, j'allais oublier ! Il y a un truc que je voulais te montrer…

L'atelier – une cuisine et une véranda intérieure reconverties – était situé à l'arrière de la maison. En entrant, Tom avait balancé sa veste, ainsi qu'une enveloppe en papier kraft, sur la table dont il se servait pour encadrer les cartes et les gravures. Il ouvrit l'enveloppe.

— Je veux que tu voies ça, sœurette. Mais contente-toi de regarder. N'y touche pas !

Il disposa sur la table tapissée de feutre une petite carte d'environ dix-huit centimètres sur vingt-cinq, et alluma une lampe de bureau. Puis il croisa les bras et attendit. Penchée sur le document, Rose l'examina attentivement en triturant le bout de sa queue-de-cheval blond cendré.

Sous ses yeux apparurent le golfe du Mexique, la Floride et Cuba, le tout entouré d'une fine bordure ocre. Les coins de la carte étaient très abîmés et il y avait une petite tache tout en haut. Rose contempla les terres rose pâle, où serpentaient des rivières ; des colonies désignées par des petits forts rouges ; les noms de lieux inscrits en lettres minuscules. L'océan était assombri par des centaines de petits points noirs, dont la densité augmentait près des côtes. Dans le cartouche, on pouvait lire : *La Floride*. Et au-dessous : *Hieron. Chiavez, Antwerp 1584*. Une caravelle en bois longue de deux centimètres offrait, bannières déployées et voiles gonflées, sa proue aux vagues.

— Tu en penses quoi ?

— Wouah !

— Elle te plaît ?

— Ah ! Quelle question. J'en ai la chair de poule !

Elle se redressa lentement, le regarda.

— Où est-ce que tu as trouvé ça ?

— Une seconde ! dit-il. Tu peux me donner le nom du cartographe ?

— Hieronimo Chiavez. C'est écrit dans le cartouche.

— Et l'éditeur ?

Elle posa à nouveau les yeux sur la carte.

— Oh ! Ce ne serait quand même pas une Ortelius ?

— Peut-être que oui. Peut-être que non. À toi de me le dire.

— Tom... où est-ce que tu l'as trouvée ? demanda-t-elle, lui donnant un petit coup de poing sur l'épaule. Où ?

— Retourne-la !

— Oh, ça alors ! Toi !

Au verso était imprimé le logo du magasin, une rose des vents rose et verte avec une adresse, un numéro de téléphone et l'adresse d'un site Internet. Et, en lettres anciennes, son nom : Rose Erwin, propriétaire.

— Tu voulais quelque chose à vendre pour le salon des cartes anciennes de ce week-end.

Rose se saisit d'une loupe et étudia la carte à la lumière.

— Ahhh...papier en chiffon de coton, de la bonne couleur et plus ou moins de la bonne épaisseur, mais... qu'est-ce que je vois ? Un filigrane de la marque Eaton ! Je t'ai eu !

— Ouais, mais ça t'a pris du temps, objecta-t-il.

— L'Ortelius à partir de laquelle tu as fait cette copie, tu l'as trouvée où ? Je ne l'ai jamais vue auparavant.

— Une invention à moi... J'ai mélangé trois cartes que j'ai vues dans les catalogues et assemblées sur PhotoShop. C'est une Fairchild originale, si tu veux... Je peux amener le CD à l'imprimeur cet après-midi. Il nous en faut combien ? Cinq cents ?

— Pas une seule, rétorqua Rose en reposant la carte sur la table. On ne peut rien en faire.

— Pourquoi ça ?

— Parce que… parce qu'elle a l'air trop vraie.

— C'est fait pour. C'est ça qui est chouette.

— Attends de voir comme ce sera chouette quand quelqu'un en achètera une encadrée et ira se plaindre d'avoir été arnaqué. C'est un trop gros risque à courir.

— Oh, je vois. Les gens vont s'imaginer que tu as manigancé ça avec ton frère, un malfaiteur condamné, un ex-détenu. Tu es sûre que tu veux de moi sur ton stand ?

Le visage de Rose s'empourpra.

— Arrête, Tom ! Ce n'est pas à toi que je pensais.

— Tu parles !

Les mains jointes sur la tête, Tom se dirigea vers la porte située à l'arrière. Là, il parcourut des yeux la cour aux arbres feuillus et au sol de béton craquelé où Rose garait son vieux minivan. Il vit sa moto cabossée attachée à la rampe du porche. Et les six années à venir, qui s'annonçaient interminables comme une traversée de l'océan Arctique.

— C'est à Eddie que je pensais.

Rose se planta devant lui. Quand Tom la regarda, elle baissa la tête.

— Tu n'as pas dû prononcer son nom depuis un siècle, fit remarquer Tom.

Elle haussa les épaules.

— Loin des yeux, loin du cœur.

Eddie Ferraro, leur ancien voisin, avait vécu à deux maisons de chez eux. Ex-marine, fan des Chicago Cubs, pêcheur à ses heures, il travaillait dans un centre de reprographie. Il était tombé fou amoureux de Rose, et les filles avaient tellement d'affection pour lui que la jeune femme avait commencé à penser qu'ils avaient peut-être un avenir ensemble. Il s'était installé avec elle, et avait vite appris le métier des cartes et des gravures anciennes. Et puis, pour aider Rose pendant une période de vaches maigres, il avait vendu de fausses gravures d'oiseaux et de plantes qu'il avait lui-même copiées. Rose s'était débrouillée pour les racheter toutes, cependant, les rumeurs avaient entaché sa réputation. Eddie avait promis de ne jamais recommencer, mais Rose l'avait jeté dehors. Une semaine plus tard, il avait été arrêté pour contrefaçon avec un vieux mandat d'arrêt. Après avoir été libéré sous caution, il avait filé en Italie. Tout cela s'était passé quatre ans plus tôt. Eddie avait écrit à Rose mais – pour ce que Tom en savait – elle n'avait répondu à aucune de ses lettres.

Elle passa un bras autour de la taille de Tom.

— C'est une bonne carte, dit-elle en riant. À ce point-là, ça fait presque peur. On va en commander mille. Mais il faut que tu mettes notre logo au recto. Et ton nom. Les gens doivent connaître le nom de l'artiste.

Elle resserra son étreinte.

— Tout va bien se passer.

3 Avant d'aller ouvrir la porte, Royce Herron jeta un coup d'œil à la fenêtre du séjour pour voir qui avait sonné. Un minivan était garé sous le jacaranda, à côté de la grille d'entrée. Sur les marches du perron se tenait un jeune homme bien bâti aux cheveux blonds coupés court, vêtu d'un tee-shirt noir délavé. Il tenait un gros paquet plat, enveloppé de papier kraft.

— Ah, formidable !

Herron l'accueillit sur le seuil.

— Entre, Tom !

— Bonjour, juge Herron. J'ai votre carte.

— Dépose-la dans la véranda du fond, tu veux bien ? J'ai hâte de voir ce que tu es parvenu à en faire.

Par des journées claires et fraîches comme celle-ci, Herron aimait passer ses après-midi sur sa véranda vitrée. Une semaine plus tôt, il avait posé une planche en contreplaqué sur deux chevalets de sciage afin de préparer son stand d'exposition pour le salon international des cartes anciennes de Miami. La table improvisée était désormais couverte de grands rectangles de papier et de parchemin ivoire montés sur des feuilles de carton sans acide et recouverts de film plastique. Herron avait embauché une jeune femme pour l'aider. Celle-ci regarda leur visiteur déballer le paquet.

— Salut, Tom.

— Salut, Jen. Ça va ?

Il maintint la carte encadrée de façon qu'Herron puisse la voir.

— J'ai donné à l'océan une nuance un peu plus foncée autour des côtes. C'est discret, mais ça donne de la profondeur.

31

Herron rajusta ses lunettes à double foyer. *Les Comtés de la Floride*, 1825, autrefois en noir et blanc, avaient été transformés par l'application de quatre teintes de lavis, et l'océan était devenu bleu.

— Eh bien ! Elle est parfaite. C'est un boulot magnifique.

Tom tira une enveloppe de la poche arrière de son jean.

— Et voici la facture. Si ça ne vous dérange pas, vous pourriez apporter le chèque à la boutique demain ? Rose a besoin d'amortir une partie de ses frais pour le salon des cartes anciennes.

— Très bien. Ce sera avec plaisir.

— Je suis content que ça vous plaise, dit Tom. Au week-end prochain ! lança-t-il avec un sourire et un vague geste de la main. Je suis désolé, mais il faut que je passe au bureau de poste avant 17 heures.

— Dites bonjour à votre charmante sœur.

— Je le raccompagne à la porte, annonça Jenny en entrant dans la maison.

On distinguait la courbe de ses hanches, entre son pantalon taille basse et son top jaune moulant. Une orchidée était tatouée sur la belle peau café au lait de son épaule.

Elle prit son temps. Quand elle revint, Herron lui demanda :

— Tu es au courant de son passé ?

Devant son visage dénué d'expression, Herron poursuivit :

— Ses talents artistiques mis à part, le jeune M. Fairchild a un sacré passif. Il est en liberté surveillée suite à une affaire de cambriolage. J'étais très ami avec son grand-père, William Fairchild, qui a fait don de sa collection de cartes au musée. La sœur de Tom est une fille formidable, mais tu devrais faire attention, avec lui.

— Il est réglo, répondit Jenny.

Ses extraordinaires yeux noisette étaient fendus comme ceux d'un chat.

— Je vais travailler sur leur stand au salon, samedi.

— Ah oui ?

— Je suis douée, rayon cartes. C'est vous qui le dites. Ce sera marrant.

— Oui, tu vas pouvoir apprendre des choses. Il faudra écouter Rose. Elle connaît son affaire.

Herron reposa la carte encadrée sur l'une des banquettes en rotin. Les ombres s'étiraient sur la pelouse. Le soleil n'allait pas tarder à se coucher.

— Jenny, tu veux bien avoir la gentillesse d'allumer les lumières ?

Elle se glissa dans le patio et alluma la lumière du ventilateur de plafond, dont les hélices se mirent à tourner lentement sous les poutres apparentes de la toiture. Les carillons en bambou oscillèrent et cliquetèrent. Jenny Gray était née à Brixton – une banlieue dure de Londres – d'une aide-soignante blanche et du batteur d'un groupe de reggae, mort dans des circonstances que Jenny préférait taire. Sa beauté lui avait permis de s'en tirer. Peu importait qu'elle oublie parfois son élégant accent anglais, révélant alors ses origines modestes. Le juge aimait s'imaginer en Pygmalion.

Il avait embauché Jenny trois mois plus tôt. Elle se chargeait des courses, lui préparait ses cocktails, nettoyait la cuisine et l'aidait à dresser l'inventaire de ses cartes. Lorsqu'il n'y avait rien à faire, il achetait sa disponibilité. C'était comme avoir chez soi un bouquet de fleurs fraîchement coupées. Évidemment, ses amis l'avaient remarquée, cette jeune femme qui allait et venait à tout moment, rendait service à ce vieil idiot gros et chauve. Et alors ? Il n'avait plus de réputation à préserver. Il n'exerçait plus, sa femme était partie, et son fils et sa belle-fille lui rendaient rarement visite.

— Très bien, fit-il en claquant des mains. À présent, remettons-nous au boulot !

Il tira une carte de la pile qu'il avait sortie de son bureau.

— Jette un coup d'œil à celle-ci.

— Elle est très ancienne, non ?

Une torsade de cheveux striée de blond retomba sur la joue de Jenny.

— Presque autant que moi, dit Herron. Elle a été éditée en 1597. Cornelius Wytfliet. Un Flamand. Tu ne remarques pas un truc bizarre ?

— La Floride est toute carrée au bout.

— Viens ici et regarde-la de plus près.

Jenny s'approcha. La carte, en noir et blanc, montrait la partie sud-est de ce qui deviendrait plus tard les États-Unis. Toute la zone y était désignée comme étant la Floride. Les sept lettres se détachaient entre des fleuves qui serpentaient vers le sud, en direction du golfe du Mexique. La péninsule avait la forme d'une brique en dents de scie, Cuba celle d'un gros œuf.

À travers le film plastique, Jenny caressa la rangée de triangles symbolisant la chaîne des Appalaches.

— La Floride allait jusqu'ici ?

— D'après le cartographe, oui.

— Vous allez exposer celle-ci, n'est-ce pas ?

— Effectivement. Pose-la sur la pile « oui ».

Le chat bondit sur la table, mince et souple silhouette orange. Protégeant les cartes, Herron l'en écarta et l'installa sur son avant-bras.

— Apporte ce tabouret, tu veux bien ?

Lorsque Jenny l'eut placé à côté de lui, Herron y laissa tomber le chat.

— Et ne t'avise pas de remonter sur la table !

D'un geste, il balaya les poils collés à son ventre. Puis il retira d'autres cartes de la pile, se figeant lorsqu'une tache bleue lui sauta aux yeux.

— Juge Herron… Il faut que je vous demande une faveur.

Il s'empara de la carte en forme de trapèze, plus large en bas qu'en haut – à croire qu'elle avait été découpée dans une mappemonde. L'océan bleu foncé, les terres blanc cassé, de délicats entrelacs rouge sang. Les légendes étaient en latin. Les bordures inclinées contenaient l'équivalent médiéval des mesures de latitude et de longitude.

— Quelle faveur, Jenny ?

— Vous pourriez me prêter de l'argent ? Je suis désolée d'avoir à vous demander ça, mais mon proprio a menacé de me jeter dehors si je n'ai pas réglé le loyer d'ici demain.

— Eh bien. Ça ne rigole pas.

— Je vous le revaudrai en heures sup ! C'est ce que j'ai fait, la dernière fois.

La dernière fois, elle n'avait rien eu besoin de lui demander. Il avait entendu le moteur de sa voiture siffler et avait proposé de lui avancer de l'argent pour la faire réparer. À présent, elle le prenait pour un pigeon. Certes, c'était une bonne pâte, et Jenny le savait. Il n'avait que lui-même à blâmer. Herron tourna la carte vers elle.

— Ces îles devraient t'être familières. *Albion Insula Britannica.*

— Oh non ! Vous n'allez pas exposer la Grande-Bretagne !

— Non. Mais c'est une carte intéressante, tu ne trouves pas ?

Elle coinça une boucle rebelle dans la pince retenant ses cheveux au niveau de la nuque.

— Les « n » sont à l'envers.

— Une bizarrerie de l'époque... Tu peux deviner de quel siècle elle est ?

— Du XVIᵉ ?

— Fin XVᵉ. 1482. Gravure sur bois ou eau-forte ?

— Gravure sur bois.

— Très bien ! C'est une carte ptolémaïque. L'édition d'Ulm. Imprimée dans la ville d'Ulm, dans ce qui est désormais l'Allemagne. La cartographie est fondée sur les écrits de Ptolémée, un mathématicien et astronome grec ayant résidé en Égypte.

Le visage de Jenny s'illumina.

— Ptolémée ! Comme dans le film... Le général d'Alexandre le Grand qui a créé la bibliothèque d'Alexandrie ?

Herron la fixa quelques secondes, puis dit :

— Non, c'est un autre Ptolémée. Moi, je te parle de Claudius Ptolemaeus, qui a vécu deux siècles plus tard.

Elle haussa les épaules.

— Elle est très précieuse, cette carte ?

— Pas tant que ça. Je crois qu'elle m'a coûté quelques centaines de dollars.

Il y avait de cela quarante ans ! Soudain, Herron se fit l'effet d'un grippe-sou.

— Tu as besoin de combien, Jenny ?

Elle eut une grimace enfantine.

— Mille dollars. Aïe aïe aïe !

— Grands Dieux !

— Eh bien… J'ai dû payer l'assurance auto… et ma note de téléphone a battu tous les records ce mois-ci. Ma mère, vous savez… je vous ai dit qu'elle avait été malade.

Herron étudia les caractères alambiqués du cartouche. L'île de Malte, 1680, dans la *Mare Mediterraneum*. Au nord, *Sicilia Pars* – une partie de la Sicile – et au sud la Barbarie – l'Afrique. Le graveur avait ajouté des bateaux aux voiles gonflées à bloc, une bataille navale, des nuages de fumée, un vaisseau en train de couler, un canot rempli de marins qui s'enfuyaient en ramant frénétiquement…

— Et ta colocataire ? C'est quoi, son nom… Carla ? C'est quoi, sa part de loyer ?

Le visage de Jenny s'assombrit.

— Carla n'est plus là.

— Plus là ? Elle ne s'est quand même pas évaporée ?

— Si.

Jenny mit un moment à trouver les mots :

— Elle est sortie un soir, samedi dernier, et je ne l'ai plus revue depuis. Je ne sais pas où elle est passée.

— Les gens ne disparaissent pas comme ça. Elle était avec qui ?

— Je ne sais pas. Elle ne m'a rien dit.

— Mais tu dois connaître ses amis ?

Jenny secoua la tête. Bien que cela lui parût improbable, Herron n'insista pas.

— Tu as appelé la police ? demanda-t-il plutôt.

— Non. Elle est peut-être retournée à Los Angeles, tout simplement. Carla a toujours eu un côté irresponsable, expliqua Jenny, avec un soupir. Toujours est-il qu'elle m'a plantée, pour le loyer. Si je ne paie pas, je vais me retrouver à la rue.

— Ça m'étonnerait… Une fille aussi intelligente que toi !

Une nuance d'irritation passa sur son visage, avant qu'elle détourne les yeux vers la cour, et que son regard ne se perde dans le vert du feuillage.

— Vous ne suggérez pas que je demande l'argent à Stuart ? Il me donnerait certainement plus de mille dollars.

— Oh, je t'en prie ! N'y songe même pas !

— N'empêche qu'il le ferait.

36

— Ce qu'il ferait, Jenny, c'est passer un ou deux coups de fil aux services d'immigration, et tu te retrouverais dans un avion à destination de l'Angleterre. Tiens-toi à distance de ce type. C'est un cabotin.

— Il est riche, rétorqua-t-elle, irritée.

— Mais c'est un cabotin tout de même. Je vais te raconter une histoire à son sujet. Je lui ai vendu un atlas l'année dernière, une sublime édition de 1572, à reliure vélin, de *L'Isole più famose del Mondo* de Tomaso Porcacchi. Tu sais ce qu'il en a fait ? Il a découpé les pages et a offert les gravures comme cadeaux d'affaires. Et il se prétend collectionneur ! J'étais horrifié !

Jenny Gray croisa les bras et garda le regard rivé au-delà de la moustiquaire. Le soleil de la fin d'après-midi faisait miroiter la surface du canal. Sur un palmier, une nuée de perroquets prit son envol dans un bruissement d'ailes.

— Évidemment que je vais te le prêter, cet argent, dit-il.

Elle se tourna vers lui et lui sourit, la sorcière.

— Merci, juge Herron.

Il dut monter à sa chambre pour prendre les billets, qu'il conservait dans un coffre à l'intérieur du placard, sous une pile de couvertures. Peut-être était-elle au courant ? Il avait parfois remarqué que de petites choses n'étaient pas à leur place, que les franges du tapis étaient emmêlées, ou qu'un soupçon de parfum flottait dans l'air. Alors qu'il refermait le coffre et cachait la clé dans un tiroir, il se reprocha de douter d'elle. Jenny l'avait bien remboursé la dernière fois, non ? Il l'avait rencontrée alors qu'elle servait le champagne lors d'une collecte de fonds à destination d'un musée, chez Stuart Barlowe. Elle avait accepté de servir d'assistante à Herron pour vingt dollars de l'heure.

Lorsqu'il revint dans la véranda, elle étudiait une carte Mercator de l'Afrique du Nord. Deux d'entre elles, de petit format, avaient disparu. Herron ne demanda pas à Jenny si elle les avait prises. Il ne souhaitait pas le savoir.

Il lui donna l'argent, qui disparut dans une poche de son jean.

— Je veux que tu sois là demain matin à 9 heures. Il faut à tout prix qu'on ait préparé les cartes et qu'on les ait apportées au musée dans la semaine. Tu es capable de t'arracher de ton lit d'aussi bonne heure ?

— Je promets d'apporter du pain cubain si vous faites du café au lait, répliqua-t-elle.

— *Sí, señorita.*

Dans un soudain élan de tendresse, elle lui frôla les lèvres d'un baiser. Herron eut un pincement au cœur.

— À demain, lança-t-elle.

— Allez, file !

Il l'entendit s'éloigner d'un pas rapide.

— À demain, ajouta-t-il.

Une fois dans la cuisine, il ouvrit le placard au-dessus de l'évier et y prit ses cachets pour le cœur.

— Oh Royce, tu es vraiment le roi des idiots ! s'exclama-t-il, baissant les yeux vers le chat qui lui rendit son regard. Ce n'est pas toi qui diras le contraire, hein ?

À 20 h 30, Royce Herron avait sélectionné une dizaine de cartes pour son stand « L'histoire de la cartographie en Floride ». Il se pencha lentement afin de ramasser, sur le sol, une assiette en papier. Le chat avait mangé les restes de son sandwich au jambon et, couché sur le dos, était vautré sur le divan.

— Tu ne serais pas en train de devenir un peu grassouillet, mon vieux ? Oui… je sais ce que tu penses : patron, ça te va bien de dire ça !

Le téléphone sonna. Herron décrocha. Reconnaissant la voix, à l'autre bout du fil, il se maudit de ne pas avoir consulté le numéro qui s'affichait.

— Royce, c'est moi.

Martha Framm. Martha, qui possédait une marina sur le fleuve de Miami et passait les trois quarts de son temps à militer dans une association de défense des riverains. Elle avait soixante-sept ans, les cheveux blonds décolorés et la maigreur d'un chien sauvage. Après la mort de la femme de Herron, il leur était arrivé d'aller au restaurant ou à l'opéra. Mais la conversation de Martha bifurquait systématiquement vers les politiciens vénaux, les promoteurs immobiliers qui les achetaient, la corruption des lobbies et les lèche-cul de la radio cubaine. Tout en se faisant des ennemis à la chambre de commerce, le groupe était parvenu à torpiller cinq projets de lotissements, un supermarché spécialisé dans le brico-lage et trois stations-service.

— Martha, répliqua-t-il d'une voix enjouée. Comment allez-vous ?

— Je vous ai laissé un message. Vous ne l'avez pas eu ?

— Si. Mais je suis désolé, je suis dans les préparatifs jusqu'au cou pour le salon des cartes anciennes qui a lieu ce week-end. Et de votre côté, tout va bien ?

— Super. Sauf que Moreno vient d'annoncer qu'il est sur le point de changer d'avis au sujet du Metropolis.

Un silence s'ensuivit.

— Vraiment ? murmura enfin Herron en tripotant l'un des boutons de son cardigan. Ces derniers temps, elle avait dans le collimateur un projet immobilier constitué d'un centre commercial et d'immeubles d'habitation, devant être construit sur la rive ouest du fleuve Miami. Paul Moreno, le commissaire à l'urbanisme, s'y était opposé. Du moins jusqu'à aujourd'hui.

— Il s'est passé quelque chose. Ils se le sont mis dans la poche. Ils l'ont acheté. Ou menacé.

— Oh, ne croyez pas tout ce qui se raconte, Martha.

— C'est la vérité. S'ils obtiennent une voix de plus, on est cuits. On tient une réunion d'urgence vendredi, avant la séance de vote, et je veux que vous y preniez la parole.

Au cours de leur dernier rendez-vous, après quelques verres de vin en trop, Herron avait accepté d'apporter son soutien à la campagne anti-Metropolis de Martha – pour, le lendemain, décou-vrir son nom étalé partout sur le site Internet de son association. Cela allait à l'encontre de son désir de rester en dehors de la vie politique locale. Après avoir exercé pendant quarante ans les professions de juge et d'avocat, il avait eu sa dose. Certes, l'idée de voir surgir au-dessus du fleuve d'énormes tours de verre et d'acier le contrariait. Mais il ne voulait pas être mis dans le même sac que les fanatiques opposés à toute construction nouvelle.

— Vendredi ? C'est impossible, je le crains… Je vais être accaparé par le salon.

— On a besoin de vous. J'ai dit à tout le monde que vous seriez là.

— Martha, j'ai eu tort de prendre position pour une organisation partisane. Je me dois de rester neutre.

— Royce, je vous rappelle votre promesse. Vous avez juré de m'aider à saborder cette monstruosité.

— Je ne pourrai pas y être. Je suis désolé…

— Qu'est-ce qui vous arrive ? C'est Stuart Barlowe ? Il a menacé de retirer son soutien financier à ce fichu musée ?

— Je ne souhaite pas poursuivre cette conversation, madame Framm.

— Madame Framm ? Nom de Dieu, Royce. Réveillez-vous ! C'est l'argent de Stuart Barlowe qui se cache derrière cette saleté de projet. Il assécherait les Everglades, si ça pouvait lui rapporter de l'argent. Des familles comme la vôtre ou la mienne ont fait l'histoire de cette ville, et vous ne vous souciez pas de ce qu'elle devient ? Où est passée votre intégrité ? Et vos couilles, vous en avez fait quoi ?

Il appuya la main sur son front et ferma les yeux.

— Martha, je vous en prie.

— Je suis désolée, Royce. Ça me rend folle.

Il respira un bon coup pour recouvrer son calme.

— Je ne pourrais pas être à la réunion. Mais croyez-moi, j'ai déjà abattu ma carte.

— Qu'est-ce que vous insinuez ?

— Laissez tomber…

— Oh, Royce, dites-le-moi.

— Eh bien, je me suis servi de mon talent de persuasion pour amener Stuart Barlowe à adopter notre point de vue. Je n'en dirai pas plus. Il faut que vous me juriez de ne rien répéter à qui que ce soit, Martha.

— Répéter quoi ? Vous ne m'avez rien dit du tout. Mais c'est bon, je jure.

Bien que Martha s'échinât, à force de questions, à lui tirer les vers du nez, Royce Herron parvint à mettre fin à la conversation. Lorsque son cœur sembla s'arrêter de battre, il aspira une grande bouffée d'air et se massa le torse.

— Bon sang !

Les mains tremblantes, il empila rapidement les cartes et les emporta à l'intérieur de la maison. Sur le seuil, il manqua de trébucher.

Une lampe en cuivre était allumée, au bout du canapé d'angle, répandant sa lueur sur un revêtement d'un vert fané, un petit piano à queue et un tapis d'Orient élimé. Une pendule tictaquait sur la cheminée en pierre de corail. Herron traversa le séjour, où s'amoncelaient livres, papiers et boîtes, et se rendit à son bureau, dans l'entrée. Il déclencha l'interrupteur avec le coude et lâcha sa brassée de cartes sur le meuble en métal où, dans la matinée, Jenny les rangerait après les avoir classées.

Il se laissa tomber dans son fauteuil et appuya le front sur sa paume. Le chat se frotta contre sa jambe. Herron se pencha et lui tapota la tête.

— Je sais ce que tu penses, Ptolémée. Je manque de cran. Je devrais avoir le courage de parler.

Herron s'extirpa de son fauteuil, retourna à la cuisine se préparer un martini on the rocks puis regagna son bureau. Il mit son ordinateur en marche, s'assit, fixa l'écran, puis contempla le mur recouvert, comme tous les autres, de photographies encadrées. Il se leva et traversa la pièce.

Un cliché en particulier attira son attention, une photo en noir et blanc, dans un cadre métallique. Elle avait été prise au salon international des cartes anciennes qui s'était déroulé à Toronto en 1968. On y voyait un groupe de dignitaires, parmi lesquels le président de la société internationale de cartographie, le gouverneur de l'Ontario, etc., ainsi qu'une version plus jeune de lui-même, aux côtés de son compagnon de pêche et confrère collectionneur, Bill Fairchild. Bill et lui venaient alors d'échanger leurs cartes nautiques anglaises contre de superbes cartes des Caraïbes qu'ils offraient au musée de Miami. Au beau milieu, Frederick Barlowe, organisateur de l'événement. Dans un coin, presque en dehors du cadre, l'épouse de Frederick (dont Herron avait oublié le nom) et ses deux fils adolescents, Stuart et Nigel.

Herron examina encore quelques instants la photo. La petite Jenny Gray avait gloussé en réalisant que c'était lui, sous cette masse de cheveux sombres et bouclés. Tous les gens du cliché avaient changé. Certains étaient déjà morts, d'autres s'apprêtaient à aborder les rivages inconnus. Parmi eux, il y avait le plus stupéfiant des imposteurs.

Le chat passa de la table à la banquette de fenêtre, où il se lova sur un coussin et se lécha les pattes. Herron distinguait, au-dehors, la lumière du perron de son voisin et la rue déserte. Il tenta de se rappeler s'il avait fermé les portes-fenêtres. Oui, certainement... Oui, il en était sûr. Il n'avait pas déclenché le système d'alarme. Il ne le faisait jamais, sauf lorsqu'il quittait la ville.

Une impression qui n'avait rien de rationnel l'envahit : on l'observait. Il tira les rideaux. Sur le meuble, un cahier jaune ouvert. À côté, une carte italienne, de la période Renaissance, que Royce Herron prit entre ses doigts. Datée de 1511, elle représentait le monde, et lui avait été prêtée par Stuart Barlowe. C'était vraiment une pièce exceptionnelle. La Floride y flottait, à un angle des plus fantaisiste, dans l'Atlantique Ouest.

Il mit un moment à distinguer un faible grognement. Baissant le regard, il vit que le chat fixait de ses yeux jaunes quelque chose au bout de la pièce.

La carte toujours à la main, Herron se tourna vers la porte ouverte. En une fraction de seconde, il saisit que quelqu'un s'était introduit chez lui. Mais à quelle fin ? Il vit le revolver. Un éclair, puis un bruit sourd... Au même instant, il sentit dans sa poitrine l'impact de la balle. Une autre le frappa au ventre, comme un coup de poing.

Surpris, déconcerté, il baissa la tête et leva les mains. Une balle traversa l'une d'elles. Puis son œil s'emplit soudain d'une chaleur brûlante. « Arrêtez... Arrêtez ! » tenta-t-il de formuler, mais ses lèvres demeurèrent paralysées.

Herron vacilla contre le meuble à cartes et s'effondra, plongeant dans un abîme sombre et sans fond.

4   Les banians et les jacarondas atténuaient la lumière mati-
nale devant les trois bâtiments bas bordant la rue du juge
Herron – laquelle s'achevait en cul-de-sac dans la baie
de Biscayne. La demeure elle-même, coincée entre deux villas
récentes de style méditerranéen, paraissait vieille d'au moins
soixante ans, avec son auvent à voitures sur l'un des côtés, le
flamant rose en vitrail de la porte, et les fenêtres à soufflets sur
toute la longueur du séjour. Des épiphytes jaillissaient du muret
en pierre de corail presque entièrement dissimulé par une file de
voitures de police.

Des voisins s'étaient rassemblés sur le trottoir. Tout en se
frayant un chemin parmi eux, Allison Barlowe réalisa soudain
qu'elle était déjà venue dans cette maison. C'était lors d'une réception – sans doute en rapport avec les cartes, son père et Royce
Herron n'ayant pas d'autre intérêt commun. Elle avait quoi alors
… quinze ans ? Des détails lui revenaient à l'esprit : ce soir-là, le
juge lui avait offert un atlas routier du Canada – pays où elle était
née – de 1927. Et, toujours le même soir, après s'être méchamment
disputée avec sa belle-mère, Allison avait volé la Mercedes de son
père et parcouru plus de mille cinq cents kilomètres avant d'être
arrêtée par un agent de la police de Virginie. Deux ans plus tard,
dans l'avion à destination de New York, où elle devait commencer
ses études, elle avait fait le vœu de ne jamais revoir Miami.

Mais elle était revenue, et la ville lui avait paru à la fois fami-
lière et étrangère. La semaine précédente, au cours d'une soirée de
collecte de fonds, Royce Herron lui avait passé un bras sur l'épaule

et souhaité un bon retour chez elle. C'était un brave homme. Dire qu'un salopard sans âme venait de l'abattre !

Elle franchit rapidement la grille d'entrée, où l'on avait posté un agent en uniforme. Le vent souleva ses longs cheveux, des mèches lui fouettèrent le visage. Elle les rejeta en arrière.

— Ma cliente est à l'intérieur. Jenny Gray. Elle m'a appelée, et j'aimerais lui parler.

L'agent la fit entrer et lui suggéra de demander le sergent Martinez.

Allison trouvait qu'elle n'altérait qu'à peine la vérité en disant «ma cliente». Elle n'avait pas encore passé l'examen du barreau de Floride, mais elle avait exercé cinq ans à Boston en tant qu'avocate et, en ce moment, elle travaillait à plein temps comme parajuridique en attendant de prêter serment. Elle avait déjà conseillé Jenny, à l'occasion d'un litige sans importance avec sa propriétaire – une faveur envers son beau-frère, pour qui travaillait la jeune Anglaise. Une demi-heure plus tôt, au téléphone, cette dernière lui avait raconté d'une voix frénétique qu'elle était arrivée chez Royce Herron à 9 heures. Que celui-ci ne venant pas ouvrir, elle avait fait le tour et était entrée par la porte-fenêtre coulissante de la véranda. Elle l'avait alors découvert mort dans son bureau. Allison lui avait intimé de ne faire aucune déclaration. Elle arrivait.

Après avoir changé pour de simples lunettes de vue ses lunettes de soleil correctrices, Allison pénétra dans le séjour. Dans l'entrée, à sa droite, l'activité était à son comble. Elle en déduisit que le corps du juge Herron devait s'y trouver. À un agent en civil, elle expliqua sa mission. Celui-ci passa sous une grande porte voûtée menant – Allison s'en souvenait – à la cuisine. Une minute plus tard, il reparut accompagné d'un homme aux cheveux gris, vêtu d'un polo à carreaux qui déclara être le sergent Martinez.

Allison demanda où elle pouvait trouver sa cliente, Jenny Gray.

— Vous êtes avocate, mademoiselle Barlowe ?

— Oui.

— Je peux voir votre carte du barreau ?

Il l'observait par-dessus les verres à double foyer de ses lunettes.

— Pourquoi ?

— N'importe qui peut entrer ici et se prétendre avocat.

— Je n'ai pas pour habitude de me promener avec ma carte du barreau, dit-elle. Et, malheureusement, je n'ai pas encore de carte de mon cabinet. On vient de me recruter. Je travaille chez Marks et Connor. Notre cliente, Mlle Gray, m'a appelée. Elle dit qu'elle veut partir, et vous n'avez pas le droit de l'obliger à rester – à moins qu'elle ne soit en état d'arrestation, ce qui à ma connaissance n'est pas le cas.

— Mmm mmm…

Martinez échangea un regard avec son coéquipier, puis :

— Madame Barlowe, nous sommes en train d'avoir une petite discussion avec Mlle Gray, dans la cuisine. Pourquoi ne pas vous asseoir et attendre tranquillement ?

— Vous ne tirerez rien de Jenny. Je lui ai dit de ne pas répondre à vos questions.

Allison soupira et, leur adressant un sourire navré :

— Je suis désolée. Je tiens autant que vous à savoir ce qui s'est passé. Le juge Herron était un ami de ma famille. Lui et mon père, Stuart Barlowe, se connaissent depuis de longues années. Sans doute avez-vous entendu parler de Stuart Barlowe ? Il est membre du conseil d'urbanisme de Miami.

— Je me fiche de savoir qui est votre père.

Son collègue, plus jeune, lui donna un petit coup de coude.

— Barlowe. L'île de La Gorse. Il m'arrive de faire des extras dans le service d'ordre, quand il donne des soirées là-bas.

— Je ne suis pas en train de vous demander de me faire une faveur, Sergent. Je pourrais très certainement obtenir de Mlle Gray qu'elle accepte de vous parler. Pour le moment, je vous demande néanmoins, et très poliment, de me laisser m'entretenir avec ma cliente.

— Je voudrais d'abord vous poser quelques questions, répondit Martinez après un temps de réflexion. On a trouvé une pile de cartes anciennes dans le bureau du juge Herron. Mlle Gray nous a expliqué qu'ils avaient tous les deux passé la journée de la veille à travailler dessus, dans la véranda, à l'arrière de la maison. Ces pièces ont-elles de la valeur ?

— Ça dépend lesquelles. Il y en a qui sont estimées à quelques centaines de dollars, d'autres à plusieurs milliers. Certaines appartiennent sans doute à mon père. Il les avait prêtées au juge, pour son stand au salon.

Allison tourna la tête vers le vestibule.

— Elles ont disparu ? demanda-t-elle.

— On n'en sait rien. C'était peut-être le mobile du tueur, cela dit. Vous pouvez peut-être nous éclairer. Le cadavre du juge est encore là, à l'intérieur. Il a été abattu. Allez jusqu'au meuble à cartes. Si ça vous paraît trop éprouvant, ne le faites pas.

— Non, ça ira. Enfin… si je peux me rendre utile.

Dans le vestibule, ils croisèrent un homme vêtu d'une combinaison blanche jetable et bottes assorties, équipé d'un mini-aspirateur. Martinez introduisit Allison dans la deuxième pièce sur la droite. Chaque centimètre carré y était passé au peigne fin par les experts de la police scientifique. Une femme prenait des photos.

Allison balaya la salle des yeux. Un vieux bureau en chêne, un fauteuil de relaxation inclinable, des photographies encadrées, des meubles en métal, aux tiroirs peu profonds… Puis elle vit l'homme gisant sur le sol. Son ventre, recouvert d'une chemise blanche, saillait sous son cardigan marron. Sur le blanc du vêtement, deux trous rouges. Et là où l'on aurait dû voir l'un de ses yeux, du sang. Il avait, en s'écoulant, formé une tache irrégulière sous la tête et sur le tapis de couleur pâle. Autour du corps, et au-dessous, traînaient des cartes non encadrées, froissées et maculées de sang.

Allison s'appuya au chambranle.

— Mademoiselle Barlowe ?

Elle avait la gorge nouée.

— Celui qui a fait ça mérite la mort. Sa famille a été prévenue ? Je crois qu'il a un fils qui vit dans un autre État.

— On s'en occupe.

— Quelqu'un a entendu les coups de feu ?

— On interroge les voisins mais, pour le moment, on n'a rien. Les fenêtres sont équipées de vitres anti-ouragan très épaisses, qui étouffent le bruit.

D'un signe de tête, Martinez désigna le meuble à cartes.

— Vous en reconnaissez ? Ne les touchez pas ! Nous allons relever les empreintes. La plupart des cartes étant sous plastique, on devrait, s'il y a quelque chose, obtenir de bons résultats.

Allison remarqua que certains des tiroirs étaient ouverts.

— C'est vous qui avez ouvert les tiroirs ?

— On n'a touché à rien.

Allison s'approcha pour jeter un coup d'œil.

— Sans liste, je ne peux pas vous dire ce qui manque. Mais certaines des chemises m'ont l'air vides. Il y avait un tas de cartes sur le dessus du meuble, vous voyez ? Elles ont glissé. Il... il tenait probablement celle-ci lorsque... Oh, c'est la Corelli. Elle appartient à mon père.

Le regard d'Allison s'attarda sur une mèche de fins cheveux gris, au-dessus de l'oreille de Royce Herron. La joue livide, un vaisseau éclaté... Elle détourna les yeux.

— Cette carte de Corelli vaut une fortune. Je ne sais pas combien, au juste. Elle est fichue, maintenant. Celle qui se trouve sur le meuble fait elle aussi partie de la collection de mon père. Elle est de John Speed, et vaut dans les... je ne sais plus. Cinq mille dollars ? J'ignore quelles autres pièces sont ici.

— Comment peut-on se procurer la liste des cartes ?

— Mon père en a une... de celles qu'il a prêtées pour le salon. Je suis certaine que le juge Herron avait établi un inventaire.

— Vous pensez qu'il nous sera possible de les retrouver ? Dans les monts-de-piété ? Chez les marchands d'art ?

— Non. Le salon a beau se tenir ce week-end à Miami, vous ne trouverez aucune de ces cartes sur le marché. Les marchands d'art respectables ne touchent pas aux biens volés. Je peux vous mettre en contact avec les organisateurs, si vous le souhaitez. Ils vous diront comment faire circuler l'information, quant au vol. Je peux y aller, à présent ?

Dans l'entrée, lorsqu'elle put enfin respirer normalement, elle dit :

— C'était un brave homme. Trouvez la personne qui a fait ça !

Allison fit sortir Jenny par la porte de derrière. Longeant le muret en pierre de corail, elles passèrent par le jardin de la maison voisine afin d'éviter les journalistes. Une fois dans la rue, elles contournèrent le camion d'une chaîne d'informations satellite avant de traverser.

Personne ne prêta attention aux deux femmes, l'une en tailleur pantalon et lunettes noires, l'autre à la crinière brune striée de mèches blondes. Si quelque chose en elles avait dû attirer l'attention, songea Allison, ç'aurait été la beauté de Jenny, splendide métisse dotée d'une taille de guêpe et du genre de poitrine pour lequel les femmes sont en général contraintes de casser leur tire-lire. Le beau-frère d'Allison avait repéré Jenny sur une serviette de bain, à South Beach, et lui avait proposé un boulot de serveuse dans son restaurant, situé sur le toit d'une banque de Brickell Avenue.

Parvenant à sa voiture, une petite Nissan tape-à-l'œil à l'aile cabossée, Jenny fouilla dans son sac à main, dont elle finit par vider le contenu sur le capot pour retrouver ses clés.

— Tu peux venir avec moi à mon bureau ? demanda Allison.

— Non. Je dois y aller.

— Une minute ! Je viens de te sortir de là. Le minimum que tu pourrais faire, c'est…

— Merci de m'avoir tirée d'affaire, dit Jenny en remettant ses affaires dans son sac. Envoie-moi la note, d'accord ?

— Jenny, il faut que nous parlions. Tu veux bien passer à mon bureau, juste un moment ?

Jenny s'appuya contre sa voiture et, du bout des doigts, essuya les larmes soudain jaillies de ses yeux.

— Il est mort ! Ils l'ont abattu !

Allison lui tendit un mouchoir en papier.

— Jenny ? Tu as une idée de qui a pu faire ça ?

— Non. Je ne suis au courant de rien. C'est ce que j'ai déclaré à la police. Je suis entrée et je l'ai trouvé là, c'est tout.

— Très bien. À présent, écoute-moi. Ils vont vouloir te reparler. Je vais faire en sorte que l'associée principale de mon cabinet s'occupe de ton affaire, elle est incollable en droit criminel.

— Pourquoi j'aurais besoin d'une avocate ? On ne me soupçonne pas !

— Pas pour l'instant, mais ils pensent que quelqu'un a pu
s'introduire dans la maison pour voler les cartes. Ils savent que tu
aidais le juge Herron à préparer le salon de ce week-end. Et ils
pourraient se demander à qui tu en as parlé.

— À personne ! Je n'ai rien à voir avec ça ! protesta-t-elle,
rouge de colère. Qu'il ait été collectionneur, ce n'était un secret
pour personne.

— Mais il ne conservait pas chez lui les exemplaires les plus
précieux. Du moins, pas avant le salon. Qui était au courant ? À
part les gens liés à l'événement ?

— Ceux-là, je ne leur ferais pas confiance. Une bande de
cinglés…

— C'est bien possible, mais un collectionneur n'irait pas
jusqu'à tuer. Et n'aurait pas idée de tirer sur un homme en trouant
une Corelli qui vaut des dizaines de milliers de dollars.

Jenny en resta bouche bée.

— Combien ?

Allison secoua la tête.

— Laisse tomber. Concentre-toi, c'est tout. As-tu parlé des
cartes à qui que ce soit ? À Larry, peut-être ? Ou à l'un de ses amis ?

— Non. Larry savait que je travaillais chez Royce – je veux
dire chez le juge Herron – à temps partiel. Mais ton frère n'aime
pas les cartes, pas vrai ?

— Frère par alliance, précisa Allison. Tu sais si le juge avait
des rendez-vous, plus tard dans la soirée ? Il se peut que la police
trouve quelque chose dans son agenda, mais il y a peu de chances
qu'ils m'en parlent.

Jenny se moucha.

— Il n'a rien mentionné à ce sujet. Il a simplement dit qu'il
devait terminer sa sélection.

— Quelqu'un est passé pendant la journée ?

— Pendant que j'étais là ? Juste ce type qui est venu déposer
une carte.

— Qui ça ?

— Le livreur de la boutique de cartes anciennes.

— Quelle boutique ?

— La Rose des vents.

— Je vois… Et il s'appelle comment, ce livreur ? demanda Allison alors qu'elle connaissait déjà la réponse.

— Il s'appelle Tom Fairchild. Il n'est resté que cinq minutes, et il n'a rien vu du tout. Il n'est pas entré dans le bureau.

— Il est allé sur la véranda ? D'après la police, c'est là que vous vous étiez installés pour travailler.

— Il était au courant, pour les cartes, mais il serait incapable de… Ce n'est pas un meurtrier. C'est un chic type, vraiment.

— Tu l'as rencontré où, à la boutique ?

— Oui, et on a passé deux ou trois soirées ensemble. Si tu veux savoir, il m'a amenée à une réunion des Alcooliques Anonymes, ajouta-t-elle dans un éclat de rire. Alors qu'il ne boit pas… enfin, pas comme ça. Il y assistait parce que sa probation l'y obligeait. Ça ne m'a vraiment pas plu, toutes ces histoires déprimantes…

Allison écarquilla les yeux.

— Il a fait quoi, pour être en probation ?

— Pas grand-chose. Vol avec effraction. Sauf que Tom est entré dans la maison en question pour y récupérer ses affaires, que son colocataire avait embarquées au moment de son déménagement.

Allison leva les mains.

— OK, on verra ça plus tard. Quand peux-tu passer à mon bureau ?

Jenny dirigea vers sa voiture son bip pour ouvrir les portières.

— Demain, peut-être. Je t'appelle.

— Trouve-moi une meilleure réponse, insista Allison en retenant la portière.

Jenny tenta de la lui faire lâcher.

— Je t'appellerai. Retire ta main de là !

Allison regarda la voiture faire demi-tour au bout de la rue et effectuer un brusque virage à droite, dans un tourbillon de feuilles mortes.

Un visage lui revint à l'esprit, qu'elle n'avait pas revu depuis douze ans.

— Tom Fairchild. Il ne manquait plus que ça !

5 En quittant le bureau cet après-midi-là, Allison replia la capote de sa voiture et laissa le vent s'engouffrer dans ses cheveux. Sur la route entre Miami et la plage, elle vérifia qu'il n'y avait pas de voiture de police dans les parages et propulsa son petit bolide à cent cinquante kilomètres heure. Allison avait acheté cette BMW Z4 de couleur noire le week-end précédent. Elle freina pour prendre la bonne sortie et se dirigea vers le nord.

À l'entrée de l'île de La Gorce, elle dut donner son nom au gardien. Il consulta une liste sur son ordinateur et nota son numéro d'identification. Allison fulminait. La clé électronique du portail que son père avait promis de lui envoyer n'était toujours pas arrivée. Allison aurait juré qu'il avait confié cette tâche à Rhonda, laquelle avait le don d'oublier de faire tout ce qui ne la concernait pas personnellement.

La barrière d'accès se souleva enfin. Allison crispa les mains sur le volant et respira un grand coup. Elle s'était promis de partir sur de nouvelles bases avec l'épouse de son père : finies les disputes, la colère et l'ironie.

La villa de vingt pièces, de style italien, était construite sur un vaste terrain dominant la baie. Une fois le portail franchi, Allison roula entre deux rangées de palmiers, dépassant le pavillon des invités et le court de tennis. La moindre feuille morte avait été balayée sur la pelouse, et deux employés en livrée dressaient un kiosque sous le portique. Allison remarqua un camion frigorifique du Biscayne Grill, le restaurant que son beau-frère dirigeait, en centre-ville. Personne ne l'avait prévenue qu'une soirée aurait lieu ce jour-là.

Elle contourna le camion pour se garer sous la tonnelle couverte de bougainvillées. Puis, saisissant son sac à main, elle se rendit à la cuisine, où des serveurs en chemise blanche et nœud papillon déballaient des plateaux de nourriture et disposaient des rangées de verres à vin sur des plans de travail en granit.

S'approchant de la gouvernante par-derrière, Allison lui serra l'épaule. Petite et boulotte, Fernanda avait le visage encadré de boucles grises. Elle était au service de la famille depuis vingt ans.

— *Hola, Fernandita.*

Avec un sourire, Fernanda lui tapota la joue.

—¿ *Niña, cóme andas ?* On ne te voit pas assez.

— C'est que je travaille vingt-cinq heures par jour ! Qu'est-ce qui se passe, ici ?

— Une soirée pour l'association des maladies cardiaques. Je préviens Mme Barlowe que tu es ici ?

— Non, je te remercie. Mon père est là ?

— Pas encore. Ça te dit, un verre de vin ou un soda ?

— Je me sers. Tu es assez occupée comme ça.

Allison se fraya un chemin parmi les employés affairés autour du bar. Elle dégota un verre à cocktail puis, fouillant parmi les innombrables bouteilles de vodka du congélateur, chercha quelque chose de buvable.

— Oh, super !

Elle ouvrit la bouteille de vodka écossaise et se la servit sur des glaçons.

Elle coupait une rondelle de citron quand Rhonda entra par la porte-fenêtre ouverte sur le jardin. Elle était vêtue d'un tailleur vert jade et d'escarpins Manolo Blahnik à motif léopard (qu'Allison avait vus chez Neiman Marcus, à cinq cents dollars la paire). Sa chevelure avait été travaillée en boucles blondes et vaporeuses. Elle était suivie de son pékinois et d'un homme mince en costume noir avec un diamant à l'oreille et des lunettes à monture sombre identiques à celles d'Allison. Il expliquait pourquoi il préférait la sauce moutarde au beurre fondu pour accompagner les pinces de crabe caillou.

Allison laissa tomber la rondelle de citron dans sa vodka.

— Bonjour, Rhonda.

Celle-ci la remarqua enfin, puis son regard se posa sur la vodka écossaise et le verre à cocktail en cristal – comme si elle s'était attendue à ce qu'Allison boive de la vodka bon marché dans un gobelet en plastique. Et sourit alors de toutes ses dents.

— Allison, quel plaisir de te voir ! Je ne peux pas te parler pour le moment. Ton père et moi allons être très occupés ce soir, je le crains.

— Je ne compte pas rester longtemps. On devait se voir.

— Ah oui ?

Allison se gardant de préciser quoi que ce soit, Rhonda poursuivit :

— Il devrait arriver d'une minute à l'autre. Attends-le, je t'en prie.

— Tu es au courant, pour Royce Herron ? demanda Allison.

— Mon Dieu, oui. C'est vraiment épouvantable. Nous sommes tous sous le choc, répondit Rhonda en portant la main à son cou, ses bracelets en or brillant de mille feux. Ils n'ont pas la moindre piste. Aux dernières nouvelles, du moins.

— C'était un type adorable. Je l'aimais bien, dit Allison.

— Moi aussi. Quelle tragédie ! Bon… j'ai des milliers de choses à finir. Tu devrais revenir quand on aura un peu plus de temps devant nous.

Elle plaça le chien sur son bras et reprit sa conversation avec l'organisateur de la soirée. Elle préférait le beurre fondu à la sauce moutarde.

Allison avala une grande gorgée de vodka. Elle se rappela sa résolution : ne pas laisser Rhonda la mettre en boule. Il devait bien y avoir un cœur, quelque part sous cette peau de reptile.

Allison annonça à Fernanda qu'elle sortait dans le jardin, et lui demanda de prévenir son père quand il arriverait. Sur la terrasse couverte, on avait installé deux dizaines de tables et des chaises au dossier décoré de nœuds rouges. Des chauffages sur pied avaient été placés non loin, au cas où. À la tombée de la nuit, l'air fraîchirait, mais pas au point de glacer les os, comme à Boston, où nul n'aurait idée de dîner dehors en février.

Allison prit l'allée contournant la piscine, puis descendit les quelques marches qui menaient au quai. Là, l'eau de la baie clapotait doucement contre les piliers. Si elle était revenue dans le Sud, ce n'était pas à cause de la grisaille et de la froideur de Boston, mais parce qu'elle regrettait ses amis d'autrefois et sa famille. Du moins, l'idée d'une famille. Une fois franchi le cap de la trentaine, elle avait réalisé qu'elle n'avait pas envie de travailler quatre-vingts heures par semaine dans un gigantesque cabinet d'avocats. Ce qu'elle voulait, c'était rentrer chez elle.

Stuart avait proposé de lui trouver une place par le biais de son avocat, mais Allison en avait déniché une grâce à des amis, dans un cabinet généraliste situé au sud de la ville et dirigé par deux femmes. Bien sûr, elles savaient de qui elle était la fille, et espéraient qu'elle leur amènerait des clients. Allison ne pouvait pas encore plaider, mais elle enquêtait sur les affaires, interviewait des témoins et s'occupait de la paperasse. En supposant qu'elle soit reçue au barreau, elle pourrait commencer à exercer dans le courant de l'été et reprendre alors une vie normale. Ce qui incluait de renouer avec Stuart.

« Avec papa », rectifia-t-elle mentalement.

Elle avait treize ans lorsque, le jugeant distant et indifférent, elle s'était mise à l'appeler par son prénom. Il n'en avait pas toujours été ainsi. Quand Allison était toute petite et qu'ils vivaient à Toronto, Stuart voyageait beaucoup pour la compagnie d'export de la famille et ne manquait jamais, au retour, de lui rapporter un magnifique cadeau. Il lui racontait des histoires sur les pays qu'il avait visités, les gens qu'il avait rencontrés, un pur bonheur pour des oreilles d'enfant. Puis il avait épousé Rhonda et la famille s'était installée à Miami. Allison ne se rappelait pas sa vraie mère, morte avant qu'elle eût commencé à marcher. Son père était toute sa vie. L'homme qui lui racontait de belles histoires et lui promettait, un jour, de lui ramener une boîte pleine d'étoiles, cet homme ne pouvait pas avoir totalement disparu. Il devait encore être là, et Allison tenait à le retrouver.

Elle s'étendit sur l'une des chaises longues molletonnées, laissa tomber son sac sur le sol de la terrasse et retira ses chaussures. Tournant la tête vers l'étendue de la baie, elle distingua, par-delà la route, les bâtiments du centre-ville. À la lueur du couchant, tout prenait une teinte rosée. Allison ferma les yeux. Là, sur cette île protégée, la jeune femme, bercée par le ronflement des bateaux rentrant au port et le léger tintement de l'argenterie, pouvait presque arriver à croire que la violence et la mort n'existaient pas. Mais alors l'image lui revenait à l'esprit : le cadavre d'un vieil homme baignant dans son sang.

La brûlure de la vodka dans sa gorge la réconforta. Aujourd'hui, elle avait versé cent dollars au détective de son cabinet, afin qu'il lui faxe un rapport sur Tom Fairchild. Elle avait été consternée, mais pas totalement surprise, de voir le gâchis que Tom avait fait de son existence : il était en probation pour vol avec effraction, et avait précédemment été condamné pour conduite en état d'ivresse, trouble à l'ordre public, violences sur un agent de la force publique, violation de propriété et port d'arme illégal. Le genre d'individu à qui les banques refusent le moindre crédit. Pas de maison, pas de véhicule, hormis une vieille moto.

À une époque, l'idiote d'adolescente qu'elle avait été trouvait que quelques infractions légères avaient un côté excitant, voire sexy. Dans les années qui suivirent son histoire avec Tom Fairchild, elle avait entendu dire par des amis qu'il avait été de nouveau arrêté. Les rumeurs avaient fini par s'espacer, et son nom par disparaître des conversations. Allison l'avait rayé de la liste des sujets présentant le moindre intérêt.

Elle releva les genoux et y cala son verre. Sa jupe se releva sur ses cuisses, mais personne n'était là pour apprécier le spectacle.

C'est Tom Fairchild qui lui avait appris à boire la tequila frappée. La première fois qu'elle s'était baignée nue dans l'océan, la première fois qu'elle avait – sans casque – dépassé les cent cinquante kilomètres heures à moto, la première fois qu'elle avait fait l'amour : tout ça, elle l'avait partagé avec Tom.

Allison sirotait sa vodka.

— Idiote !

Son père n'avait rien su de tout cela, évidemment. Ni qu'Allison avait poussé Tom à s'inscrire dans une école d'art à New York. Elle venait d'être admise à l'université de Barnard et croyait, dans son incroyable naïveté, que Tom allait réussir à mener sa barque.

— C'est vraiment, vraiment triste.

Elle sortit son Blackberry de son sac, cliqua sur l'agenda électronique. Consultant le programme du week-end, elle vit qu'avait lieu le salon international des cartes anciennes de Miami. Elle n'y était encore jamais allée, bien que l'événement attirât certains des plus grands marchands du monde. Vendredi : cocktail d'inauguration, suivi du traditionnel dîner. Samedi : étudier. Se rendre au salon dimanche. Éviter la Rose des vents.

Il y avait des chances pour que Tom et elle se croisent. Allison le regarderait alors d'un air perplexe, avant de sourire et de s'exclamer : « Ah oui…Tom. Quel plaisir de te revoir ! »

Dix ans auparavant, c'était un jeune homme séduisant, dans le style débraillé. Des cheveux blonds en bataille, un jean qui lui tombait sur les hanches, un tatouage près de l'épaule, un sourire qui mettait du temps à naître, puis faisait pétiller ses yeux. Il s'était montré tendre, intelligent. Mais il avait vieilli. À trente-deux ans, ses expériences avaient dû l'endurcir. Allison se l'imaginait baraqué à force d'avoir soulevé des poids avec ses codétenus dans une cour de prison, les bras et le torse couverts de tatouages. Amer. Désireux d'en découdre avec le système. Elle devait l'admettre : il se pouvait qu'il ait fait le coup. Qu'il se soit introduit chez le juge Herron, l'ait abattu et ait volé toutes les cartes qui lui tombaient sous la main. Surtout si Jenny Gray s'était montrée trop bavarde.

D'ailleurs, elle n'avait toujours pas appelé. Allison n'était pas sûre qu'elle le fasse. Jenny lui cachait quelque chose, ça sautait aux yeux. Or Allison ne pouvait parler de Tom au sergent Martinez sans trahir sa cliente. Elle cherchait une façon de biaiser lorsqu'un bruit de moteur lui parvint aux oreilles. Elle baissa les genoux et tira sur sa jupe.

Un bateau s'approchait de la digue. Un yacht sur la proue duquel étaient assises trois filles bronzées en maillot de bain. L'une d'elles enfilait un pull, pendant qu'une autre se tenait au bastingage en acier et fixait la maison bouche bée. Les hommes étaient occupés à se saouler dans le cockpit. Allison reconnut le capitaine. Son frère par alliance, Laurence Gerard, trente-trois ans, fils d'un riche restaurateur de Montréal. Son père était mort l'année passée, et Larry avait fini par toucher son héritage. À présent, il se prenait pour un roi de l'immobilier.

L'une des filles lança l'amarre vers le quai. Un homme moustachu vêtu d'une chemise hawaiienne sauta du bateau pour enrouler le cordage autour du ponton.

Les moteurs se turent, mais les enceintes diffusaient à plein volume un air de reggae. Larry ouvrit la coupée et quitta la poupe. C'était un homme costaud, portant une casquette des Florida Merlins et un coupe-vent bleu. Allison savait pourquoi il portait la casquette : les produits anticalvitie, c'était de l'arnaque.

— C'est ton nouveau bateau ? demanda Allison.

— Il te plaît ? Je t'emmène faire un tour.

— Non, merci. J'ai à faire.

Se retournant, il jeta un coup d'œil à son ami moustachu. Brûlés par le soleil, les joues, les bras poilus et les jambes de l'homme étaient rouge écrevisse.

— Marek, cette charmante jeune femme est ma sœur Allison.

— Par alliance, précisa-t-elle. Enchantée.

Larry s'assit sur l'accoudoir de sa chaise longue.

— J'ai besoin de ton avis. « Chez Gerard ». Tu trouves ça comment ?

— « Chez Gerard » ? Trop prétentieux.

— Pour le restaurant que je vais lancer au Metropolis ? Au quarante-neuvième étage. C'est quasiment signé. Je décroche tous les restaurants et tous les bars, plus un appartement. C'est cool.

— C'est cool pour toi. Combien Stuart a-t-il dû garantir au promoteur ?

— Ça ne te va pas d'être jalouse, Al.

— Crois-moi, ce n'est pas de la jalousie.

L'homme à la chemise hawaiienne alluma une cigarette, et Allison remarqua que l'ongle du pouce manquait à sa main gauche. Il avait les cheveux noirs et ondulés et, en guise de favoris, des frisottis grisonnants. Son nez aux narines dilatées se recourbait vers la grosse moustache et le menton couvert d'une barbe de trois jours. Un physique des plus remarquable…

— Pardonnez-moi… C'est quoi, déjà, votre nom ?

— Marek.

La cigarette collée aux lèvres, il rangea son paquet.

— C'est polonais ?

— Croate. Vous savez où se trouve la Croatie ?

— Oui. Sur l'Adriatique, en face de l'Italie. Ça faisait partie de la Yougoslavie.

— Votre sœur... fille très brillante.

— Sœur par alliance, reprécisa Allison.

— Le nom de famille de Marek est Vuksinic, ça rime avec pathologique. Quant à la racine, elle signifie « loup ». Intéressant, non ?

Le type costaud se tenait au-dessus d'Allison et lui souriait, reluquant ses jambes nues de ses yeux sombres et vifs.

— Gardez vos distances ! dit-elle.

Il laissa voir, sous la moustache, des dents tachées de nicotine.

— Vous ne voulez pas vous joindre à nous ?

Elle se leva rapidement, enfila ses souliers et rattrapa Larry. La musique se fit de plus en plus faible comme ils gravissaient le sentier menant à la maison.

— Ton copain me fout les jetons. C'est qui ?

— Marek travaille pour un très bon client à moi, au restaurant, répondit Larry. Je lui montre un peu la région, les trucs touristiques. J'ai été plus ou moins obligé de l'héberger chez moi mais, Dieu merci, il part la semaine prochaine. Tu es venue pour la soirée ?

— Non. Je dois parler à mon père. Tu es au courant, pour le juge Herron ?

— J'ai entendu ça aux infos. Je n'en reviens pas. Pauvre vieux !

— C'est Jenny Gray qui a découvert le corps.

— Qui ça ?

— Ne fais pas l'idiot, Larry. Elle est allée bosser là-bas ce matin, et elle l'a trouvé tué par balles. Tu l'as vue ? Elle était censée m'appeler.

Lorsque Larry secoua la tête, elle le força à s'arrêter au bord de la terrasse.

— Il faut que je te demande une chose. Tu savais que Jenny travaillait pour le juge sur les cartes de Stuart, n'est-ce pas ?

— Plus ou moins, oui.

— En as-tu parlé à qui que ce soit ?

— Pour autant que je m'en souvienne, non. Pourquoi ?

— Ses cartes ont été volées. Tu es certain de n'y avoir fait allusion devant personne ?

— J'ai dit non. C'est quoi, ton problème ?

— Franchement, Larry, tu as des copains plutôt louches.

Il replia ses lunettes de soleil. Allison le suivit entre les tables couvertes de nappes.

— Je vais peut-être te surprendre, Allison… Mais il y a des gens qui se fichent pas mal des cartes anciennes.

Quand ils furent dans la cuisine, Larry ouvrit le couvercle de la glacière à vin et en retira quatre bouteilles de champagne Cristal. Fernanda accourut et lui ordonna de les remettre en place, car elles étaient pour la fête. Il lui rétorqua qu'il y avait du Dom Pérignon dans la réserve ; elle n'avait qu'à le prendre. Fernanda objecta que le Dom n'était pas frais. Levant les yeux au ciel, Larry dit :

— Vous n'avez qu'à le mettre dans la glacière, Fernanda. Ce n'est tout de même pas sorcier !

Allison devait se retenir de hurler à l'idée que son père subventionne un tel monstre. Elle sortit dans le hall et, à bonne distance, regarda Larry sortir. Elle fit une prière intérieure pour que son yacht s'échoue sur un banc de sable. Pivotant sur ses talons, elle aperçut une grande silhouette filiforme, en costume sombre, qui s'apprêtait à monter l'escalier.

— Papa !

Il attendit, la main sur la rampe.

— Tu as quelques minutes à m'accorder ? demanda-t-elle.

— Oui. Montons.

Allison avait été choquée, à son retour à Miami, de constater que son père avait pris un sacré coup de vieux. Ses yeux étaient entourés de cernes noirs et, dans sa barbe bien entretenue, les poils blancs étaient de plus en plus nombreux. Il n'était pas malade. Il partait plusieurs fois par an faire du ski avec Rhonda. Ou, plus précisément, sa femme y allait pour se voir offrir une nouvelle broche en diamant noir et lui pour jouir de la vue. Il passait son temps assis seul dans leur chalet, devant la cheminée. À Allison, il avait confié son penchant pour la solitude. Il détestait les soirées mais les supportait pour ne pas contrarier Rhonda, laquelle semblait s'épanouir à mesure qu'il dépérissait.

— Pardonne-moi d'être en retard, dit-il en jetant un œil par-dessus son épaule tandis qu'elle le suivait à l'étage.

Il sortait d'une réunion avec le promoteur du Metropolis. Des détails à régler concernant le permis de construire. Rien de grave.

Allison s'était si longtemps tenue en dehors de l'existence de son père qu'elle ne connaissait que vaguement ses activités. La fortune familiale venait du père de Stuart, Frederick Barlowe, un exportateur de bœuf et de blé canadien installé dans l'Ontario, à Whitby, une ville construite sur une ligne de chemin de fer, à l'est de Toronto. L'oncle d'Allison, Nigel, étant mort à vingt et quelques années, Stuart avait hérité de tout. Par chance, le grand-père Barlowe avait légué par fidéicommis une partie de son argent à Allison. Cela lui avait donné le courage de quitter la maison. Et la liberté d'y revenir à son gré. Elle n'avait pas besoin de l'argent de son père. Elle n'en voulait pas, d'ailleurs.

Leur reflet apparaissait par intermittence dans les miroirs qui, du sol au plafond, tapissaient le hall du premier étage. Le couple disposait d'appartements attenants. Stuart ouvrit la porte de son bureau et céda le passage à sa fille. La pièce était décorée à l'anglaise, façon club de chasse – panneaux d'acajou, meubles en cuir et tableaux représentant des chevaux. Allison s'attendait, en écartant les rideaux, à voir des prairies et des forêts, et non une eau turquoise et des palmiers.

Stuart jeta sa veste sur le dossier d'un fauteuil et se dirigea vers le bar, dans un coin de la pièce.

— Tu bois quelque chose ?

— Oui, je te remercie. Une vodka-soda. Très légère. J'essaie de diminuer les doses.

— On en a tous besoin, dit-il avec un sourire qui creusait, sur son visage, des rides profondes. C'est affreux, ce qui est arrivé à

Royce Herron, hein? Une dizaine de personnes du musée ont dû m'appeler aujourd'hui pour savoir si j'avais entendu la nouvelle.

— C'est plus ou moins de ça que je voulais te parler. Tes cartes… celles que tu avais prêtées au juge Herron…

Il lui tendit le verre, ainsi qu'une serviette à monogramme.

— Quoi, mes cartes?

— Je suis passée chez lui ce matin. Tu te rappelles cette Anglaise au physique exotique qui travaille pour Larry? Jenny Gray? Son père était jamaïcain, il me semble. Elle a participé à des soirées, ici, en tant que serveuse.

— À vrai dire, je ne vois pas trop…

— Bon, quoi qu'il en soit, elle bossait aussi pour Royce Herron, et c'est elle qui a découvert le corps. Le mois dernier, pour rendre service à Larry, je me suis occupée d'un petit litige qui l'opposait à sa propriétaire. Alors ce matin, elle m'a appelée pour que je la sorte des griffes de la police de Miami, qui refusait qu'elle quitte le lieu du crime. J'ai discuté avec les enquêteurs. Ils m'ont demandé s'il manquait des cartes. Ils sont en quête d'un mobile pour le meurtre. Papa, il est possible… non, probable… que quelques-unes de tes cartes aient été volées par la personne qui l'a abattu. La police exige une liste.

Stuart, occupé à se servir un whisky on the rocks, s'interrompit soudain et reposa lentement la bouteille sur le comptoir.

— Tu dis que certaines de mes cartes ont été volées?

— J'en suis pas encore sûre, mais… Au moins deux d'entre elles ont été endommagées. Dont la carte du monde de Corelli.

Il la fixa puis, d'une voix faible :

— Endommagée? Comment ça?

— Par les balles. Et quand le juge Herron s'est effondré, la carte s'est retrouvée sous lui. Il a saigné dessus. Le papier est froissé. On pourrait peut-être la restaurer, mais… franchement, j'en doute.

— Putain de merde! s'exclama Stuart.

Surprise par la violence de sa réaction, Allison sursauta et renversa son verre sur le tapis d'Orient. À l'aide de serviettes en papier, elle ramassa les glaçons et épongea le liquide.

— Je suis désolée, papa…

Alors même qu'elle prononçait ces mots, elle se demanda de quoi elle était désolée.

— ... mais ce n'est qu'une carte.

— Qu'une carte ? demanda-t-il, se tenant au-dessus d'elle. Ce n'est pas ma carte, Allison. Je l'avais déjà promise à quelqu'un ! C'est le clou de sa collection ! Je lui ai juré qu'il pourrait l'avoir, il l'attend et... je suis censé faire quoi, nom d'un chien ?

Elle se remit sur pied.

— Arrête de me hurler dessus !

Le chien de Rhonda qui les avait suivis dans la pièce jappait, grognait et sautait d'un meuble à l'autre.

— Stuart ?

Plantée devant la porte de sa chambre en robe de soirée rouge, Rhonda fixait l'une de ses boucles d'oreilles.

— Mon Dieu. C'est quoi, toute cette agitation. Zhou-Zhou, tais-toi !

— Une de mes cartes a été déchiquetée par les balles. La personne qui a tué Royce Herron a détruit la Corelli. Bang. Bang. Bang... fini, plus rien !

— Elle n'était pas assurée ?

Le chien aboyait toujours. Stuart le prit, le balança dans la chambre de Rhonda et referma la porte.

— Stuart !

— Je ne veux pas de ce putain de chien ici !

Il respira un grand coup et se tourna à nouveau vers Allison.

— Tu dis que la carte peut être restaurée ?

— Je... je ne sais pas. Peut-être, qui sait ?

— Il faut qu'on s'en assure. Nous devons la récupérer au plus vite.

— Il se peut que la police veuille la conserver comme preuve, mais... Tu veux que j'appelle l'officier de police ? J'ai son numéro.

— Tu ferais ça, Allison ?

Il pressa son poing sur sa bouche, puis dit :

— Si ça pose problème, tiens-moi au courant. Je demanderai alors à mes avocats de contacter le maire ou le chef de la police. Il me faut cette carte.

— Calme-toi, chéri, je t'en prie, supplia Rhonda en l'entraînant vers le canapé. J'aurais dû intervenir. Je savais que ce n'était pas une bonne idée, quand elle te l'a suggérée.

— Tu parles de quoi ? demanda Allison.

— C'est toi qui as insisté pour que nous prêtions les cartes à Royce Herron. Elles auraient dû être directement expédiées au musée. C'est là qu'il aurait dû préparer sa présentation.

— Tu es en train de dire que c'est ma faute ? Comme si je savais que quelqu'un allait décharger son revolver sur votre carte ! C'est vraiment très moche de ta part, Rhonda.

— Ce que je dis, si tu veux prendre la peine d'écouter, c'est qu'il n'y avait pas de système de sécurité chez lui. C'était de la négligence, de courir un tel risque. La preuve : tu vois ce qui s'est passé.

Allison lui tourna le dos.

— Je ne veux pas discuter avec toi.

— Va finir de t'habiller, Rhonda, intervint Stuart. Tout ça n'est pas sa faute.

Sa femme lui lissa les cheveux, écartant les mèches qui lui retombaient sur le front.

— Ça va aller ?

— Ne t'inquiète pas. Allez, file !

Il lui baisa la main.

— Il faut que tu te prépares, Stuart. Nos invités ne vont pas tarder à arriver. N'oublie pas... ceinture de smoking rouge, ce soir...

— Oui, oui.

Rhonda traversa la pièce et referma la porte derrière elle.

Confuse, ébranlée, Allison s'assit à l'autre extrémité du canapé.

— Papa ? Je suis désolée, pour la carte.

— Tu n'y es pour rien. Je suis désolé de t'avoir crié dessus, ma chérie.

— Qu'est-ce qu'elle a de spécial, la Corelli ? Tu possèdes d'autres cartes plus précieuses.

— Les gens ont leurs obsessions.

— C'est qui, papa ? À qui l'as-tu vendue ?

Il leva les yeux vers elle.

— À un type en Europe. Un Russe. Un amateur de cartes. Un de mes investisseurs, en fait. Il voulait la Corelli parce qu'elle avait jadis appartenu à quelqu'un de sa famille. Elle est unique au monde. Je vais avoir beaucoup de mal à lui faire accepter ça.

— Je vais la récupérer, dit Allison. Une fois qu'on l'aura, on verra ce qu'on peut faire. Il y a de bons restaurateurs. Et si on ne parvient pas à la remettre en état, on expliquera à ton acquéreur ce qui s'est passé et on lui proposera une pièce encore plus précieuse.

— Oui. Peut-être que…

Elle distingua le tic-tac discret de la montre de son père et, à travers le double vitrage, le lointain vrombissement d'un avion.

— Je suis contente d'être rentrée.

Il hocha la tête.

— Et nous sommes très heureux que tu sois de nouveau parmi nous.

— Je tiens énormément à faire partie de ta vie. Nous avons eu nos désaccords et je t'en voulais. Mais je ne peux pas continuer comme ça. Après tout, j'étais loin d'être une gosse idéale. Tu te souviens de la fois où j'ai volé ta voiture ?

Il sourit et fit oui de la tête.

— Je me souviens des deux fois.

— Mais tu m'as pardonné.

— Oui. Nous sommes une famille. Nous tous.

Tendant la main, il prit celle d'Allison et la serra.

— Ne te fais pas de souci pour la carte. Je vais arranger ça. À présent…, dit-il en s'extirpant du canapé. J'ai intérêt à finir de m'habiller ou Rhonda va m'arracher les yeux.

Elle l'étreignit et il lui tapota l'épaule. Elle eut le sentiment que toute cette émotion embarrassait son père, et cela lui donna envie de pleurer. Elle s'écarta.

— Profite bien de la soirée. On pourrait peut-être dîner ensemble un de ces soirs. Juste nous deux.

— Oui. Pourquoi pas ? À plus tard, alors, Allison.

6 Jenny Gray ouvrit son fourre-tout et en tira une enveloppe pliée qu'elle tendit à Tom. Ses yeux étaient dissimulés par ses lunettes de soleil. Des petits points lumineux dansaient sur les verres.

— Il y a cent cinquante dollars. Je pense que ça suffira. À l'intérieur, j'ai aussi mis l'adresse de ma mère.

— J'enverrai les cartons demain.

Tom retira de son trousseau le double de sa clé.

— Quand tu pars, laisse-la dans la cuisine et contente-toi de claquer la porte.

— Je te remercie, Tom. Surtout, dis bien à Rose que je suis désolée de ne pas pouvoir être sur le stand ce week-end. Elle m'en veut ?

— Pas du tout. À vrai dire, on n'est pas si débordés que ça.

Jenny devait, dans quelques heures, prendre un avion pour Londres. Ce qui ne rentrait pas dans ses valises, elle le laisserait chez Tom, qui le lui expédierait. Elle l'avait appelé ce matin, et ils avaient convenu d'un rendez-vous, à midi, devant le musée d'histoire. Il avait fallu quelques minutes à Tom pour la repérer parmi la foule dense. La vaste place dallée de rouge était bordée par deux musées et une bibliothèque municipale. Au-dessus, un ciel d'un bleu limpide.

À l'une des tables protégées par des parasols, des hommes à l'allure débraillée étaient rassemblés autour d'un échiquier. Sur une autre, des marchands de cartes anciennes déballaient leurs casse-croûte. Des rubans rouges voletaient au bout de leurs badges.

Tom en avait épinglé un à sa chemise. THOMAS W. FAIRCHILD. LA ROSE DES VENTS, MIAMI.

— Tu comptes habiter chez ta mère ?

— Peut-être. Je ne lui ai pas encore annoncé que j'arrivais, répondit Jenny en riant. Je ne veux pas lui donner la possibilité de dire non.

Tom remarqua une table libre, près de la baraque à sandwiches.

— Tu restes une minute ? Permets-moi de t'offrir un soda, ou autre chose.

— Impossible. Il faut que je sois à l'aéroport dans très peu de temps.

— C'est un peu soudain, non ?

— J'en ai tellement ras-le-bol de Miami. De cette ville pourrie.

— Ah oui ? Depuis quand ?

— Depuis que je suis arrivée ! C'est un des endroits les plus superficiels que j'aie jamais fréquentés. À part toi et deux autres personnes que je connais, les gens ne se soucient que de leur apparence, de leurs relations et des voitures qu'ils conduisent.

Tom secoua la tête.

— Jenny, tu n'es pas obligée de parler à la police. Tu as peur qu'ils se rendent compte que ton visa est expiré, c'est ça ?

— Ils pourraient. Je ne tiens pas à être expulsée, parce que je ne pourrais plus jamais revenir.

Le jour où Jenny avait découvert le corps de Royce Herron, elle avait appelé Tom pour lui demander conseil. Peut-être pensait-elle que le jeune homme, du fait de ses propres démêlés avec la police, serait en mesure de lui dire comment agir. Elle ne voulait pas consulter son avocate Allison Barlowe en raison de ses liens familiaux avec Larry Gerard. Ce dernier, supposait-elle, graissait la patte d'un lieutenant de la police de Miami. Tom était persuadé qu'elle exagérait, mais n'en croyait pas moins que Larry avait des amis dans la place. Certaines personnes, rencontrées dans des bars ou des boîtes, lui avaient raconté des histoires sur son compte – comme cette call-girl dont la liste de clients comprenait des banquiers et des politiciens, ou ce spécialiste de l'événementiel nécessitant des faveurs de type pharmaceutique pour les célébrités de passage. Tom n'y était pour rien si les gens se confiaient à lui. Mais si la fouine avait vent de ses amitiés, il serait trop content de courir chez le juge avec un rapport de violation de probation.

Ce qui étonnait Tom, c'est qu'Allison soit revenue, et apparemment avec l'intention de rester. Autrefois, elle prétendait avoir du mal à rentrer pour Noël. Tom s'était attendu à la croiser au salon, mais elle ne s'y était montrée ni samedi ni dimanche. Vendredi soir, Rose l'avait aperçue au cocktail d'inauguration, qui discutait avec une dame de la bibliothèque du Congrès. Rose avait souri et agité la main, mais Allison ne l'avait pas reconnue, ou avait fait mine de ne pas la reconnaître.

— Tom ? demanda Jenny, interrompant le fil de ses pensées. Si quelqu'un te demande où je suis partie, tu répondras que tu n'en sais rien. Promis ?

Il la regarda.

— Pourquoi ne pas me dire franchement ce qui se passe ?

Elle bafouilla un peu, respira un grand coup, puis lâcha enfin :

— Ce qui est arrivé à Royce Herron me fait vraiment flipper. C'est moi qui l'ai trouvé, Tom. Étendu là, le visage couvert de sang... Tu n'imagines pas...

Il lui passa le bras autour des épaules.

— Écoute, c'est pour ses cartes qu'ils l'ont tué. Ils ne vont pas s'en prendre à toi.

Comme elle demeurait silencieuse, il demanda :

— Jenny ?

— Et si c'était après moi qu'ils en avaient ?

— Pour quelle raison ?

— Je ne sais pas. Il se passe trop de trucs bizarres. Ma colocataire, par exemple... Elle a disparu, il y a environ une semaine. Elle est sortie, je ne sais pas avec qui, et elle n'est jamais revenue. Il lui arrive de faire ça, mais quand je suis rentrée mercredi soir, sa chambre avait été vidée de toutes ses affaires. Ses vêtements, ses papiers, ses répertoires, tout était parti... mais pas ses affaires de toilette. Pas sa brosse à dents, ni son nouveau pot de crème La Prairie qu'elle avait payé cent vingt-cinq dollars. Carla l'aurait emporté. J'ai appelé son frère à San Diego, et il n'a pas de nouvelles depuis plusieurs mois. J'ai questionné tout le monde au boulot, et ils ne savent rien. Ils m'ont dit des trucs du genre : « Oh…Carla… quoi d'étonnant ? Elle a dû se tirer à Las Vegas avec le premier venu. »

— Tu as prévenu la police ?

Elle secoua la tête.

— Ils l'ont arrêtée deux fois pour racolage. Je serais vraiment très surprise qu'ils se soucient de son cas. Bon, il faut que j'y aille.

Elle frôla les lèvres de Tom d'un baiser rapide.

— Prends soin de toi. Je t'enverrai un mail, une fois arrivée à Londres.

Elle balaya la place du regard une dernière fois puis la traversa et s'engouffra sous la colonnade, devant la bibliothèque.

Comme son amie Carla, Jenny Gray avait été embauchée comme hôtesse et serveuse à l'Orchidée bleue, un club privé situé dans le gratte-ciel d'une banque, sur Brickell Avenue. Larry Gerard avait des intérêts dans l'affaire. Le vrai boulot de Jenny, c'était de donner de quoi se rincer l'œil aux clients importants. Mais il y avait une chose que Larry ignorait : elle avait eu une aventure avec son beau-père. Ça n'avait pas duré longtemps. Quand Stuart Barlowe l'avait plaquée, Jenny était venue, un soir, pleurer sur l'épaule de Tom. Ils avaient dormi dans le même lit, mais elle s'était détournée lorsqu'il l'avait embrassée. Elle ne couchait jamais avec ses amis, lui avait-elle dit. Ça n'était bon qu'à bousiller la relation. Tom était donc demeuré étendu là, en nage, à l'écouter respirer, tout en regrettant qu'elle eût éprouvé de l'amitié pour lui.

Le badge de Tom lui servit de coupe-file pour entrer dans le musée. Il adressa un signe de tête aux bénévoles qui tenaient la billetterie. Avec son pantalon kaki et sa chemise blanche à manches longues retroussées, il ressemblait à n'importe quel marchand de cartes anciennes.

Le musée était à peine assez grand pour toutes les tables et cloisons amovibles dressées dans le hall, dans les couloirs, et dans les petites salles d'exposition. Les marchands étaient assis devant leurs étalages, constitués de leurs plus belles pièces. Des collectionneurs sortaient précautionneusement des cartes de leurs boîtes, tournaient les pages de classeurs à pochettes plastifiées, et s'arrêtaient pour admirer une carte du monde de Waldseemüller de 1513, estimée à trois cent mille dollars. Une bagatelle. La bibliothèque du Congrès avait déboursé dix millions pour la version murale de 1507, la première à faire usage du mot « Amérique ».

Le stand de la Rose des vents se trouvait au premier étage. Tom monta deux par deux les marches recouvertes d'un tapis. La rampe en cuivre poli tournait, à angle droit, autour d'une gigantesque lentille provenant d'un vieux phare. Tom avait promis de surveiller le stand pendant que Rose emmènerait les filles déjeuner. Ses ventes avaient tout juste permis de rembourser les frais. La plupart des clients avaient choisi les articles bon marché : une carte marine des Caraïbes que Tom avait coloriée à la main ; une carte américaine de 1875 ; une carte routière Esso ou Phillips de la Route 66, datant des années cinquante. Les gens qui n'achetaient rien emportaient le prospectus de la boutique pour la reproduction de l'Ortelius, au verso.

Rose avait un nouveau client, un type chauve à l'accent de New York. Tom remarqua le badge et le ruban du marchand, et devina que l'homme cherchait la bonne affaire de dernière heure. Derrière la table, les jumelles étaient assises côte à côte sur des chaises pliantes, le dernier Harry Potter ouvert sur leurs genoux. Tom tendit la main et ébouriffa leurs cheveux bouclés.

— C'est pas trop tôt ! s'exclama Megan en refermant le livre. On meurt de faim.

Jill lui donna un petit coup de coude.

— Il faut attendre que maman ait fini.

Rose demanda à Tom de détacher une carte du panneau de présentation. Une *Carte du Monde sur laquelle sont indiqués les Voyages de Robinson Crusoé*, petite pièce d'environ vingt centimètres sur trente, montée sur carton mat. Deux cercles représentaient les hémisphères du monde tel qu'on se l'imaginait en 1711. La Californie était une île, surmontée d'un espace vide.

Le type chauve y jeta un rapide coup d'œil.

— Vous en demandez combien ?

— Mille dollars.

— Sérieusement… Je vous en offre sept cents dollars. Vous n'en tirerez pas plus.

— Ne descends pas ton prix, Rose. J'ai deux clients qui se sont montrés intéressés. L'un d'eux a dit qu'il allait revenir, dit Tom.

Le marchand éclata de rire.

— Ouais, c'est ça ! Je repasserai voir ce qu'il en est. Mais si quelqu'un vous en propose plus de sept cents dollars, saisissez l'occasion !

Comme l'homme s'éloignait, Rose leva les yeux au ciel et exhala un gros soupir. Elle travaillait non-stop depuis une semaine et dormait à peine, ce qui se voyait sur son visage.

— Je refuse de la vendre au-dessous de ce que j'ai payé. Tiens, Tom. Raccroche-la, tu veux bien ? Allons-y, les filles. On ne restera pas très longtemps. Je voudrais les amener à la bibliothèque, après. Ça ne te dérange pas ?

— Ça m'a l'air calme aujourd'hui, en effet, fit remarquer Tom.

Au cours de la demi-heure qui suivit, il regarda la foule se déplacer lentement d'une table à l'autre. Il sourit, répondit à des questions et remit les cartes bien à plat dans leurs boîtes. Il vit des gens s'arrêter pour admirer le panneau de présentation, sur lequel il avait peint des îles, des vaisseaux en bois et des monstres marins.

Une femme avec un foulard coûteux noué autour du cou commença à tourner les grandes pages du classeur à cartes. Ses bagues en diamants jetaient des éclairs. Tom s'approcha d'elle.

— Bienvenue à la Rose des vents. Vous recherchez quelque chose en particulier ?

— Vous avez la Géorgie ? Nous venons d'Atlanta. Je veux quelque chose pour le bureau de mon mari.

Il souleva une boîte et la posa sur la table.

— Permettez-moi de vous montrer une belle carte du sud-est de la Géorgie, imprimée à Paris en 1757.

Tom lui montra une eau-forte.

— C'est une merveille. Je vous la laisse à quatre cents.

À l'autre bout de la table, un homme de grande taille, à la barbe poivre et sel, observait silencieusement la scène. Il tenait entre ses doigts un prospectus de la Rose des vents. Un ruban pourpre pendait de son macaron où l'on pouvait lire, en lettres dorées : DONATEUR. Tom avait l'impression de l'avoir déjà vu.

— C'est en français, dit la femme. Je préférerais quelque chose en anglais. Et je ne suis vraiment pas prête à payer autant.

Tom lui présenta une carte en quadrichromie de la Géorgie, plus récente d'un siècle. Au dos, Rose avait inscrit le prix au crayon : deux cent cinquante dollars.

— Elle a été imprimée à Philadelphie. Remarquez que l'échelle est indiquée, là, dans le coin.

— Très joli, dit-elle. Vous avez autre chose ?

Tom commençait à en avoir assez de l'entendre tergiverser.

— Si vous voulez cette carte, je vous la fais à deux cents dollars. C'est une affaire.

Lorsque l'homme se tourna pour fourrager dans la boîte de cartes européennes, Tom l'observa plus attentivement. Veste grise en tweed, pantalon gris foncé. Des doigts fins, une alliance toute simple, une montre à bracelet de cuir. Il avait le visage émacié, le front saillant, le nez droit, et des yeux sombres et mélancoliques entourés de gros cernes. La moustache et la barbe atténuaient l'effet d'une lèvre supérieure trop mince, et de dents de devant trop longues.

C'était le père d'Allison Barlowe. La dernière fois que Tom l'avait aperçu, c'était à New York. Barlowe, qui y avait fait escale au retour d'un voyage en Europe, sortait d'une limousine devant l'hôtel Pierre, où il s'apprêtait à prendre le thé avec Allison. Tom avait pris le taxi avec elle et l'avait observée depuis le trottoir d'en face, sous une pluie glaciale. Elle ne voulait pas aller à ce rendez-vous, et c'est Tom qui l'avait convaincue. *C'est ton père. Tu ne peux pas lui faire ça.*

— Vous me la feriez à cent cinquante ? demanda la femme.

Tom reporta son attention sur elle.

— Désolé, je ne peux pas vous la faire à moins de deux cents.

— Regardez. Il y a des petites taches brunes, dans le coin.

— Le prix en tient compte, répliqua-t-il.

71

— Je ne sais pas... Divisons la différence en deux... Cent soixante-quinze ?

Sans lever les yeux, l'homme murmura, à l'autre bout de la table :

— Madame, la carte coûte deux cents dollars. Assez marchandé. Vous n'êtes pas dans un souk, ici.

Elle le fixa puis reposa la carte sur la table.

— Si c'est comme ça, achetez-la, vous.

Avec un soupir qui n'avait rien de discret, Tom la remit dans la boîte.

Barlowe ouvrit son portefeuille.

— Eh bien, c'est ce que je vais faire.

— Je ne vous demande pas de me la payer, objecta Tom.

— J'insiste. C'est ma faute, si vous n'avez pas conclu la vente.

Il posa deux billets de cent dollars sur la table et, avec un haussement d'épaules, Tom sortit le livre de comptes.

— Ça vous fait deux cent douze dollars avec la taxe de vente.

D'autres billets furent ajoutés aux deux premiers.

— Je m'appelle Stuart Barlowe.

Tom posa son stylo, pour serrer la main qu'on lui tendait.

— Enchanté. Tom Fairchild.

— Votre grand-père, William Fairchild, était collectionneur. Cet intérêt commun les avait rapprochés, lui et mon père. Je connais votre sœur Rose. Ou plutôt, je connais la boutique.

Tom glissa dans un sac la carte de la Géorgie.

— Si ça vous intéresse, nous réalisons des encadrements avec du carton sans acide. Nous colorons aussi les cartes dans le style de l'époque.

Laissant le sac sur la table, Barlowe leva le prospectus pour mieux l'examiner.

— Parlez-moi un peu de cette carte. Je lis : « Œuvre originale de Tom Fairchild ». Ça signifie quoi ?

— Que cette carte n'existe pas. C'est moi qui l'ai dessinée qu'Ortelius me pardonne !

— Vu qu'il est mort depuis plusieurs siècles, je doute qu'il soit en mesure de protester. Comment vous y êtes-vous pris ? À main levée ? En vous basant sur une photographie ?

— Secret de fabrication, répondit Tom.

— Remarquable !

Barlowe fourra le tract dans sa poche. Puis, les mains derrière le dos, il parcourut toute la longueur de la table avant de se retourner. Il sourit à Tom et, revenant sur ses pas, regagna l'autre bout. Devant la carte des voyages de Robinson – que Rose avait essayé de vendre un peu plus tôt – il hocha la tête.

— *Robinson Crusoé*, dit-il. Le chef-d'œuvre de Daniel Defoe. Ces cartes étaient intégrées à la première édition, si je me souviens bien. Vous en demandez combien ?

— Douze cents dollars. À ce prix-là, je ne baisserai pas.

— Vous ne feriez pas une petite remise à un confrère collectionneur qui vient de payer, au prix fort, une médiocre carte de la Géorgie dont il n'avait pas besoin ?

Tom sourit.

— Ce que vous avez déboursé pour la Géorgie a déjà été déduit.

— Vraiment ?

Barlowe fixa la carte, sur le panneau.

— J'aimerais l'acheter, mais je n'ai pas apporté mon chéquier.

— Nous acceptons les cartes de crédit.

— Je préfère régler par chèque. Vous pourriez passer la déposer à mon bureau ?

— Emportez-la maintenant, si vous voulez. Vous paierez plus tard. Je vous fais confiance.

— Non, j'aime mieux que vous me la déposiez. Ce soir, si possible. Vous me rendriez un grand service.

D'une poche de poitrine de sa veste en tweed, Barlowe tira un étui plat en argent, et en sortit une carte de visite, qu'il tendit à Tom.

— C'est juste à côté, sur Brickell Avenue. Je dirai au gardien de vous laisser entrer.

7 Très haut au-dessus de l'Atlantique, les nuages étaient passés du rose au gris. Tom distinguait la lueur rouge des feux arrière sur les routes, les lumières allumées des résidences situées à l'extrémité de South Beach et les lueurs à peine perceptibles d'un bateau de croisière, sur l'horizon bleu foncé. Se penchant, il se rapprocha de la fenêtre afin de ne plus être gêné par son propre reflet, et observa le paquebot disparaître par-delà la courbure de la terre. Quelle pouvait bien être sa destination ? Tom s'imagina en train de barrer son voilier, se retournant pour regarder les contours de la ville se dissoudre dans l'obscurité. Un de ces jours, quand son voilier aurait des voiles… Et que les amarres l'attachant à la conditionnelle auraient été rompues.

Il remarqua un mouvement, sur la vitre. Stuart Barlowe s'avançait vers lui, tenant le chèque qu'il venait de remplir. Il contourna une table où se dressait une maquette de la zone située sur le fleuve, juste à l'ouest du centre-ville. Avec trois nouvelles tours, encore à l'état d'ébauche. Un panneau annonçait LE METROPOLIS, et des brochures en couleurs étaient disposées à côté. Tom ne s'était pas donné la peine d'en prendre une. Il avait entendu parler du projet par ses voisins. Plusieurs d'entre eux, après un verre de trop, manifestaient leur envie de faire sauter le premier bulldozer qui se présenterait.

— C'est vous qui construisez ça ?

Barlowe eut un sourire modeste.

— Non, non. Ceci dit, ma société, la Pan-Global, est l'un des principaux investisseurs. Notre apport n'est pas négligeable, en effet.

Il vint se camper près de Tom, devant la fenêtre.

— La vue est magnifique, n'est-ce pas ? On se croirait sur une montagne. Vous pratiquez l'alpinisme, Tom ? L'impression est très similaire.

Le chèque fit son apparition – à la verticale, coincé entre les doigts de Barlowe.

— C'est un chèque non barré. J'espère que ça vous convient.

Tom jeta un coup d'œil au montant : mille deux cents dollars, ce qui ne comprenait pas la taxe de six pour cent. Il hésitait entre laisser courir et faire les choses dans les formes. Il ne savait pas si Stuart Barlowe était malhonnête ou juste mesquin. Évitant d'avoir à faire un choix, Tom dit :

— Il manque soixante-douze dollars, mais ne vous inquiétez pas pour ça. La boutique pourra régler la taxe.

Il glissa le chèque plié dans la poche de sa chemise et en sortit le contrat de vente qu'il avait rédigé plus tôt, lequel établissait la provenance de la carte *Robinson Crusoé*.

— J'ai ajouté votre carte de la Géorgie. Vous l'aviez laissée sur la table. Souhaitez-vous faire encadrer la *Robinson Crusoé* ?

— Pas vraiment. Je vais sans doute la donner au musée. Je dois avouer que je suis loin d'être aussi fasciné que vous par les cartes.

— C'est surtout ma sœur qui l'est.

— Rose. La boutique lui appartient, n'est-ce pas ? La Rose des vents. Le nom est bien trouvé.

Barlowe désigna le bar, à l'autre bout de la pièce.

— Vous désirez boire quelque chose ?

— Non, merci. Il va falloir que j'y aille.

— Restez un peu. Je voudrais vous parler de quelque chose. Asseyez-vous, je vous prie.

Barlowe s'installa sur l'un des fauteuils, près de la fenêtre.

— Pensez-vous que cela pourrait intéresser la Rose des vents de vendre certaines de mes cartes à mon profit ? Mon père m'en a légué presque deux cents. À sa mort, il en possédait mille. La plupart ont fini au musée royal de l'Ontario. Il m'en reste des tas, qui ne me servent à rien, et je crois que la boutique pourrait faire un joli bénéfice.

— Tout à fait. Rose sera heureuse d'en discuter avec vous. Vous voulez qu'elle vous appelle ?

— Je la contacterai dès que j'aurai pu en dresser l'inventaire. Royce Herron était censé m'aider pour ça, mais... Vous connaissiez bien Royce ?

— Pas vraiment. C'était un ami de mon grand-père.

Assis du bout des fesses sur son fauteuil, Tom remarqua une pendule ancienne, dans la bibliothèque. Presque 18 h 30. La pendule était sous une cloche de verre et quatre boules, à sa base, tournaient d'un côté, puis de l'autre.

Barlowe caressa sa barbe taillée avec soin.

— Dommage que vous ayez loupé la réception de vendredi. On peut dire que c'était un bel hommage. Tout le monde y est allé de sa petite anecdote, en se désolant de ce que sa mort allait signifier pour l'établissement du fonds cartographique du musée. Quelle tristesse de ne voir qu'un mur blanc là où aurait dû apparaître sa sélection. Royce était en train de travailler sur les cartes, le soir de sa mort.

Tom hocha la tête. La pendule émit un tintement discret.

— Je lui en avais prêté quelques-unes. La police dit que la personne qui s'est introduite chez lui en a volé dans son bureau, mais on n'aura pas le compte exact tant que le fils de Royce n'aura pas passé en revue toutes les affaires de son père.

Un son étouffé se fit entendre, provenant de la veste grise en tweed de Barlowe. Il en tira son portable et jeta un coup d'œil à l'écran avant de le remettre dans sa poche.

— Ma fille. Je la rappellerai plus tard. Allison. Vous étiez ensemble au lycée, non ? À moins que je ne fasse erreur ?

— Non, vous avez raison. C'était il y a un sacré bail. La dernière fois que j'ai eu de ses nouvelles, elle était à la fac à New York.

— Elle est allée à l'université de Barnard et a fait son droit à Columbia. Elle a vécu plusieurs années à Boston, elle vient tout juste de revenir s'installer ici.

— Sans blague… c'est génial !

Tom était conscient de mentir, en gardant les petits secrets d'Allison. Pourtant désormais, tout cela n'importait guère. Mais pourquoi aurait-il révélé la vérité à son père ? Tom étendit les bras et jeta un coup d'œil à sa montre.

— Oh, il est tard. Je dois y aller. Je préviendrai Rose, au sujet des cartes. Elle sera emballée.

Barlowe ne bougea pas de son fauteuil.

— Si je vous ai demandé de venir ici, c'est parce que j'ai besoin de vos conseils, Tom. Je pensais que vous pourriez m'aider.

— Vous aider ? En quoi ?

— Il s'agit d'une carte. Je peux vous la montrer ? Elle est dans la salle de conférences.

Tom le suivit dans une pièce où, sur un des murs, courait une longue rangée de fenêtres sans rideaux. En s'assombrissant, le ciel était devenu bleu indigo. Barlowe appuya sur un interrupteur, et des faisceaux lumineux éclairèrent une table de conférences, au centre de laquelle était posé un grand portfolio noir.

— Vous avez entendu parler de Gaetano Corelli ?

— Vaguement, dit Tom.

— Corelli était un éditeur et cartographe vénitien, spécialisé dans les cartes marines. Elles ont été utilisées, entre autres, par Christophe Colomb. En 1511, Corelli prévoyait d'éditer un atlas du monde in-folio, coloré à la main. Malheureusement pour lui, son principal rival, Peter Martyr, envoyait ses hommes interroger tous les explorateurs dès qu'ils touchaient au port, ce qui permettait à Martyr d'obtenir des cartes plus précises. Il annonça qu'il allait lui aussi publier un atlas. En conséquence, Corelli ne parvint pas à vendre le sien, et l'unique jeu d'épreuves lui resta sur les bras. Quelques années plus tard, il fit faillite, et ses créditeurs reprirent son fonds, lequel comprenait l'atlas. Au cours des cinq siècles qui suivirent, il passa de main en main. Il devint la propriété d'un marchand génois, d'un comte vénitien, d'un monastère de Constantinople… Je vous fais grâce de l'historique complet. Sachez juste que, dans les années cinquante, l'atlas de Corelli faisait partie des collections du musée d'État de Riga, en Lettonie. Lors de l'effondrement de l'Union soviétique, au début des années quatre-vingt-dix, l'atlas a disparu.

Tout en parlant, Barlowe ouvrit l'épaisse glissière de cuivre du portfolio.

— Parmi les différentes cartes régionales, Corelli avait inclus sa carte du monde. Il avait fait du très beau boulot, relativement aux récentes découvertes en mer des Caraïbes. La Floride n'a été nommée que deux ans plus tard par Ponce de León, or la carte de Corelli montre clairement qu'elle n'est pas une île, mais une partie du continent. Je voulais avoir la carte dans ma collection. On a fini par me mettre sur la piste d'une octogénaire résidant à Albu-querque, au Nouveau-Mexique, et dont l'époux avait été proprié-taire d'une boutique de cartes anciennes. Après avoir dû pas mal discutailler, j'ai sauté dans un avion pour aller y jeter un coup d'œil. Elle m'a laissé fouiller dans ses boîtes, et je l'ai trouvée. Sa provenance était un peu douteuse, mais je connaissais l'histoire. Elle me l'a cédée pour dix mille dollars. Une affaire, je dois dire… Allison m'a demandé si j'acceptais de la prêter à Royce Herron pour sa présentation au salon des cartes anciennes. Bien entendu, j'ai accepté.

Glissant la main dans le portfolio, Barlowe en sortit un dossier d'environ soixante centimètres sur quatre-vingt-dix.

— Royce avait la carte en main quand il est mort. J'ai convaincu la police de me la rendre.

Lorsque le dossier s'ouvrit, Tom ne reconnut pas la configu-ration des continents. En y regardant de plus près, il constata que les formes d'un rouge brun ne représentaient pas des terres. Elles s'étalaient dessus, maculaient et éclaboussaient les océans…

— Nom de Dieu ! C'est du sang ?

— Oui. Remarquez les traces de balles. Il y en a trois. Ici. Ici. Et là. Royce est tombé sur la carte, qui s'est pliée à cet endroit.

Il désigna l'Afrique du Nord, où une tache symétrique évoquait un test de Rorscharch.

Tom soupira.

— Si vous voulez savoir si elle peut être restaurée…

— C'est impossible. Je le sais. Elle est bel et bien fichue.

— Vous l'aviez assurée ?

— Ce n'est pas l'argent qui me préoccupe. Traitez-moi d'excentrique, mais je tenais particulièrement à cette carte. La voir dans cet état, ça m'a donné envie de pleurer.

Barlowe s'assit au bord de la table, balançant un de ses pieds. Avec ce que lui avaient coûté ses chaussures, Tom aurait pu payer un mois de loyer.

— Et puis, j'ai eu une idée... Pourquoi ne pas en faire une copie... une copie conforme. Dites-moi, Tom, y a-t-il un moyen, quel qu'il soit, pour y parvenir ?

— À quel point voulez-vous qu'elle soit ressemblante ?

— Je veux pouvoir, en l'examinant à la loupe, être convaincu qu'il s'agit de l'original.

— Vous rêvez... On parle d'une pièce vieille de cinq siècles.

— Allez-y, regardez-la de plus près. Prenez-la dans vos mains.

En prenant soin d'éviter les taches de sang, Tom souleva la carte de façon à ce que la lumière tombe en biais. La pliure centrale indiquait qu'elle provenait d'un atlas. Le papier, de toute première qualité, devait être un mélange de coton et de lin. Tom distinguait bien la marque du câble sur lequel on l'avait mis à sécher. Corelli, ou quelqu'un de son atelier, avait gravé la carte à l'envers sur une plaque de cuivre, puis avait encré la plaque avant d'appliquer le papier dessus, au moyen d'une presse. La presse avait laissé des traces sur les bords de la feuille.

Tom rapprocha la carte et, plissant les yeux, examina les fines lignes noires, les minuscules caractères formant le nom des lieux, les détails du cartouche. Le titre de la carte, *Universalis Cosmographia*, était lisible au travers des traînées de sang. À part le sang, il y avait des taches dues au temps, un coin qui manquait, et une déchirure longue d'une dizaine de centimètres au niveau de la pliure.

— Je n'ai jamais rien dessiné dans ce goût-là, fit remarquer Tom.

— Mais ça peut se faire, vous êtes d'accord ?

— Oui, j'imagine. En théorie.

— Vous êtes un artiste, Tom. Particulièrement doué, qui plus est. Je l'ai compris en voyant l'Ortelius que vous avez faite pour la

Rose des vents. Ce travail-là serait plus délicat, je vous l'accorde. Mais certainement pas impossible.

Tom tint la carte au-dessus de sa tête, de façon à pouvoir l'examiner par transparence. Puis il la retourna.

— À votre place, j'irais voir un imprimeur pour qu'il réalise un scan haute définition, je retirerais les marques de sang avec PhotoShop et je l'imprimerais sur du papier vergé à fort taux de fibres de coton. Encadrez-la sous du verre anti-reflet, et je vous garantis que la différence sera imperceptible.

— Je pourrais évidemment faire ça. Mais ce serait une image digitale. On verrait les pixels en la regardant à la loupe, non?

Tom haussa les épaules.

— Je veux une copie exécutée à la main, dit Barlowe.

— Où comptez-vous trouver ce type de papier?

— Le papier, ça se trouve. J'ai vu des pages blanches reliées dans de vieux manuscrits ou atlas. Il faudra que l'encre soit, elle aussi, d'époque. Trouvez une vieille recette et fabriquez-la vous-même, suggéra Barlowe en guettant, sur le visage de Tom, des signes de perplexité. On peut y arriver.

Tom se demandait si Barlowe n'était pas un peu dingue. Il posa le bout d'un doigt sur l'un des impacts de balle. Seul un expert en gravure pouvait espérer réaliser une telle carte. Ce n'était pas un dessin. Le tirage avait été effectué à l'aide d'une presse en taille-douce. Même avec le bon papier et la bonne encre, l'opération semblait quasi irréalisable. Et puis zut, si Barlowe y tenait tant…

Tom reposa la carte sur la table.

— Vous êtes prêt à payer combien?

— Dites-moi votre prix.

— En supposant que je dispose des bons matériaux? C'est une carte très détaillée. J'aurais dit… six mille dollars, plus les frais.

— La moitié à la commande, l'autre moitié à la remise.

— Parfait.

Tom dut se racler la gorge pour se retenir de rire, sous l'effet de la stupéfaction.

— Il faut que je parle à des gens. Pour qu'ils me donnent des conseils techniques, et ce genre de chose…

Un téléphone sonna sur la table étroite, sous une des fenêtres. Barlowe l'ignora.

— Très bien. S'il le faut, allez-y. Mais ne dites à personne pourquoi vous avez besoin de conseils, ou pour qui vous travaillez. À personne, vous entendez. Si j'apprends que ça s'est répété, il n'y a plus de deal. Autre impératif : il me faut la carte le plus vite possible. Je la voudrais d'ici trois semaines.

— Ça ne me laisse pas beaucoup de temps. J'ai d'autres engagements.

— Ils ne peuvent pas attendre ?

— Je n'en suis pas sûr.

— Assurez-vous-en et appelez-moi demain pour me dire ce qu'il en est.

Le téléphone sonnait toujours. Barlowe s'avança à grands pas, décrocha et lança sèchement :

— Oui, qu'est-ce que c'est ?

Il écouta et la surprise s'afficha sur son visage. Puis il reposa lentement le combiné.

— C'était la sécurité, à l'entrée du bâtiment. Ma fille est en train de monter.

On était dimanche soir, et il fallait encore se coltiner, dans l'ascenseur, cette affreuse musique d'ambiance. Allison avait envie de balancer sa chaussure dans le haut-parleur. Toute la journée elle avait été d'excellente humeur, jusqu'au moment où sa montre avait indiqué 18 heures, sans qu'elle ait eu la moindre nouvelle de son père. Il lui avait pourtant promis qu'ils iraient dîner ensemble, ce soir-là. Juste eux deux. Sans Rhonda. Et, grâce à Dieu, sans Larry.

Allison s'était faite belle pour l'occasion : elle portait du rouge à lèvres, des talons hauts, son bon vieux sac Fendi et une veste grise en cachemire à col en renard qu'elle avait raflée aux enchères sur e-Bay à moitié prix. Elle ne pouvait résister à son goût pour la fourrure, à cause de ses origines canadiennes, sans doute.

Les portes d'acier poli lui renvoyèrent l'image d'une femme aux sourcils froncés derrière ses verres de lunettes rectangulaires et au visage encadré de longs cheveux bruns. Allison respira un grand coup afin de se détendre. Elle désirait parler de certaines choses avec Stuart. Un visage soucieux ne pourrait que le rebuter. Elle pencha la tête de côté, adressa un sourire à son reflet et s'exclama :

— Sale hypocrite, va !

L'ascenseur la déposa dans le silence du trente-cinquième étage. Il était absolument désert. La porte du bureau de son père s'ouvrit à l'instant où elle arrivait. Il parlait à quelqu'un, un homme vêtu d'une chemise blanche, aux manches retroussées. Il avait une belle carrure, des cheveux blond foncé hérissés, une bouche bien dessinée et des yeux vert clair... Elle se figea.

— La voici, dit son père. Allison, tu te souviens de Tom Fairchild ? Il vient juste de me déposer une carte.

— Tom. Oui.

Elle garda la main droite crispée sur la courroie de son sac à main.

— Eh bien, c'est une surprise.

— Tu m'étonnes. On ne s'était plus vus depuis... depuis le lycée. Tu es une dame, à présent.

Elle sourit poliment.

— Alors ? Tu es devenu marchand de cartes ?

— Entre autres.

Ils se scrutèrent quelques secondes sans rien dire, puis il reprit.

— Et tu es avocate ?

— Dès que j'aurai passé l'examen du barreau.

À cet instant précis, Allison réalisa que Tom devait savoir où était partie Jenny. Mais engager la conversation avec Tom Fairchild pour le découvrir, c'était trop cher payé.

Il serra la main de Stuart.

— Monsieur Barlowe, je vous contacterai. Allison, ça m'a... ça m'a vraiment fait plaisir de te revoir.

La jeune femme le suivit des yeux, jusqu'à ce qu'il ait tourné à un angle du couloir.

— Il te contactera à quel sujet ? Demanda-t-elle.

— Entre. Le temps que j'éteigne les lumières. Tu es très élégante.

— Merci, dit-elle, le suivant dans son bureau. C'est quoi, la carte qu'il a déposée ?

— Celle qui est signée Hermann Moll, sur mon secrétaire. Je l'ai achetée au salon.

Elle alla jeter un coup d'œil.

— *Les Voyages de Robinson...* Pourquoi as-tu acheté ça ?

— Elle ne te plaît pas ?

— Oh. Oh, mon Dieu ! Tu l'as achetée pour *moi* ?

Son père la regarda, puis sourit.

— À moins que tu n'en veuilles pas.

— Je la veux ! C'est le premier cadeau que tu me fais depuis longtemps. Je veux dire, qui soit vraiment personnel, ajouta-t-elle, le serrant dans ses bras. Elle vaut presque le plus beau cadeau que tu m'aies jamais fait. Tu te rappelles ce que tu m'avais ramené de Dublin, quand j'avais trois ans ?

Il pencha la tête.

— Dublin ?

— Je te donne un indice : c'était dans un petit écrin de velours.

— Une bague ?

— Je n'avais que trois ans ! Tu m'avais dit que, grâce à cet objet, je saurais toujours où tu te trouvais.

— Une carte ? Non... les cartes ne se présentent pas dans des écrins. Un... une boussole ?

— Encore raté. Allez, fais un effort de mémoire !

— Je suis désolé, Allison, dit-il, écartant sur son front une mèche de ses cheveux coiffés sur le côté. Je cale.

— Eh bien, je ne te dirai rien. C'est un test. On verra si tu es en train de devenir sénile.

Elle prit entre ses mains la carte des voyages imaginaires de Robinson, où des lignes en pointillé reliaient l'Angleterre aux îles des mers du Sud.

— Elle me plaît vraiment. Je la ferai encadrer et je la mettrai dans mon bureau.

Elle éclata de rire, puis :

— Ce n'est plus vraiment de mon âge, mais ça m'est égal.

Pendant que son père attendait près de la porte, un doigt sur l'interrupteur, Allison replaça la carte dans le dossier. Puis elle hésita et se retourna.

— Papa ? Avant qu'on y aille, il y a un truc dont il faut que je te parle. Larry dit que tous les restaurants du Metropolis vont lui être confiés. C'est énorme. Une aubaine pareille, il la doit forcément à ton soutien. Je crois que tu fais une erreur.

Plongeant les yeux dans le couloir désert, Stuart poussa un soupir.

— Allison.

Elle leva les mains.

— OK, ce n'est peut-être pas mes oignons, mais tu es mon père et je t'aime. J'ai horreur de voir qu'on profite de toi. Si quelqu'un prétendait que j'en ai après ton argent, il se fourrerait le doigt dans l'œil. J'ai largement de quoi vivre, et je compte bien réussir professionnellement. Ce que je veux, c'est… je veux t'aider. Dans tes affaires. Ou dans tout domaine où tu penses que je pourrais t'être utile. Je suis une bonne avocate. Vraiment. Mais si tu préfères séparer la famille et les affaires, je comprendrai.

— Non, non. On va te trouver de quoi faire.

— À condition d'avoir réellement besoin de moi. Pas par charité. Je ne plaisante pas.

— Affaire conclue.

Elle lui rendit son sourire.

— Je te ferai même une petite ristourne.

— Pas la peine.

Allison coinça le dossier sous son bras.

— Combien… non, ne me dis pas. J'espère juste que Tom Fairchild ne te l'a pas fait payer au-dessus du prix.

Lorsqu'ils traversèrent la salle d'accueil, Stuart lui demanda :

— Où est-ce que tu veux aller dîner ? Je n'ai pas pensé à réserver.

— Oh, aucune importance. On trouve toujours de la place, le dimanche soir. Tu aimes la cuisine française. On pourrait aller aux Halles. Je les appellerai sur la route. J'ai le numéro dans mon Blackberry.

— Parfait.

Il lui ouvrit la porte.

— Après toi.

Dans le couloir, elle dut régler son pas sur les grandes foulées de son père.

— Tu permets que je te demande quelque chose… Pourquoi Tom Fairchild a-t-il dit qu'il te contacterait ?

— Eh bien, j'ai pensé qu'il pourrait jeter un coup d'œil à la carte de Corelli, et estimer le coût de la restauration.

— Oh, papa. La carte est trop abîmée pour ça. Tu as raconté ce qui s'est passé à ton acheteur ?

— Non, répondit Stuart, presque dans un murmure. Si par hasard tu devais recroiser Tom Fairchild, ne fais pas allusion à la carte. C'est très important. C'est clair ?

— Oui, mais… pourquoi ne pas l'envoyer à New York ? Il y a des tas de restaurateurs là-bas. Ils n'arriveront sans doute pas à la remettre en état mais au moins, grâce à eux, tu sauras à quoi t'en tenir.

— J'ai déjà demandé à Tom de s'en charger, répliqua son père en appuyant sur le bouton de l'ascenseur. Je suis certain qu'il saura me donner un avis sincère.

Quand les portes se refermèrent et qu'ils se retrouvèrent seuls dans la cabine, avec la musique d'ambiance en fond sonore, Allison annonça :

— J'ai des nouvelles. Le fils du juge Herron m'a appelée cet après-midi. Outre deux de tes cartes, une dizaine des leurs ont disparu, ainsi que le liquide que son père gardait chez lui et certains des bijoux de sa mère.

— Quel manque de bol, dit Stuart.

— J'ai fait ma petite enquête sur Tom Fairchild. Jenny Gray – tu te souviens d'elle ? – est une de mes clientes. Elle m'a confié que, le jour du crime, Tom s'était présenté chez le juge pour lui apporter une carte. C'est un ami de Jenny. Il se peut qu'elle ait – sans se rendre compte de ce qu'elle faisait, j'en suis sûre – parlé à quelqu'un… à Tom Fairchild, par exemple, des cartes du juge. Et que ce quelqu'un se soit introduit dans la maison pour les voler.

Stuart écarquilla les yeux.

— Qu'essaies-tu de me dire ? Que Tom Fairchild est un meurtrier ?

— Je veux juste dire que tu ne devrais peut-être pas lui accorder une telle confiance. Il a un casier judiciaire. Il est en probation pour vol avec effraction.

— Je sais.

— Tu sais ?

— Ça n'a aucun rapport. Tu ne vas pas aimer ça, Allison, mais je me suis mis dans le pétrin, rétorqua Stuart, d'une voix soudain glaciale. Fin de la discussion.

Elle se retourna et se retrouva face à son propre visage stupéfait. Elle ferma les yeux.

— Au fond, je crois que je ferais mieux de rentrer chez moi.

— Pourquoi ?

— Tu n'as pas envie d'aller dîner avec moi. C'est ce qu'on avait prévu, mais tu as oublié. Tu n'as même pas réservé de table.

Stuart regardait le compte à rebours des étages sur le tableau d'affichage.

— Tu n'es pas un peu trop âgée pour ce genre de crise ?

Les portes de l'ascenseur s'ouvrirent sur le hall d'entrée – débauche de marbre poli, de murs de verre et de palmiers en pots.

— Remettons ça à un autre jour, dit Allison.

Renonçant à discuter, il leva les mains.

— Comme tu voudras.

— Merci pour la carte.

— Je t'en prie.

Le dépassant, Allison traversa le hall sans se retourner, le cliquetis de ses talons résonnant dans l'espace désert. Elle desserra son col de fourrure. Elle étouffait. Et n'avait qu'une envie : boire un verre.

8 Tom passa à la Rose des vents pour y déposer le chèque de Stuart Barlowe et les clés de la camionnette. À l'intérieur, un escalier menait de l'atelier à l'appartement du premier étage. Tom y trouva sa sœur en train de faire la vaisselle du dîner.

Il glissa le chèque sous l'un des aimants du frigo.

— Il nous a blousés de la taxe, dit-il.

— Aucune importance, répliqua Rose, se séchant les mains avec un torchon. Je n'en reviens pas, que tu aies pu en tirer autant. On ne se débrouille pas si mal cette année. Ce n'est pas la fortune, mais ça va. Tu as mangé? Il me reste des spaghettis.

— Non, merci. Je me suis pris un sandwich.

Il ouvrit une canette de soda en franchissant le petit couloir qui menait au salon. Là, il vit les jumelles assises devant la table basse, occupées à faire leurs devoirs. Dire qu'à leur âge il avait des cals sur les pouces à force de jouer aux jeux vidéo.

— Bonsoir mesdames!

— Salut Tom!

Elles lui sourirent et se replongèrent dans leurs livres.

Du vivant de ses grands-parents, le salon constituait la chambre conjugale. À l'époque, la maison laissait déjà à désirer, avec ses parquets qui craquaient et sa plomberie défectueuse. Rose avait commencé à la retaper, mais avait dû s'arrêter quand l'argent avait manqué.

Dans la cuisine, Tom pendit sa veste au dossier d'une chaise.

— Bob Herron est passé tout à l'heure, annonça sa sœur.

— Qui ça ?

— Le fils de Royce. Il m'a apporté une magnifique carte de la Floride datant de la guerre de Sécession. Il a dit que son père aurait voulu que je l'aie.

Rose ouvrit un placard et y rangea les assiettes.

— D'après lui, continua-t-elle, beaucoup de cartes ont été dérobées. La police va établir une liste, de façon à ce que les marchands soient aux aguets. La personne qui a pénétré chez lui a également emporté certains bijoux de sa mère, et le liquide que Royce conservait dans le placard de sa chambre.

— Rose, il va falloir que tu t'achètes un chien très méchant, dit Tom.

— J'ai un système d'alarme. Et Royce avait laissé ouverte la porte donnant sur le jardin. Pauvre Royce ! Au moins, il n'a pas souffert. C'est ce que l'inspecteur a dit à Bob. L'enterrement aura lieu mardi.

— Je déteste les enterrements.

— Il faudra bien que tu y ailles. Oh, ça me rend malade d'y penser.

Elle se dirigea vers la table.

— Regarde, il a aussi apporté ça.

Elle sortit une photographie d'une enveloppe grand format.

— Il l'a trouvée sur le secrétaire de Royce Herron. Dis-moi qui tu reconnais.

Tom posa sa canette. La photo de groupe en noir et blanc devait dater d'une bonne quarantaine d'années, à en juger par les habits démodés.

— Eh, c'est grand-papa !

— Elle a été prise à Toronto, lors d'un salon de la carte ancienne auquel il s'était rendu avec Royce. Jette un coup d'œil aux autres, si tu veux te marrer un coup. Il y a leurs noms au verso.

Parmi les hommes vêtus de costumes sombres et de fines cravates, au sourire figé par le flash, se tenaient une femme et deux adolescents – deux frères, visiblement. Tous deux avaient le front haut, des sourcils courts et bien dessinés. Tom retourna le cliché encadré et parcourut la liste des yeux. William Fairchild, Royce

Herron. Quelques huiles du musée royal de l'Ontario. Le gouverneur. Frederick Barlowe. Margaret Barlowe. Leurs fils Nigel et Stuart, dont les noms avaient été inversés. Nigel avait un grand sourire et un épi. Stuart paraissait plus âgé et plus sombre, avec ses cheveux qui lui barraient le front et ses cernes naissants.

— C'est Stuart Barlowe. Quelle tête de nœud !

— Sois gentil, dit Rose en remettant le cliché dans l'enveloppe.

— Je me souviens de cette photographie. Royce en avait accroché des tas sur son mur. Il me les avait montrées. Je vais la garder pour la montrer aux filles.

Tom finit son soda pendant que Rose donnait un coup de chiffon sur le plan de travail. Elle portait sa tenue habituelle, short et tee-shirt ample. Après qu'Eddie fut sorti de sa vie, elle avait pris dix kilos et avait cessé de se faire des mèches. Quand Tom y avait fait allusion, elle s'était étonnée qu'il se soucie d'une chose pareille.

— Puisqu'on parle de Barlowe…, commença Tom. Il m'a demandé si tu accepterais de vendre certaines de ses cartes, ici, à la boutique. Son père lui en a légué une quantité, et j'imagine qu'il veut vider ses placards.

La queue-de-cheval de Rose tressauta lorsqu'elle tourna vivement la tête.

— Il veut que moi, je vende ses cartes ?

— Pourquoi pas ?

Elle ricana.

— Il ne met jamais les pieds ici. Je ne crois même pas qu'il aime les cartes.

— Barlowe ? Je te garantis que si.

— Ah oui ? Ce n'est pas un vrai collectionneur. Pas un passionné. Sa collection n'a aucune ligne directrice. Royce lui a vendu un atlas de Tommaso Porcacchi en parfait état, et il a découpé toutes les cartes pour en faire des cadeaux de Noël. (Elle haussa les épaules.) Mais s'il veut mettre des cartes en dépôt à la boutique, je serais heureuse d'empocher la commission.

— Rose, tu as déjà entendu parler de Gaetano Corelli ? Un Vénitien… fin XVe début XVIe.

— Bien sûr que j'en ai entendu parler.

— Imagine une carte du monde signée Corelli, en très bon état. Elle vaudrait combien ?

— Corelli n'était-il pas spécialisé dans les cartes marines ?

— Oui. Mais il a aussi réalisé un atlas, son seul et unique.

— Je crois que ça me revient, dit Rose, rejoignant Tom à la table. Il faudra que je vérifie, mais il me semble que, dans les années cinquante ou soixante, les cartes de l'atlas de Corelli ont été débrochées. Preuve qu'il y a, dans le petit monde des cartes anciennes, d'autres philistins que Stuart Barlowe. À qui appartenait l'atlas, je l'ignore. Les cartes apparaissaient régulièrement dans les ventes, jusqu'au jour où elles ont tout bonnement disparu. On peut acheter des flopées de cartes marines de Corelli, mais il y a des années que je n'ai pas vu une carte terrestre. Il y a deux raisons possibles à ce genre de phénomène : soit elles n'ont plus du tout la cote ; soit quelqu'un les apprécie au point de les avoir toutes achetées. Donc, pour répondre à ta question, je ne sais pas combien peut valoir sa carte du monde.

— Dis un chiffre, comme ça.

— Trente mille ?

— Pas davantage ?

— C'est une supposition. Pourquoi tu veux savoir ?

— Barlowe l'a en sa possession.

— Ah oui ?

— Il l'a achetée au Nouveau-Mexique, pour la somme de dix mille dollars. La carte incluait la Floride et les Caraïbes, aussi il avait permis à Royce de l'exposer lors du salon. Or Royce tenait la carte lorsqu'il a été abattu et le sang...

Tom s'interrompit.

— ... Bref, la carte est fichue.

Puis, voyant sa sœur passer de la surprise à la consternation, il conclut :

— Stuart Barlowe m'a dit que c'était l'une de ses cartes préférées. Et qu'il était prêt à me payer six mille dollars si j'acceptais de la reproduire.

— Je te demande pardon ?

— Il veut une copie conforme. Je veux dire, conforme dans les moindres détails, jusqu'au papier d'époque. Où est-ce que je peux en trouver ? Tu n'as pas une provision de papier vieux de cinq siècles dans ta boutique, dis, sœurette ?

Elle demeura un instant bouche bée.

— Stuart Barlowe te demande de faire un faux ?

— Ce n'est pas un faux.

— Tu appellerais ça comment, alors ?

— Une carte de remplacement. Il veut récupérer sa carte.

— Il compte faire quoi, avec ?

— Je n'en sais rien. La ranger dans un tiroir. S'en servir pour jouer aux fléchettes. Je me fiche pas mal de ce qu'il en fait.

— Justement, c'est là qu'est le problème.

— Quel problème ?

— Le tien. Le fait que tu t'en fiches. Et s'il décide de la vendre un jour ? Que se passera-t-il ? Tom, tu ne peux pas mettre une fausse carte en circulation. Bon sang, qu'est-ce que tu as dans le crâne ?

— Ça n'arrivera pas. Il n'y a aucun risque que cette carte se retrouve sur le marché. Vraiment aucun. Barlowe veut la perfection, et la perfection est inaccessible. Mais je vais quand même faire de mon mieux. Il me paiera une avance de trois mille dollars, non remboursable. C'est la moitié de la somme que je suis tenu de restituer. Avec ça, je pourrai passer un an sans avoir la fouine sur le dos.

Tom regarda sa sœur dans les yeux, aussi verts que les siens.

— Quoi ?

Elle appuya son menton sur son poing et son regard se perdit dans le vague.

— Oh, arrête ! s'exclama Tom, se levant et jetant sa canette dans la poubelle. Je ne suis pas Eddie Ferraro. Je n'ai rien à voir avec lui. Si c'était le cas, ajouta-t-il dans un éclat de rire, la carte serait tellement convaincante que je pourrais empocher la totalité des six mille dollars.

Rose jeta un coup d'œil en direction du séjour et dit, parlant elle aussi à voix basse :

— Eddie pensait également s'en tirer à bon compte, et il s'est quand même fait choper. Il n'y a pas moyen de s'en tirer à bon compte, Tom. Il faut juste avancer en mettant un pied devant l'autre, jour après jour, en dépit des obstacles que la vie dresse sur ta route. Si tu n'as pas encore pigé ça, tu finiras comme Eddie. Voire plus mal.

— Tu veux dire, à vivre dans un village italien et à faire mon propre vin ?

— Je te parle d'intégrité ! Tu vas extorquer de l'argent à Stuart Barlowe pour fabriquer une carte, alors que tu viens tout juste de m'avouer que tu ne pourras pas la faire assez bien pour toucher la totalité de la somme.

— Stuart Barlowe ne te plaît pas, de toute façon.

— Ça n'est pas la question ! Tu me ferais ça, à moi ? Me prendre de l'argent que tu sais ne pas avoir gagné ?

— Non. Tu es ma sœur.

Elle ne répondit pas, mais le foudroya du regard.

Adossé au plan de travail, Tom croisa les bras.

— J'ai besoin de cet argent, Rose. J'en ai assez de te demander de m'aider. Je suis graphiste, mais personne ne me donne de travail. Du moins pas au grand jour. Mes employeurs ne disent pas à leurs clients qui fait réellement le boulot. Barlowe a vu l'Ortelius que j'ai exécutée pour la boutique. Ça l'a impressionné. C'est vrai qu'elle est bonne. Maintenant, il veut que je fasse une carte pour lui. C'est du boulot. Est-ce que je me soucie de ce qu'il en fait ? Non. C'est son problème, pas le mien.

Elle le fixa encore un instant, puis haussa les épaules.

— Très bien. Si c'est ce que tu veux.

— Tu sais, Rose… Contrairement à ce que toi et tout le monde avez l'air de penser, je ne suis pas un loser.

— Je n'ai jamais dit ça ! S'écria-t-elle. C'est juste que… je ne veux pas qu'il t'arrive quoi que ce soit.

— Qu'est-ce qui t'inquiète le plus, au fond ? Moi ou la réputation de la Rose des vents ?

— Nom d'un chien, cesse de te plaindre de ton sort ! Tu as des problèmes ? Eh bien, tu sais quoi ? Tu n'es pas le seul. Pour moi aussi, la vie n'est pas facile tous les jours.

Tom soupira et s'empara de sa veste.

— Bon, j'y vais. J'ai un boulot à finir ce soir.

— Tom?

Ce dernier s'immobilisa devant la porte.

— J'aurai besoin de toi cette semaine, pour m'aider à faire des encadrements. On a vendu des cartes. On s'en est pas mal sortis.

— Oui, répondit-il en lui rendant son sourire. À demain.

Tom manœuvra sa moto dans l'allée vétuste de la maison de son propriétaire. Le phare avant éclaira une Mercedes Sedan de 1958, une rangée de plants de tomates protégés par du treillage, et le voilier de Tom, calé sur des blocs. Il entra dans le garage, pendit son casque au guidon et sortit son sandwich de la sacoche. Lorsqu'il poussa la lourde porte en bois, il constata que Fritz avait des invités, dans la courette à l'arrière de la maison. La fumée d'un gril flottait entre les loupiottes blanches d'une guirlande lumineuse accrochée entre les avant-toits et les branches des chênes.

Tom s'approcha pour voir qui était là. Il reconnut le couple gay qui vivait un peu plus bas, l'infirmière en traumatologie de la maison voisine et des membres de son groupe aux Alcooliques Anonymes – les seuls à avoir l'air sobre. Moon, la petite amie de Fritz, aperçut Tom alors qu'elle changeait un CD dans le lecteur, sur les marches du perron. Elle lui proposa de se servir un verre de cidre chaud. C'était une femme imposante d'une cinquantaine d'années, aux cheveux noirs et crépus. Elle portait une jupe longue en jean et un pull rouge tricoté main, trop étroit au niveau du buste.

Le CD démarra par la complainte d'un fado portugais.

— Fritz est dans les parages? demanda Tom.

— Il prépare les hamburgers à l'intérieur. Mange avec nous. On a des tonnes de nourriture.

— Non, je te remercie, j'ai ce qu'il faut.

Il remarqua, au bout de la table de jardin, une femme qui sanglotait, la tête appuyée sur ses bras décharnés. Ses cheveux lui tombant sur le visage, il ne pouvait voir de qui il s'agissait. L'un des voisins lui tapotait l'épaule en tentant de la réconforter.

— C'est qui? demanda Tom à voix basse.

— Martha. Elle est bourrée.

Il hocha la tête. Martha Framm avait compté parmi les amis de Royce Herron. Tom ne la connaissait pas bien, mais elle lui avait dit que le jour où il serait prêt à mettre son bateau à l'eau, elle lui enverrait son chariot élévateur. Elle possédait une marina au bout de la rue, et déboulait souvent chez Fritz avec une bouteille de rouge pour se plaindre amèrement des travaux de construction le long du fleuve Miami. Les vieux bungalows et les petits immeubles de style espagnol étaient rachetés pour être démolis. Tout le quartier était menacé. On avait proposé un million de dollars à Fritz pour sa maison, et celui-ci avait envoyé balader le promoteur. Si jamais il changeait d'avis, Tom serait forcé de déménager.

La porte-moustiquaire claqua. Fritz descendit maladroitement les marches, chaussé de tongs et chargé d'un plateau où s'entassaient les steaks hachés crus. Son ventre faisait saillie au-dessus du short et il portait un sweat-shirt décoré d'un Christ rasta. Fritz n'avait, quant à lui, pas un poil sur le caillou. Sa pilosité se réduisait à ses sourcils et à une moustache blanche dont les pointes pendaient jusqu'à son double menton.

— Eh, mon pote. J'ai un hamburger en rab, si ça te tente.

— Merci, j'ai un sandwich.

Tom suivit son propriétaire jusqu'au gril.

— Fritz, quelqu'un devrait ramener Martha chez elle.

— Il vaut mieux qu'elle reste ici. Entre la mort de Royce Herron et le vote de la commission, qui sait si elle ne va pas être tentée de se fiche à l'eau. Ah, c'est vrai, tu as été archi-occupé ce week-end... Ils ont donné le feu vert au Metropolis, lors du vote de vendredi. On s'y attendait.

Fritz posa la viande sur le gril.

— Martha pense que le juge a été descendu par les ordures qui ont soudoyé le comité d'aménagement du territoire.

— D'où est-ce qu'elle sort ça ? Il a été abattu par les personnes venues dérober ses cartes. C'est ce qu'a déclaré la police.

Tom changea de position, afin d'éviter la fumée.

— Qui sait ? Martha nous a dit, à Moon et moi, que l'ancien président de la commission d'urbanisme avait démissionné parce qu'on le faisait chanter. Quelqu'un s'est servi d'une prostituée pour le piéger et a pris des photos. Ça me paraît énorme, même pour Miami. N'empêche que je la crois. Il y a d'énormes capitaux en jeu. Des boutiques, des restaurants, des bars et des bureaux. Plus quatre cent trente-quatre appartements, au prix unitaire minimum de sept cent mille dollars. Au dernier étage, ça coûtera la bagatelle de trois millions et demi.

— OK, mais qu'est-ce que Royce Herron vient faire là-dedans ?

— Il s'opposait au projet, expliqua Fritz, appuyant sur les steaks hachés à l'aide d'une longue spatule en métal. D'après Martha, le juge comptait exercer des pressions sur l'un des principaux investisseurs. Un ami à toi, dans le milieu des cartes anciennes. Ou peut-être pas un ami. Stuart Barlowe, précisa Fritz en interrogeant Tom du regard.

— Non, ce n'est pas un ami, répondit-il. Mais je le connais. Tu sous-entends quoi par « exercer des pressions » ?

— Ça, je n'en sais trop rien. Martha prétend que le juge n'a pas voulu le lui dire. Et toi, tu as une idée ?

Tom secoua la tête.

Réduisant la flamme du gril jusqu'à ce qu'elle soit bleue et régulière, Fritz reprit à voix basse :

— Martha veut que j'aille y voir de plus près. Elle croit, parce que j'ai encore des potes dans le milieu de l'espionnage, que je suis au courant de tout. C'est faux. Si tu veux savoir de quelle couleur est le short du président du Mexique, je pourrais sans doute le découvrir. Mais je ne fiche pas le bordel dans mon propre bac à sable. Tu piges ?

— Bien sûr, dit Tom, bien que ce ne fût vraiment pas le cas.

Fritz avait la manie de parler comme si quelqu'un les écoutait derrière la clôture. Dans les années quatre-vingt-dix, cet ancien pilote d'hélicoptère au Vietnam travaillait pour une petite ligne de transport aérien, à Panama. Sans reconnaître ouvertement qu'il effectuait des missions pour la CIA en Amérique centrale, il y avait souvent fait des allusions. Assis sur une chaise pliante et buvant des bières sans alcool, Fritz avait coutume de discuter avec Tom pendant que celui-ci retapait son voilier. Il avait la nostalgie du temps passé dans le monde des espions.

— Les gens comme Barlowe s'arrangent pour éviter les écrans radar. On voit rarement son nom dans le journal mais il a des intérêts dans le Metropolis. Pas personnellement, mais via une société qui possède une filiale d'une de ses compagnies... tu vois un peu. La plupart des gens dans son genre vivent en dehors des réalités de ce monde. Ils habitent de luxueux appartements en terrasse ou engraissent joyeusement derrière des grilles infranchissables pendant que le commun des mortels doit jongler avec deux boulots pour nourrir ses gosses. Et nous qui espérions naïvement que, pour une fois, les salopards de la commission prendraient la bonne décision !

Tom songea aux implications de ce que Fritz venait de dire.

— Je n'imagine pas Stuart Barlowe mettant un contrat sur la tête du juge Herron.

— Pour ça, il faut être aussi névrosé que Martha, approuva Fritz dans un éclat de rire. Ça ne se passe pas comme ça. Herron ne représentait pas une menace. L'association de défense des riverains est capable de remporter de petites batailles, mais pas celle-ci. Il y a trop d'argent en jeu. Ce pays est en pleine crise postlibérale et antidémocratique. Mais ça ne va pas durer. En attendant, on ne peut que faire des provisions en cas d'ouragan, s'assurer qu'on a assez de gaz et de munitions, et organiser un petit barbecue de temps à autre. Martha se sentira mieux, après une bonne nuit de sommeil.

— Sans doute. Écoute, Fritz. J'ai besoin que tu me rendes un grand service. Il faut que je m'inscrive aux Alcooliques Anonymes. Tu pourrais demander à un des gars de me parrainer et de faire parvenir la paperasse à mon officier de probation ? Il me cherche des poux dans la tête.

— OK. Et toi, tu repeindrais ma chambre d'ami ? J'y pense depuis un moment.

— Marché conclu. Je dois aussi trouver un programme de maîtrise de la colère.

— Ce gars m'a tout l'air d'être un enfoiré. Ouais, Moon peut t'arranger ça. Le fils du fleuriste pour qui elle bosse est psychologue clinicien. Tu restes un peu avec nous ?

— J'aimerais bien, mais j'ai des trucs à faire. Merci pour ton aide.

— C'est quand tu veux. Au fait, cette nana black archi-canon est passée déposer des cartons chez toi aujourd'hui.

Le studio de Tom, construit au-dessus d'un garage pour une seule voiture, était équipé de meubles extorqués à Rose ou achetés à l'Armée du salut. Un coin avait été fermé pour abriter la minuscule salle de bains et un autre pour la cuisine. Rien n'était aux normes, Fritz ayant tout installé lui-même. Tom avait doté les fenêtres de barreaux et la porte d'une serrure trois-points pour protéger son matériel informatique. Sa compagnie de téléphone l'avait raccordé à l'ADSL haut débit.

En entrant, Tom vit quatre caisses empilées près de la table qui lui servait également de bureau. Le double de ses clés avait été laissé sur le plan de travail. Tom retira sa veste puis sortit le sandwich de son emballage, tout en examinant les cartons.

Un soir où Jenny était passée, elle lui avait parlé de la collection de Royce Herron. Elle appréciait particulièrement ses petites cartes des comtés de Grande-Bretagne où, en marge, étaient dessinés les fleurs et les arbres locaux. Il lui en avait offert une. Il avait aussi ouvert le coffret à bijoux de son épouse décédée, et lui avait dit de choisir un des bracelets en or. Jenny avait confié à Tom en avoir obtenu deux cents dollars.

Il posa son sandwich, s'approcha, prit un cutter et glissa la lame sur le ruban adhésif de la première caisse. Il souleva le couvercle et trouva des vêtements, des chaussures, des DVD et, enveloppé dans un pull, un verre à vin de l'hôtel Mandarin.

Il lui fallut dix minutes pour passer en revue le contenu des cartons de Jenny. Il ne découvrit rien de plus intéressant qu'un livre de photos d'art sur les organes génitaux masculins, une serviette de bain chipée à l'hôtel Delano, et deux livres sur la collection des cartes anciennes qu'elle avait, peut-être, volés chez Royce Herron. Son nom y était inscrit.

Qu'il n'y ait pas de cartes dans les caisses ne prouvait pas qu'elle ne s'était pas servie avant de prévenir la police. Elle aurait pu les enrouler sur elles-mêmes et les fourrer dans sa valise. Elle aurait pu glisser l'argent dérobé dans la chambre de Royce dans son portefeuille et mettre les bijoux en gage. C'est ce que Tom aurait fait… à la place de Jenny, et s'il n'avait pas décidé cinq ans plus tôt de *retourner* dans le droit chemin ; tout comme Fritz, qui avait décidé de ne plus boire en tenant bon, jour après jour.

Tom fouilla dans le tiroir fourre-tout de la cuisine et mit la main sur un rouleau de scotch avec lequel refermer les caisses. Il ne s'en voulait pas de les avoir ouvertes. Si les cartes s'y étaient trouvées et si – Dieu sait pourquoi – les flics s'étaient pointés chez lui avec un mandat de perquisition, c'est lui qui aurait trinqué, pas elle.

Une boisson énergisante dans une main et son sandwich dans l'autre, il alla s'installer devant son ordinateur. Il estimait qu'il lui restait encore, ce soir-là, six heures de travail. Sur l'écran défilait une série de photos de beautés en maillot de bain. Tom prit une bouchée de son sandwich, prenant garde que les miettes ne tombent pas par terre. L'appartement avait beau être truffé de pièges à cafards, d'énormes blattes très mal élevées se baladaient à tout-va.

Il tapota sur la souris, et son dernier projet s'afficha : il devait relooker le site Internet d'un groupement de gastro-entérologues. Il avait conçu une dizaine de logos, tous refusés. Puis l'un des médecins lui avait suggéré de dessiner un estomac et un tube digestif rose vif, dans une boîte en forme de torse ! Le lendemain matin, Tom était censé avoir créé un magnifique logo et l'avoir installé sur toutes les pages du site, à côté de l'en-tête du groupe, et sur leur lettre d'information.

— Ça craint !

Il déplaça le curseur sur une icône, au bas de l'écran. Un double clic le connecta à KINK-FM, radio hollandaise de rock alternatif. Tom monta le son et retourna à la page des gastro-entérologues. Il contempla le tube digestif et songea à la carte de Corelli. Aux trous laissés par les balles et aux traînées de sang…

Vous êtes un artiste, Tom. Particulièrement doué, qui plus est, lui avait dit Stuart Barlowe.

L'agence de pub qui lui avait commandé ce travail était l'un de ses meilleurs clients. S'il les laissait tomber deux ou trois semaines pour s'occuper de la carte de Corelli, ils trouveraient quelqu'un d'autre. Il n'avait pas le temps de faire cette carte, même s'il avait su par où commencer.

La musique cessa et les présentateurs hollandais prirent la parole, émaillant leur conversation de mots anglais. Tom ne comprenait rien à ce qu'ils disaient. Il copia les intestins rose vif et les plaça en première page de la newsletter. *Horizons en gastro-entérologie*. La musique reprit – une batterie assourdissante et un chanteur qui, à sa voix, semblait provenir d'une autre planète. *Nous toucherons les étoiles. Nous embrasserons le soleil…*

Une blatte courut sur le clavier.

Tom poussa un juron et se leva si brusquement que la chaise se renversa en arrière, venant percuter son meuble sono. La porte en verre se fendit, avant de tomber en morceaux sur le sol.

— Merde !

Le cafard plongea sous le bureau. Tom se précipita dans la cuisine, saisit une bonbonne d'insecticide et vaporisa ses émanations huileuses sur le mur, puis sur le sol. En toussant, il interrompit la connexion avec KINK. Les speakers se turent. Tom balança son sandwich à la poubelle et sortit du frigo un pack de quatre canettes de bière. Il enfila sa veste, éteignit les lumières et ouvrit la porte.

Dans la cour, personne ne le vit descendre les marches, traverser l'allée bétonnée à l'avant du garage et, à l'aide de l'échelle, monter sur le pont de son voilier. Il s'installa dans le cockpit et s'ouvrit une bière.

C'était – ou du moins ç'avait été – un dix mètres. Plus précisément un Morgan Out Island de 1974, très bon bateau en son temps. Eddie Ferraro connaissait l'ancien propriétaire, qui l'avait échoué sur les bas-fonds à proximité d'Elliott Key. Comme le moteur était fichu et que les voiles pourrissaient, le type l'avait cédé à Eddie pour le prix du remorquage. Celui-ci, ancien pêcheur, était plutôt calé question bateaux. Il avait pensé qu'il serait utile de trouver une occupation à Tom, en dehors de se saouler la gueule, de fumer de l'herbe, et d'en découdre avec les videurs des clubs de South Beach. Dans une marina proche du centre-ville, les deux hommes avaient retapé le voilier, jusqu'à ce que la marina devienne chic et que les nouveaux propriétaires les en éjectent.

Si la coque était désormais en bon état, le moteur avait encore besoin de réparations. Un mécanicien de la marina de Martha

Framm devait passer avec ses outils. Et puis, il y avait encore les voiles à acheter. Une grand-voile et un foc, pour commencer. Tom avait espéré mettre le bateau à l'eau le 1er mars. Ça ne risquait pas d'arriver.

On voyait clignoter les lumières du centre-ville entre les branches des arbres. Dans la cour, la musique s'était tue. Les voisins rentraient chez eux.

Tom vida sa troisième canette de bière et sortit son portable. La luminosité de l'écran lui fit plisser les yeux. Il consulta son répertoire, sélectionna un numéro. Écouta la tonalité, à l'autre bout du fil.

— *Pronto*, marmonna une voix ensommeillée.

— Eddie ?

— *Chi parla ?* demanda la voix.

— C'est Tom. Je te réveille ?

— Non, je suis toujours debout à 4 heures du matin.

— Désolé. Je n'ai pas pensé au décalage horaire. Tu veux retourner te coucher ?

— Trop tard. Qu'est-ce qui se passe ?

Tom prit son temps pour parler à Eddie de la carte du monde de Gaetano Corelli. Son récit fini, il distingua des cliquetis, le bruit de l'eau qui coule et divers autres sons.

— Eddie ? Tu es toujours là ?

— Je me prépare une camomille. On a eu un front froid. Ce qu'on caille ici, tu n'as pas idée ! Bon, alors… La carte de Stuart Barlowe a été déchiquetée par les balles et il est prêt à te verser six mille dollars pour en effectuer une copie conforme, trois tout de suite, et trois à la remise, c'est bien ça ?

— Absolument.

— Et ce que tu veux savoir, c'est… (Cliquetis de la cuillère sur la tasse.)… comment tu peux arriver à faire une copie suffisamment bonne pour qu'il te paie la totalité des six mille dollars, et que ça ne te retombe pas dessus plus tard ? C'est bien ça ?

— Possible.

Un éclat de rire lui parvint, à l'autre bout de la ligne.

— Alors ?

Tom l'entendait avaler son infusion.

Au bout d'un moment, Eddie demanda :

— Barlowe sait que tu as fait de la prison ?

— Il ne l'a pas mentionné mais oui, je suis sûr qu'il est au courant.

— Ne le prends pas mal, mais tu ne t'es pas demandé pourquoi un citoyen respectable comme Stuart Barlowe engage quelqu'un qui a un casier judiciaire ? Je vais te le dire : c'est parce qu'il est lui-même un escroc. Il signe des chèques non barrés et omet la taxe de vente. Avec ça, on sait à qui on a affaire. Je vais aussi te dire pourquoi tu te fais entuber en rentrant dans sa combine.

Eddie demeurant silencieux, Tom demanda :

— OK, pourquoi ?

— Parce que, vu le risque que tu prends, ce n'est pas six mille dollars que tu aurais dû exiger, mais cinquante mille.

— Cinquante mille ? Tu n'es pas sérieux !

— Mais si. Écoute. Si Barlowe te demande à *toi*, Tom Fairchild, de lui fabriquer une carte – un faux –, c'est qu'il y a un truc qui ne sent pas bon. Il ne t'a pas dit la vérité, mon vieux. Et crois-moi, ça pourrait te coûter très, très cher. Si on se rend compte que la carte est un faux, on questionnera M. Barlowe. Sur qui va-t-il rejeter la faute ? Et à ton avis, c'est lui ou toi qu'on croira ?

— Une minute… j'ai déjà pensé à ça, objecta Tom en se redressant. Barlowe m'a dit que la police lui avait rendu sa carte. Ils savent qu'elle était fichue. Enfin… s'il tente de faire passer la copie pour un vrai, ils seront au courant.

— Tu crois vraiment que la police est si compétente ? Et que, d'ici un an ou deux, ils se souviendront de quelle carte il s'agissait ? Barlowe niera tout en bloc.

Comme Tom ruminait sur ce point, Eddie demanda :

— Il a l'intention d'en faire quoi ?

— Je ne sais pas vraiment.

Après quelques instants, Tom ajouta :

— Il n'aurait pas idée de la vendre. Les gens savent que la carte de Corelli a été touchée par les balles.

— Tu en es sûr ?

Tom se pencha sur la question.

— Non, au fond.

— Tu veux un conseil, Tom ? Laisse tomber.

— C'est en substance ce qu'a dit Rose.

— Tu vois bien… Quand un truc n'est pas clair, elle le sent. Tu devrais écouter ta sœur. Elle va comment ? Elle me déteste toujours autant ?

— Elle ne te déteste pas, Eddie. Tu lui as juste brisé le cœur.

— Je préférerais presque qu'elle me déteste, soupira Eddie.

Tom appuya les coudes sur ses genoux.

— Supposons que je sois prêt à courir le risque… Tu accepterais de me donner un coup de main ?

— Non.

— Pourquoi ça ?

— Je t'aime bien, Tom. Je n'ai pas envie de te voir faire carrière comme faussaire. C'est facile de mordre à l'hameçon, pas d'en réchapper. Tu veux courir le risque que ta peine soit commuée en prison ferme ? Tu tiens vraiment à finir comme moi ? Te faire la belle et te terrer à l'étranger pendant le temps qui te reste à vivre ? Ne plus jamais revoir Rose et les enfants ? Songes-y. Tout ce que je peux te dire, c'est : laisse tomber ! Bon, je vais me recoucher, si tu veux bien.

Le jour se levait quand Tom, galvanisé par les boissons énergisantes et le café serré, finit son travail pour le groupe médical. Il le sauvegarda sur un CD, puis choisit les dossiers à télécharger pour son client. À l'instant précis où il cliquait sur « envoyer », un bruit sec lui parvint aux oreilles.

Il lui fallut une seconde pour réaliser que ce n'était pas son ordinateur qui débloquait. Il y avait quelqu'un à la porte. Il se dirigea vers la fenêtre et, écartant deux lattes du store vénitien, jeta un coup d'œil dehors. Un visage afro-américain émacié fixait sur lui ses yeux de fouine. George Weems.

— Nom de Dieu !

— Bonjour, monsieur Fairchild, s'exclama Weems, de l'autre côté de la vitre. Puis-je entrer ?

— Pourquoi ?

— Je suis autorisé à m'introduire chez vous quand bon me semble, que vous soyez là ou pas. Ne compliquez pas les choses.

Tom retira la chaîne de sûreté en jurant entre ses dents et ouvrit la porte.

La fouine entra et, avec lui, l'air frais du matin. Il jeta un coup d'œil alentour, remarqua que Tom était habillé comme en plein jour. Puis il vit la rangée de canettes de bière vides sur le plan de travail.

— On a fait la fête hier soir?

— Écoutez, j'ai bossé toute la nuit. Alors que puis-je faire pour vous, monsieur Weems?

— Je passais juste vérifier votre adresse, et la façon dont vous êtes logé.

— Eh bien, c'est chose faite.

— L'appartement qui vous coûte huit cents dollars par mois.

Comme ce n'était pas une question, Tom demeura silencieux. Il restait planté devant la porte, espérant que Weems repartirait aussi vite que possible.

— La compagne de votre propriétaire, Mme Sandra Wiley, a passé dix ans au pénitencier fédéral d'Atlanta. Je me suis renseigné sur son compte.

— Qui ça? C'est de Moon que vous parlez?

— Au début des années quatre-vingt, elle était l'épouse d'un certain Pedro Bonifacio Escalona, membre d'un gang de dealers colombiens de la Floride du Sud. Mme Wiley a été accusée de complicité matérielle. S'associer avec un ex-détenu constitue une violation de probation.

— J'ignorais que Moon avait fait de la prison. Personne ne m'en a jamais parlé. Pourquoi l'auraient-ils fait? Je ne m'associe pas avec elle... c'est la petite amie de mon propriétaire, pas la mienne. Je suis censé faire quoi, monsieur Weems? (Tom réalisa qu'il avait haussé la voix.) Vous êtes venu me dire que j'avais violé les termes de ma probation? Vous êtes déterminé à me renvoyer en prison, c'est ce que vous voulez, pas vrai?

— Ce que je veux, c'est vous voir mener une vie honnête, monsieur Fairchild. Je serais très heureux que vous y parveniez. Savez-vous en quoi consiste mon boulot? Je ne suis pas là pour être sympa avec les personnes dont j'ai la charge. Mon boulot, c'est de protéger la société.

Tom tourna la tête pour ne pas voir les petits yeux gris de Weems.

Weems déambula dans l'appartement. Il se pencha sur l'écran de l'ordinateur, jeta un coup d'œil dans le frigo, ouvrit les tiroirs du bureau de Tom.

— Non, je ne vais pas demander de révocation de la probation. Je pourrais mais, pour cette fois, je n'en ferai rien. Vous avez un bon point, monsieur Fairchild. Pour avoir effectué votre versement à temps, la semaine dernière.

Weems se figea devant la pile de canettes de bière.

— Avec les Alcooliques Anonymes, vous en êtes où ? Vous vous êtes inscrit ?

— Je dois voir mon parrain cette semaine. Et aussi un psychologue, pour la maîtrise de la colère.

— J'espère que vous dites la vérité. Vous n'êtes pas en train de me mentir, monsieur Fairchild ?

— Non.

La fouine tourna la tête et lui sourit.

— Voici une statistique intéressante : soixante-douze pour cent des criminels les plus endurcis – et ce chiffre inclut le serial killer de base – ont un Q.I. au-dessus de la moyenne. Leur talon d'Achille, c'est qu'ils s'imaginent être trop malins pour qu'on détecte leurs mensonges. Voilà ce que je suis venu vous dire : je sais de quoi vous êtes capable, et si vous franchissez la ligne rouge, ne serait-ce que d'un millimètre, je vous renverrai direct en prison.

Agitant le doigt, il se dirigea vers la porte.

— Soyez sage. Je vous ai à l'œil.

À l'aide d'un marqueur, Tom dessina le visage de la fouine sur le punching-ball accroché à l'avant-toit du garage : le front dégarni, les yeux trop rapprochés, le nez insignifiant, le menton fuyant, les dents en avant. Il enfila ses gants de boxe et frappa jusqu'à en avoir mal aux bras, jusqu'à être en nage.

MENSONGES ET ILLUSIONS

Un dernier coup de côté fit osciller le punching-ball sur sa chaîne. Tom se laissa tomber sur une chaise longue en plastique et, avec les dents, retira les attaches en velcro de ses gants, qu'il jeta sur le sol. Il s'épongea le visage tout en pressant, du pouce, la touche « rappel automatique » de son portable.

Un bourdonnement.

Le répondeur.

— Eddie, c'est encore moi. J'accepte le job. Et puis merde ! Je me fiche de ce que Barlowe fait de la carte. J'ai besoin de cet argent. Appelle-moi dès que tu auras ce message. Il faut que tu me dises comment m'y prendre.

9 La musique emplissait la pièce comme une présence physique et vibrante. Mick Jagger hurlait *Brown Sugar* pendant que Rhonda Barlowe, dopée par ses endorphines, se démenait sur le StairMaster. Près de la fenêtre, dans son panier en peau de mouton, son pékinois Zhou-Zhou la fixait des yeux.

Rhonda remarqua dans l'allée une moto qui s'éloignait à vive allure entre les rangées de palmiers. Tom Fairchild quittait leur maison.

Elle s'attendait à ce que Stuart monte, d'un instant à l'autre. Il lui expliquerait comment un médiocre graphiste doté d'un casier judiciaire allait le sauver de la ruine. Elle s'attendait aussi à ce qu'il lui demande son avis sans, pour autant, en tenir compte. Stuart tenait rarement compte de ce qu'elle disait. Il faisait semblant, puis regagnait son bureau, se servait un verre et, des heures durant, tripotait la télécommande de sa télé. Il était capable de lui donner la recette de la crème caramel, ou le nombre d'avions allemands abattus par la Royal Air Force en 1940. Il s'endormait tout habillé. Ou ne s'endormait pas du tout et remplissait encore à l'aube des grilles de mots croisés. Il ne venait presque plus la voir dans sa chambre.

Rhonda regardait travailler, dans les miroirs faisant toute la hauteur du mur, les muscles lisses et durs de ses jambes. Son torse dégoulinait de sueur. Vêtue d'un short de jogging et d'un soutien-gorge de sport, elle avait les cheveux relevés à l'aide d'un bandeau turquoise. D'après son nouveau coach, elle avait le corps d'une femme de trente ans. Il lui avait garanti qu'elle serait au top de sa forme pour sa croisière dans les îles Hawaii, la semaine suivante. Elle avait une valise pleine de maillots de bain et de paréos assortis. Stuart cherchait des prétextes pour ne pas y aller. Rhonda souhaitait presque qu'il en trouve un.

Elle ferma les yeux, aspira l'air et régla son pas sur la cadence de *Gimme Shelter*. Elle en avait mal aux fesses.

La musique cessa.

Zhou-Zhou leva la tête, poussa un jappement aigu, puis reconnut l'intrus. Dans le miroir, le reflet de Stuart reposa la télécommande de la chaîne stéréo et, dépassant la rangée de machines, se dirigea vers les fenêtres. Il était trop maigre, songea Rhonda. Un vrai fantôme.

Elle se tapota le visage avec une serviette.

— Comment s'est passé ton rendez-vous ?

Stuart alla jusqu'au thermostat et pressa un bouton à plusieurs reprises en observant les chiffres du cadran.

— Je sais que tu t'entraînes, mais on se croirait au Pôle nord !

— Ça me plaît. Raconte-moi ce que t'a dit Tom Fairchild.

Regardant par la fenêtre, Stuart se passa une main dans la barbe. Le soleil s'était couché. Le ciel s'assombrissait.

— Il a dit que, si les choses en restaient là, il préférait ne pas se mouiller. C'est risqué pour lui, vu sa situation judiciaire. Par conséquent, si je veux vraiment la Corelli, il faut que le jeu en vaille la chandelle.

Stuart marqua une pause, le temps d'esquisser un sourire.

— Il veut cinquante mille dollars.

Rhonda ne put s'empêcher d'éclater de rire.

— C'est du délire !

— Cinquante mille, frais non inclus. D'après lui, il faudra compter vingt mille dollars de plus.

— Mais... Quels frais ?

Assis sur un banc d'haltères, Stuart étendit les jambes.

— Le matériel nécessaire à l'artiste, bien sûr. Un appareil photo numérique. Les frais de nourriture et d'hébergement. Les voyages. Il ne peut pas se rendre en Europe par les voies normales, son passeport est fiché. Il faut le faire embarquer sur un bateau privé jusqu'à Nassau. De là, il prendra un avion pour la Jamaïque, puis un vol direct pour Londres.

— Pourquoi Londres ?

— Il y a des cartes marines de Corelli au musée national de la Marine. Il veut les photographier et en étudier les détails. Je dois lui écrire une lettre d'introduction, où j'expliquerai aux conservateurs que Tom Fairchild effectue des recherches pour le compte de notre musée et de sa collection consacrée aux Caraïbes. Après Londres, il verra d'autres Corelli à la Biblioteca nazionale de Florence, en Italie. Il lui faudra, à cet effet, une autre lettre d'introduction.

« Il affirme qu'il sait où se fournir en papier ancien. Il ne lui faut pas une simple feuille, mais plusieurs. Une bonne dizaine. Il pourrait y avoir beaucoup d'essais ratés. Il tient à finir le travail là-bas. Je lui ai demandé d'expédier la carte à Miami par une société de transports. Il ne faudrait pas qu'il se fasse arrêter avec le document sur le trajet du retour.

— De bien jolies vacances, marmonna Rhonda. Pourquoi es-tu si sûr que la carte sera réussie ?

— L'espoir fait vivre. Non, en fait, je pense qu'elle sera très bonne… si Tom Fairchild tient à toucher la totalité de la somme.

— Ce type est un criminel. Il n'est sûrement pas le seul à pouvoir faire ça.

— Ah oui ? Cite-moi un nom. Vas-y.

— Comment va-t-il donner l'impression d'une gravure sur cuivre ?

— Il n'a rien voulu me dire.

— Formidable. Et s'il garde l'argent et ne revient pas ?

— Il ne s'agit que de cinquante mille dollars, Rhonda. Il a de la famille ici. Et s'il rate son prochain rendez-vous avec son agent de probation, l'État de Floride lancera un mandat d'arrêt contre lui. Il a été très franc, quant au risque encouru : six années de prison. Il ne veut pas d'une telle épée de Damoclès. Il reviendra.

Stuart fit rouler une haltère du bout du pied.

— Je ne lui donnerai pas l'argent en une seule fois, mais petit à petit, en fonction de l'avancée de son travail.

— Mais tu ne seras pas là-bas pour en juger, n'est-ce pas ? Nous partons à Hawaii samedi, mon chéri.

— C'est vrai. Je trouverai une solution.

Il pressa les doigts contre la cuisse de Rhonda, pour sentir le muscle.

— Tu es en train de devenir une vraie superwoman, ma douce.

— Tu ne t'en plains pas ?

— Pas le moins du monde. Tu es parfaite.

Il lui caressa le genou. Puis, de sa moustache, lui chatouilla la peau. Elle détestait qu'on lui embrasse les jambes et le lui avait dit. Pourtant, il s'obstinait.

— Stuart, ça ne marchera jamais.

Il s'écarta d'elle.

— Je pourrais envoyer Allison.

— Pour qu'elle accompagne Tom, tu veux dire ?

— Pourquoi pas ? Elle s'y connaît en cartes. Et connaît Fairchild. Elle m'a mis en garde contre lui. Je ne le crois pas capable de la mener en bateau. Elle est trop maligne pour lui.

— Oui, pourquoi pas ?

Rhonda s'avança vers la fontaine à eau et plaça sa bouteille sous le robinet. Ce serait merveilleux qu'Allison s'absente quelque temps. N'étant pas parvenue à s'associer à un cabinet de Boston, elle était piteusement revenue auprès d'une famille qu'elle méprisait depuis quinze ans. Depuis, elle allait et venait à toute heure comme si cette maison était la sienne, et sapait les relations entre Stuart et Larry. Rhonda voyait clair dans son jeu.

Elle versa de l'eau dans l'écuelle de Zhou-Zhou.

— Allison ne peut pas quitter son travail du jour au lendemain. Et puis, est-ce qu'elle n'est pas en train de préparer son examen du barreau ?

— Ah oui, c'est vrai.

— Tu vois, ça ne peut pas marcher.

— Je devrais peut-être y aller moi. Je ne te manquerai pas trop, n'est-ce pas, ma chérie ? Tu as des amis dans cette croisière, et Dieu sait que je suis incapable de te suivre sur la piste de danse.

Comme elle ne répondait rien, il plissa les yeux, perplexe.

— Qu'est-ce qui se passe ? Ce n'est pas une bonne idée ?

— D'aller à Londres ? Non, je ne crois pas.

— Rhonda…

Il lui jeta un regard vaguement réprobateur, qu'elle ne méritait pas.

— Je ne sais pas où elle est, dit-il d'une voix douce. Et ça m'est égal. Tu n'as pas à t'inquiéter.

Rhonda avait essayé, réellement essayé, d'ignorer ses infidélités occasionnelles, et devait d'ailleurs reconnaître qu'elles étaient de plus en plus rares. Mais la dernière l'avait mise dans tous ses états. Jeune métisse, la fille était l'une des employées de Larry – une vraie pute, le mot n'était pas trop fort. Stuart lui avait tout avoué après avoir rompu. Il était arrivé en larmes dans la chambre de Rhonda et s'était agenouillé, accablé de remords. Il ne pensait pas que la fille ferait des histoires. Il lui avait donné de l'argent et lui avait dit de ne plus jamais chercher à le contacter. Le dimanche précédent, au cours du brunch, Larry avait mentionné que la fille avait lâché son boulot sans un mot d'explication pour, à son avis, rentrer en Angleterre. Stuart avait plié son journal dans l'autre sens et poursuivi sa lecture.

— Si tu le souhaites, je ne partirai pas, dit-il.

— Tu as eu de ses nouvelles ?

Stuart eut un sourire mal assuré.

— Non.

Que pouvait-elle encore croire, désormais ? Elle s'assit à côté de lui.

— Ce que je voudrais vraiment, c'est que tu dises à Tom Fairchild que tu as changé d'avis. Qu'il garde l'argent que tu lui as donné mais toi… laisse tomber.

— J'ai promis la carte à Leo.

— Il ne peut pas l'avoir. Elle est fichue. Propose-lui de lui en acheter une autre, n'importe laquelle.

— Cette carte est la pièce maîtresse de l'unique atlas de Gaetano Corelli. Elle appartenait au grand-père de Leo.

— Écoute-moi, Stuart. Leo est un homme raisonnable. Dis-lui qu'elle a été détruite accidentellement. Que tu es désolé, mais que tu ne peux rien faire.

— Je ne te souhaite pas d'être dans les parages quand il entendra ça.

— Tu n'as tout de même pas peur de lui ?

Rhonda sourit, incrédule. L'été dernier, ils avaient passé plusieurs jours dans sa villa de la côte dalmate, où ils avaient disposé d'une suite personnelle avec femme de chambre et petit déjeuner servi en terrasse, avec vue sur la mer. Leo Zurin jouait du violoncelle. Il était collectionneur d'art et d'objets anciens. Mais Stuart arborait une mine si sinistre qu'elle demanda :

— Tu as peur de quoi ? Qu'il te fasse abattre ?

Stuart esquissa un sourire.

— Écarteler, peut-être... non, je plaisante. Ce serait déjà suffisamment douloureux qu'il retire sa participation. Laisse-moi mener les choses à ma façon, tu veux bien ?

Trente et un ans plus tôt, voyant cet homme pour la première fois, Rhonda avait reçu une sorte de décharge électrique et senti une vague de chaleur la submerger. Il était beau alors, mais il n'y avait pas que ça. Une puissance tranquille émanait de lui – puissance que nul ne percevait encore – au point qu'il éclipsait son frère et même son père, ces deux hommes ô combien laborieux. Or, au fil des ans, il avait fini par leur ressembler, devenant raide, conformiste et soucieux de l'opinion des autres. Il devait en être conscient et mépriser sa propre faiblesse pour avoir besoin de se rassurer en couchant, par exemple, avec une fille deux fois plus jeune que lui. Ou en se souciant à ce point-là d'une carte rare, promise à quelqu'un d'autre.

— Leo savait-il que sa carte allait être exposée ?

Le silence de Stuart répondit à sa question.

— Tu ne l'avais pas prévenu ! Oh, le sournois..., dit Rhonda dans un éclat de rire. Tu avais quelque chose à prouver à Royce Herron, pas vrai ?

— Je lui ai prêté la carte parce que Allison m'a demandé de le faire.

— Foutaises, mon chéri. Tu aurais pu dire non. Mais tu voulais te pavaner au salon des cartes anciennes. Tu avais besoin de la Corelli, et tu n'as pas demandé son avis à Leo car tu savais qu'il aurait refusé.

— C'est juste. Tu ne me laisses rien passer, hein ? J'ai prêté la carte en sachant qu'il me ferait écorcher vif s'il découvrait la vérité.

— Leo ne ferait jamais ça, ne sois pas grotesque ! Ce serait bien ennuyeux, je te le concède, que Leo refuse par dépit d'investir dans le Metropolis. Mais il y a pire, comme alternative : qu'il raconte à tout le monde que tu as essayé de le rouler avec un faux ! Là, on serait vraiment dans le pétrin, non ?

Pendant qu'elle parlait, Stuart était devenu cramoisi. Soudain, il explosa :

— On est déjà dans le pétrin, espèce d'idiote ! Je suis quasiment ruiné, et ce n'est pas avec un panier percé comme toi que ça risque de s'arranger ! Cette réception que tu as donnée m'a coûté soixante mille dollars !

Il se leva brusquement et s'éloigna, la tête entre les mains.

— Je paie vingt mille dollars par mois de taxe foncière pour cette maison. J'ai dû verser deux millions de dollars de garanties pour que Larry ait ce fichu restaurant. Cesse de m'acheter du Glenfiddich, Rhonda, je me contente très bien de Chivas. On n'a pas besoin de croisière… je suis en train de couler ! Et tu veux que je dise à Leo qu'il n'aura pas sa carte ?

Durant cet éclat, Zhou-Zhou s'était mis à japper et à tourner en rond.

— La ferme ! hurla Stuart.

Rhonda fixait son mari.

Il vint s'asseoir près d'elle.

— Rhonda… Tu n'es jamais tentée de tout laisser tomber ? Tout ce délire. Les soirées. L'hypocrisie. Cette existence. Cette fiction que nous avons créée de toutes…

— Oh oui, pourquoi ne pas tout abandonner ? Acheter une petite maison en banlieue, et aller faire nos courses au « Paradis des affaires ». Et le dimanche, on ira à l'église. Une vie simple et honnête. Est-ce que ça me tente ? Non, Stuart. Pas le moins du monde.

— Moi, si. Parfois.

Elle le regarda plus attentivement.

— Tu prends tes cachets ?

— Je devrais peut-être en prendre plus. Tout le flacon.

— Arrête !

— Je suis désolé.

Il lui prit la main, qu'il embrassa.

— Pardonne-moi. Tu sais que je t'adore. Rhonda, ma chérie, mon cœur… Toi qui as pénétré les régions les plus obscures de mon âme.

— Je commence à me faire du souci pour toi.

— Tu ne devrais pas. Ça va. À part… ces affaires qui me préoccupent.

— Je t'en prie, Stuart. Ne donne pas un faux à Leo.

— Ce ne sera pas un faux, mais un fac-similé. Inutile de discuter. Ma décision est prise.

Rhonda contempla leur reflet dans les miroirs. Assis côte à côte, elle en vêtements de gym jaune et turquoise ; lui en noir et gris. Elle ferma les yeux en soupirant.

— Les dés sont jetés, alors.

Il passa un bras autour de ses épaules.

— On s'en sortira.

— Tu veux que Larry conduise Tom Fairchild à Nassau ?

Stuart demeura quelques secondes sans répondre, puis :

— Tu n'as pas parlé de la carte à Larry, n'est-ce pas ?

— Bien sûr que non.

— Si quelque chose lui échappait et tombait dans l'oreille de Marek Vuksinic, on serait mal.

— Larry est plus malin que ça, Stuart.

— Très bien. Qu'il se charge de Tom, alors. Je raconterai que je l'envoie là-bas pour qu'il rencontre un collectionneur. Un type que j'aurais rencontré au salon des cartes anciennes. Ça ira, tu crois ?

Laurence Gerard ramassa des bouteilles de bière, une serviette de plage, un string appartenant à Dieu sait qui et du papier à rouler. Puis il ouvrit l'un des tiroirs du meuble télé et fourra le tout à l'intérieur. Sur le grand écran plasma, on voyait un joueur de golf frapper un coup de départ à Pinehurst. Cela faisait une heure que

Marek regardait ces conneries comme s'il était chez lui, fumant cigarette sur cigarette.

Ses bagages, bouclés, attendaient devant la porte de sa chambre. À 7 heures du matin – bordel ! –, ils prendraient la route pour Orlando. Marek voulait visiter Disney World avant de retourner en Albanie – ou quelle que soit sa prochaine destination.

Larry n'était pas mécontent que son hôte s'en aille. Et pas seulement parce qu'il fumait comme un pompier. La présence du Croate à ses côtés lui tapait sur le système. Marek ne se laissait rouler par personne, ce qui était admirable, d'une certaine façon. Mais Larry commençait à avoir l'impression de se balader dans un épisode des *Soprano* à la sauce balkane.

On frappa à la porte. Trois coups rapides. Puis trois autres. Sa mère.

En l'entendant, Marek tourna la tête, alerte comme un rottweiler.

Rhonda avait téléphoné à Larry pour le prévenir de sa venue. Ce dernier avait tenté de gagner du temps, histoire de virer tout le monde, de mettre un peu d'ordre et d'enfiler une chemise propre. Saisissant la télécommande, il baissa le son de la télévision avant de se diriger vers la porte.

Il s'écarta pour la laisser entrer.

— Bonjour, mère.

Après lui avoir tendu la joue pour qu'il l'embrasse, elle le précéda à l'intérieur. Elle portait une veste à franges en cuir argenté et un jean moulant. À la vue de Marek, elle écarquilla les yeux. Celui-ci soutint son regard, les bras étendus sur le dossier du canapé, des ronds de fumée s'élevant de la cigarette qu'il avait à la main.

— Mais c'est monsieur Vuksinic ! Vous êtes donc toujours à Miami.

— Bonjour madame Barlowe. J'adore Miami.

On ne voyait pas bouger ses lèvres, cachées par sa moustache.

— J'aurais aimé papoter avec vous, mais il faut que je parle à Larry. Vous voulez bien nous laisser seuls ?

— C'est bon. Je vais dehors.

Marek sortit sur la terrasse et s'appuya à la balustrade. Le vent venait fouetter sa chemise rose et verte Tommy Bahama. Il devait faire moins de quinze degrés. Larry était devenu délicat à force de vivre sous les tropiques. S'il devait retourner vivre dans le Nord, sans doute mourrait-il de froid.

Sa mère alla à la cuisine, et Larry la suivit. Il avait essuyé les plans de travail en granit noir, flanqué les bouteilles à la poubelle et baissé l'intensité des halogènes. Sa mère prit place sur l'un des tabourets de bar, croisa les jambes. Elle portait des santiags à talons hauts, avec bout en argent.

— Je pensais que ton invité serait parti.

— Il ne devrait plus être là.

Larry désigna la machine à expresso.

— Tu veux que je te fasse un cappucino ? Que j'aille te chercher un verre de vin ou quoi que ce soit ?

— Non merci.

— Alors. Que se passe-t-il ?

Elle posa son sac sur le plateau du bar.

— Tu pourrais te libérer un jour ou deux cette semaine ?

— Je ne crois pas, répondit Larry. Marek veut visiter Disney World avant de rentrer chez lui. Je suis la baby-sitter. À moins, bien sûr, d'avoir plus important à faire.

— Stuart a besoin que tu amènes quelqu'un en bateau à Nassau. On te remboursera l'essence et les frais d'amarrage, évidemment.

— Qui est le passager ?

— Il s'appelle Tom Fairchild. Tu le connais peut-être. C'était un camarade de classe d'Allison, au lycée. Il vend des cartes anciennes.

Larry sourit.

— Fairchild. Je me souviens de lui.

Larry s'était laissé rafler une Mustang GT flambant neuve par Tom Fairchild sur une route à deux voies, dans l'ouest du comté – une façon comme une autre de se distraire le week-end, pour peu qu'on ait assez d'argent et qu'on ne soit pas à une voiture près. Les règles du jeu ? Donner à l'arbitre un double des clés de contact et les papiers de la voiture, s'aligner au départ et appuyer sur le champignon. C'est Allison qui l'avait entraîné là-dedans, avec son : *Ta Mustang n'est pas aussi rapide que sa Camaro*. Tom était parti avant le signal de départ. Larry avait protesté et s'était retrouvé avec une dent cassée et une côte fêlée. Il avait sérieusement songé à envoyer son adversaire nourrir les poissons, puis s'était calmé. Et puis Tom Fairchild avait déménagé à New York, échoué à la fac, et avait collectionné les arrestations pour une série de larcins... Curieux qu'un gars comme lui finisse en fan de cartes anciennes.

— Pourquoi dois-je le conduire à Nassau ?

Sa mère jeta un coup d'œil en direction de la baie vitrée donnant sur la terrasse. Ne vit que les lueurs d'un immeuble, plus haut, à South Beach.

— En vérité, tu ne vas pas le faire.

Elle fixa sur lui ses yeux bleu vif, soulignés par un trait de crayon noir.

— Tu vas m'aider à empêcher Stuart de commettre une énorme erreur.

Après qu'elle fut partie, Marek revint, sa cigarette à la main. La pièce empestait la fumée. Larry n'était pas sûr de pouvoir en éliminer l'odeur sur la moquette et les meubles en cuir. Soulevant un coussin du canapé, il trouva les pilules qu'il avait planquées là un peu plus tôt. Avec ce que venait de lui dire sa mère, il avait besoin d'en prendre une, voire deux.

Marek exhala la fumée.

— Ce truc te bousille le cerveau.

— Tu préfères te choper un cancer du poumon ?

Larry fit passer le comprimé avec une gorgée de jus de grenade, et reposa le verre sur la table basse.

— Écoute, Marek. Il y a un petit changement de programme. Stuart veut que j'aille à Nassau demain, pour affaires. Malheureusement, je ne peux pas y couper. Joe peut t'accompagner à Disney World à ma place, non ? Il adore Walt Disney. Il t'amènera aussi aux studios Universal.

Marek fixa Larry sans ciller, tandis que la fumée de sa cigarette s'élevait vers les spots encastrés du plafond.

— J'appelle Joe tout de suite, enchaîna Larry, et je lui demande d'être là demain matin.

— Oscar Contreras est à Paradise Island. Tu as l'intention de le voir ?

Oh, merde ! songea Larry. Il avait oublié qu'Oscar Contreras voulait aller jouer au casino avant de regagner le Pérou.

— Non, non. Aucun rapport avec Oscar. C'est autre chose. Eh bien, voilà… Stuart veut que j'amène un gars là-bas, afin qu'il y examine des cartes. C'est un marchand. Le problème, c'est que son passeport n'est pas valide, et qu'il risque d'avoir du mal à revenir aux États-Unis.

— C'est qui ?

— Il s'appelle Tom Fairchild. C'est un ami de ma sœur.

Marek laissa quelques secondes s'écouler, puis :

— Je viens avec toi.

Larry regretta de ne pas avoir pris les deux pilules.

— Et Disney World ? Tu ne peux pas rater Disney World.

— C'est bon.

La cigarette trouva la fente sous la moustache, et y demeura.

— Je ne suis pas pressé. J'aimerais bien voir les Bahamas.

Chez elle, c'est par terre qu'Allison préférait travailler, le dos appuyé contre le canapé, des documents éparpillés autour d'elle, son ordinateur portable d'un côté et une boîte de mélange salé de l'autre. Elle portait des vêtements confortables : de grosses chaussettes, un tee-shirt trop large sur un pantalon de pyjama. Son chat noir Othello, lové derrière elle, se léchait les pattes et répandait sur les coussins ses longs poils soyeux. Il était assez petit pour tenir dans une chaussure lorsque Allison l'avait découvert sous un buisson, devant son immeuble à Boston.

Si elle avait acheté son appartement de Coconut Grove parce qu'il était situé près de son nouveau bureau, elle n'en était pas moins tombée amoureuse de la vue. Depuis le dixième étage, elle pouvait apercevoir une canopée de banians, une marina pleine de bateaux et un coucher de soleil spectaculaire. Le bâtiment possédait une salle commune, où des hommes jouaient au poker ou regardaient la chaîne du sport. Il y avait une salle de gym où elle pouvait s'entraîner. Elle pouvait, mais ne l'avait pas encore fait, puisqu'elle consacrait toutes ses soirées à préparer l'examen du barreau.

Concernant le mobilier, il se limitait encore à l'ensemble causeuse-fauteuil-canapé, avec table basse et lampe. Ça, plus un grand téléviseur à écran plat, acheté pour regarder les classiques et les films étrangers qu'elle ne trouvait jamais le temps de voir. Elle n'avait pas encore trouvé d'ébéniste pour lui fabriquer des étagères sur mesure, si bien que ses livres et DVD étaient disséminés un peu partout. Elle avait des tas d'idées de déco. Chaque fois qu'elle revenait de l'épicerie, c'était avec un nouvel exemplaire du *Journal de la maison* ou de *Maison Magazine*. La pile lui arrivait désormais aux genoux et elle avait l'intention, au premier week-end disponible, de les passer en revue, et de découper puis classer les photos et articles qui lui plaisaient. Tant que son appartement n'aurait pas l'air d'un vrai foyer, recevoir ne lui disait rien. Mais, à dire vrai, elle n'avait pas beaucoup d'amis. Elle était sortie dîner avec un seul homme, rencontré dans la file d'attente de Barnes & Nobles. Dans un box, chez Bacio, elle lui avait parlé de son année passée en Italie après le bac, et il lui avait avoué qu'il était marié. Elle était partie en laissant la moitié de son poulet all'arrabiata. Jusqu'ici, Miami s'était révélée très décevante, rayon hommes.

Plongeant la main dans la boîte de mélange salé, Allison y pêcha une noix de cajou. Elle était encore sous l'effet du café cubain qu'elle avait bu à 20 heures et qui devait lui permettre de tenir le coup jusqu'à minuit, heure à laquelle elle allait se coucher avec ses notes sur la procédure criminelle de Floride.

Le téléphone sonna. Elle poussa Othello sur le côté afin d'atteindre le récepteur qui traînait sur le canapé. Le portier lui annonça que son père était en bas.

— Mon père ?

Allison envoya valser le carnet de notes qu'elle avait sur les genoux.

— Oui, bien sûr. Dites-lui de monter.

Quand il entra, Stuart ne sembla pas remarquer les tas de livres et de documents, et se garda de tout commentaire sur sa tenue négligée. Les bras croisés, Allison le laissa lui embrasser la joue. S'il était venu pour se faire pardonner, il pouvait toujours courir.

Il posa sa veste en daim sur l'accoudoir du canapé.

— Pour commencer, sache que je suis désolé pour hier soir. Tu avais raison. J'avais oublié de réserver une table pour le dîner. J'avais des tas de soucis en tête, mais ce n'est pas une excuse, n'est-ce pas ?

Ces paroles prirent Allison au dépourvu.

— Moi aussi je suis désolée, papa. Je n'aurais pas dû exploser. Je suis trop susceptible.

Elle s'empressa de ranger une pile de manuels, à l'extrémité du canapé.

— Désolée pour le désordre. Tu veux t'asseoir ?

Mais, mains derrière le dos, son père traversa la chambre pour aller regarder la carte des voyages de Robinson Crusoé qu'Allison avait punaisée au mur.

— Hier soir, j'ai prétendu que j'avais demandé à Tom Fairchild de restaurer la carte de Corelli, dit-il. Ce n'est pas vrai. Il va me faire une copie que je vais lui payer cinquante mille dollars, plus les frais.

Sans lui laisser le temps d'encaisser le coup, il ajouta :

— Je suis venu te demander de m'aider, Allison.

10

Le lendemain, tôt dans l'après-midi, Tom passa à la Rose des vents, fermée pour la journée en raison de l'enterrement de Royce Herron. Sa sœur venait de rentrer, et Tom la trouva dans l'appartement situé à l'étage. Elle portait une robe bleu foncé, le collier de perles de leur mère et une paire de sandales, noires pour l'occasion. Il s'excusa de ne pas l'avoir accompagnée. Il avait passé la matinée à réorganiser son programme de travail. Il lui fallait encore faire ses bagages avant de se rendre à 17 heures sur l'île de La Gorse, chez Stuart Barlowe. Il atteindrait les Bahamas avant minuit. Jeudi matin, il serait à Londres.

Rose était occupée à préparer du thé, pendant que Tom lui expliquait tout. Lorsqu'elle apporta les tasses, elle vit la grosse enveloppe qu'il avait posée sur la table.

— C'est quoi?

— Deux mille cinq cents dollars. Pour toi et les filles.

— Je n'en veux pas.

— Allez, sœurette. Fais pas ta mauvaise tête! Déduis-le de ce que je te dois.

— Tu ne me dois rien, Tom.

— Qu'il reste là, alors. Moi, je ne le prendrai pas.

— Je veux bien te le garder. Si tu en as besoin... je peux te le faire envoyer.

Elle regardait l'enveloppe comme si elle contenait un cadavre de souris.

123

— Ne prends pas trop de liquide sur toi pour voyager. N'oublie pas ton chapeau et tes gants, il fait froid à Londres. Et achète une carte de téléphone, je veux que tu m'appelles pour me dire que tout va bien.

— Mon portable est configuré pour les appels internationaux. Tu n'auras qu'à utiliser mon numéro habituel. Je te téléphone dès que j'arrive à Londres. J'y resterai deux jours, et ensuite, direction Florence.

Elle tortilla son collier.

— Florence, murmura-t-elle. *Che bella città*. Je suppose que tu n'auras pas le temps d'aller visiter le musée des Offices ou de voir la statue de David.

— Probablement pas. J'y vais pour travailler.

— Tu devrais t'acheter un guide d'italien pour le voyage, Tom. Ne va pas croire que tout le monde parle anglais, là-bas.

— Enregistré.

— Et promets-moi de ne pas dormir dans les hôtels proches des gares. Ce sont de vrais coupe-gorge, à ce que j'ai entendu dire.

— OK, Rose. Si George Weems, du bureau des probations, cherche à me joindre – je ne vois pas pourquoi il le ferait, mais avec lui on ne sait jamais –, dis-lui que je suis allé passer quelques jours à Key West et que j'ai oublié mon portable. Si, par hasard, tu ne parvenais pas à me joindre...

Tom hésita, puis tira un papier plié de la poche de son treillis.

— Voici le numéro d'Eddie, à Manarola. Il saura où je suis.

Rose choisit de fixer le plafond lorsque Tom fit glisser le papier sur la table.

— Tu vas habiter chez lui.

— C'est possible. Ça dépend.

— Ça dépend de quoi ?

— De ce qu'on décide de faire, j'imagine.

Rose le sonda de ses yeux verts.

— Tu es toujours en contact avec lui depuis son départ, pas vrai ?

124

— J'aime bien Eddie. C'est un chic type. Il a commis des erreurs dans le passé qui ont fini par le rattraper. Il ne voulait pas se faire la belle... seulement c'était ça ou passer vingt ans dans une prison fédérale.

— Alors comme ça, Eddie Ferraro va t'aider à contrefaire une carte. Qui serait mieux placé, hein ?

— Cette décision m'appartient, Rose. Je ne veux plus de cette vie-là. Il faut que ça change. Je me fiche de ce que ça peut coûter.

Tom se leva et remit sa chaise en place.

— Il est temps que je parte.

Il se dirigeait vers l'escalier quand Rose le rappela.

— Attends, Tom !

Elle courut au frigo et détacha un cliché, maintenu sur la porte par un aimant. On y voyait Megan, Jill et elle-même derrière ses deux filles. Elle lissa un coin corné.

— Emporte-la avec toi.

Tom lui sourit.

— Je reviendrai, Rose. C'est juré.

— Tu as intérêt.

— Tu veux que je laisse la photo à Eddie ?

— Mon dieu, non ! J'ai l'air trop cruche !

— Mais tu es cruche.

Elle jeta ses bras autour du cou de son frère.

— Appelle-moi dès que tu seras là-bas.

Stuart Barlowe avait versé à Tom dix mille dollars en liquide – cinq mille en guise de salaire, cinq mille pour les frais. Il avait également ajouté deux conditions à leur accord. Primo : plus de défraiements tant que Tom n'aurait pas produit les reçus. Secundo : il devrait montrer son travail en cours d'exécution, et les règlements seraient échelonnés en conséquence. Les montrer à qui ? Lors de leur denier échange, ce point restait encore à préciser. Ne voyant pas comment c'était réalisable, Tom ne se souciait pas de cet aspect du marché. Dans la négociation, il avait lui aussi des arguments de poids. Barlowe pouvait bien garder son argent, sans Tom il n'aurait pas sa carte.

Le jeune homme fit franchir à sa moto la grille des chantiers du fleuve Miami, et roula vers le hangar du fond, qui abritait les machines. Le moteur tournant au ralenti, il demanda au Cubain qui manœuvrait le chariot de levage si Mme Framm était dans les parages.

— *No, señor, está en casa.*

Elle était chez elle. Tom remonta trois pâtés de maisons et tourna au coin d'une rue. Il s'arrêta devant une maison de deux étages à colombages et colonnes blanches. Datant du début XXe, c'était l'une des seules du quartier à n'avoir pas été rasées. Tom la distinguait à peine, par-delà l'enchevêtrement de branches de pin et de feuilles de palmiers. Il laissa sa moto dans la cour clôturée, grimpa les marches du perron et sonna à la porte.

Avant d'ouvrir, Martha Framm jeta un coup d'œil à travers le rideau de dentelle. Son tailleur-pantalon l'amincissait encore, lui dessinant une silhouette tout en angles. Des mèches de cheveux blonds décolorés retombaient sur son visage tanné.

— Waouh… Tom Fairchild. Vous débarquez au bon moment, mon mignon. Je viens de préparer une carafe de margarita à la mangue.

— Ça m'a l'air extra, madame Framm, mais j'ai des gens à voir.

Il sortit une enveloppe de la poche de son pantalon.

— Je vous ai apporté mille dollars pour la réparation du moteur. Vous me direz si ça fait plus.

— Quel moteur ?

Elle but une petite gorgée d'un mélange de liquide orange et de glace pilée, dans un verre à cocktail.

— Mon voilier. Vous deviez envoyer Raul travailler dessus, chez Fritz.

— Oui, oui. Je suis sénile ou quoi ? dit-elle dans un éclat de rire.

— Je quitte la ville cet après-midi, je m'absente pendant quinze jours. Je ne voulais pas que vous pensiez que j'avais oublié. Je suis désolé de ce qui est arrivé au juge Herron. Ma sœur est allée à l'enterrement mais je n'ai pas pu me libérer. On a envoyé des fleurs.

— Royce. Un vieil ami. Un être unique.

— Oui, c'est ce qu'il était.

— Ces salopards !

Elle appuya la tête contre le chambranle.

— Oui.

Tom restait planté là, son argent à la main, à se demander si elle se rappellerait qui le lui avait donné.

— Si ça ne vous dérange pas, vous pourriez me faire un reçu ?

Les rideaux du séjour étaient tirés, mais Tom parvenait à distinguer le genre de choses que sa propre grand-mère affectionnait : des plantes d'appartement sur des tables d'acajou ; des étagères couvertes de bibelots de porcelaine ; des photos de famille sur le manteau de la cheminée. Quant aux murs, ils étaient décorés de tableaux à cadre doré représentant les Everglades. Tom faillit trébucher sur une boîte en carton.

— Attention où vous mettez les pieds ! lança Martha. Il faut que je jette tout ce bordel.

Elle ouvrit une porte à deux battants qui donnait sur une véranda aménagée, où des flots de lumière pénétrant par les jalousies venaient éclairer un bureau en chêne massif. Dans un tiroir, elle trouva du papier tout simple et rédigea le reçu, tandis qu'un gros bracelet à breloques en or cliquetait sur son poignet parsemé de taches brunes.

— Ne vous inquiétez pas, on va vous le faire ronronner, votre bébé.

— Je vous remercie. J'espère pouvoir le mettre à l'eau à la fin du mois.

— Vous avez déjà les voiles ?

— J'ai appelé le fabricant ce matin.

Alors qu'il prenait le reçu, il remarqua une autre caisse, ouverte, au pied du bureau. Des tracts anticonstruction s'en échappaient et se répandaient sur le sol de la terrasse. SAUVONS NOTRE HÉRITAGE ! HALTE À LA SOIF DU PROFIT !

— Ils étaient destinés au rassemblement de la semaine dernière ?

— Ils n'ont servi à rien, grogna Martha. Parce que ces vendus de l'hôtel de ville avaient déjà été achetés. Dans un an à peine, des immeubles en béton de cinquante étages se dresseront au-dessus du fleuve. Je vais m'enchaîner nue à ces satanés bulldozers. Une vision d'épouvante, pas vrai ?

Comme il s'apprêtait à repartir, Tom se figea devant la porte d'entrée.

— Madame Framm ? Je voudrais vous poser une question, au sujet de ce que vous avez dit à Fritz. Vous lui avez affirmé que si le juge Herron a été tué, c'est peut-être parce qu'il s'opposait à la construction du Metropolis. Qu'entendiez-vous par là ? La police pense qu'il a été abattu par ceux qui lui ont volé ses cartes.

— Ce n'est pas une histoire de vol, mais de corruption. Magouilles et compagnie… Royce connaissait la vérité, et ils l'ont réduit au silence.

Les mots jaillirent soudain de sa bouche aux lèvres minces.

— J'ai parlé aux officiers qui sont sur l'affaire, et ils me prennent tous pour une vieille tarée. Je ne suis pas tarée.

— Bien sûr que non. Et Stuart Barlowe, qu'est-ce qu'il a à voir là-dedans ?

— Il s'occupe de financement, vous savez. À un très haut niveau. Il monte des opérations. Il a ce consortium d'investisseurs étrangers qui placent des sommes folles dans le Metropolis. Des seigneurs de la drogue colombiens, la mafia russe, des petits malins du New Jersey… Et Dieu sait quoi d'autre encore. Oh, j'en ai entendu des choses. Royce était assez proche de Stuart Barlowe, et je pense qu'il en savait trop sur lui. Le soir de sa mort, je l'ai appelé. Je voulais qu'il intervienne dans notre réunion d'urgence. Eh bien, il a refusé, mais il m'a dit s'être déjà occupé du problème. J'ai eu le sentiment que Royce était en train d'exercer de grosses pressions sur quelqu'un.

Tom attendit en vain qu'elle développe.

— Il s'y est pris comment, pour s'occuper du problème ? finit-il par demander.

— Il n'a pas voulu le dire.

— Vous pensez qu'il savait des trucs compromettants sur Stuart Barlowe ?

— Bien sûr ! C'est l'évidence même. J'ai tout raconté à la police. Je leur ai dit de suivre cette piste. L'ont-ils fait ? Ha ! Ils m'ont aussitôt reconduite à la porte. Ils ne voulaient pas entendre ça.

Elle examina son verre, vide à l'exception d'une bouillie orange, au fond.

— Ça alors ! Où est passé mon cocktail ?

Dans son studio, Tom retrouva son sac à dos ouvert sur le lit. Il y glissa un étui à cartes long de soixante-quinze centimètres et ferma l'épaisse fermeture éclair. Il vérifia que son passeport et son argent étaient toujours dans ses poches. L'appartement était rangé, les poubelles déposées sur le trottoir, et le contenu de son ordinateur sauvegardé. Fritz l'accompagnerait jusqu'à la plage.

Son sac à l'épaule, Tom éteignit les lumières et ferma la porte à clé. Au bas des marches, il fit un minidétour pour aller jeter un dernier coup d'œil à son bateau et s'assurer que les élastiques de la bâche la maintenaient bien en place. L'hiver était une saison sèche, mais le panneau d'écoutille n'était pas étanche et Tom ne voulait pas retrouver son voilier envahi, au-dessous du pont, par la moisissure. Il passa la main sur la coque blanche et incurvée. L'embarcation avait déjà un nom, *Sun Dancer*. Tom ne l'avait pas choisi, mais cela portait malheur de rebaptiser un bateau. Il n'avait pas besoin de ça. Côté guigne, il avait eu sa dose.

Ses gros bras couverts de farine, Moon se tenait devant la table de la cuisine où elle contraignait, à force de coups, une boule de pâte à pain à la soumission. Elle dit à Tom qu'il trouverait Fritz au séjour.

Assis dans son fauteuil, une assiette de pizza réchauffée sur les genoux, Fritz mangeait sur le pouce. Des gouttelettes de sauce tomate parsemaient les poils blancs de sa moustache tombante. Il tourna la tête.

— Ohé mon pote. On y va quand tu veux.

Tom approcha une chaise et sortit son portefeuille.

— Voici les huit cents dollars du loyer, deux cents dollars pour le gars des Alcooliques Anonymes, et encore deux cents pour le programme de maîtrise de la colère. S'ils peuvent faire en sorte que les formulaires soient signés et envoyés à mon agent de probation cette semaine, ce serait génial. En cas de problème, appelle-moi sur le portable. Tu as mon numéro.

Alors que s'achevait une pub pour un concessionnaire auto, Fritz leva la main.

— Chut ! C'est ce que j'attendais… Ils vont rediffuser la une des infos de midi. Ils ont découvert le cadavre d'une femme, ce matin, dans les Everglades. Je crois qu'on la connaît.

Une jolie présentatrice aux lèvres brillantes expliqua que des chasseurs étaient tombés sur le corps d'une femme en état de décomposition avancée, dans une zone boisée en retrait de la nationale 41, à huit kilomètres à l'ouest de Krome Avenue. Suivait un reportage vidéo de véhicules de police garés le long d'une route non goudronnée. Une housse mortuaire jaune, un brancard qu'on pousse entre les fourrés. Puis Tom se trouva face à un visage, sur un permis de conduire californien. Un médaillon, sur le bracelet de la femme, avait permis d'identifier Carla Kelly, vingt-six ans, résidant dans les appartements Raymore, à Miami Beach.

— Eh, Tom… Cette fille n'aurait pas fréquenté les réunions des Alcooliques Anonymes de l'Église unitarienne ? Elle n'est venue que deux fois, mais je me souviens d'elle.

— Oui, c'est bien Carla. J'ai laissé tomber avant elle.

— Ils avaient une raison de l'éliminer, dit Fritz, hochant la tête d'un air averti.

— Excuse-moi, j'en ai pour une minute… Je dois passer un coup de fil.

Tom sortit sur la véranda, s'assit sur les marches du perron et composa le numéro londonien de la mère de Jenny. Là-bas, calcula-t-il, il devait être près de 22 heures. Sans doute la trouverait-il chez elle. Or il n'obtint qu'une voix de robot à l'accent anglais, qui lui annonça que son correspondant n'était pas disponible. Tom raccrocha.

Il resta là une minute, à regarder la circulation peu intense. Les gens commençaient tout juste à rentrer du travail. Mieux valait, après tout, que Jenny ne soit pas chez elle. Il n'aurait pas pu lui dire, pour Carla. Pas encore. Ça la ferait flipper, alors qu'il avait besoin d'elle. Ils avaient décidé de se retrouver jeudi à 14 heures – heure locale – devant la station de métro Oxford Circus. Dans cette ville qu'il ne connaissait pas du tout, elle lui servirait de guide. Il allait devoir prendre une chambre dans un hôtel bon marché, localiser le musée national de la Marine, trouver du matériel informatique et une boutique d'appareils photo. En échange du temps qu'elle lui consacrerait, il la paierait au tarif qu'elle exigerait.

La tête dans ses mains, il fixait, entre ses tennis, les marches craquelées. Jenny avait vu juste. Carla avait été assassinée. Le départ précipité de son amie lui paraissait moins absurde à présent. Les filles avaient un point commun : toutes deux avaient travaillé pour Larry Gerard. Mais un boss qui vous demandait de coucher avec ses clients ne vous mettait pas vraiment en danger de mort. À Miami, c'était la routine.

Non, elle n'était pas partie à cause de Carla. Elle ignorait encore la mort de celle-ci. C'est plus probablement le meurtre du juge Herron qui l'avait décidée à mettre les voiles. Lors de leur dernière rencontre, sur la place, Tom avait compris à sa voix qu'elle avait peur. Elle redoutait quelque chose.

Tom ne croyait pas à la théorie de Martha – comme quoi Herron aurait été abattu par un tueur à gages à la solde de gangsters souhaitant protéger l'argent investi dans le Metropolis. C'était chercher trop loin. Peut-être le juge savait-il que Barlowe avait eu une aventure avec Jenny Gray ? Elle aurait pu le lui dire. Elle l'avait bien raconté à Tom. Elle avait trouvé une enveloppe vierge dans sa boîte aux lettres, avec cinq mille dollars en billets de cent à l'intérieur, ainsi qu'un mot tapé à la machine sur une feuille blanche : *Les services de l'immigration seront alertés si tu tentes de me recontacter.* Toutes ces saloperies ne justifiaient pas qu'on tue un homme – à supposer que Stuart Barlowe en fût capable, ce dont Tom doutait sérieusement. Royce Herron était mort, mais ça ne rendait pas Tom nerveux au point de tourner le dos à cinquante mille dollars. Pas quand il avait une meilleure explication : c'était un voleur qui avait appuyé sur la détente.

La porte moustiquaire grinça sur ses gonds.

— On y va, fiston, sinon tu risques d'être en retard.

Tom entra dire au revoir à Moon et prendre ses affaires. Lorsqu'il arriva dans l'allée, le moteur diesel de la vieille Mercedes tournait déjà avec un cliquetis métallique tandis qu'une fumée noire sortait du tuyau d'échappement. Tom s'engouffra à l'intérieur et dut claquer la portière à deux reprises, faisant trembler la vitre dans le châssis chromé. À l'instant où Fritz passait en marche arrière, un coup de klaxon et un crissement de pneus retentirent derrière eux. Tournant la tête, Tom vit une BMW noire occuper toute la largeur de l'allée.

La portière s'ouvrit, côté conducteur. Une femme émergea du véhicule. Lunettes de soleil, longs cheveux bruns, petit pull rouge. Elle restait plantée là, les pieds légèrement écartés.

— C'est qui ? demanda Fritz.

— C'est la cata, répondit Tom. Attends-moi. Je reviens.

Il descendit, laissant la porte ouverte.

— Allison, qu'est-ce que tu fais là ?

— Je t'emmène chez mon père.

— Non.

— Si. Monte dans la voiture. Je suis pressée.

Ils se scrutèrent quelques instants en silence.

— Nom de Dieu ! dit enfin Tom.

Il alla récupérer son sac à dos. Fritz l'observait dans le rétroviseur.

— Jolie décapotable. C'est qui, la nana ?

— Une fille que j'ai connue autrefois. Elle tient à jouer les chauffeurs. Merci pour tout, mec.

Allison expliqua à Tom que le coffre était déjà plein à craquer, et qu'il allait devoir prendre son sac avec lui à l'avant. Tom se laissa tomber sur le cuir du siège bas, le sac à dos entre les genoux. La jeune femme le pria d'attacher sa ceinture. Lorsqu'elle démarra, la tête de Tom heurta l'appuie-tête.

— Tu pourrais t'arranger pour qu'on arrive vivants ?

On aurait dit, à ses gestes, qu'Allison faisait corps avec le véhicule. Rétrograder, freiner, tourner, passer les vitesses, accélérer. Elle dressait un peu le menton, et son cou blanc n'en semblait que plus long. Son hâle avait disparu après tout ce temps passé dans le Nord. Elle avait les cheveux épais et brillants, de la couleur du noyer poli. Elle portait des anneaux dorés aux oreilles, une fine chaîne avec un pendentif en diamant et une montre en acier inoxydable aux chiffres démesurés. Pas de rouge à lèvres. Il remarqua une ride d'expression, au coin de ses lèvres. Elle avait son âge – deux semaines de plus, pour être précis. Mais elle était agréable à regarder. Elle avait pris quelques kilos là où il fallait. La dernière fois qu'ils s'étaient trouvés aussi près l'un de l'autre, elle lui en avait balancé une en pleine poire.

Une fraction de seconde, elle l'observa, derrière ses lunettes noires, avant de reporter son attention sur la route. Tom se demanda ce qui se passait. Il se raidit lorsqu'elle grilla un feu qui passait au rouge sur Southwest Eighth, et tourna à gauche, puis à droite, avant d'accélérer sur la bretelle menant à l'autoroute. Le centre-ville de Miami défila en un éclair. Au loin, la baie de Biscayne étincelait, dans la lumière de fin d'après-midi. Au-delà s'étendait Miami Beach.

Allison slaloma entre un semi-remorque et un énorme 4 × 4. Tom ferma les yeux. Un souvenir lui traversa soudain l'esprit : minuit, une longue route toute droite du New Jersey. Les mains graciles d'Allison sur le volant de sa Chevrolet, une Camaro SS qui, les mauvais jours, montait à cent kilomètres à l'heure en cinq secondes neuf centièmes ; Allison éjectant de la route la fille qui conduisait une Nissan trafiquée et l'avait traitée de planche à pain de salope de bourge. Allison avait gagné la Nissan, mais refusé de prendre la clé. Elle n'en voulait pas. Elle avait juste souhaité donner une leçon à la fille. Sur le trajet de retour pour Manhattan, Allison avait demandé à Tom de se garer en bord de route. Là, elle lui avait prouvé sa gratitude – jusqu'à ce qu'un flic passe et braque sa lampe torche sur la vitre. En ce temps-là, Allison habitait un appartement de l'Upper West Side, Tom un petit studio dans un immeuble sans ascenseur de Garden Street, à Jersey City.

— Dès que je t'aurai déposé, dit Allison par-dessus le vrombissement du moteur, je saute dans un avion. Je pars ce soir pour New York, et de là, à Londres. J'y serai demain mercredi. Toi tu arriveras par Gatwick le jour d'après, vers les 9 heures du matin. Je te retrouverai à la sortie des douanes.

— Où es-tu allée chercher que j'allais à Londres ?

Elle sourit.

— Je suis au courant pour la carte, Tom.

— Quelle carte ?

— L'*Universalis Cosmographia*, de Gaetano Corelli. Elle est où, dans ton sac à dos ? Il semblerait qu'il y ait la place pour un étui à cartes…

— Pardon ?

— Tu vas exécuter une copie pour mon père, et il désire que je supervise l'avancée de ton travail. Allez, vas-y, rouspète autant que tu veux. Moi non plus, ça ne m'enchante pas. Il a fallu que je demande une autorisation d'absence au boulot, et je suis censée préparer l'examen du barreau. Mais il m'a priée de faire ça pour lui. En Angleterre, je pourrai étudier aussi bien qu'ici. Peut-être même que je pourrai mieux me concentrer.

Allison eut un petit sourire d'excuse. Elle jeta un coup d'œil au rétroviseur et traversa deux voies pour rejoindre la nationale 195, en direction de la plage, à l'est.

— Il va falloir qu'on s'entende, Tom. Je suis désolée, mais je n'ai pas pu refuser, tu comprends ?

La nationale enjambait un chenal, puis redescendait sur une chaussée bordée de palmiers et de lauriers-roses.

— Il n'aurait pu demander cela à personne d'autre, dit Allison. Je connais très bien la période Renaissance. Je possède quatre cartes de Mercator, deux Gastaldi et une Hondius. Petite, mais je l'adore.

— Super. Et tu veux bien m'expliquer comment tu comptes t'y prendre ?

— On verra les détails plus tard, une fois qu'on se sera retrouvés à Londres. Mais, grosso modo, j'examinerai la carte et je te paierai en fonction de la qualité du travail et du respect des délais. Mon père m'a donné ton numéro de portable. Je vais te donner le mien, afin que tu puisses m'appeler si je ne suis pas venue t'attendre à l'aéroport. J'ai réservé des chambres d'hôtel dans le centre. Tu seras au Bayswater Court. Ta chambre dispose d'un lit d'une place et d'un bureau. J'espère qu'elle te conviendra. Il n'y a pas de service d'étage, mais il y a un café juste en bas.

— Toi, tu vas séjourner où ?

— Pas loin. Au Claridge.

— Je parie qu'il y a un service d'étage.

— Si tu veux une chambre au Claridge, Tom, je serai ravie de la déduire de ton salaire.

Elle prit la sortie d'Alton Road et tourna vers le nord. Tom gardait les yeux rivés vers le pare-brise.

— Larry t'emmène à Nassau dans son bateau. Mon père t'a prévenu ?

— Larry ? Génial ! s'esclaffa Tom. Tu veux savoir quelle est la dernière chose qu'il m'a dite ? « Je t'aurai, crevure. Tu vas payer ! » C'était pour lui avoir cassé une dent.

— Il se l'est fait refaire. Ne t'inquiète pas, il a dépassé ça. Je veux que tu promettes quelque chose, Tom. C'est important. Larry pense que tu passes quelques jours aux Bahamas dans le but d'y expertiser des cartes pour mon père. Il ignore le reste. La Corelli. Le fait que tu partes en Europe dans la matinée. Il ne faut pas le lui dire.

— Vraiment ? C'est un secret ?

— Je suis sérieuse, Tom.

— Et s'il me demande pourquoi tu ne m'as pas directement déposé à l'aéroport international de Miami ?

— Il est au courant de tes conditions de voyage… il sait que tu es en probation, et tout le reste.

— Oui, j'ai été condamné pour vol avec effraction. Comment Larry va-t-il croire que ton père me charge, moi, de lui acheter des cartes ?

— Et pourquoi pas ? Tu es de la partie. Tu y vas parce que ta sœur ne peut pas quitter la boutique.

— OK.

À l'entrée de l'île de La Gorce, Allison ralentit et fit un grand sourire à l'agent de sécurité. Il agita la main et releva la barrière. Elle tourna une fois, puis deux, et se gara en retrait de la rue, sur un carré d'herbe, près d'une grande haie. Tom se souvint que la demeure des Barlowe était juste à l'angle.

— Je te laisse ici, d'accord ? Dis à Larry que ton copain t'a déposé. Mais ne sors pas tout de suite. J'ai quelque chose à te demander.

Tom voyait son propre reflet, en double exemplaire, dans le verre de ses lunettes. Elle pivota sur le siège. Le col de son petit pull bâilla un peu, laissant voir le léger top blanc qu'elle portait dessous. Pas de soutien-gorge. Les yeux de Tom se portèrent sur le volant recouvert de cuir. La main d'Allison sur le levier de vitesses. Son vernis à ongles rose.

— Tom ? commença-t-elle, d'une voix plus douce. J'ai essayé de contacter Jenny Gray. C'est une amie à toi, n'est-ce pas ? Tu sais comment je peux la joindre ?

— Pourquoi est-ce que tu la cherches ?

Allison émit un petit soupir.

— J'essaie de l'aider dans une affaire… Je ne peux pas t'en dire davantage. Secret professionnel, tu comprends. Mais j'ai besoin de régler des petits détails, ou elle pourrait ne plus jamais être autorisée à rentrer aux États-Unis.

— Elle a quitté le pays ?

— J'en suis certaine.

Allison retira ses lunettes. On lui aurait donné le bon Dieu sans confession, songea Tom en contemplant ses grands yeux marron.

— Je suis passée à son appartement hier, et un voisin m'a dit avoir remarqué qu'elle avait jeté des tas de trucs à la poubelle. Le lendemain, elle lui a donné ce qui restait dans son frigo et a pris un taxi pour l'aéroport. Elle est partie, pas de doute là-dessus.

— Je l'ignorais.

— Eh bien… j'aurais pensé, vu que tu vas à Londres, que tu avais peut-être décidé de la voir là-bas. Tu n'as pas son numéro de téléphone ? Elle ne t'a pas donné son adresse ?

— Non, elle ne m'a rien dit. Quel dommage ! Flûte… si j'avais su qu'elle serait à Londres, je lui aurais demandé ses coordonnées. On aurait pu se retrouver.

Allison sourit.

— Tu ne serais pas en train de me mentir ?

— Non.

— Tu sais quoi ? Je pense que si. Je pense aussi que tu mens peut-être à mon père. Je ne crois pas que quiconque puisse faire une copie parfaite de la Corelli. Mais je te laisse le bénéfice du doute. Tu n'as pas intérêt à le décevoir. Je sais reconnaître un faux d'un original.

Tom lui rendit son sourire.

— Tu comptes faire quoi, Allison? Me faire rédiger des rapports? Regarder par-dessus mon épaule? Venir frapper à ma porte pour t'assurer que je bosse? Pas question. Tu veux aller en Europe? Eh bien, profites-en. Mais je ne te veux pas dans mes pattes. La carte, je te la montrerai quand je l'aurai finie.

Il tendit la main vers la poignée, mais elle enclencha la ferme-ture de sécurité.

— Même si c'est sans doute très dur pour toi, Tom, tu vas devoir respecter les règles du jeu. Sinon, en ce qui me concerne, il n'y a plus de deal.

— Parce que c'est toi qui mènes la danse à présent?

— Oui.

— OK. Voici les règles. Je fais mon boulot et tu me fiches la paix. Quand nous nous retrouverons à l'aéroport, tu me donneras une nouvelle tranche de cinq mille dollars en liquide. J'en veux quinze mille une semaine plus tard, et le solde de vingt-cinq mille dollars lors de la remise si ton père est satisfait de la carte. Les frais sont à part, payables à la demande. Voilà le deal. Merci pour l'hôtel, mais je m'en trouverai un tout seul. Ouvre la portière.

Elle respira en serrant les dents.

— Si tu t'avises de rouler mon père, je te ferai arrêter pour vol et falsification.

Il sortit, portant son sac à dos, et se pencha vers elle.

— On se voit à Londres. Bon vol!

Les pneus de la décapotable laissèrent, sur la chaussée, de longues courbes noires.

11

Larry Gerard utilisait le pavillon des invités situé sur la propriété de sa mère et de Stuart comme entrepôt pour son bateau. Des serviettes de plage, des piles à lampes de poche, du propane, des tasses en plastique, de l'alcool, un transistor : il fourra le tout dans un Caddie et le poussa dans l'allée en briques qui, longeant le terrain de tennis, menait jusqu'à la digue.

Larry devait mettre les voiles à 17 heures au plus tard s'il voulait atteindre Bimini avant la nuit. L'entrée dans le port pouvait être difficile, quand il faisait noir, et Larry souhaitait remplir les réservoirs. Lors de sa première expédition à Nassau, il avait dépassé Bimini et avait dérivé pendant trois heures, jusqu'à ce que le service de remorquage en mer le retrouve, avec de l'essence et une note de mille dollars.

À bout de souffle, Larry laissa le Caddie sur le dock. Marek Vuksinic, assis à la place du capitaine, savourait la brise, un pied sur la barre. Qu'il s'impose avait déplu à la mère de Larry, mais celui-ci l'avait forcée à admettre qu'il n'y pouvait rien. Le financement du Metropolis en étant encore au stade des poignées de main, Larry devait-il s'opposer à la volonté de Marek ?

Si Rhonda tolérait le Croate, c'est parce qu'elle croyait qu'il était venu étudier les plans. Elle n'en savait pas davantage. Quant à Larry, il aurait préféré ne pas en savoir autant. Il lui arrivait de se réveiller en nage au beau milieu de la nuit, un craquement sourd dans les oreilles… Le cou brisé d'une femme, Marek tournant légèrement la tête, gêné par sa cigarette…

Larry lui tendit une brassée de coussins.

139

— Ohé, Marek. Attrape ça, tu veux bien ?

— Oui, oui.

Il posa sa bière dans le porte-bouteilles, sur le banc du capitaine. Lorsqu'ils eurent fini d'attacher les coussins et de stocker toutes les affaires, Larry remonta sur le pont. Sa montre indiquait 16 h 52. Il regarda la maison. La terrasse était déserte, la pelouse aussi.

À l'arrière du bateau, Marek s'étira et orienta son visage vers le soleil, qui déclinait rapidement. La silhouette sombre des bâtiments du centre-ville, à huit kilomètres au sud-ouest, se détachait nettement sur le ciel dégagé. Ce serait une nuit sans lune et, pour franchir l'accès étroit et rocheux au port de Bimini, ils ne pourraient compter que sur les balises du chenal.

Larry redescendit, prit une bière dans le petit frigo au-dessous de l'évier, la décapsula et en but une gorgée, pour faire passer deux comprimés d'Oxycontin. Il releva sa casquette et se tamponna le front à l'aide d'une serviette. Depuis l'endroit où il se tenait, dans la cuisine, il distinguait les marches, ainsi que des jambes dans un pantalon vert foncé de marque Tommy Bahama. Un avant-bras velu que l'on tend, une main que l'on crispe autour d'un paquet de Marlboro et un briquet en plastique, tout près.

Peu après midi, Joe avait appelé pour demander à Larry s'il était au courant : on avait trouvé le cadavre de Carla. Il voulait savoir ce qu'ils étaient censés faire à présent… Son patron lui avait dit de ne pas s'inquiéter. Ils n'avaient pas laissé le moindre indice dans les Everglades, et nul n'aurait pu établir un lien entre leur emploi du temps et celui de Carla, ce soir-là. Larry en avait discuté avec Marek, qui était d'accord avec lui. Ce qui n'empêchait pas Larry d'avoir une fichue frousse.

Que Marek soit présent allait compliquer l'exécution de la tâche que lui avait fixée sa mère : récupérer la Corelli. En utilisant la persuasion si possible, la force si nécessaire, et en se gardant de tout acte définitif, avait précisé Rhonda. *Prends la carte, c'est tout.* Quant à Stuart, elle lui parlerait.

Le Croate étant du voyage, elle avait pensé qu'il vaudrait mieux sortir discrètement la carte du tube et la jeter par-dessus bord à la nuit tombée. Avec un peu de chance, Fairchild serait arrivé à Londres avant de constater qu'elle avait disparu. Trop tard. Larry but sa bière en songeant aux différentes manières de s'y prendre. Ce serait plus simple de pouvoir balancer Fairchild à la mer par la même occasion, mais il faudrait alors trouver une bonne explication…

— Larry ? appela Marek.

— Il arrive ? demanda-t-il en remontant.

— Non. J'ai un truc à te dire…

Marek était étendu, les jambes croisées, la tête appuyée sur son bras replié.

— J'ai tué Joe aujourd'hui. Je suis désolé.

— Tu… tu as fait quoi ?

Impossible. Larry avait sans doute mal compris.

— Je n'avais pas le choix. Joe flippait trop. Un type comme ça, ça cause que des ennuis. Pas à moi… je vais partir. Mais à toi, oui… Alors aujourd'hui, je suis passé par son appartement. Je me suis servi d'un couteau. J'ai laissé de tes comprimés et de ta cocaïne pour que la police les trouve. Ne t'inquiète pas, personne ne m'a vu. Pas d'empreintes digitales. Et tu as un bon alibi. On t'a vu au Paradis du bio, non ?

Lentement, précautionneusement, Larry se laissa tomber sur le banc du skipper, cherchant quelque chose à agripper.

La moustache de Marek se mit à frétiller lorsque les paroles sortirent de sa bouche :

— N'aie pas peur ! Tu es mon ami. Tes parents sont des amis de Leo.

Marek tira sur sa cigarette. Le vent emporta la fumée.

— C'est pourquoi j'ai apporté mes valises, mes vêtements neufs et toutes mes affaires sur le bateau. Je quitte l'Amérique.

Il plaqua la main sur son cœur.

— Tu m'as reçu comme un prince. Ce séjour à Miami a été super formidable.

Tom suivit Rhonda Barlowe et son pékinois roux orangé dans un large couloir, prolongement du salon. Elle était grande et athlétique, et marchait en se déhanchant, son ample pantalon de soie ondulant au rythme de ses pas. Tom ne voyait pas de trace de slip.

— Je suis censé être sur le bateau à 17 heures, dit-il.

— Ne vous inquiétez pas. Larry ne vous en voudra pas de le faire attendre quelques minutes.

Les poils du pékinois rasaient presque le sol, et sa queue oscillait comme une plume surmontant un casque. De temps à autre, il se mettait à trotter pour rattraper sa maîtresse. Ils parvinrent à une pièce lambrissée où le soleil, filtrant par des persiennes en bois, dessinait des rayures sur le mur rouge. Elle appuya sur un interrupteur et de petits spots incrustés dans le plafond éclairèrent des cadres contenant des cartes anciennes. Le chien bondit sur un fauteuil et s'y assit. On avait placé une longue table au centre de la pièce, et l'un des murs était occupé par des placards peu profonds – pas en métal, comme ceux que Rose avait dans sa boutique, mais en chêne poli.

— C'est la pièce que Stuart consacre à ses cartes, expliqua Rhonda.

— Je vois.

Tom retira son sac à dos et, pivotant sur ses talons, jeta un coup d'œil alentour. Il en conclut que Rose avait raison. Malgré quelques belles pièces, la collection de Barlowe n'avait ni queue ni tête. Une carte de l'Inde gravée sur bois côtoyait une carte baroque de la Hollande, laquelle était accrochée à côté d'une carte marine du Pacifique Sud.

— Tom ?

Les cheveux blonds de Mme Barlowe lui balayaient le front et retombaient en boucles sur ses épaules. Elle avait la bouche pulpeuse, la peau légèrement luisante. Un pull en V blanc révélait un collier tressé en or et un décolleté généreux.

— Je ne sais comment vous dire ce que j'ai à vous dire. (Elle lui toucha le bras.) Vous permettez que je vous parle franchement, Tom, n'est-ce pas ?

— Oui, madame.

— Oh, dit-elle avec un sourire, levant les yeux au ciel tandis que son front demeurait anormalement lisse. Appelez-moi Rhonda, je vous en prie.

Tom hocha la tête.

— Je me fais du souci pour mon mari. Cela doit rester entre nous, d'accord? Il ne va pas bien. Je vais vous expliquer... il est suivi par un médecin.

— Il n'est pas...

— Non non non. Ce n'est pas un problème physique. Mais il est devenu... je ne voudrais pas dire obsédé, mais je ne trouve pas d'autre mot. C'est cette carte. La Corelli. Oui, je suis au courant de tout, Tom. Je sais ce qu'il attend de vous. Et où il vous envoie. De ce qu'il est prêt à payer pour une copie de l'original. Le papier ancien, l'encre ancienne... Vous devez admettre que c'est bizarre.

Elle se rapprocha et se mit à parler très bas, comme s'ils étaient dans un couloir d'hôpital.

— Stuart a été très ébranlé par la mort de Royce Herron. Ils étaient amis depuis tant d'années. Mon époux avait prêté certaines de ses cartes au juge afin qu'il les expose au salon. Les voleurs se sont introduits dans la maison et Royce tenait la carte de Corelli lorsqu'ils lui ont tiré dessus. Je pense que Stuart ressent, bien qu'il n'en soit pas conscient, pas mal de culpabilité. Il ne peut pas ressusciter le mort, mais il peut recréer la carte. Ce n'est jamais que ma théorie, mais si vous connaissiez Stuart aussi bien que moi, je crois que vous seriez d'accord.

Tom ne voyait pas où elle voulait en venir.

— Pourquoi me raconter tout ça?

— Je vous demande de ne pas faire ce qu'il vous demande.

— Vous voulez dire, laisser tomber la carte?

— Stuart vous a déjà donné dix mille dollars. Voyons ce que nous pouvons vous donner en plus.

Le prenant fermement par le bras, elle le conduisit jusqu'à un secrétaire vieux de deux siècles. Depuis le fauteuil, le chien la regardait de ses yeux luisants et globuleux. Elle sortit une clé de sa poche, l'introduisit dans une serrure et ouvrit un tiroir. Tom vit des liasses de billets de cent dollars. Elle les posa sur le secrétaire, formant une rangée bien nette.

— Que faites-vous, madame Barlowe?

— J'ajoute dix mille dollars à ceux de Stuart.

— Pourquoi? demanda Tom dans un éclat de rire.

— Vous allez me laisser la carte de Corelli et sortir d'ici les poches pleines. Vous l'avez avec vous ? Elle est dans votre sac à dos ?

— M. Barlowe n'est pas au courant de ce que vous me proposez, n'est-ce pas ?

— Je prends sur moi. Il ne vous en voudra pas.

Elle prit une liasse et en déploya les billets.

— Vous n'aurez jamais gagné d'argent aussi facilement.

— Il y a de quoi être tenté, reconnut Tom.

— Libre d'impôt, qui plus est.

— Mmm. Je sais pas trop… Il y tient vraiment, à la carte.

— Vous suggérez que je vous verse la totalité de la somme ? Je n'en ferai rien.

— Non, ce n'est pas ce que je suggérais.

Au-dessus du bureau était accrochée une carte de l'Europe du Nord datant du XVIIe siècle, dans un cadre doré. Des feuilles d'acanthe, des fruits, des oiseaux, des chérubins et de petits animaux remplissaient les marges. Elle avait dû coûter au maître graveur des mois de travail. Tom se l'imaginait, la loupe à la main, traçant, sur la plaque d'acier poli – et à l'envers ! – des traits fins comme un cheveu.

— Prenez l'argent, Tom. Vous n'aurez pas un centime de plus, même si vous achevez la carte.

— Pourquoi ça ?

Elle eut un rire impatient.

— Vous êtes graphiste, et je suis sûre que vous connaissez votre métier. J'ai vu la petite carte que vous avez exécutée pour la boutique de votre sœur. Mais Tom… faire une carte Renaissance format folio est loin d'être aussi facile. Croyez-vous vraiment être capable de réaliser un faux si convaincant que personne – pas même un expert – ne pourra voir la différence ?

C'était une façon délicate de mettre son talent en doute. Certes, Tom s'était lui-même posé la question.

— C'est le moyen de s'en rendre compte.

— Oh, je vous en prie. Cessez de vous raconter des histoires. Stuart veut une copie parfaite. Parfaite, vous entendez ? Qu'on ne puisse pas distinguer de l'original. C'est ce qu'il vous a dit, non ?

— Vous savez… je trouve ça plutôt moche.

Elle se raidit.

— De quoi vous parlez ?

— Faire les choses derrière le dos des gens. Ça me chiffonne.

— Vous n'êtes tout de même pas en train de me sermonner ? Ce n'est pas moi qui ai un casier judiciaire.

Tom la fixa.

Elle prit les billets des deux mains et les projeta vers lui.

— Ne faites pas l'idiot. Prenez-les.

Il la bouscula, ramassa son sac à dos et le balança sur son épaule. Dans le fauteuil, le petit chien rejeta la tête en arrière et se mit à aboyer.

Rhonda Barlowe traversa la pièce.

— Vous allez où ?

— À Nassau.

— Bon voyage, lança-t-elle avec un sourire glaçant.

12

Même amarré à la digue, le bateau avait l'air rapide. Douze mètres de muscles d'un blanc étincelant, un long nez, un pare-brise en flèche et une arche radar inclinée vers l'avant. En s'approchant, Tom distingua le vrombissement des moteurs et aperçut deux hommes sur le point de larguer les amarres. On avait dû les appeler depuis la maison pour les avertir que leur passager arrivait. Le brun qui se tenait à l'arrière du bateau s'agrippait à un pilotis afin d'empêcher l'embarcation de dériver. À l'avant, un homme desserrait le nœud de chaise. Potelé, vêtu d'un treillis et d'un polo bleu, il portait sa casquette enfoncée sur la tête et des lunettes de soleil. Laurence Gerard... Tom ne l'avait pas vu depuis quinze ans.

Il s'arrêta sur le dock, les mains sur les bretelles de son sac à dos.

— Larry. Désolé d'être en retard. J'ai eu une petite discussion avec ta mère.

Jetant la corde sur la digue, Larry invita Tom à monter. L'autre homme plissait les yeux, ébloui par la lumière du soleil. Ce qui ne l'empêcha pas de suivre le nouveau passager des yeux quand celui-ci embarqua. En plus d'une chemise tape-à-l'œil et d'un pantalon vert, il portait des chaussettes sous ses sandales. À ce détail, en plus de sa moustache poivre et sel, on devinait qu'il était européen – grec, sans doute.

Tom lui adressa un signe de tête.

— Tout se passe bien ?

Pas de réponse.

Larry contourna l'arche radar, sauta dans le cockpit et vint s'installer à la barre. Il démarra le propulseur d'étrave, qui fit pivoter l'avant du bateau, l'écartant de la digue. Une bonne poussée sur la manette des gaz, et l'île de La Gorce était déjà loin derrière eux. L'eau éclaboussa la coque, tandis que le bateau fonçait, à une allure deux fois supérieure à la vitesse maximale autorisée.

— Tom, voici Marek, annonça Larry d'un ton joyeux. Il vient de Croatie, et il est ici pour affaires. J'ai pensé qu'il aimerait se joindre à l'expédition.

Adressant un nouveau signe de tête au bizarre compagnon de Larry, Tom retira son sac à dos.

— Il y a de la bière ici, dans la glacière. Les alcools forts sont dans la cuisine. On a de la viande, du fromage, du pain, des crevettes. Quoi d'autre ? De la salade de tortellini, que j'ai faite moi-même, ce matin. On fera escale à Bimini pour reprendre du carburant, mais pas question de débarquer avant d'avoir atteint Nassau. Tu peux aller déposer ton sac en bas.

Un escalier étroit menait à la cabine. Jetant un coup d'œil derrière le rideau, Tom vit un coin couchage avec un grand lit, des oreillers à housse de satin et une télévision à écran plat vissée à la cloison en teck poli. Il ouvrit une porte, en face des plaques de cuisson et du frigo, et découvrit une cabine contenant un W.-C. broyeur, un lavabo et une douche à main. Il porta son sac jusqu'au siège recouvert de coussins, dans la partie avant. On y avait déjà entassé un sac de provisions, un petit sac polochon en cuir et trois grosses valises de cuir noir. Celles-ci étaient toutes trois fermées par une sangle à boucle et une serrure. Pas d'étiquettes porte-nom, mais Tom pensait qu'elles n'étaient pas à Larry. Une seule journée de voyage ne nécessitait pas tant de bagages.

Lorsqu'il regagna le pont, le bateau avait franchi le passage entre North Bay Village et les Golden Isles. Ils remonteraient la baie jusqu'au chenal situé au-dessous d'Haulover Bridge et, de là, jusqu'à l'Atlantique. Avec une Guinness prise dans la glacière, Tom préféra s'asseoir à côté de Larry sur la banquette du capitaine plutôt qu'à l'arrière avec son ami qui n'avait toujours pas ouvert la bouche. Le soleil ricochait sur les fenêtres des maisons de Miami Beach situées sur le front de mer. Un vent assez cinglant soufflait de l'est. Il devait faire dans les vingt-deux degrés, et le ciel était sans nuages.

Le climat d'East Hampton avait ressemblé à celui-ci, lors de ce dernier été passé avec Allison. Elle l'avait emmené en week-end dans la maison de l'une de ses copines de Barnard, à qui elle l'avait présenté comme un copain de Miami. On l'avait installé dans une chambre mansardée habituellement occupée par un des frères cadets, déjà parti à Barcelone où il devait effectuer son premier semestre de fac.

Il y avait dix jeunes gens dans la maison, ce week-end-là. Le grand-père de la fille les avait tous embarqués sur son yacht en teck des années vingt, et baladés dans Long Island Sound. Tom avait vite saisi le jeu entre le vent et les voiles, le vieil homme l'avait laissé barrer pendant les trois quarts du voyage. Plus tard, ils avaient enfilé des pulls et fait un barbecue sur la plage. Tous s'étaient saoulés. Les amis d'Allison avaient parlé d'un bar de Martha's Vineyard, de ceux de leurs camarades qui n'avaient pas pu entrer à Brown University, et de la soirée – minable, non? – du week-end précédent. Tom s'était contenté de rouler des joints et d'entretenir le feu de camp en guise de contribution à la soirée. En revenant par les dunes avec du bois, il avait entendu Allison dire à une autre fille qu'il était sexy mais que leur relation n'était pas sérieuse, ou quelque chose dans ce goût-là. Tom avait lâché le bois, était retourné dans la maison, avait fait son sac et s'était rendu à la gare en stop. Allison l'avait rattrapé alors que le dernier train de la journée s'apprêtait à partir. Elle n'avait pas pris la peine d'emporter sa valise. Elle s'était assise à côté de lui. Il avait changé de siège. Elle l'avait suivi. Enfin, il lui avait passé le bras sur l'épaule. Elle avait pleuré et l'avait supplié de lui pardonner.

— Quoi de neuf? demanda Larry à Tom, comme si leur dernière rencontre remontait à une semaine.

— Pas grand-chose.

Larry parla de son nouveau bateau. De son GPS et de son antenne parabolique. De sa Rolex, cadeau du marchand de bateaux pour rendre la proposition plus alléchante. De son restaurant, qui s'appellerait le Club du marin. Quelqu'un avait suggéré «Chez Gerard», mais Larry voulait que l'atmosphère reste simple.

Pendant qu'ils glissaient vers le nord, Tom resta à l'écart et se repassa la scène avec la mère de Larry. Il venait de tourner le dos à une cagnotte de dix mille dollars garantis. Il avait refusé la proposition de Rhonda Barlowe non par sens moral, mais parce qu'elle s'était comportée comme une garce. Si elle s'en était tenue à sa version – aider son mari à surmonter sa perte –, Tom aurait pu accepter le magot. Ou non. Il n'aimait pas qu'on lui raconte des bobards. La mort de Royce Herron était loin d'avoir mis Barlowe au désespoir. Du coup, Tom se demandait ce que recherchait réellement Rhonda, et s'il devait s'en soucier. Que devait-il dire à Stuart Barlowe ? Il allait attendre, pour en décider, d'avoir atteint Nassau. Ou, mieux encore, d'être arrivé à Londres et d'avoir touché une nouvelle tranche de son salaire.

Se retournant pour évaluer le chemin parcouru, Tom vit que l'homme l'observait, depuis l'arrière du bateau. Le vent soulevait ses cheveux et faisait ressortir les tempes grisonnantes, ainsi qu'une entaille au-dessus de l'oreille, semblable à la trace laissée par une balle. Il détourna ses petits yeux noirs et alluma une cigarette en se servant de ses mains comme pare-vent.

Larry se leva.

— Tom, tu veux bien barrer une minute ? J'ai besoin d'aller pisser. Reste entre les balises du chenal. Les triangles rouges sur ta gauche.

Il s'arrêta devant la glacière et, tout en descendant l'escalier, décapsula une Heinekein.

L'homme – Marek – vint s'asseoir sur le banc, à côté de Tom. Histoire de dire quelque chose, Tom demanda :

— C'est votre premier séjour à Miami ?

— Oui. Mais j'ai l'intention de revenir. J'adore le climat. Et aussi les boîtes de nuit.

— Vous venez de Croatie. Quelle ville, au juste ?

— Dubrovnik. C'est sur la côte, près de l'Italie. Il y a un tas d'îles. J'ai un bateau, pas aussi grand que celui-ci. J'adore aller pêcher.

— Il y a eu une guerre là-bas, se remémora Tom.

— Il y aura toujours la guerre.

En riant, Marek pointa son index puissant sur la tête de Tom, comme un revolver.

— Il y a cinq siècles que notre pays se bat pour fiche dehors les musulmans. C'est pour cette raison que l'Amérique et les Nations unies nous ont divisés en petits États. Et maintenant, vous tuez vous aussi les musulmans. Drôle de monde, non ?

— Hilarant, répliqua Tom. Vous étiez dans l'armée ?

— Dans l'armée yougoslave. Il n'y en a plus. C'est fini.

— Vous faites quoi, maintenant ? À Dubrovnik ?

Marek marqua un temps de silence, la cigarette aux lèvres. Puis :

— Je vends du matériel et des pièces détachées, pour la construction et pour les poids lourds. Et vous, vous êtes marchand de cartes, c'est ça ?

Tom hésita.

— C'est juste. J'achète et je revends des cartes anciennes.

Il manœuvra la vedette de façon à contourner un voilier à deux mâts appelé *L'Eaudissée*. Les gens allaient chercher de ces noms, parfois…

Le vent fit tournoyer la cendre de cigarette sur le pare-brise.

— C'est pour les cartes anciennes que vous vous rendez à Nassau ?

Tom tourna la tête. Les yeux de l'homme avaient la couleur de l'huile de moteur usagée.

— En effet. Pour le beau-père de Larry, Stuart Barlowe. Il les collectionne.

— Vous allez acheter des cartes ?

— Peut-être.

— Vous allez voir Oscar ?

— Oscar ?

Marek s'attendait à une autre réponse.

— Je ne connais personne de ce nom, précisa Tom.

— Il vous paie combien ?

— Pardon ?

— Combien ? Pour qui vous travaillez, Oscar ou Larry ?

— De quoi est-ce que vous parlez ?

Peut-être cela inspira-t-il un sourire à Marek, mais Tom ne voyait pas ce qui se passait sous la moustache. L'homme pivota sur son siège, un bras appuyé au dossier, de façon à regarder Tom droit dans les yeux. Il approcha la tête.

— Moi aussi, j'ai fait de la prison. En Bosnie. Je n'y suis resté qu'un an et demi, et puis ils ont dû me libérer. Ils n'avaient pas de preuves.

— Qui vous a dit que j'étais un ex-détenu ? demanda Tom.

— Je sais beaucoup de choses sur vous.

La conversation prenait un tour bizarre. Baissant la tête, Tom cria, en direction de la cabine :

— Larry ! On approche d'Haulover Bridge. À toi de barrer.

Quand Larry remonta, il avait enfilé un coupe-vent. Tom se dirigea vers le cockpit. Marek l'y suivit et s'assit dans l'angle. Remarquant la crête écumeuse des vagues, Tom se cala aussi près de l'avant qu'il le put. La traversée serait plus rude à l'arrière. Tom décida de laisser Marek s'en rendre compte par lui-même.

Haulover Park possédait une marina côté baie, une plage de l'autre. Sous le pont, Larry dut attendre derrière un autre bateau. Mais dès qu'il eut laissé la terre à une centaine de mètres derrière lui, il se retourna et hurla :

— Accrochez-vous, les marins !

Il poussa à fond la manette des gaz. Aussitôt, les puissants moteurs se mirent à rugir. L'étrave se souleva, se dressant au-dessus des vagues avant de retomber lourdement dans un vol plané, à plus de quatre-vingts kilomètres à l'heure. Tom saisit la poignée derrière le banc du capitaine. Ils furent ainsi brinquebalés pendant deux minutes environ, puis Larry fut contraint de réduire la vitesse.

Sa casquette s'envola et sa bière, glissant du porte-bouteilles, se répandit sur le pont. Les pieds de Tom quittaient le sol chaque fois que le bateau sautait avec un bruit sourd d'une crête à un creux. Marek se laissa tomber du banc, rampa jusqu'au tableau arrière et vomit. Tom donna à Larry un coup sur l'épaule en lui désignant la scène. Constatant les dégâts, Larry passa la marche arrière.

La vedette s'arrêta et, comme ivre, se vautra dans les vagues. Au-dessous d'eux, Marek titubait.

Larry jeta la bouteille vide par-dessus bord et, tout en jurant, nettoya le pont au jet. Puis il remit le tuyau en place.

— Nom de Dieu ! s'exclama-t-il en consultant sa montre.

Il se passa une main sur la tête.

— T'as pas vu ma casquette ?

— Si, elle est passée par-dessus bord à un ou deux kilomètres d'ici.

— Merde !

Larry retourna s'asseoir et remit la vedette en route à une vitesse où elle tanguait, certes, mais n'était pas catapultée par les vagues.

Au bout d'un moment, Tom demanda :

— Tu crois qu'il va bien ?

— J'aimerais qu'il disparaisse avec son vomi, quand il tirera la chasse.

Larry glissa ses lunettes de soleil repliées dans un étui, qu'il rangea dans un compartiment sous la barre. Le jour déclinait.

— Donne-moi une autre bière, tu veux bien ?

S'agrippant à la barre, Tom avança péniblement jusqu'à la glacière et en prit deux. Il reprit place près de Larry, dont les cheveux bruns clairsemés tourbillonnaient dans le vent. Des étoiles apparaissaient, presque imperceptibles, et l'horizon s'ornait de rubans pourpres. À environ trois kilomètres, un voilier disparut derrière un porte-conteneurs voguant vers le sud.

— Ton ami est un drôle de lascar, dit Tom.

— Ouais.

— Il fait quoi, à Miami ?

Larry avala une gorgée de bière.

— Il s'intéresse à l'immobilier. Il songe à acheter deux, trois appartements dans le Metropolis.

— Il faut croire que c'est rentable, les pièces détachées.

Larry le regardant sans rien répliquer, Tom précisa :

— Il m'a dit qu'il vendait des pièces détachées destinées aux poids lourds, en Croatie.

— Il s'occupe de tas de choses.

Larry désigna d'un geste du menton l'escalier de la cabine.

— Dis-lui qu'il y a des cachets contre le mal de mer dans la trousse de secours. Dans le tiroir de la table de nuit.

Tom descendit et aperçut Marek à l'avant du bateau, lui tournant le dos. Il s'était changé. Il portait une chemise à fleurs rouges à présent, et un pantalon noir. Tom s'apprêtait à lui adresser la parole lorsqu'il remarqua son propre sac à dos, sur la table. Marek en faisait glisser la fermeture éclair.

— Qu'est-ce que vous faites ?

Se raidissant pour conserver son équilibre dans les secousses, Marek se retourna et regarda Tom sans la moindre gêne. Sa tête touchait presque le toit de la cabine.

— Je vous ai dit : « Qu'est-ce que vous faites ? » Pour quelle raison étiez-vous en train d'ouvrir mon sac ?

Tom s'empara du sac et vacilla sous le poids, tandis que le bateau tanguait.

— Je me pose des questions sur vous.

— Bas les pattes !

Appuyé à l'évier, Tom épousa le roulis du bateau.

— Qui êtes-vous ? demanda-t-il à l'homme. Que fichez-vous sur ce bateau ?

— Je veux savoir ce que vous allez faire à Nassau.

— Je vous l'ai dit. Stuart Barlowe m'y envoie. C'est quoi, votre problème ?

Marek s'agrippa à l'accoudoir de la banquette. Dans la faible lumière filtrant par le hublot, il avait la peau grisâtre, le front luisant de sueur. Il ne tarderait pas à vomir de nouveau.

— Dites-moi le nom de l'homme que vous devez rencontrer. L'homme aux cartes.

— Vous pouvez toujours courir pour que je vous dise quoi que ce soit !

Le bateau tangua et Marek fit un pas en avant, sans doute pour conserver son équilibre. Mais Tom laissa tomber son sac à dos et se mit en position de défense.

— Un vrai dur !

Marek éclata de rire, laissant voir de petites dents, dont certaines manquaient. Puis son visage devint blême, et il grimaça.

Tom rit à son tour.

— Larry ne va pas être content si vous gerbez sur le tapis.

L'homme se dirigea vers les toilettes en titubant. Tom l'entendit vomir, puis tousser. Un bruit d'eau s'ensuivit. Le jeune homme referma la fermeture Éclair de son sac à dos, qu'il glissa sous la table. Marek reparut. Il resta un moment planté dans l'ouverture étroite de la porte, à tamponner son visage à l'aide d'une serviette, qu'il rejeta dans le cabinet.

— Il faudra qu'on reparle, à Nassau.

— Allez donc faire un tour sur le pont arrière, dit Tom.

En montant l'escalier, Marek lui jeta un regard mauvais par-dessus son épaule.

Tom s'appuya contre la table, respira profondément et s'efforça de comprendre. La folie pouvait-elle tout expliquer ? Ce type était un cinglé, point final. Il s'agenouilla, sortit le sac de dessous la table et ouvrit le compartiment principal. Il y plongea la main. L'étui à cartes était toujours là. Il en retira le capuchon et aperçut la spirale ivoire de papier ancien.

Tom ignorait ce que cherchait Marek. Mais une hypothèse lui paraissait logique : Rhonda Barlowe voulait la Corelli et, pour être sûre de la récupérer, lui avait envoyé cette brute. À moins que l'idée ne vienne de Larry. Il ne pouvait voler la carte seul ; il lui fallait l'aide de quelqu'un. Ça aurait pu coller, sauf qu'il y avait un hic : les étranges questions que lui avait posées Marek. *Vous allez voir Oscar ? Il vous paie combien ?*

Le bruit des moteurs s'amplifia. Tout tressautait dans la cabine lorsque le bateau heurtait les vagues : la table vibrait, les assiettes s'entrechoquaient, la chaîne de l'ancre cliquetait dans la cale. Ils seraient bientôt à Bimini, où ils reprendraient de l'essence avant de poursuivre jusqu'à Nassau. Deux cent vingt kilomètres à parcourir en pleine mer. Et après ? Sans la carte, Tom n'avait plus rien.

Ce ne serait pas une mauvaise idée, songea-t-il, de lui trouver lui-même une planque. Ainsi, celui de ses deux compagnons de voyage qui descendrait s'imaginerait que l'autre l'avait prise. Ça pourrait lui faire gagner du temps. Il jeta un coup d'œil alentour. Releva le couvercle de l'une des banquettes et découvrit un espace de rangement rempli de cordages et de cirés. Il le referma. Il ouvrit des placards et des tiroirs, puis son attention se porta sur le coin couchage. Il s'étendit en travers du moelleux édredon en satin et glissa le tube entre le matelas et la cloison.

Lorsqu'il remonta, les deux hommes l'observèrent. Marek était assis sur la banquette latérale, les bras étendus sur le dossier, une cigarette dépassant de sa moustache. Le vent soulevait sa chemise, révélant un torse puissant recouvert d'une épaisse toison de poils noirs.

Larry passa sa bouteille vide à Tom en lui demandant d'aller lui en chercher une autre.

Tom balança la bouteille à la poubelle et ouvrit la glacière.

Une seconde plus tard, il était renversé en arrière, ses pieds raclant le pont. Un bras épais s'était refermé autour de son cou. Le coude était sur son larynx, le biceps et l'avant-bras lui pressaient la gorge, empêchant le sang de monter au cerveau. Tom enfonça les ongles dans le bras de l'homme. On lui avait déjà fait cette prise… Un chef de gang latino, à la prison du comté de Dade. D'un instant à l'autre, il allait perdre connaissance.

Il agita les jambes et entendit Larry crier.

Puis il eut conscience d'être sous l'eau. Un poing agrippait le dos de son pull et, comme le bateau piquait du nez et remontait, les vagues tournoyaient sur sa tête. Il était étendu sur la passerelle menant à la plate-forme arrière. Le bateau plongea une nouvelle fois et Tom retint sa respiration avant la vague suivante. Lorsqu'il émergea, il toussait.

Alors quelqu'un le saisit par les jambes et le tira. Son menton vint frapper la marche, ses dents mordirent un côté de sa langue, sa chemise lui érafla le ventre. On le jeta sur le plancher du cockpit. Il roula sur lui-même, crachant de l'eau de mer mêlée de sang.

— Bordel de merde ! hurla Larry. Ça veut dire quoi ?

Marek secoua ses mains trempées. À ses lèvres, la cigarette était toujours allumée.

— Il avait besoin d'un petit tour sur le pont arrière. Pour prendre un peu l'air.

Tom se releva d'un bond et se jeta sur lui. Deux secondes plus tard, il était à nouveau sur le pont, et un poing levé s'apprêtait à lui défoncer la mâchoire. Or Marek sourit et se contenta de lui tapoter l'épaule.

— C'était pour rire ! Juste pour rire.

Lorsque Tom se leva une nouvelle fois, Larry lui retint le bras. La peur se lisait dans ses yeux.

— Fais pas ça, mec ! Laisse tomber. Il te tuerait. Laisse tomber, Tom !

Ce dernier descendit à la cabine et retira ses vêtements. Il vida les poches de son treillis trempé et fourra leur contenu dans un pantalon sec : passeport, portefeuille, carnet d'adresses, argent liquide. Son portable avait pris l'eau. Tom appuya sur des touches, mais l'écran ne s'alluma pas. Il songea à balancer par-dessus bord les valises de Marek, avant de se dire que ce n'était peut-être pas une bonne idée.

Le soleil n'était plus qu'un vague sillon orange, à l'ouest, lorsque émergea la portion de terre basse appelée Bimini. D'abord les balises du chenal puis, sur le rivage, des petits points lumineux. Sur la carte, Bimini ressemblait à un triangle avec rien au milieu : une île en bas, une autre à l'ouest et des marécages en guise de troisième côté. La plupart des habitants vivaient sur la bande ouest, dite « Bimini Nord ».

Tom y était allé deux fois avec Eddie, pour pêcher. Ils avaient dormi dans l'un des hôtels bon marché d'Alice Town et avaient bu des coups dans un bar qu'Hemingway avait fréquenté. L'île avait été l'un des QG des trafiquants de drogue dans les années quatre-vingt, lui avait expliqué Eddie, mais la police fédérale y avait mis un terme. Comme les lumières devenaient plus proches, Tom se remémora la configuration de Bimini Nord : les marinas et des bars sur le côté est, en face du port, et les boutiques de King Street, l'unique rue importante ; le poste de police, qu'abritait un bâtiment rose d'un seul étage ; les baraques avec leurs toits en tôle et leurs cours pleines de poulets. Tous les uns sur les autres.

Alors qu'ils parvenaient à un chenal étroit, entre les îles, Larry réduisit la vitesse et commanda à Tom de se placer à l'avant avec la lampe torche pour guetter les récifs. Le bateau alla tout droit, dans le sillage du faisceau de lumière, avant de virer brusquement à gauche, en direction du port, abordant l'île par le côté est. L'entrée du port franchie, Tom éteignit la lampe et resta assis sur la proue, jambes croisées. Ils dépassèrent l'hôtel de l'Espadon bleu, puis deux ou trois bars où la musique était réglée à plein volume. Enfin, l'hôtel Sea Crest, où Eddie et lui avaient séjourné.

Larry finit par arrêter le bateau le long d'un ponton croulant, à près d'un kilomètre de l'entrée du port – afin d'éviter les agents des douanes, supposait Tom. Un vieux Bahamien portant des tongs et une chemise ouverte se leva de la chaise longue où il était vautré, devant des pompes à combustible. Larry coupa les moteurs, fusilla Marek du regard, et déclara qu'ils avaient de la chance d'être arrivés à temps. Dix minutes de plus, et la station était fermée. Tom alla à l'avant et jeta au vieil homme une corde, que ce dernier enroula autour d'un poteau. Larry fit de même à l'arrière.

Marek descendit et annonça qu'il allait s'acheter un paquet de chips. De la lumière filtrait par la fenêtre moustiquaire de la boutique de la marina ; une femme éclata de rire ; quelqu'un parla avec un fort accent local. Larry ouvrit la trappe d'accès au réservoir pour que l'employé puisse y introduire son tuyau. Les chiffres défilaient sur le vieux modèle de pompe, qui émettait un son de cloche tous les cinq litres.

Planté au bord du bateau, Tom jeta un coup d'œil à la ronde. Un projecteur à abat-jour métallique éclairait le cockpit, mais l'avant-pont était plongé dans le noir, à cause de l'ombre projetée par une pile de casiers à homards haute de deux mètres, sur le ponton. Un bateau en bois destiné à la pêche au homard était amarré juste devant la vedette de Larry. Au-delà, des canots pneumatiques flottaient tranquillement sur une eau immobile. Plus loin, le rivage rocheux, une baraque en bois, des cocotiers, des pins malingres et un parking recouvert de gravier faisant face à King Street qui donnait, si la mémoire de Tom ne le trahissait pas, sur Alice Town, au sud.

— Larry, je peux prendre un peu de ta salade de tortellini ?

— Je t'en prie, dit Larry depuis la digue. Sers-m'en aussi une assiette, pendant que tu y es. Tu devrais goûter les crevettes. J'ai mis des épices jamaïcaines.

Tom descendit. Levant les yeux, il examina les écoutilles d'aération. Deux petites à l'avant, deux autres, plus grosses, dans la cuisine. Il plaça les mains sur celle qui se trouvait au-dessus de sa tête et estima qu'elle faisait trente centimètres de large sur soixante-quinze de long. Son capot était abaissé et maintenu contre le châssis par deux tiges métalliques à poignées noires. Tom se dirigea vers son sac à dos, en retira presque tous ses sous-vêtements et un pull en laine polaire, et les fourra sous la table. Il récupéra l'étui à cartes caché sous le matelas, le glissa dans le sac à moitié vide dont il remonta la fermeture éclair, avant de serrer les sangles au maximum.

Il se rappela avoir vu une corde sous l'un des sièges, à l'avant. Avec un couteau de cuisine trouvé dans un tiroir sous l'évier, il en détacha une longueur d'environ deux mètres, qu'il attacha à la poignée de son sac à dos. Puis il grimpa sur le plan de travail et, se tassant, entreprit de découper le capot de l'écoutille autour du cadre métallique. Il dévissa les serrures, poussa et souleva lentement le panneau. L'angle d'ouverture n'était pas favorable, mais Tom parvint néanmoins à sortir les bras, puis les épaules. Les mains sur le pont, il se hissa et aperçut Larry, qui regardait les chiffres défiler sur la pompe à essence. Marek, à l'arrière, était en train d'ouvrir un paquet de chips au fromage.

Ayant perdu son appui sur l'évier, Tom fut contraint d'agiter les pieds pour chercher à le retrouver, avant de se laisser retomber sur le sol de la cabine. La corde entre les dents, il remonta sur l'évier et émergea à nouveau – jambes comprises, cette fois-ci. À travers le pare-brise, il vit Marek pivoter sur ses talons et se diriger vers la glacière. Tom se coucha sur le pont, ombre parmi les ombres.

Il distingua le cliquetis des bouteilles, le bruit d'un couvercle que l'on ferme et du pistolet que l'on raccroche sur la pompe. Le vieux Bahamien dit :

— Ça fait cent vingt-huit dollars.

Dans une minute ou deux, ils auraient largué les amarres. Étendu sur le ventre, Tom se mit à tirer la corde des deux mains, depuis l'écoutille. Le sac à dos s'éleva, s'approcha et… resta coincé. Tom tira plus fort. Une sangle s'était prise dans l'une des serrures. Il s'en voulut de ne pas avoir d'abord sorti le sac. Tendit le bras vers la sangle. Le bateau tangua légèrement quand Larry remonta dessus.

Tom laissa retomber le sac à dos et tenta à nouveau de lui faire franchir l'ouverture. Il sentit les vibrations des moteurs, entendit un grand plouf à l'arrière du bateau. Et la voix de Larry :

— Marek. Va détacher les amarres avant et arrière.

— Où est Tom ?

— Il est descendu chercher quelque chose à manger.

Tom était parvenu à sortir le haut du sac à dos. Il tira et secoua, mais celui-ci demeurait coincé. Il comprit le problème. L'écoutille était plus étroite d'un côté. Le sac ne passerait pas, à moins que Tom n'en retire encore des affaires. Or, il n'avait plus le temps. Il passa rapidement en revue toutes les choses à l'intérieur qui ne pourraient être remplacées. Puis, saisissant la poignée, il défit la fermeture éclair juste assez pour retirer l'étui à cartes. Il lâcha la corde, et le sac à dos dégringola.

Toujours à plat ventre, Tom s'empressa de gagner le garde-fou et, l'enjambant, mit pied à terre. Il se dissimula derrière les casiers à homards, prit ses marques et se mit à courir.

13

Devant le Claridge, un homme en livrée et haut-de-forme ouvrit la portière du taxi pendant qu'Allison payait le chauffeur. Elle arrivait tout juste de Victoria Station, après avoir effectué une demi-heure de train depuis l'aéroport de Gatwick. Là, elle avait passé une heure à attendre en vain à la sortie de la douane, avec le mince espoir que Tom Fairchild ait tout de même réussi à prendre le vol de 8 h 55 en provenance de Kingston, Jamaïque. Allison ne pensait pas qu'il y serait, mais son père lui avait demandé d'aller s'en assurer.

Tom avait appelé Stuart, la veille, à 2 heures du matin. Fou de rage, il avait expliqué qu'on avait cherché à le tuer, qu'il était coincé en Jamaïque, et il avait demandé à son interlocuteur ce qu'il comptait faire pour l'aider. Au début, Stuart s'était figuré que Tom était ivre. Puis il avait dû s'excuser et supplier pendant une demi-heure pour obtenir que Tom accepte de continuer sa mission. Et encore, il n'en était pas vraiment sûr.

Et maintenant ? Tom Fairchild avait disparu. Il avait emporté la carte de Corelli et avait filé avec. L'humeur d'Allison était aussi maussade que le temps. Moins pour avoir perdu trois heures – qu'elle aurait préféré passer lovée sous un bon duvet – qu'à cause de la détresse qu'elle avait perçue dans la voix de son père. Elle s'en voulait aussi d'avoir fait confiance à Tom Fairchild, alors qu'elle aurait dû savoir à quoi s'en tenir.

Lorsqu'elle descendit du taxi, un coup de vent releva un pan de son manteau bordé de fourrure et menaça d'emporter son béret rouge. Le maintenant en place, elle leva les yeux vers la façade du bâtiment en brique, avec ses quatre étages, ses colonnes en marbre, ses drapeaux colorés et son portail en fer ouvragé. Le portier toucha le bord de son chapeau, et Allison se surprit à sourire en franchissant l'entrée en toute hâte.

Elle descendait au Claridge parce que les membres de sa famille étaient toujours descendus là. Ses grands-parents y avaient passé leur lune de miel. Son père y séjournait quand il venait à Londres pour affaires. Une fois, quand elle avait dix ans et que Rhonda souhaitait ne pas l'avoir dans les pattes pendant une semaine, Stuart l'avait emmenée avec lui. Allison l'avait suivi comme un petit chien dans les banques ou les bâtiments administratifs, si heureuse d'être près de lui qu'elle n'aurait pas eu idée de s'ennuyer une seconde.

Ce séjour à Londres serait plus court que prévu. Mieux valait, avait-elle décidé, rentrer directement à Miami. Le réceptionniste lui réserverait un vol. Othello serait déconcerté de la voir revenir si vite. Elle l'avait confié à la garde de Fernanda, chez Stuart, après lui avoir ordonné de ne pas passer la clôture et de fiche la paix aux oiseaux, et lui avoir dit qu'elle serait de retour dans deux semaines. Et voilà que le pauvre chat allait se retrouver à nouveau coincé dans l'appartement du dixième étage où il passait ses journées le nez collé à la vitre.

Ses gants en main, Allison poussa la porte à tambour donnant sur le hall. Un immense lustre Art déco jetait ses lueurs sur un sol de marbre noir en damier, et un feu de cheminée brûlait joyeusement en face du grand escalier arrondi. Allison fonça vers les ascenseurs.

Un mouvement attira son attention. Quelqu'un s'était levé d'un des fauteuils proches de la cheminée et s'avançait rapidement vers elle. Il avait les cheveux hérissés et une barbe de trois jours. Son treillis était dans un sale état et un bonnet dépassait de l'une des poches.

— Tom !

— Tu arrives à temps, dit-il. La direction était sur le point de me fiche dehors.

— Comment est-ce qu'on a pu se louper à Gatwick ? J'étais juste à la sortie de la douane. Tu ne m'as pas vue ?

— Je n'étais pas à Gatwick. Je suis arrivé par Heathrow à peu près à la même heure avec un vol venant du Canada.

— Je ne comprends pas. Pourquoi avoir pris un autre avion ? Tu aurais pu prendre un vol direct depuis la Jamaïque.

— Je n'ai pas regretté le détour, dit Tom. Joli manteau. Ne le retire pas. On va à la banque.

— À la banque ?

— C'était le deal, tu n'as pas oublié ? À mon arrivée à Londres, je touche une autre tranche de cinq mille dollars, plus les frais. Ton père veut toujours la carte ?

— Bien sûr qu'il la veut. Tu aurais pu appeler. Pourquoi ne pas l'avoir fait ? Mon père est dans tous ses états.

— Mon portable avait bu la tasse, expliqua Tom en lui prenant le coude afin de l'orienter vers l'entrée du bâtiment. Je te raconterai plus tard. Pour le moment, il me faut de l'argent, et il faut que je dorme un peu.

Elle se figea, refusant d'aller plus loin.

— Qu'as-tu fait de la carte ? Où est-ce qu'elle est ?

— Ne t'inquiète pas. Elle est à l'abri.

Il serra son bras plus fort.

— Allons-y.

— Pas avant que tu m'aies expliqué ce qui se passe.

L'un des employés de l'hôtel les suivait des yeux.

— Tu veux des explications ? demanda Tom. Moi, je veux toucher l'argent qui m'est dû. Ou bien je m'en vais tout de suite, et tu peux dire à Stuart qu'il ne récupérera pas sa carte.

Allison eut l'air profondément écœurée.

— Je savais que c'était une erreur.

Dehors, une bruine glacée faisait briller le trottoir. Elle tira de son sac un petit parapluie et pressa le bouton d'ouverture. Tom mit son bonnet. Les mains dans les poches, il rentrait les épaules pour se protéger du froid.

— Qu'est-ce que tu as fait de ta veste ? demanda-t-elle.

Il éclata de rire, exhalant un nuage de buée.

Elle secoua la tête lorsque le portier lui désigna le taxi noir et massif, au bord du trottoir.

— Mon père veut la carte, c'est pourquoi je vais te donner les cinq mille dollars, mais tu vas devoir me donner de bonnes raisons de le faire. Il y a un salon de thé, au coin de la prochaine rue. On va discuter un peu.

— C'est toi qui paies le thé, dit Tom. Je n'ai plus un rond.

On les conduisit à une petite table en bois, devant une fenêtre ornée d'un rideau en dentelle. Allison commanda un Earl Grey et des biscuits. Il était encore tôt pour déjeuner, mais Tom avait envie d'un sandwich au roastbeef, qu'il dévora tout en lui racontant comment il s'était échappé du bateau, à Bimini.

Tout ouïe, Allison laissa refroidir son thé. L'interrompant, elle dit :

— J'ai du mal à imaginer que tu courais un réel danger. Enfin, il n'a pas vraiment essayé de te noyer…

— Eh bien, Allison, si tu avais été là, tu ne dirais pas ça.

— Et tu es certain qu'il cherchait à voler la carte ?

— Je n'ai pas voulu courir le risque. C'est qui, ce gars, au juste ? Il m'a dit qu'il vendait des pièces détachées de poids lourds à Dubrovnik, et puis Larry m'a dit qu'il souhaitait investir dans le Metropolis.

— Il s'appelle Marek… j'ai oublié son nom de famille. Mais Larry m'a dit que c'était un ami d'un de ses clients, au restaurant. Je l'ai croisé. Je ne dirais pas qu'il m'a plu, mais je ne crois pas que ce soit un dingue.

— Marek était dans l'armée yougoslave. Il a fait dix-huit mois de prison. Sans doute pour avoir vidé son chargeur sur les populations civiles.

Allison versa à nouveau du thé dans leurs tasses.

— Ça n'a strictement rien à voir avec ce que Larry a raconté à mon père.

— Tu m'étonnes !

Dans la lumière grise filtrant par les petits carreaux, les yeux de Tom paraissaient plus verts que jamais. Alors qu'elle l'observait, assis en face d'elle, Allison pouvait constater en quoi ces douze années l'avaient changé. Ses joues hérissées de poils blonds étaient plus minces. Son visage était plus marqué et une ride s'était accentuée, au coin de ses lèvres, à gauche. Allison se rappela que c'était de ce côté-là que ses sourires naissaient. Il avait les lèvres plus charnues qu'il n'aurait dû être permis à un homme de les avoir.

Il écarquilla les yeux.

— Quoi ?

— Tu as de la mayonnaise sur le menton, mentit Allison. Juste là…

Il s'essuya avec le pouce, puis prit sa serviette en papier.

— Le prénom « Oscar » te dit-il quelque chose ? Larry a-t-il jamais mentionné un certain Oscar ? À propos du Metropolis, peut-être ?

— Non. Pourquoi ?

— Marek m'a demandé si je comptais voir Oscar, à Nassau. Il voulait savoir si je travaillais pour lui ou pour Larry. Qu'est-ce que ça signifie ?

— Aucune idée.

Elle le regarda boire son thé dans la tasse en porcelaine. Les articulations de ses mains étaient éraflées.

Lorsqu'elle releva les yeux, elle croisa le regard de Tom. Un coin de la bouche de celui-ci se releva.

— J'aime bien le béret rouge. C'est mignon avec les lunettes.

— Oh, merci.

— Tu es jolie.

Elle haussa les épaules.

— Sincèrement. Je le pense.

Allison détourna les yeux et choisit l'un des biscuits disposés sur l'assiette.

— Qu'est-ce que tu vas faire, après la banque ?

— M'acheter des sous-vêtements thermiques. Rattraper le sommeil perdu.

— Tu as une chambre réservée au Bayswater. Je ne l'ai pas annulée.

— Non merci. Après ce que j'ai enduré, je veux un hôtel où on m'apporte le petit déjeuner au lit.

— Tu sais lequel ?

— Non, pas encore.

— Tu as l'intention de me le dire ?

— Dès que j'aurais acheté un portable.

— Quand est-ce qu'on part en Italie ? demanda-t-elle.

— Probablement lundi. Je n'en suis pas certain.

— Dans quelle ville on va ? Je peux réserver un vol.

— Je te tiendrai au courant, Allison. J'ai encore des choses à régler, OK ?

Elle mit les mains sur ses hanches et imita sa voix grave :

— Ne t'inquiète pas, Allison. Je maîtrise parfaitement la situation.

Il la foudroya du regard.

— Tout juste… à commencer par la banque.

— Je ne vais pas te donner de liquide. Mon père a fait en sorte que tu aies une carte bancaire Barclays. Tout ce que j'ai à faire, c'est virer l'argent sur ton compte.

— Cinq mille dollars, plus les frais.

— Plus les frais, oui.

Il s'écarta de la table juste assez pour plonger la main dans la poche de son pantalon et en sortir un carnet de notes. Il le feuilleta et le tint ouvert à une page arborant une colonne de chiffres et, à côté, quelques mots. Pour chaque entrée, il fournit une explication :

Cent dollars pour le barman d'Alice Town lui ayant indiqué un pêcheur qui ne poserait pas de questions. Deux cents pour le pêcheur qui lui avait fait traverser le port et l'avait déposé à Bimini sud. Mille cinq cents pour le pilote retraité de la Chalk Airline qui avait emprunté le monomoteur Cessna d'un ami pour le conduire à Nassau. Trois mille pour un vol non régulier de Nassau à la Jamaïque en avion privé, arrivé juste à temps pour permettre à Tom de prendre le vol de 8 h 10 à destination de Toronto – neuf cent cinquante dollars. Bonnet et sweat-shirt à l'aéroport de Toronto : soixante-quinze dollars. Vol pour Londres : six cent vingt-cinq dollars. Les cent cinquante dollars restants comportaient la nourriture, le train express ralliant Heathrow à Paddington Station et le trajet en taxi jusqu'au Claridge.

— Ce qui nous fait six mille six cents dollars, annonça Tom.

— Pourquoi mon père devrait-il payer tout ça ? protesta Allison. Des bakchichs, des vols privés, un bonnet ?

166

Tom referma le carnet de notes.

— Ouais, j'aurais peut-être dû rester sur le bateau et laisser ce gorille croate prendre la carte. Ou retourner à Miami et la déposer chez ton papa.

Allison leva les yeux au ciel et soupira.

— Il me faut aussi huit mille dollars, pour le matos que je vais devoir acheter à Londres.

— Huit mille dollars ?

— J'ai besoin de matériel informatique et d'un appareil photo numérique haute définition. Ton père est au courant.

Elle le contempla avec stupéfaction.

— En plus des frais que tu viens de me détailler ? Sans compter les cinq mille dollars d'avance sur ton salaire ?

— C'est juste. Soit un total de dix-neuf mille six cents dollars.

— Il va falloir que je parle à mon père.

— Très bien. Mais dès qu'on sort d'ici, on va direct à la banque. Je veux les cinq mille dollars, plus mes frais. Sinon, qu'il se trouve un autre pigeon pour faire le boulot.

Elle se resservit du thé, ajouta du lait et un morceau de sucre, remua, posa la petite cuillère sur la soucoupe, puis croisa les bras.

— Je vais te donner les cinq mille dollars et te rembourser tes frais. Mais tu n'auras rien pour l'ordinateur et l'appareil photo tant que tu ne m'auras pas montré les factures.

— Waouh. Quelle dure à cuire. C'est à la fac de droit que tu as appris ça ?

Elle le fixa en silence.

— Allison ? demanda Tom, se penchant vers elle au-dessus de la petite table. Comment ton père t'a-t-il persuadée d'enfreindre la loi ?

— Qu'est-ce que tu racontes ?

— Tu m'aides à commettre un faux. Tu as réfléchi à ça ?

— Je ne t'aide pas à faire quoi que ce soit. J'aide mon père.

— À contrefaire une carte.

— Ce n'est pas une contrefaçon !

Alors même qu'elle les prononçait, elle eut le sentiment que ses mots sonnaient faux. Mais uniquement d'un point de vue technique. Stuart n'achetait pas une contrefaçon. Il achetait un substitut. Par nécessité ; parce qu'il n'avait pas le choix.

Tom l'interrompit dans ses pensées.

— Tu sais ce qui m'échappe ? Ton père m'a dit que la carte de Corelli lui avait coûté dix mille dollars. Or il est disposé à m'en donner cinquante mille, frais non inclus. Pourquoi ?

Allison but une gorgée de thé avant de répondre.

— L'argent est secondaire à ses yeux. Il veut la carte, et il a les moyens de se l'offrir. Les collectionneurs sont comme ça. Tu es bien placé pour le savoir.

— Je ne pensais pas que ton père aimait tant que ça les cartes.

— Tu te trompes, crois-moi. Il était encore enfant quand il a commencé à en faire collection.

— J'ai entendu dire qu'il avait déchiré les pages d'un atlas de Tommaso Porcacchi datant du XVIIe pour les distribuer comme cadeaux de Noël.

Elle sentit son visage s'empourprer sous l'effet de la colère. Elle s'était disputée avec son père à ce sujet, mais Tom n'avait pas à le savoir.

— De quel droit te permets-tu, toi, de juger les gens ?

Tom posa un bras sur le dossier de sa chaise et éclata de rire.

— Oh-oh. Pour ça, tu es la première de la classe, pas vrai ? C'est bon, tu as fini ton thé ?

Il remit son affreux bonnet.

— Presque, dit-elle en levant sa tasse. Dernière condition : je veux l'adresse de Jenny Gray. Ne me dis pas que tu ne l'as pas.

— Il se peut que je l'aie, mais je ne te la donnerai pas. Au fait, Allison, je n'ai jamais cru que tu devais la retrouver pour une histoire d'immigration...

— OK. Voici la vérité : j'aimerais savoir ce qui est advenu des cartes volées chez le juge Herron, les siennes et celles qui appartenaient à mon père. Je veux éclaircir ça, c'est tout.

— D'après la police, les voleurs les ont prises.

— Ils n'en sont pas certains. Ils pensent aussi que Jenny aurait pu rencarder quelqu'un.

— Comment ça, quelqu'un ? Quelqu'un comme moi ?

Après un long silence, Allison secoua la tête.

— J'y ai songé, mais… non. À moins que ton séjour en prison ait fait de toi un autre homme. Il paraît que ça arrive.

— J'ai purgé ma peine à la prison du comté, Allison, pas dans une prison d'État.

— C'est quoi, la différence ?

— La prison du comté, c'est pour les infractions mineures. La prison d'État, pour les délits graves. Je te fais l'effet d'un criminel endurci ?

— Eh bien… tu m'as l'air un peu débraillé. (Elle sourit.) C'est sûrement à cause du chapeau. Je t'emmène faire du shopping ?

— C'est toi qui payes ?

— Non. On va chez Marks et Spencer.

Il se leva et repoussa sa chaise contre la table.

— J'aurais dû voyager en première classe. Je me serais servi de ces petites trousses de toilette qu'ils distribuent. Seize heures en classe économique, c'est pénible. Tu as déjà voyagé en classe économique, Allison ? Au moins une fois ?

Ils se rendirent à la Barclays située sur Regent Street. Allison demanda à voir le directeur. Quand elle mentionna le nom de son père, on les conduisit dans un bureau privé, lambrissé d'acajou. Stuart avait choisi la Barclays parce qu'il y connaissait quelqu'un de très haut placé. Deux ou trois coups de fil, et l'on avait accepté d'ouvrir un compte au nom de Tom Fairchild.

Pendant que Tom montrait son passeport et remplissait des formulaires – indiquant, comme adresse londonienne, l'hôtel où résidait Allison –, elle l'observait, à l'autre bout du bureau. Quelques jours plus tôt, elle se demandait encore s'il était mêlé au meurtre de Royce Herron, et s'il faisait ce détour par Londres pour y voir Jenny Gray et récolter sa part du butin. Allison avait étudié cette hypothèse, mais n'y croyait pas… à moins qu'il n'ait changé davantage qu'il ne l'admettait.

Tom Fairchild n'avait peut-être pas l'étoffe d'un assassin. Mais d'un escroc ? D'un voleur ? Absolument. Hormis réviser son examen au barreau, Allison avait une mission : s'assurer que la carte était exécutée correctement et remise à son père à temps.

Quand ils sortirent de la banque, elle dut rattraper Tom par le bras pour qu'il ne soit pas happé par un bus à deux étages qui fondait sur eux depuis la droite, dans un déferlement de buée et de bruit de moteur.

Tom éclata de rire.

— J'adore ces autobus !

— Allons te trouver une veste, dit Allison.

Agitant son parapluie fermé, elle héla un taxi. Il se gara devant le trottoir. Tom lui ouvrit la portière et, lorsqu'elle fut entrée, demanda au chauffeur de la conduire au Claridge.

— Attends ! s'écria Allison. Où est-ce que tu vas ?

— Je suis un grand garçon. Je ne vais pas me perdre.

— Mais j'ai besoin de savoir où tu es.

— Je t'appellerai, dit-il en s'éloignant.

Lorsque le taxi démarra, Allison se mit à tripoter la poignée.

— Arrêtez-vous !

— Décidez-vous, jeune demoiselle. On va au Claridge ou pas ?

Allison se retourna péniblement sur la banquette et, regardant par la vitre arrière, vit Tom, avec son sweat-shirt et sa casquette, disparaître dans la foule de Regent Street.

14

Dans la chambre de sa femme flottait l'odeur de ses vêtements, de son parfum, des roses sur la commode, ainsi qu'une très légère odeur de chien. Stuart se tenait devant la porte, dans le hall reliant leurs deux suites. La faible lumière filtrant par les rideaux éclairait un fauteuil bas aux accoudoirs ornés de glands imposants, un lit à baldaquin couvert d'une montagne d'oreillers, et un peignoir à motif léopard qui avait glissé sur le tapis.

Lorsqu'il approcha, une forme surgit soudain des plis de l'édredon, jappant et montrant les dents. Stuart l'ignora.

— Fernanda ? marmonna Rhonda. Posez le café sur la table, vous voulez bien.

— Debout, astre de mes jours ! lança Stuart.

Elle releva son masque antilumière.

— Zhou-Zhou, cesse d'aboyer ! C'est papa, tu vois bien.

Roulant sur elle-même, elle jeta un coup d'œil à la pendule.

— Nom de Dieu, Stuart. Il est 6 h 45. Qu'est-ce qui te prend de me réveiller ?

Il alluma une lampe. Le chien reniflait l'ourlet de son pantalon comme s'il ne l'avait jamais vu. Stuart le saisit et le balança sur le lit, où il alla se tapir entre les oreillers. Puis il contourna une colonne du baldaquin et chatouilla le pied nu qui émergeait de l'édredon. Rhonda replia sa jambe.

— Voici les dernières nouvelles : Allison vient d'appeler de Londres. Tom Fairchild est arrivé.

Rhonda s'assit sur le lit et flanqua son masque sur la table de nuit.

— Qu'est-ce qu'il veut ?

— Faire la carte, comme nous en avions décidé. J'ai toujours su qu'on pourrait compter sur lui.

— Ne te réjouis pas trop, Stuart. Faire le malin, c'est une chose. Contrefaire une carte, c'en est une autre.

Un grognement sourd se fit entendre, sous les couvertures. Stuart se demanda s'il arrivait à des chiens, prisonniers sous une montagne de couettes et d'oreillers, d'étouffer.

— Rhonda, il y a deux choses que je voudrais savoir. D'abord : que fabriquait Marek Vuksinic sur ce bateau ? Ensuite : que cherchait-il dans le sac à dos de Tom Fairchild ?

— Qu'est-ce que tu veux que j'en sache ? Allison, elle en dit quoi ?

Stuart lui répéta les propos de sa fille. Sans mentionner la somme d'argent réclamée par Fairchild ce matin-là, et le fait que ce n'était qu'un début…

— Où est Marek Vuksinic à présent ? demanda-t-il en soulevant le rideau pour regarder par la fenêtre.

Encore une journée bleue à fendre l'âme.

— Larry m'a dit qu'il était rentré chez lui.

— Chez lui ?

— Il ne m'a rien dit de plus, Stuart.

— Autrefois, j'avais confiance en Larry. Désormais, je ne sais plus à quoi m'attendre de sa part. Il se passe quelque chose, Rhonda.

Elle leva les yeux au ciel.

— Tu n'es heureux que lorsque tu trouves de quoi te rendre malade d'inquiétude, pas vrai ? J'imagine que Marek doit être en train de faire son rapport à Leo. De lui dire que tu as été charmant, que le projet est lancé, et qu'on lui réserve l'appartement en terrasse. Je n'en sais pas plus…

— Larry… qu'a-t-il dit à Marek, au sujet de la carte ?

— Rien ! Il est conscient des conséquences que ça aurait. Mon Dieu, Stuart ! Venir ici me harceler aux premiers rayons du jour !

172

Elle se mit à genoux sur le lit, ses seins volumineux frémissant sous le fin négligé de soie.

— Pourquoi ne pas aller tout expliquer à Leo ? Tout ! Ou bien tire-toi directement une balle dans la tête, ça ira plus vite !

— Ça te faciliterait la vie, hein, ma chérie. Adieu, Stuart. Bonjour, l'assurance-vie !

— Pour l'amour du ciel !

Aussi exaspéré que sa femme, Stuart fit craquer ses doigts.

— J'allais oublier…, dit-il. Allison pense que Fairchild a l'intention de profiter de son séjour à Londres pour voir Jenny Gray.

— Pourquoi la verrait-il ?

— Qui sait ? Il y a des tas de raisons possibles. Tu veux que j'aille éclaircir ça moi-même ?

Rhonda se recoucha sur les coussins, sa belle chevelure blond doré se répandant autour de son visage.

— Si je te revois avec cette roulure, je vous tue tous les deux.

Il éclata de rire.

— Je t'en crois capable.

Alors qu'il observait sa femme, depuis l'autre bout de la chambre, son désir s'amenuisait, remplacé par un mélange de colère et de chagrin tout aussi intense. Il l'avait désirée dès la première seconde, et elle en avait profité ; elle avait profité de lui. Il en avait toujours été conscient, mais cela lui était égal. Il n'espérait qu'une chose : qu'elle cesse, un jour, de se servir de lui. Or Stuart avait fini par réaliser qu'au fond, elle ne l'avait jamais aimé.

Il laissa retomber le rideau.

— Tu sais quoi… Tu vas aller à Hawaii sans moi. J'ai une quantité de boulot à terminer ici. Je suis certain que tu t'amuseras davantage. Je ne serais qu'un boulet pour toi.

— Si tu as l'intention de te montrer désagréable, je préfère que tu me laisses seule, dit-elle.

Il tapota le pied de sa femme à travers l'édredon, avant de s'éloigner.

— C'est ça, va te faire sauter par ton voyagiste.

Le chien bondit vers lui en hurlant. Drôle de réaction, de se mettre à aboyer quand quelqu'un partait. Mais ce roquet avait un pois chiche en guise de cerveau. Qu'il se risque à déchirer l'ourlet de son pantalon, songea Stuart, et lui-même y trouverait prétexte pour lui écraser la tête sous son talon. Comme s'il lisait dans ses pensées, le chien rebroussa chemin et, d'un bond, retourna sur le lit.

Stuart ferma la porte derrière lui.

Il descendit l'escalier arrondi jusqu'au rez-de-chaussée en fredonnant. Comme si des circuits depuis longtemps hors service venaient de se remettre en marche, il comprit qu'il avait laissé Larry aller trop loin. Stuart avait la passion des transactions financières internationales. Ce qui le mettait moins à l'aise, c'était l'usage du poing américain dans les rues obscures. Il avait donc laissé Larry se charger de cet aspect des choses. Or ce dernier posait problème car son ambition excédait son intelligence. Il savait choisir un bon vin. Organiser des soirées réussies. Il se faisait facilement des amis. Trop souvent des amis d'un genre douteux. Larry avait ramené Oscar Contreras dans le groupe très convenable d'investisseurs du Metropolis. Contreras, Péruvien basané qui avait un faible pour les costumes italiens et les bijoux en surnombre était – ou prétendait être – le bras droit du président péruvien. Illusion, quand tu nous tiens !

Mais si tous respectaient leurs engagements ; si Leo Zurin sortait la somme prévue afin que la banque constate un solde de compte de cinquante millions de dollars à la fin du mois ; si Tom Fairchild parvenait à rattraper le coup avec la carte… Alors, Stuart pourrait revendre ses intérêts dans ce maudit complexe et prendre sa retraite en Provence, aux îles Fidji ou en Terre de Feu. Si Rhonda souhaitait l'accompagner, elle serait la bienvenue. Sinon, il se trouverait une maîtresse. Plusieurs, même. À la peau tiède et au teint mat…

Soudain, la crainte le prit au ventre.

Pourquoi Tom Fairchild voyait-il Jenny Gray ? Que cherchait-il ? Que lui avait-elle raconté, au juste ?

Sur la route de Miami, la circulation était quasiment inexistante. Et le hall d'accueil de la Pan-Global était déserte, lorsqu'il ouvrit la porte du bâtiment. Il monta aussitôt à son bureau et alluma son ordinateur. Puis cliqua sur l'icône de la British Airways.

Six jours par semaine à 8 heures tapantes, Fernanda apportait dans la chambre de Mme Barlowe un plateau contenant du café, des tartines et du jus de fruits – ou juste du thé et du pain grillé si les Barlowe avaient dîné dehors la veille au soir. Elle y déposait aussi le *Miami Herald* et la *Gazette de l'investisseur*. Puis elle écartait lentement les rideaux, pour permettre aux yeux de Mme Barlowe de s'habituer à la lumière. Elle lui faisait ensuite couler un bain, sortait une serviette propre et emmenait Zhou-Zhou en bas pour lui faire prendre son petit déjeuner et le promener.

Ce matin-là, tandis que Fernanda tenait le plateau en équilibre contre sa hanche afin d'ouvrir la porte, elle entendit Mme Barlowe crier. Pas sur son mari, celui-ci étant parti une heure plus tôt. Les mots avaient beau être étouffés, Fernanda les distinguait en partie :

... Immédiatement... Ça me rend dingue... Je dois faire quelque chose avant qu'il ne soit trop tard... Il est déjà à son bureau...

Ne sachant que faire, Fernanda frappa discrètement et entra. Elle eut la surprise de trouver grande ouverte la porte-fenêtre donnant sur la terrasse, et Mme Barlowe habillée de pied en cap. La grande valise qu'elle avait préparée pour la croisière était sur le chariot à bagages, et elle en sortait des affaires. Le téléphone pressé sur l'oreille, elle se dirigea vers le placard, les bras remplis de maillots de bain, et revint avec deux pulls et un manteau de fourrure.

Elle aperçut Fernanda.

— Ne quitte pas ! dit-elle dans le combiné.

Elle désigna la commode.

— Posez-le ici. Je me servirai moi-même.

— Tout va bien, madame Barlowe ?

— Oui, oui. Posez-le là, je vous ai dit.

Fernanda ne remarqua le chien, au bout du lit, qu'au moment où celui-ci bondit de sous la couette et se mit à aboyer sur quelque chose qui venait de frôler la jambe de Fernanda. Rhonda se mit à hurler.

— Qu'est-ce que c'est que ça? Un chat! Comment est-il arrivé ici?

— *Ay, Dios mío !*

Fernanda s'empressa de poser le plateau tandis qu'un gros chat noir fonçait dans la penderie. Zhou-Zhou se planta devant, jappant si fort que son petit nœud tremblait, sur le sommet de sa tête.

— Je suis désolée, madame Barlowe. C'est Othello, le chat de Mlle Allison.

— Qu'est-ce qu'il fait chez moi ?

— Elle est à Londres et n'avait personne chez qui…

— Sortez-le d'ici ou j'appelle la SPA !

Le chat sur un bras, Fernanda se faufila hors de la chambre. La porte claqua derrière elle. Elle dévala les escaliers.

— Méchant chat. Méchant ! Comment es-tu entré ici ?

Fernanda se demanda si on allait la renvoyer. Elle-même avait souvent songé à démissionner. L'en avaient dissuadé son salaire (plutôt correct) et les affaires dont Mme Barlowe se débarrassait – lesquelles avaient permis à ses nièces d'entreprendre une formation en hygiène buccodentaire. Fernanda récupérait les vêtements, lampes, oreillers et vaisselle jetés par Mme Barlowe pour les donner à sa sœur, qui les revendait aux puces.

Fernanda espérait toujours entrer un jour au service d'Allison et la voir faire un beau mariage et avoir un ou deux bébés. Or la jeune femme n'avait pas le genre de beauté qui plaisait aux hommes. Et elle était intelligente, ce qui constituait un défaut de plus. Fernanda avait allumé des cierges et prié, mais Allison allait fêter ses trente-trois ans. Elle finirait comme Fernanda. Seule avec son chat.

Larry pénétra dans la maison. Il était rentré à 4 heures du matin et souffrait d'une sacrée gueule de bois. Sa mère était assise tout au bout de la véranda vitrée et, coiffée d'un chapeau rose à large bord, sirotait un verre de jus d'orange tout en lisant la rubrique affaires de son journal. Une sandale oscillait au bout de son pied. La surface scintillante de la piscine était, pour Larry, comme un coup de couteau entre les yeux. Quel que soit le sujet dont elle voulait s'entretenir avec lui, il espérait qu'elle en aurait vite fini.

Rhonda plia son journal et ils se regardèrent à travers les verres de leurs lunettes de soleil. Elle portait un rouge à lèvres du même rose que son chapeau.

— Bonjour, mère. Tu es très jolie.

— Tu veux que je demande à Fernanda de te préparer un petit déjeuner ?

— Je n'ai pas faim.

— Je te remercie d'être venu si vite. Désolée d'avoir été si garce au téléphone. Je me fais tellement de soucis. Stuart s'envoie des antidépresseurs comme si c'était des cacahuètes. Je crains qu'il n'ait complètement perdu la tête. Assieds-toi.

Larry tira une chaise vers lui.

— C'est sûrement moins grave que tu ne le penses.

— Oh, Larry !

Elle eut un rire silencieux et secoua la tête.

— C'est grave, crois-moi. Notre position est des plus précaire, à l'heure qu'il est. Tout repose sur cette foutue carte ! As-tu jamais entendu parler d'un truc aussi dingue ? Stuart est décidé à aller jusqu'au bout ! J'ai essayé de l'en dissuader, mais il croit toujours pouvoir duper Leo Zurin.

Larry se déplaça pour ne plus avoir le soleil dans les yeux.

— Ça pourrait marcher. Zurin ne connaît pas l'original. Si Stuart lui donne la fausse carte, comment pourrait-il voir la différence ?

— Oh, je t'en prie… Une grossière contrefaçon ? Réfléchis un peu. Pense aux conséquences.

Elle se pencha vers lui, le scrutant d'un regard plus perçant que les rayons du soleil.

— J'aime cette maison. J'aime la vie que nous menons. J'aime ce que nous avons construit au fil des années. J'aimerais te voir réussir, mais on est à deux doigts de tout perdre.

Merde, songea Larry. Il allait devoir passer son après-midi dans un boeing 747.

— Tu veux que je trouve Tom Fairchild.

— Hum-hum.

— Et je suis censé m'y prendre comment ?

— Allison est descendue au Claridge. Il va se montrer, ou bien c'est elle qui le retrouvera quelque part. Dépêche-toi, ils doivent bientôt partir pour l'Italie. Tu n'es pas forcé d'agir toi-même, mais il faut que ce soit fait. Et la carte de Corelli, je veux qu'elle disparaisse aussi. Personne ne doit pouvoir mettre la main dessus. Ni Stuart ni Leo Zurin. Personne. Jamais.

— Tu veux qu'on en fasse quoi, de Fairchild ?

Elle se replongea dans la lecture de son journal.

— Ça, c'est à toi d'en décider.

15

Au-delà de la ligne des arbres, la petite silhouette se réduisait à un point mouvant dans un océan de blancheur. Elle slalomait, décrivant de vastes virages tandis qu'elle dévalait la montagne, heurtait une bosse, contournait un affleurement de granit... Enfin, le skieur se mit en position schuss, tenant ses bâtons droit derrière lui. Il allait très vite à présent, forme floue entre les arbres, et fonçait vers la propriété. Il franchit la grille, avant de parcourir le jardin et de se faufiler entre deux pins. Au tout dernier moment, il décrivit un arc de cercle et s'arrêta net devant la terrasse, dans un nuage de neige.

Leo remonta ses lunettes de ski sur le front et sourit largement.

— Jolie descente. Pas vrai, Marek ?

— Tu m'as fait peur. J'ai cru que tu allais louper la grille.

— Moi aussi ! Bon retour. Alors, tu les as trouvées comment, les femmes de Miami ?

— Des sacs d'os. Et quand ce n'est pas le cas, elles ont plus de croupe que des juments.

En riant, Leo retira ses skis et les donna à porter à Marek. Puis il monta lourdement les marches. Marek pinça le bout allumé de sa cigarette et balança les cendres dans la neige, avant de la remettre dans le paquet.

— J'espère que tu as faim, dit Leo. Ce soir, Luigi nous prépare des côtes de veau.

— Dans ce cas, je reste dîner.

C'était un plaisir pour Marek de se remettre à parler italien – langue que Leo Zurin et lui avaient en commun. Le Croate l'avait appris sur le tas, en travaillant, gamin, dans des stations balnéaires de la péninsule. S'il se débrouillait en russe, il était loin de le parler couramment. Quant à Zurin, il ne connaissait quasiment pas le croate, bien qu'il possédât une maison sur une île au large de Dubrovnik.

Leo s'assit pour retirer ses chaussures de ski. Ses sabots de cuir l'attendaient sous la banquette.

Le froid avait rougi son gros nez pointu. Ses sourcils épais étaient relevés en pointe, au-dessus des yeux sombres et son visage, entre les lèvres fines et les narines, était sillonné de rides profondes. Ne supportant pas ses cheveux gris et clairsemés, il se les rasait. Il était plutôt petit, et les larmes coulaient souvent sur ses joues lorsqu'il jouait du violoncelle. Pourtant, il n'avait jamais eu de mal à séduire les femmes. Une véritable énigme.

Le soleil couchant se reflétait sur la cime des montagnes, et les ombres viraient au pourpre. Au crépuscule, le système de détection laser s'enclenchait et les chiens, lâchés, erraient dans l'enceinte de la propriété. Quant aux fenêtres, leurs vitres étaient à l'épreuve des balles. Or, bien que la maison fût une forteresse, Leo sortait skier seul, sans arme à feu, sans même un émetteur-récepteur radio.

Il avait à présent retiré ses gants, son bonnet, sa veste et son écharpe. Son domestique sortit sur la terrasse, les bras tendus, et Zurin y déposa toutes ses affaires. Le jeune homme, un Kazakh au visage aplati et aux yeux bridés, lui fit face.

— Pardonnez-moi, Leo Mikhailevitch, dit-il en russe. Un appel pour vous, des États-Unis. L'homme dit qu'il s'appelle Stuart Barlowe.

Leo interrogea Marek du regard. Celui-ci répondit par un haussement d'épaules. Ils entrèrent dans la pièce principale, où un feu de cheminée réchauffait les murs de pierre nue. Leo décrocha le téléphone.

— Stuart ? Bonjour ! Je descends tout juste de la montagne. Tu as de la chance de me trouver. Il fait quel temps, à Miami ?

Pour autant que Marek pouvait en juger, l'anglais de Leo était parfait. Mais il n'avait pas moyen d'en être sûr, le sien étant très mauvais. Il se dirigea vers le feu de bois et rajouta une bûche dans l'âtre. La pièce avait un plancher en madriers recouvert de tapis épais, des canapés formant un angle autour de la cheminée, et un haut plafond avec poutres apparentes. Côté ouest, les fenêtres donnaient sur la vallée de Champorcher et la petite ville du même nom, dont les toits très pentus étaient blancs de neige. La région était trop isolée pour attirer de nombreux touristes – raison pour laquelle Leo avait acheté le chalet.

Barlowe et lui étaient en train de parler d'une carte italienne ancienne, une carte du monde qu'il désirait depuis longtemps posséder. Une reproduction, obtenue à partir d'une photo envoyée par Barlowe, trônait au-dessus de la cheminée dans un cadre doré. Marek, qui avait souvent vu Leo la regarder comme si c'était la Vierge Marie, soupçonnait Barlowe d'attendre, pour envoyer l'original, de toucher l'argent de son patron. Jusque-là, ce dernier avait été patient.

— Non, non, ne t'embête pas, Stuart. Vraiment, ce n'est pas la peine… Bon, si tu es sûr de vouloir le faire…

Il se tenait debout, une main sur la hanche, ployant le corps légèrement en arrière pour étirer ses muscles.

— C'est formidable. Très bien. Ciao.

Il raccrocha et claqua des mains.

— La Corelli ? demanda Marek.

— Oui, la Corelli. Barlowe va lui-même me l'apporter. Mais avant, il l'apporte chez un restaurateur d'art, à Londres. Il veut voir s'ils peuvent éliminer quelques taches d'eau et réparer une déchirure au niveau de la pliure. Il ne veut pas m'en dire plus. Il préfère que j'aie la surprise. Tu sais depuis combien de temps j'attends cette carte ?

Marek connaissait déjà l'histoire.

— Depuis très longtemps, répondit-il néanmoins.

— L'équivalent d'une vie… non, de quatre vies.

Leo se dirigea vers la reproduction et, du bout des doigts, caressa le cadre doré.

— C'est la seule pièce manquante de l'atlas que les communistes ont volé à mon grand-père avant de l'exécuter. Il avait coutume de me prendre sur ses genoux et de me montrer les endroits où j'irais un jour. Oui, Marek. Je m'en souviens très bien. L'atlas lui avait été offert pour ses vingt et un ans par mon arrière-grand-père, qui l'avait acheté à Odessa. Avant ça, l'atlas avait vu Constantinople, et encore avant, Milan et Venise.

Le Kazakh revint avec une bouteille de vin rouge, deux verres, du pain et du fromage. Il versa le vin dans les verres tandis que Leo s'étirait, face au feu de cheminée.

— Le général qui a ordonné l'exécution de mon grand-père l'a perdu lors d'une partie de poker à trois cartes, et il s'est retrouvé au musée de Riga, où il est resté jusqu'à la chute du régime. Quelqu'un, alors, l'a volé dans sa vitrine. Imagine la misère que le type a dû en récolter ! Si je connaissais la personne qui l'a découpé en morceaux, je lui ferais subir le même sort. Assieds-toi, Marek. Je veux que tu me parles du Metropolis. Comment est la vue, depuis la terrasse de mon appartement dans la tour n° 1 ?

Marek sourit.

— Ce sera un endroit fabuleux. Je t'ai apporté les plans et des photos du site.

— Je verrai quoi, depuis le cinquantième étage ?

— Le centre-ville, le fleuve, Miami Beach, l'océan Atlantique. Ta terrasse donne sur trois côtés.

Après leur avoir tendu à chacun un verre de vin, le Kazakh s'inclina et quitta discrètement la pièce.

— Tu crois que la construction prendra deux ans ? demanda Leo.

— Peut-être moins que ça, d'après Barlowe. Il se pourrait que ça ne prenne que dix-huit mois. Ils ont obtenu les dernières autorisations. Larry Gerard n'a pas arrêté de me répéter que ça n'avait pas été facile.

— Je n'ai pas de mal à le croire. Les bureaucrates américains coûtent cher.

Leo déchira un morceau de pain sur lequel il posa un bout de fromage.

— J'ai promis à la Pan-Global assez d'argent pour acheter cinq fois mon appartement. Barlowe affirme que le promoteur exige l'argent d'ici la fin du mois. Est-ce que je dois marcher, Marek ?

— Si tu as confiance en Barlowe.

— Ce qui n'est pas ton cas ?

— Il cache quelque chose. Je sais pas quoi, mais je le sens.

— On a tous nos petits secrets. Tant qu'il ne me soutire pas trop de fric et qu'il me donne ma carte, Stuart et moi n'avons pas de raison d'être en désaccord. Et maintenant, pour changer de sujet… Contreras t'a fait quelle impression ? Tu sais que je n'aime pas traiter avec des inconnus.

— C'est un péquenaud, mais il n'est pas bête. Je crois que tu peux avoir confiance en lui. Bien que les Américains l'aient sur leur écran-radar, comme je te l'ai dit la semaine dernière.

— Et cette fille qu'ils ont interrogée ? Ils lui ont soutiré quelque chose ?

— J'ai fait en sorte qu'ils ne puissent pas. Elle avait une colocataire, qui connaissait elle aussi Contreras. Mais la fille en question avait un juge parmi ses relations. Larry pensait que s'il lui arrivait quelque chose, ça pourrait nous causer des ennuis. Maintenant, le juge est mort et la fille est à Londres.

Marek hésita, puis :

— Il y a un truc qui me chiffonne. C'est une amie de Tom Fairchild. Peut-être même sa maîtresse.

— Fairchild. Drôle de nom…

— Je ne crois pas qu'il allait à Nassau pour examiner des cartes. Sa sœur possède une boutique de cartes anciennes, mais c'est sans doute une couverture. Il a un passé criminel. Il a esquivé mes questions. Il est fort, et aux aguets. Je pense qu'il a dû pratiquer les arts martiaux.

— Qu'est-ce que tu essaies de me dire ? Que Fairchild est un agent américain ? Quel serait le rôle de Stuart Barlowe, alors ? Non, Marek. Pas Barlowe. Je le connais trop bien. Ça ne lui ressemble pas.

— Tu as sûrement raison, concéda Marek. Barlowe pourrait-il être manipulé, d'après toi ?

— C'est possible. Mais pourquoi est-ce que tu soupçonnes Fairchild ?

— Il avait quelque chose dans son sac à dos. Long, pas très lourd… Quand il m'a vu ouvrir la fermeture éclair, il a failli se jeter sur moi. J'aurais découvert ce que c'était avant qu'on ait atteint Nassau, s'il n'avait pas quitté le bateau. Je pense qu'il devait s'agir d'une de ces carabines pliables et ultrapuissantes en graphite.

— Trop tôt pour ça… Ces armes en sont toujours au stade de projet. Personne n'en possède, pas même les Israéliens qui les fabriquent.

Leo leva la main.

— Fairchild ne traquait pas Oscar Contreras. D'après notre contact au Pérou, Oscar est rentré il y a deux jours.

— Alors je n'ai pas d'explication.

Marek remplit à nouveau son verre, puis celui de Leo.

— Fairchild n'est pas à Miami. C'est tout ce que je sais.

À travers la porte fermée leur parvint une sonnerie étouffée. Quelques instants plus tard, le Kazakh reparut.

— Un autre appel pour vous, Leo Mikhailevich. Une femme, Rhonda Barlowe.

— Ah oui ? Je viens à peine de parler avec son mari.

Il jeta à Marek un regard perplexe, posa son verre et se pencha pour prendre le téléphone. La porte fut discrètement refermée.

— Rhonda. C'est vraiment toi ? Quelle bonne surprise ! *Come stai, cara ?* Tu vas bien ?… Oui, je suis en Italie depuis trois jours. J'ai passé tout l'après-midi à skier, c'était merveilleux. Et maintenant, je suis devant mon feu à me réchauffer les doigts de pied en dégustant un excellent barolo. Mais dis-moi pourquoi tu m'appelles, je suis tout ouïe. (Il fronça les sourcils.) Oh… pourquoi ne pas me le dire tout de suite ? Oui, si tu le souhaites, mais te donner tout ce mal… Bon, d'accord. Je te souhaite un bon voyage. *Buon viaggio, Rhonda.*

Il raccrocha et tapota le combiné sur son petit menton fendu.

— *Che strano.*

— Qu'est-ce qui est bizarre, Leo ?

— Elle vient en Italie. Son mari pense qu'elle effectue une croisière dans les îles Hawaii, mais elle sera à Milan samedi. Elle veut me parler en tête à tête, mais refuse d'en discuter au téléphone. Énigmatique, n'est-ce pas, Marek ?

— Ils ne sont pas fiables, ces Barlowe.

— Oh, je sais. Nous sommes si peu nombreux à l'être. Mais une fois qu'on l'admet, on trouve la *comédie humaine* très distrayante.

Il se leva et mit une autre bûche dans la cheminée, qu'il poussa à l'aide du tisonnier. Des étincelles jaillirent et se reflétèrent dans ses yeux noirs. Les mains posées sur les genoux, il fixait les flammes. Les ombres soulignaient ses sourcils relevés en pointe.

— J'aimerais en savoir plus sur cet homme qui s'est échappé du bateau. Ce Tom Fairchild. Un sacré tour de force, s'évanouir comme ça dans la nature.

— Pas totalement, dit Marek.

Leo tourna la tête.

— Ah oui ?

Le Croate sourit.

— On a trouvé un récépissé d'expédition dans son sac à dos. Avec une adresse à Londres.

16

Assis sur un tabouret du Genius Bar, dans la boutique Apple de Regent Street, Tom Fairchild attendait qu'un employé eût fini d'assembler son nouvel ordinateur. Depuis qu'il avait retrouvé Jenny Gray à 14 heures, Tom avait acheté un téléphone portable, un appareil photo numérique à objectif macro, des vêtements, un nouveau sac à dos et une valise à roulettes. Il avait également versé deux cents livres à Jenny pour qu'elle lui serve de guide.

À cet instant précis, elle s'amusait avec un iPod nano, se trémoussant sur tous les morceaux lui parvenant par le casque audio. Les cordons blancs tressautaient sur son petit pull orange et ses cheveux bouclés dansaient autour de son visage. On voyait son ventre lorsqu'elle levait les bras. Une petite foule d'admirateurs, venus acheter des clés USB et des disques durs, la reluquaient avec admiration.

Jenny avait tout de suite, en le taquinant et l'enjôlant, cherché à savoir ce qu'il faisait à Londres et comment il avait perdu son sac à dos. Il avait fini par lui répondre, l'air très sérieux, qu'il effectuait une mission pour la CIA, et qu'il ne pouvait en parler. Elle avait éclaté de rire.

— Allez, Tom. Qu'est-ce que tu fais là ?

— Si tu l'apprenais, je serais forcé de te tuer, répondit-il.

Il transférait des numéros de téléphone sur son portable. Les pages de son répertoire avaient morflé quand la brute des Balkans lui avait fait boire la tasse. Tom avait dû les séparer une à une, mais l'écriture demeurait lisible. Depuis qu'il avait vu son sac à

dos retomber sur le sol de la cabine, il en avait plusieurs fois mentalement passé en revue le contenu, cherchant à savoir s'il avait laissé
un indice susceptible de trahir le lieu où il se trouvait. Il ne le
pensait pas. Abruti par le décalage horaire, il ne cessait d'appuyer
sur les mauvaises touches.

Après avoir enregistré le numéro d'Eddie en Italie, il tenta de
l'appeler. Tomba sur sa messagerie.

— Eh, dit-il. C'est Tom. Je suis arrivé. Là, je suis dans un
magasin d'informatique à Londres, j'achète le matos dont on a
parlé… Je te rappelle demain.

Il lui laissa son nouveau numéro et raccrocha. Inutile de tenter
de résumer, en un seul message, les trente-six heures qu'il venait
de passer.

Puis il téléphona à Rose, qui revenait d'accompagner les filles
à l'école. Elle lui annonça que son agent de probation cherchait à
le joindre.

— Merde ! Qu'est-ce qu'il veut ? demanda-t-il.

Rose n'en avait aucune idée. Comme Tom le lui avait demandé,
elle avait prétendu qu'il était en train de pêcher dans les Keys et
avait oublié son portable chez lui. Rose avait senti que Weems
soupçonnait quelque chose. Elle conseilla à Tom de le rappeler
tout de suite.

— Impossible, dit-il. Il me faut un téléphone enregistré à
Miami. Je dois trouver un moyen de…

Lequel s'imposa à lui dès qu'il eut raccroché : Allison Barlowe.
Il se servirait de son portable pour appeler la fouine – s'il parvenait
à le lui piquer assez longtemps. Le doigt prêt à presser la touche
correspondant au numéro d'Allison, il hésita. Décida que ça attendrait. Il ne voulait pas qu'elle puisse s'imaginer le tenir en laisse.

Quoi qu'il en soit, il allait bientôt être obligé de la contacter.
Il était déjà presque à court d'argent. La note de l'ordinateur et des
différents accessoires s'élevait à trois mille quatre cent quarante-
huit livres. Tom avait fourré la facture dans son portefeuille, avec
les autres. Il ne lui restait plus, sur son compte à la Barclays, que
quelques centaines de livres, et il lui fallait encore verser à Eddie
la moitié du salaire perçu.

L'employé revint, poussant un chariot où s'entassaient les cartons. Il prit l'ordinateur portable, le brancha et l'alluma. Deux des jeunes gars qui avaient bavé sur Jenny vinrent admirer le matériel. L'employé tourna l'ordinateur, de façon à ce que Tom voie s'afficher, sur l'écran, les caractéristiques du système.

— OK, vous avez ici votre MacBook Pro d'un giga octet, écran quinze pouces quatre avec deux giga de mémoire RAM, un disque dur de cent giga équipé d'un Superdrive, d'une carte vidéo de deux cent cinquante-six méga octet, d'une caméra numérique avec système de visioconférence. Cette boîte, c'est votre tablette graphique Wacom. Et voici votre connecteur Firewire. Votre Suite Créative 2 Adobe. Ainsi que votre imprimante laser compacte. Et pour stocker vos documents, un iPod vidéo soixante giga, en noir.

— Soixante giga ! s'extasia l'un des jeunes gars dans un murmure.

Une fois la liste passée en revue, l'employé sourit à Tom.

— Eh bien. C'est bon, alors.

Tom fit signe à Jenny de s'approcher. Elle l'aida à sortir les articles de leur emballage pour les faire tenir dans un sac informatique à intérieur rembourré. Tom enfila sa veste, endossa son sac à dos et mit le sac informatique en bandoulière, sur sa poitrine. Ils franchirent les portes en verre et déboulèrent sur Regent Street. Des piétons les contournaient, et Tom tenait la sangle d'une main ferme. De part et d'autre se dressaient des immeubles de cinq étages en pierre grise, ornés d'arches et de colonnes. S'il ne pleuvait plus, le ciel ne s'était pas pour autant dégagé. La circulation incessante formait un nuage de brume, au-dessus des trottoirs.

Jenny enroula son écharpe autour du cou et se coiffa d'un bonnet pelucheux.

— Et maintenant, on fait quoi ?

Tom lui expliqua qu'il cherchait un hôtel.

— Ils sont hors de prix, ici. Tu n'as qu'à dormir chez moi. Ce n'est qu'à un quart d'heure de métro. Je te ferai à dîner.

Quand le jeune homme lui demanda ce que penserait sa mère en voyant débarquer un inconnu pour la nuit, Jenny lui prit le bras et se dirigea vers Oxford Street.

— Elle s'en moque. Elle est de service de nuit dans un hospice de vieillards. Si ça se trouve, vous ne vous croiserez même pas.

Jenny lui avait confié qu'elle détestait vivre à Brixton, mais que c'était provisoire – elle partirait dès qu'elle aurait trouvé le bon job. Habiter Chelsea, telle était son intention.

Comme ils faisaient le tour d'Oxford Circus en direction de la station de métro, Tom remarqua le reflet d'un homme, dans la vitrine d'une boutique de chaussures. Il n'y aurait pas prêté attention s'il n'avait pas déjà vu le type devant la boutique d'appareils photo. Cheveux et pardessus noirs. L'air italien, voire moyen-oriental. Tom fit volte-face et détailla les visages, sur le trottoir bondé. L'homme n'était plus là.

— Qu'est-ce qui se passe ?

— Rien. J'ai des visions.

Tom suivit Jenny sur le quai de la Victoria Line. Il mourait d'envie de renverser la tête en arrière et de fermer les yeux pendant que le métro roulait, épousant les courbes des rails. Or il garda les bras croisés sur le sac informatique. Quand les portes s'ouvrirent à la station Brixton, ils durent gravir à pied un escalator en panne. Ils franchirent enfin la sortie, sous une immense façade vitrée décorée de l'immense logo bleu et rouge du métro londonien. La rue se résumait à des immeubles en brique rouge, de petites boutiques aux vitrines recouvertes de rideaux de fer, et à des murs noirs de graffiti. Ils traversèrent le grand carrefour de Coldharbour Lane en direction du sud. Un pâté de maisons plus loin, Jenny s'arrêta chez un traiteur indien.

La nuit était tombée. Ils marchèrent jusqu'à Abingdon Road, une rue étroite constituée de rangées de maisons à deux niveaux dotées, à l'avant, de pauvres jardinets. Comme ils atteignaient celle de Jenny, la porte d'entrée s'ouvrit. En sortit une femme d'âge mûr, blonde et corpulente. Vêtue d'un manteau marron, elle descendit les marches du perron. Son expression se fit aussi glaciale que l'air du soir.

— Bonsoir, maman. Je te présente Tom. Un ami de Miami venu me rendre visite.

Sans répondre, la mère de la jeune femme se dirigea vers la rue. Jenny glissa la clé dans la serrure.

190

— Elle ne peut pas me blairer, cette vieille vache. Je lui ai donné de l'argent, alors elle n'a rien à dire, pas vrai ? Nom de Dieu, ce que j'ai hâte de pouvoir me payer mon appartement à moi.

C'était une petite maison sombre, dont la décoration hésitait entre les tons gris et marron. Jenny proposa à Tom d'aller déposer ses affaires en haut, dans la pièce du fond, pendant qu'elle mettait la table. Sa chambre, à peine plus grande qu'un placard, était jonchée de vêtements et de paires de chaussures. Tom gémit en constatant qu'il n'y avait qu'un lit d'une place. Il rangea son sac à dos, posa par-dessus sa veste et le sac informatique, et se mit en quête de la salle de bains. Se tenant devant les toilettes, il vit se refléter dans le miroir des sous-vêtements de femme – collants et culottes de grande taille – pendus à la barre du rideau de douche. Il se passa de l'eau sur le visage et se regarda dans la glace. Il avait les yeux gonflés et une barbe de trois jours. « Ohé Tom, tu peux me dire ce que tu fiches là, au juste ? »

Dans une vitrine de Regent Street, ses yeux avaient, l'espace d'une seconde, croisé ceux de l'homme qui le suivait. Ou qui ne le suivait pas. Tom ignorait si c'était un effet du décalage horaire, ou s'il était franchement parano.

Il n'avait pas attendu, pour se sentir mal à l'aise, que Marek le balance sur le pont du bateau ; ni même que Rhonda lui propose dix mille dollars pour renoncer à faire la carte. Il avait suffi que Stuart Barlowe se dise prêt à payer une copie de la Corelli cinquante mille dollars. L'homme d'affaires était censé la vouloir pour lui-même, ce à quoi Tom n'avait jamais cru. Barlowe devait avoir ses raisons – qu'il s'était gardé de lui donner – et n'hésiterait pas à l'entuber, si l'occasion se présentait. Cet homme avait découpé les pages d'un atlas rarissime. Il avait floué Rose de soixante-douze dollars de taxe alors qu'il savait que sa sœur avait du mal à joindre les deux bouts. Que ferait Barlowe, une fois qu'il aurait récupéré la carte ? Paierait-il à Tom son dû ? Lui dirait-il de le poursuivre en justice s'il n'était pas content ? Si la fouine apprenait tout ça, Tom ne tarderait pas à porter une chemise à matricule.

Tom avait besoin d'un moyen de pression. La carte ne suffisait pas.

Il descendit alors que Jenny remplissait leurs assiettes de lentilles et de poulet au curry. La cuisine était aussi exiguë que le reste de la maison – impression renforcée par les cartons et les boîtes de conserve empilés sur toutes les surfaces disponibles, comme si l'on redoutait une pénurie de nourriture.

Des coups furent frappés sur le mur, puis Tom distingua des cris, dans une langue qu'il ne comprenait pas.

— C'est juste les Marocains d'à côté, dit Jenny. Ils passent le temps à se cogner dessus.

Elle apporta deux verres de bière brune, qu'elle posa sur la table.

— Un de ces quatre, il va y avoir un mort.

— Le quartier est sûr ? demanda Tom. Je ne tiens pas à ce qu'on me pique mon matos.

— Le quartier est cool… si on aime ce qui est rasoir et minable. Il n'y a pas beaucoup de cambriolages, ici.

Elle pivota sur ses talons et s'assit sur les genoux de Tom, qu'elle embrassa sur la bouche. Puis elle tint son visage entre ses mains.

— Te voilà ! J'étais certaine de ne plus jamais te revoir !

— J'aurais dû amener un peu de soleil.

— Oui, tu aurais dû ! Tu ne restes que trois jours ? C'est pas juste.

— Il faudra que je trouve un hôtel demain.

— Pourquoi ? Il y a de la place ici.

— Je dois essayer l'ordinateur, m'assurer que tout va bien, ce genre de choses.

— Et tu iras où, ensuite, après Londres ?

Il n'avait pas de raison de le lui cacher.

— À Florence, en Italie. Je vais retrouver un ami, un gars que je fréquentais à Miami.

Elle lui jeta un regard en coin et se mordit la lèvre pour s'empêcher de sourire.

— Tu as fait des bêtises ? D'où est-ce que tu sors l'argent pour t'acheter un ordinateur haut de gamme, un appareil photo et tout le reste ?

Jenny s'imaginait qu'il avait volé l'argent. Théorie qui n'avait rien d'extravagant, Tom devait le reconnaître.

— Quelqu'un me paie pour un boulot que j'ai accepté de faire.

Elle lui passa les bras autour du cou.

— Un boulot?

— Je ne peux pas en parler, dit Tom.

— Je pourrais t'aider. Venir avec toi. Tu ne connais pas l'Europe. Moi si. Je parle un peu italien.

Tom sentait les hanches de Jenny contre son bas-ventre. Et, malgré la fatigue, quelque chose se dressait en lui… Or, malgré l'excitation qui gagnait son corps, il voyait (sans arrière-pensée sexuelle) en quoi emmener Jenny avec lui pouvait se révéler utile.

— Je vais y réfléchir.

— C'est vrai? Pour de bon?

— Ouais. Promis.

— Super.

Elle l'embrassa une nouvelle fois. Alors qu'elle s'apprêtait à se lever, Tom la retint contre lui.

— Jenny… Avant d'appeler la police, as-tu dérobé des cartes et des bijoux chez Royce Herron?

Elle détourna la tête.

— Si c'est le cas, ça m'est égal, continua-t-il. Je ne suis pas venu ici pour les récupérer. J'essaie de comprendre deux ou trois trucs, c'est tout.

Rejetant ses cheveux en arrière, elle dit :

— Oui, c'est moi qui les ai pris. Je ne regrette pas, d'autant que certaines appartenaient à Stuart Barlowe. Les bijoux, je les ai mis au clou à Miami. Ils ne valaient pas grand-chose. Et quand je suis arrivée à Londres, j'ai apporté les cartes chez un marchand de Kensington. J'en ai obtenu deux mille livres. Je sais qu'elles valaient beaucoup plus mais comme je n'étais pas en mesure d'en indiquer la provenance, j'ai dû accepter. J'ai presque tout donné à ma mère. J'ai aussi acheté un manteau. Il ne me reste plus rien, à présent.

— OK.

— Mange avant que ça refroidisse.

— Il faut que tu m'aides, Jenny. J'ai besoin que tu me donnes des infos sur Stuart Barlowe.

Elle fit une grimace.

— On ne pourrait pas dîner tranquillement ?

— Juste une ou deux questions. Je ne peux pas te donner mes raisons tout de suite, mais... As-tu jamais croisé Martha Framm ? Une dame d'un certain âge, une amie de Royce Herron.

Plongeant sa fourchette dans son curry, Jenny acquiesça.

— Mme Framm a appelé le juge le soir de sa mort, expliqua Tom. Ils ont parlé du Metropolis. Elle voulait qu'il participe à une réunion publique contre le projet. Il a refusé, mais il lui a dit qu'il avait un autre moyen de faire pression sur Stuart Barlowe. Elle lui a demandé ce qu'il entendait par là, et il n'a pas voulu lui en dire plus. Et toi, tu sais ? Il t'en a parlé ?

— Je ne sais rien du tout, dit-elle en déchirant son nan.

— Ça te concernait, peut-être.

— Moi ?

— Barlowe et toi. Royce Herron était-il au courant ?

— Pas vraiment. On n'en parlait pas. On n'avait pas de conversations du genre : « Oh, je faisais ci ou ça avec Stuart Barlowe. » Mais il savait quand même. Royce était intelligent, très intelligent. Mais... il ne se serait jamais servi de moi de cette manière. C'était un gentleman, dit-elle d'un ton ferme.

Les voisins s'étaient remis à se disputer. Jenny tourna la tête, l'oreille aux aguets. Quelques secondes plus tard, une porte claqua.

— C'était quoi, alors ?

Le regard de Tom traversa la pièce et vint se poser sur les placards dont la peinture s'écaillait, au-dessus de l'évier. Il but une autre gorgée de bière avant de poursuivre.

— J'ai pensé aux liens qui existent entre Barlowe et Larry Gerard, à toute cette clique, au Metropolis et à la façon dont ils sont parvenus à contourner la réglementation.

Jenny sembla réfléchir à ce qu'elle allait dire, ou hésiter à parler tout court.

— Il y a quelques semaines de cela, aux alentours du nouvel an, j'ai surpris Royce au téléphone avec Stuart. Royce était dans son bureau quand ça a sonné. Il m'a demandé d'attendre dans la cuisine. Il a fermé la porte, mais je suis restée là à écouter, par curiosité. Je ne distinguais pas bien ses paroles. Royce était visiblement en colère. Stuart venait de mettre un terme à notre relation...

Du coup je craignais que Royce lui tombe dessus à cause de ça. Mais c'était du Metropolis qu'ils parlaient. Royce disait que Stuart dépassait les bornes, que c'était bien trop grave, et que Stuart allait devoir y remédier, sinon… C'est ce qu'il a dit : « sinon ». Et puis il a ajouté : je sais des choses à ton sujet. J'ai les moyens de te pourrir la vie, ou un truc dans ce goût-là. Il a dit aussi… Qu'est-ce qu'il a dit, nom de Dieu ? « Je suis au courant de la vérité, n'imagine pas que tu vas pouvoir t'en tirer une fois de plus. Je sais qui tu es. » Je ne me souviens plus des mots exacts, Tom. Je me suis précipitée à la cuisine pour décrocher l'autre téléphone, mais pour finir j'ai eu peur qu'ils m'entendent. J'ai préparé son cocktail à Royce, et je me suis comportée comme si j'étais là depuis le début.

— Tu ne lui as pas demandé ce qu'il avait voulu dire ?

— Bien sûr que non. Il aurait su que j'écoutais aux portes ! À cette même période, j'attendais que Stuart m'envoie de l'argent comme il me l'avait promis. Mais j'avais beau attendre, rien ne venait. Je lui ai donc passé un coup de fil. Il m'a dit qu'il ne me donnerait pas un centime et que, si jamais je le rappelais, il me dénoncerait aux services de l'immigration. Alors, je lui ai écrit une lettre que j'ai expédiée à son bureau avec, sur l'enveloppe, la mention « personnel ». *Cher Stuart, tu as menti, tu n'as pas respecté ta promesse et tout le reste, mais je connais la vérité à ton sujet. Je sais ce que tu as fait. Donne-moi l'argent que tu m'as promis ou je révélerai tout aux médias.* J'ai dû m'y reprendre à vingt fois pour l'écrire.

— Il t'a donné l'argent, conclut Tom.

— Cinq mille dollars.

— Alors que tu n'étais au courant de rien.

— Non. C'était du vent. J'ai fait semblant. Et puis Royce Herron a été tué et… oh, mon Dieu. Je me suis dit que c'était peut-être à cause de ça, et que je serais la prochaine sur la liste. Je ne voulais pas rester à Miami une seconde de plus.

Jenny éclata de rire.

— Dire que je ne sais toujours pas de quoi ils parlaient ! J'aurais dû lui soutirer beaucoup plus.

— Stuart Barlowe sait-il où tu es ?

— Il sait que ma mère habite Brixton, mais je ne me fais pas de souci. D'abord, je suis très loin. Ensuite, qui me croirait?

Elle agita sa fourchette.

— Tu n'aimes pas le curry? Tu n'as rien mangé.

— Si, si, je me disais juste… Jenny, si tu as volé les cartes… La police prétend que ce sont des voleurs qui ont abattu Royce Herron. C'est ce que je croyais moi aussi. À présent, je ne sais plus.

— Je n'ai pas pris toutes les cartes. À ta place, je regarderais du côté de Larry Gerard. Tu sais qu'il va ouvrir un énorme restaurant au dernier étage du Metropolis? Il veut l'appeler *Chez Gerard*. Beurk. Si le bâtiment devait avoir des proportions normales, une vingtaine d'étages seulement, il serait tellement déçu.

— Tu soupçonnes Larry d'avoir tué le juge Herron?

— Il en est capable! Ce mec est une ordure de première. Et il est plus impliqué que Stuart dans le Metropolis. D'accord, l'argent vient surtout de son beau-père, mais c'est à Larry que tout le monde s'adresse. Les investisseurs, les décorateurs d'intérieur, les responsables du service commercial… Ils lui lèchent tous les bottes. Ça l'excite.

Tom goûta le curry, qui était si fort que ses yeux s'embuèrent de larmes. Il avala une gorgée de bière.

— J'ai encore une question à te poser. Connaîtrais-tu, parmi les amis ou relations de Larry, un certain Oscar? J'ignore son nom de famille.

— Oui. Pourquoi veux-tu que je te parle de lui?

— Pour le moment, je n'en sais trop rien. C'est qui, alors, ce type?

— Oscar Contreras. Il est péruvien. Je crois que c'est un trafiquant de drogue. Ça se sent, au genre qu'il a. La façon dont il s'habille, dont il se comporte…

— C'est quoi son histoire?

— Il est le bras droit ou le RP d'un politicien ou d'un candidat à la présidence du Pérou. Il m'a décrit les soirées dans le palais présidentiel, et m'a affirmé qu'il serait bientôt un homme très important et tout le tralala. Il investit avec Stuart, ou dans la société de Stuart. J'ignore comment ça marche. Je crois que c'est Larry qui l'a mis dans l'affaire.

— Comment l'as-tu rencontré ?

Elle émit un grognement.

— Larry m'a demandé de sortir avec lui. On est allés dîner avec des gens, puis on s'est rendus au club de Larry. Il avait envoyé à Oscar une limousine avec du champagne, qu'on a bu en prenant de la coke. On a fini à l'hôtel d'Oscar, toute une bande… On a fait la fête dans sa suite jusqu'à, je ne sais pas, 4 heures du matin. Alors ses amis sont partis et… je te laisse imaginer la suite.

— Tu étais son cadeau de remerciement, pour avoir investi dans le Metropolis.

Elle eut un sourire désabusé.

— Je suppose. Écoute, Tom… Je ne me suis pas fait payer pour ça. C'est arrivé, c'est tout.

— Je sais. Où est Contreras, en ce moment ? À Nassau ? J'ai entendu dire qu'il se trouvait peut-être là-bas.

— Possible. Je n'en sais rien. Et je m'en fiche… il m'a dit qu'il aimait aller jouer à Paradise Island. Il m'a demandé de l'accompagner là-bas, mais mon visa n'était plus valide, et j'aurais eu du mal à retourner à Miami.

— Tu as déjà rencontré un Croate du nom de Marek ?

— Oh, lui ? Il est flippant. Il était chez Oscar, cette nuit-là. Il est croate ? Il m'a proposé cinq cents dollars pour coucher avec lui, mais je lui ai dit d'aller se faire voir, que j'étais avec Oscar. Ça ne lui a pas plu, mais Oscar est arrivé et m'en a débarrassée.

— C'est quoi, son nom de famille ?

— Je ne m'en souviens absolument pas.

— Il fait quel genre d'affaires ? J'ai entendu dire qu'il vendait des pièces détachées à Dubrovnik.

Elle éclata de rire.

— Hein ? Ouais, peut-être… N'empêche, je jurerais que c'est un des investisseurs. Je les ai entendus discuter du Metropolis, Larry et lui. Il parlait d'acheter l'appartement avec terrasse, il doit donc être pété de thunes.

Ça ne collait pas, songea Tom. Ça ne collait pas avec son passé de soldat, son pouce manquant et ses brutales méthodes de lutte. Et pourquoi Marek avait-il cherché à savoir si Tom allait voir Contreras ? Comme si Tom avait voulu dealer avec le Péruvien de son côté, à Paradise Island. Tous ces faits, suppositions et hypo-thèses s'entassaient dans sa tête comme une pile de briques. Elles étaient trop lourdes pour lui. Il ne parvenait plus à penser. Ses yeux brûlaient ; il tombait de sommeil.

— Carla y était aussi, ce soir-là, dit Jenny.

Tom leva la tête.

— Carla ?

— Je vais te dire à quel point Larry est pourri. Il la payait pour coucher avec ses clients. J'ai bien dit « payait ». Il s'est arrangé pour qu'elle se retrouve avec ce type de la mairie, qui avait quelque chose à voir avec le Metropolis. Et il a fait prendre des photos. À ton avis, il s'est passé quoi ensuite ? Le type a voté « oui » au projet. Voilà de quoi est capable Larry, conclut Jenny en empilant leurs assiettes. Tôt ou tard, j'aurais fini par quitter Miami.

Tom plongea la main dans sa poche et en tira quelques billets chiffonnés qu'il défroissa. En tout, il y avait deux cent trente livres. Quand Jenny revint de l'évier, il lui fourra l'argent dans la main, l'obligeant à refermer ses doigts autour lorsqu'elle tenta de se dégager.

— Prends-les. Je t'en prie. Je t'en donnerai davantage bientôt. Vois-y une preuve d'amitié. Je n'attends rien en retour. Si un jour la chance te sourit, tu pourras me rembourser.

Elle l'embrassa sur le front.

— Disons que c'est une avance sur mon salaire. Si tu m'em-mènes avec toi en Italie…

Il se leva et l'entoura de ses bras.

— Jenny ? J'ai quelque chose à te dire. Ça concerne Carla.

Tom aurait pu dormir sur le sol en béton, mais il se lova contre Jenny dans le lit étroit. Toute la nuit, il l'entendit pleurer. Pleurer son amie. Pleurer d'avoir à vivre ici, avec une mère qui ne voulait pas d'elle sous ton toit. Pleurer parce qu'on s'était servi d'elle.

Lorsque Tom parvint à s'endormir, il rêva d'une fille portant un béret rouge.

17

Le ciel se dégageait peu à peu, laissant apparaître quelques trouées de bleu quand, dans sa chambre, on lui apporta sa commande. Une femme en jupe noire et chemise blanche poussait un chariot, qu'elle laissa près de la fenêtre. Puis elle souleva le couvercle argenté protégeant le copieux petit déjeuner et le cosy qui maintenait le thé au chaud.

— Je crois qu'il ne pleut plus, dit Allison.

— Oui, mademoiselle. C'est une belle journée pour aller se promener.

Toujours en pyjama à 11 heures du matin, Allison avait observé les branches nues et, quatre étages plus bas dans la rue grisâtre, les piétons sur le trottoir et les bus à étage qui passaient de temps à autre devant l'hôtel. Un moment, elle avait été tentée de quitter ses notes et de partir en quête d'une boutique de livres d'occasion. Elle rêvait d'un volume lisse et tiède qui tiendrait dans sa poche. D'un petit livre à la tranche dorée, relié de cuir vert. D'un poète romantique, pour la mettre dans le climat de l'Italie. Byron ? Keats. Non... Elizabeth Barrett Browning. *Comment est-ce que je t'aime ? De tant et de tant de manières...*

Pendant l'année de fac qu'elle avait effectuée à Rome, une expédition à Florence avait été organisée. Allison avait vu la maison où Elizabeth Barrett Browning avait vécu avec son époux Robert, après qu'ils eurent fui l'Angleterre.

Comme Allison mordait dans un croissant, son portable sonna. Le numéro de son père s'afficha.

— Salut papa.

— J'ai réussi à t'avoir à l'hôtel ? Tu n'es pas encore sortie ?

— Non, je n'ai pas bougé. Je révise. Ce matin, je ne fais que ça : préparer mon examen au barreau. Tu es sur le départ pour Hawaii ?

— J'ai décidé de laisser Rhonda y aller toute seule. L'idée d'une énième croisière ne me tentait pas trop. Tu as reparlé avec M. Fairchild ?

— Non, pas encore.

— Tu ne l'as pas revu ? Il ne t'a pas appelée ?

— Il va le faire, j'en suis sûre.

— Il est descendu où ?

— Je ne sais pas. Il m'a dit qu'il me tiendrait au courant, quand il aurait trouvé un hôtel.

— Je vois. Tu ignores où il séjourne. C'est quoi, le nom de cette fille qu'il connaît à Londres... celle qui travaillait pour Larry ?

— Jenny Gray.

— Tu disais qu'il avait sans doute l'intention de la voir ?

— C'est juste une supposition.

Se sentant soumise à un interrogatoire qui n'avait pas lieu d'être, Allison dit :

— Elle non plus, je ne sais pas où elle est. Il a son adresse, mais il tient à la garder pour lui.

Elle distingua, à l'autre bout de la ligne, un soupir excédé.

— On est censés faire quoi, alors ? J'imagine Tom Fairchild faisant comme bon lui chante, allant où bon lui semble et décidant lui-même de son emploi du temps. Es-tu vraiment consciente de la difficulté de ma situation ?

— Oui, j'en suis consciente. Si Leo Zurin n'a pas sa carte, Rhonda et toi vivrez bientôt dehors sous un carton...

— Ne sois pas si désinvolte. La vérité, Allison, c'est que tu ne sais absolument pas où se trouve Fairchild. Mais je comprends. Tu es une jeune femme, seule à Londres. Tom Fairchild est séduisant, dans le genre mal dégrossi. Il croit pouvoir te faire tourner en bourrique.

— Tu te trompes de A à Z ! protesta-t-elle. Pour Tom Fairchild, je suis la banque, un point c'est tout. Il sait qu'il n'obtiendra rien de plus de moi, à moins de me dire où il se trouve exactement, et ce qu'il est en train de faire…

— Où est ma carte ? Où en est-il de son exécution ?

— Je le découvrirai quand il me téléphonera.

— Non… Tu lui diras de m'appeler immédiatement. Je vais m'en occuper.

Allison éclata de rire.

— Tu trouves ça drôle ?

— Je trouve surtout la situation aberrante. Bonne chance en tout cas. Je suis censée faire quoi, rentrer à la maison ?

— Non. Ne bouge pas tant qu'il ne s'est pas manifesté. S'il te contacte, tiens-moi au courant. Essaie sur mon portable, tu veux bien ? Je suis en déplacement.

Elle entendit raccrocher. Tint son portable à bout de bras et lui sourit.

— Ça va comment à part ça, ma chérie ? … Oh super bien, papa, merci. Je m'amuse beaucoup à Londres.

Ses œufs brouillés avaient refroidi. Elle en avala une bouchée et, se tournant vers la fenêtre, regarda les nuages.

— Je devrais rentrer. Le laisser se débrouiller tout seul.

Quand Stuart s'était rendu chez elle pour lui demander de l'aide, il lui avait décrit les désastreuses conséquences financières que cela aurait pour eux, si son investisseur russe manquait à recevoir la carte promise. Allison avait accepté à contrecœur. Son père avait besoin d'elle. Il aurait pu au moins, songeait-elle, lui être reconnaissant de son sacrifice moral.

Sans lâcher son portable, elle se laissa tomber sur le petit canapé et composa le numéro de la gouvernante de son père. Elle posa son pied nu sur le bord de la fenêtre et, de son orteil, traça un cercle sur la vitre.

— Bonjour, Fernanda. C'est Allison. Je ne vous ai pas réveillée, au moins ? Comment va Othello ? Il est sage ? Je lui manque ?

Fernanda lui raconta qu'elle avait dû garder Othello cloîtré dans sa chambre du fait d'un incident avec le maudit chien de Rhonda.

— Hier, il a échappé à ma surveillance et est monté dans la chambre de Mme Barlowe, où Zhou-Zhou lui a couru après. Si bien que je ne peux plus le laisser sortir. J'ai bien pensé enfermer Zhou-Zhou dans le garage, mais il passerait son temps à aboyer. Vous savez quand Mme Barlowe doit rentrer ?

— Je crois que sa croisière dure dix jours.

— À vrai dire... je ne crois pas qu'elle soit partie en croisière.

Fernanda confia à Allison qu'elle avait vu Rhonda sortir ses affaires de plage de la valise afin de les remplacer par des vêtements d'hiver. Puis elle s'interrompit soudain, comme tiraillée entre son devoir de loyauté envers ses employeurs et les plaisirs coupables du commérage. Elle s'abandonna à ces derniers et poursuivit dans un murmure (bien qu'elle fût seule dans la maison, à l'exception d'un chat et d'un chien) :

— J'ai demandé à Mme Barlowe où elle allait. Elle m'a répondu « à Hawaii ». Mais dans ce cas, pourquoi emporter des pulls ? J'ai jeté un coup d'œil à son placard pendant que je rangeais sa chambre... Son manteau de renard blanc a disparu, ainsi que ses après-ski.

— Elle est peut-être allée skier, proposa Allison. Ils ont des amis à Aspen.

— Oui, il se peut qu'elle soit là-bas.

— Vous l'avez dit à mon père ?

— Il est parti hier, et je ne veux pas le déranger.

— Il est où ?

— À New York, il a dit, pour ses affaires.

Bizarre, songea Allison en raccrochant. Rhonda n'était pas non plus partie en croisière. Où était-elle donc ? La jeune femme, ne voulant pas causer d'ennuis à Fernanda, décida de ne pas prévenir Stuart. Et puis quelle importance, que la sorcière soit à Hawaii ou dans un chalet ?

Elle remit le couvercle sur son petit déjeuner et retourna à son ordinateur, sur le bureau. Elle venait de s'asseoir quand son portable sonna. Avec un soupir, elle décrocha. L'appel venait de Londres.

— Allô ?

— Salut, c'est moi. Je suis en bas. Je peux monter ?

On frappa à l'instant où elle fourrait son pyjama dans le placard. Elle ramena son édredon sur les oreillers, rejeta ses cheveux en arrière et ouvrit la porte. Elle avait enfilé un pantalon en flanelle et un pull à col roulé et mis ses chaussures.

Tom Fairchild entra, posa sa sacoche à appareil photo et retira sa veste bleu marine. Il enleva sa casquette et se passa les doigts dans les cheveux pour les recoiffer. Il avait trouvé le temps de faire du shopping et s'était rasé. Allison désigna le fauteuil et l'invita à s'y installer tandis qu'elle s'asseyait derrière son bureau.

— Qu'est-ce qu'il y a? Tu n'es pas contente de me voir?

— Après avoir attendu vingt-quatre heures? Tu étais où?

— J'aurais dû apporter des fleurs.

— Je t'en prie, Tom…

Il s'enfonça dans le fauteuil et croisa les jambes, laissant voir des chaussures de marche toutes neuves. Il fourra la main dans la poche de son treillis.

— J'ai quelque chose pour toi. Les reçus que tu m'as demandés.

— Il y en a pour combien?

Il les lui tendit.

— Quatre mille sept cent quatre-vingt-huit livres et des brouettes. La quasi-totalité a servi à acheter l'appareil photo et le matériel informatique. J'ai payé mes vêtements avec mon argent. La veste te plaît? Je l'ai trouvée chez North Face. Cent livres, en solde. Le problème, c'est qu'il ne me reste que quatre cents livres environ sur mon compte. Il va me falloir plus pour mes déplacements, si je dois me rendre en Italie.

— Combien?

— Cinq cents livres devraient suffire. Je te donnerai les reçus.

— Mon père a appelé. Il veut savoir comment progresse le travail. Tu en es où, avec la carte?

— T'inquiète pas pour ça. Je n'arrête pas.

Tom tendit la main vers le croissant, sur le chariot. Il était à peine entamé.

— Tu ne le finis pas ? J'ai mangé de la très mauvaise nourriture indienne hier soir, et quasiment rien pour le petit déjeuner.

— Tom, tu veux bien qu'on parle de la carte ? C'est d'une importance capitale pour mon père. C'est pour ça qu'il te paie. Tu veux bien me dire ce que tu as fait jusqu'à présent, et si tu penses pouvoir la finir dans les temps ?

Il mâchouilla le croissant.

— Eh bien… je suis sur le point de me rendre au musée de la marine de Greenwich pour y prendre des photos des cartes marines de Corelli. Ils possèdent deux très belles pièces. Je veux comparer l'encre et le papier à ceux de la carte du monde. Ton père m'a écrit une lettre d'introduction. J'ai appelé le conservateur, et il va me faire visiter les lieux. Au fait… j'ai un téléphone.

Elle nota le numéro qu'il lui dicta.

— Quand vas-tu réellement commencer la carte ?

— J'ai commencé.

— Où ça ? Dans ta chambre d'hôtel ? Mais tu n'as pas encore le papier ancien, pas vrai ?

— Non. Il m'attend en Italie.

Tom souleva le couvercle de son assiette.

— Tu ne manges pas tes fraises ?

— Prends-les.

Il s'en mit une dans la bouche.

— Allison, je t'ai prévenue. Je ne parle pas de mon travail. Comment je m'y prends, c'est mon affaire. J'ai dit à M. Barlowe qu'il aurait sa carte dans deux semaines et, à moins d'un imprévu – une autre rencontre avec le pote cinglé de ton beau-frère, par exemple –, elle sera prête à temps.

— On a besoin de savoir où tu es. Ne t'imagine pas que tu peux disparaître et m'appeler de Dieu sait où en Italie pour me demander encore de l'argent.

— C'est à Florence que je vais. Je t'avertirai quand je serai sur le point de partir. Ce sera sans doute demain, alors ne prends pas trop tes aises, ici, dans ton hôtel. Je m'occuperai moi-même des détails du voyage parce que, franchement, ça me rend nerveux de penser que certaines personnes pourraient savoir où je suis. Ne le prends pas mal, mais c'est comme ça.

Il saisit le téléphone d'Allison.

— Tu permets ? Je dois passer un coup de fil à Miami. Je vais juste laisser un message. Le gars que j'appelle n'est jamais dans son bureau avant huit heures.

— Vas-y, je t'en prie, soupira-t-elle.

Il s'éloigna de quelques pas et, plaçant un doigt sur sa bouche, lui fit signe de demeurer silencieuse. Il écouta une seconde, puis ses lèvres mimèrent le mot *Merde !*

— Monsieur Weems, s'exclama-t-il presque aussitôt. Bonjour ! C'est Tom. Tom Fairchild. Vous avez laissé un message à ma sœur pour que je vous appelle. Je ne suis pas en ville en ce moment… je suis parti pêcher. En fait, je suis sur un bateau au sud de Grassy Key. Je vous appelle du portable de mon ami, qui n'a quasiment plus de batterie. Je ne vais pas pouvoir vous parler long-temps… Quel est le problème ? Bien sûr que je l'ai fait. Ouais, je me suis inscrit dans ce programme. Je crois que ça commence dans une semaine ou deux… Eh bien, je n'ai pas son numéro sur moi, mais à peine rentré, je… Oh oh, je ne vous entends plus…

Tom chiffonna l'un des reçus, tint le téléphone à distance et raccrocha.

Allison l'observait.

— C'était qui ?

— Mon agent de probation. Rose m'a dit qu'il me cherchait.

— Oh, génial. À présent, il a mon numéro. Bon sang, Tom !

— Tu as l'affichage du numéro. Tu n'auras qu'à ne pas décrocher.

Tom mangea une autre fraise.

— Bon sang ! Je t'entends raconter des bobards à ton agent de probation et tu t'attends, après ça, à ce que je gobe tout ce que tu me racontes !

Il revint vers le fauteuil. S'assit tout au bout, près du bureau. Il resta quelques instants à la regarder, ses sourcils dressés formant des rides sur son front. Il avait de grands yeux, aussi verts qu'une prairie.

— Lorsque j'affirme que je te dis la vérité, tu peux me croire. Je ne te raconte peut-être pas tout, parce que je ne peux pas. Mais je n'aurais pas idée de te mentir.

— Comment puis-je en être sûre ? Je t'ai déjà donné près de douze mille dollars, et tu ne m'as encore rien montré.

— Regarde les reçus ! Tout a été dépensé pour le travail préparatoire. Je ne te demande rien d'autre. C'est le deal. De toute ma vie, Allison, je ne t'ai jamais trompée. Jamais. Et tu le sais.

— Laisse-moi rire ! Franchement, il y a de quoi se rouler par terre...

— Jamais. Pendant toutes ces années où nous nous sommes fréquentés, t'ai-je jamais fait, Allison Barlowe, une promesse que je n'ai pas tenue ? Oui ou non ?

— Je ne sais pas qui tu es. Nous ne nous sommes pas vus depuis...

— ... Douze ans. C'est long, mais nous n'avons pas changé. Nous sommes toujours les mêmes. Moi, du moins. Je n'ai jamais trahi ta confiance et tu le sais. On s'est séparés pour des raisons qui n'avaient rien à voir avec ça. Et à présent, je te promets une chose : je vais finir la carte. Elle sera réussie. Et elle sera prête à temps.

Elle rejeta les cheveux qui lui tombaient sur le visage.

— C'est à mon père que tu devrais dire ça. Il veut que tu l'appelles.

— Ah ? Il prend le contrôle des opérations, c'est ça ?

Allison tenta en vain de joindre Stuart sur son portable et laissa un message.

— C'est moi, papa. Je suis avec Tom. On était en train de discuter de la carte. Tout semble se dérouler comme prévu. J'ai passé ses factures en revue et je vais le rembourser. Appelle-moi dès que tu peux.

Elle raccrocha, en espérant qu'elle n'était pas en train de tout fiche définitivement en l'air.

— Allez, mets ton manteau, dit Tom. Prenons un taxi jusqu'à la banque. Il me reste peu de temps avant de devoir me rendre au musée.

— Non. Je peux le faire en ligne.

Elle se pencha sur son ordinateur portable. Tom se tenait derrière elle. Elle tourna la tête.

— Tu permets ?

206

Elle trouva le compte de son père à la Barclays, tapa le code d'utilisateur et alla à la page « virements ». Elle remonta légèrement ses lunettes sur son nez.

— Ça faisait combien ?

— Cinq mille deux cent quatre-vingt-huit. Cinq cents d'avance sur mes frais inclus. C'est bon ?

— C'est bon.

— Et on parle en livres.

— Oui. En livres.

Après avoir tapé la somme, elle hésita avant d'appuyer sur « valider ». Puis respira un grand coup.

— C'est fait. Tu veux aller sur ton compte pour vérifier ?

— Non, c'est bon.

Il ramassa son appareil et sa veste. Puis fit volte-face et la regarda à nouveau.

— Je ne sais pas pourquoi ma vie a pris cette direction. J'ai fait de mauvais choix... des erreurs. Une longue et triste histoire, j'imagine. Mais je suis passé à autre chose. Peut-être me crois-tu, peut-être non, mais je n'ai pas l'intention de foirer ce coup-là. Il se peut que ce soit ma dernière chance, et la meilleure que j'aie jamais eue.

En sortant, il saisit le béret rouge sur la commode. Il le fit tourner et l'envoya valser dans la pièce comme un frisbee. Elle le rattrapa au vol.

— Tu as du rouge à lèvres sur les dents de devant, dit-il.

Elle attendit près de la fenêtre. Vit un homme vêtu d'une veste bleu marine et d'une casquette se diriger vers le croisement avec Davis Street. Il tourna à l'angle et disparut. Stuart n'allait pas tarder à la rappeler. Elle avait le sentiment que Tom irait jusqu'au bout. Mais comment parvenir à en convaincre son père ? Pour cela, il lui faudrait en dire trop. Parler du passé, et du fait qu'elle connaissait mieux les intentions de Tom Fairchild qu'elle n'était prête à l'admettre.

Les reçus s'entassaient sur son bureau. Elle n'avait pas remarqué de note d'hôtel. Puis elle songea : « Normal qu'il n'ait pas de facture. Il n'a pas encore réglé sa nuit. » Mais dans quel hôtel était-il descendu ? Allison le lui avait demandé. À moins qu'elle n'ait oublié ? Comment avait-elle pu négliger de lui poser la question ?

Elle l'appela au numéro de portable qu'il lui avait donné. Se dirigea vers la fenêtre en écoutant le *brrrrp brrrrp brrrrp* anglais.

Pas de réponse. Pas même de messagerie. Elle se l'imagina sortant le téléphone de sa poche, consultant l'écran...

— Merde ! s'exclama-t-elle en riant. Jenny Gray. Tu dors chez elle, hein ?

Allison jeta un coup d'œil à sa montre. Elle fit défiler les numéros de son répertoire et appela Miami. Au bout de quelques sonneries, une voix de femme annonça, à l'autre bout du fil :

« Vous êtes au cabinet d'avocats Marks et Connor. Si vous appelez en dehors des heures d'ouverture, veuillez laisser vos nom et numéro... »

— Bonjour, c'est Allison. J'appelle de Londres. C'est un message pour Miriam. J'ai besoin que tu me rendes un énorme service. Pourrais-tu me sortir le dossier de quelqu'un ?

Chez Marks et Connor, tous les clients commençaient par remplir un formulaire. Ils y consignaient des renseignements de base, tels que leur adresse permanente et les nom et prénom de leur plus proche parent. Allison n'en était pas sûre à cent pour cent, mais il lui semblait que Jenny avait utilisé l'adresse londonienne de sa mère. Elle se souvenait même de son nom : Evelyn Gray. Mme Gray saurait forcément où se trouvait sa fille.

Brixton – quartier populaire et multiethnique constitué de bâtisses victoriennes en brique rouge, d'affreux immeubles d'habitation et de boutiques minuscules nichées sous les arcades d'une ancienne voie ferrée – était situé sur la rive sud de la Tamise. En coulant à flots, l'argent des Jeux olympiques avait même relancé les affaires de ce district. Le chauffeur de taxi lui sourit dans son rétroviseur.

— Les nouveaux riches ne vont pas tarder à venir s'installer, vous allez voir.

Le visage collé à la vitre, Allison vit un petit marché aux puces sur le trottoir, des *fish and chips*, et des gens emmitouflés dans des vêtements sombres. Sur le flanc d'un bâtiment, un graffiti suggérait au Premier ministre, en termes crus, d'aller se faire voir.

Des nuages cachaient le pâle soleil d'hiver – on avait peine à croire qu'il n'était que 15 heures. La secrétaire de Mme Connor avait rappelé Allison pour lui communiquer les informations qu'elle désirait. En revanche, toujours pas de nouvelles de son père. Ce qui la soulageait, car toute discussion aurait certainement abouti à une dispute. Elle attendrait d'avoir quelque chose à lui dire pour tenter de le joindre à nouveau.

Le taxi s'arrêta devant une petite maison semblable à toutes ses voisines, avec son jardinet boueux qui, même en été, devait paraître négligé. Allison s'assura qu'elle était à la bonne adresse et paya le chauffeur. Elle poussa une grille métallique et, après avoir franchi quatre marches, parvint sur le perron. Se retournant, elle jeta un coup d'œil à la rue silencieuse. Au bout de la rangée de maisons, deux garçons donnaient des coups de pied dans un ballon. À part eux, il n'y avait personne.

La porte était agrémentée d'une vitre ovale en verre dépoli renforcée par des barreaux. À travers le motif fleuri de la vitre, Allison parvenait à distinguer le vestibule et l'escalier menant à l'étage. À sa droite, les rideaux entrouverts d'une fenêtre étroite laissaient voir un séjour sombre et grisâtre. Les lampes étaient éteintes. Allison n'avait pas envisagé que Mme Gray puisse ne pas être chez elle.

Elle perçut un bruit de pas – ou plutôt sentit un léger tremblement agiter le plancher du rez-de-chaussée. Quelqu'un dévalait les marches. Un homme. Elle ne discerna pas son visage mais vit qu'il portait un pardessus sombre. Parvenu en bas, il se figea.

Allison recula, gênée d'avoir été surprise à espionner ainsi la maison. La vitre vibra lorsque l'homme vint vers elle. La porte s'ouvrit, une main en surgit et l'attira à l'intérieur.

Elle se retrouva nez à nez avec Fairchild. Il haletait.

— Tom ? J'ignorais que tu étais ici. J'avais cette adresse…

Sans lui lâcher le poignet, Tom sortit la tête, balaya la rue des yeux et claqua la porte derrière eux. Puis il plaqua Allison contre le mur et dit, serrant les dents :

— Mauvais timing. Qui sait que tu es ici ?

— Personne ! J'ai obtenu cette adresse par le cabinet. Jenny me l'avait donnée. Sa mère habite ici, non ?

— Oui, dit-il, pressant la paume de sa main contre son front. OK. Attends une seconde…

Il était en manteau. Elle remarqua la bandoulière d'un sac.

— Tu partais ? demanda-t-elle. Où ça, en Italie ?

— Allison. Il faut que tu m'écoutes. Ne bouge pas. Reste ici et écoute-moi.

Elle le bouscula. Malgré la résistance qu'il lui opposa, elle s'avança assez pour distinguer l'intérieur de la pièce qu'elle avait observée depuis le perron. La faible lumière filtrant par les rideaux éclairait une femme étendue sur le sol. Elle gisait, les bras écartés et les jambes tordues comme si elle était en train de courir. Sa chevelure striée de blond était répandue derrière elle.

Allison poussa un cri d'horreur – aussitôt étouffé par la main que Tom lui plaqua sur la bouche.

— Elle est morte. Je l'ai trouvée comme ça quand je suis revenu chercher mes affaires.

Allison gémissait, les cris coincés dans la gorge. Elle voulut le griffer aux yeux, aux oreilles. Mais ses mains gantées glissèrent sur la tête de Tom.

— Nom de Dieu, Allison, je ne l'ai pas tuée. Arrête ça tout de suite ou je t'assomme !

Il frappa du poing contre le mur pour donner plus de poids à ses paroles.

— Tais-toi et écoute ! Je suis arrivé il y a dix minutes. Je venais chercher mes affaires pour les déposer à l'hôtel. Elle m'a donné une clé hier soir. Je suis entré et je l'ai trouvée morte. Je n'avais aucune raison de la tuer !

Allison le fixait. Il retira sa main. Elle avait les yeux baignés de larmes.

— Ne me fais pas de mal. Je t'en prie, Tom.

— Regarde-moi ! Regarde mon visage. Mes habits. Est-ce que tu vois des éraflures ? Du sang ?

Elle secoua la tête et risqua un autre coup d'œil en direction du séjour.

— Jenny. Oh. Oh, mon Dieu !

— Tirons-nous d'ici. Tout de suite !

— Il faut que tu appelles la police.

— Pour leur dire quoi ? Je ne sais pas qui a fait ça. S'ils nous trouvent ici, que vont-ils s'imaginer ?

— Dis-leur ce qui s'est passé... que tu l'as trouvée...

— Tu parles qu'ils vont me croire ! Comment es-tu arrivée ici ?

— En taxi.

— Tu l'as pris devant le Claridge ?

— Non. Je... je...

— Je t'en prie, bébé, réfléchis.

— Je l'ai pris devant une librairie d'Oxford Street. Je n'ai rien acheté. Je me baladais...

— D'accord. Personne ne m'a vu entrer. J'ai récupéré mes affaires et j'ai essuyé tout ce que j'ai touché.

— On ne peut pas la laisser comme ça ! s'écria Allison.

Un cliquetis métallique leur parvint aux oreilles. Tom jeta un coup d'œil à la porte. Par les interstices de verre non dépoli, ils virent une silhouette corpulente, vêtue de marron, s'avancer depuis la grille.

— C'est la mère de Jenny, dit Tom. Partons !

— On ne peut pas faire ça !

Tom l'attira contre lui.

— Ils vont nous mettre en garde à vue, et ils auront la carte. Comment ton père pourra-t-il la récupérer cette fois-ci ?

Il avait les yeux fous, crachait des postillons sur la joue d'Allison.

Le regard de celle-ci allait de la femme s'avançant vers la maison au corps de Jenny Gray gisant sur le plancher. Sa mère posa un sac à provisions sur le perron et glissa la main dans son sac. Il y eut un bruit de clés.

— OK.

Tom ramassa un sac à dos, au bas des marches. Allison le suivit dans un couloir puis dans la cuisine, son sac pressé contre la taille.

Tom désigna la porte d'un geste de la tête.

— Ouvre-la ! ordonna-t-il en mimant les mots.

Gênée par ses gants, elle tripatouilla serrure et poignée, et parvint enfin à ouvrir.

— Sors la première, siffla Tom. Et referme derrière moi. Doucement !

Le jardinet laissé à l'abandon donnait sur une ruelle, puis sur des bâtiments en brique aux fenêtres noires de crasse. Ils regardèrent d'un côté puis de l'autre et se précipitèrent vers la grille. Tom tenait son sac à dos dans ses bras. Le béret d'Allison tomba. Elle s'empressa de se baisser pour le ramasser, tandis que les premiers cris leur parvenaient depuis la maison.

18 Quand l'Eurostar s'engouffra dans le tunnel à deux cent quatre-vingt-dix kilomètres à l'heure, les oreilles de Tom se bouchèrent sous l'effet de la pression. Il regarda les vitres noires et imagina le poids des millions de tonnes d'eau de mer glaciale. Dans vingt minutes, ils émergeraient près de Calais. Allison n'avait pas émis de protestations quant au fait de quitter Londres. Ils avaient pris un premier taxi jusqu'à Victoria Station, un second pour le Claridge. Allison avait emporté ce qui tenait dans une seule valise, laissant l'autre à la consigne de l'hôtel avant de régler sa note.

Ils fonçaient à présent vers Paris, où ils arriveraient à la nuit tombée. Ils comptaient trouver un hôtel et partir pour l'Italie dans la matinée. Tom voyait se refléter l'intérieur lumineux de la voiture, avec ses sièges gris à liseré jaune. Il distinguait aussi le profil d'Allison tandis qu'elle penchait la tête sur ses carnets de notes. Ses larmes de panique avaient séché. Tom lui avait demandé si elle souhaitait rentrer à Miami. Elle avait répondu non, pas avant que la carte ne soit terminée – elle l'avait promis à son père.

Comme Tom restait les yeux rivés sur la vitre, les contours flous d'un autre visage paraissaient flotter en surimpression. Une peau café au lait, d'abondantes boucles brunes striées de blond. Jenny. Il cligna des yeux pour se débarrasser de son image et tourna rapidement la tête.

— Tom ? Ça va ?
— Bien sûr. Pourquoi ?

213

Allison le regardait, soucieuse.

— Tu es si pâle.

— Il fait chaud ici.

Tom retira son pull et le fourra dans le panier, devant son siège.

— Il y a quelque chose que je veux t'expliquer... pourquoi j'étais chez Jenny. Hier, j'avais des choses à acheter, et elle m'a guidé dans Londres. Si j'ai dormi chez elle, la nuit dernière, c'est que j'étais à court d'argent et que je ne tenais plus debout. C'est la maison de sa mère, mais Mme Gray était partie ce matin, quand j'ai quitté la maison. Elle m'a vu hier soir, à peine deux secondes. Jenny m'a donné une clé pour que je puisse passer récupérer mes affaires. En entrant... je l'ai trouvée. Je ne pouvais plus rien faire pour elle.

— Je sais, murmura Allison en refermant son carnet de notes. Comment est-elle... On lui a tiré dessus ?

— Non. Elle a été étranglée. Je ne sais pas comment ils s'y sont pris. J'ai remarqué des traces sur son cou. Si je pouvais mettre la main sur le type qui a fait ça, je crois que je le tuerais.

— Je n'arrive toujours pas à y croire. Oh, mon Dieu, la pauvre. Elle n'était pas à Londres depuis assez longtemps pour s'y être fait des ennemis. Est-ce qu'on est entré par effraction ? Tu as remarqué quelque chose ? Je n'ai pas vu de verre brisé.

— Il n'y en avait pas, dit Tom. La porte n'était pas fermée à clé. Il se peut qu'elle l'ait laissé entrer, je n'en sais rien... Merde. Si j'avais été là... Elle voulait venir avec moi. J'ai refusé.

Allison fronça les sourcils.

— Arrête. Tu ne vas quand même pas, ne serait-ce qu'une seconde, aller t'imaginer que c'est ta faute ?

Il secoua la tête.

— Au fait. J'ai pas couché avec elle... au cas où tu te poserais la question.

— Non, objecta Allison. Si c'est le cas, ça ne regarde que toi.

La lumière jouait sur les verres des lunettes d'Allison, dissimulant son regard. Tom se rapprocha pour mieux la voir.

— Jenny et moi n'avons jamais couché ensemble. Nous étions amis. Elle essayait de s'en sortir, comme la plupart d'entre nous. Elle était venue ici pour prendre un nouveau départ.

Il sentit, sur sa main, la fraîcheur des doigts fins d'Allison.

— Je suis désolée, Tom.

— Désolée de quoi ?

— Que tu aies perdu une amie.

Allison se pencha, le front sur l'épaule de Tom. Il sentait l'odeur de ses cheveux, qui retombaient en cascade sur son torse. Il avait peur de bouger, de crainte de lui rappeler ce qu'il était pour elle – à savoir rien. Avoir fui avec lui une scène de crime le lui avait provisoirement fait oublier.

— Et je suis désolée de l'avoir mal jugée, ajouta-t-elle. Je me figurais que Jenny avait pu dérober des cartes appartenant à mon père, chez Royce Herron. C'est pour ça que je voulais la retrouver. Pour la questionner à ce sujet – voire les récupérer. Ça me paraît si peu important, à présent.

— C'est elle qui les avait prises.

Allison releva la tête.

— Jenny a volé des cartes, et deux ou trois bijoux qu'elle a mis au clou à Miami. Elle a vendu les cartes à un marchand londonien. Elle n'en a pas tiré grand-chose. Le type a dû flairer que ce n'était pas clair.

— Il faut que quelqu'un prévienne la police de Miami. Royce Herron n'a pas été abattu par des voleurs. Ils ne trouveront jamais son assassin s'ils suivent une fausse piste.

Allison se redressa sur son siège.

— Crois-tu que la mort de Jenny puisse être liée à celle de Royce ?

Tom ne voulait pas être entraîné sur ce terrain-là.

— Écoute… Il faut décider de ce qu'on va faire une fois arrivés à Paris. Tu veux qu'on parte à Florence ce soir même ? Sinon, on va perdre une demi-journée.

— Tu ne veux pas parler de Jenny ? Très bien.

Tom hocha lentement la tête. En vérité, s'il refusait de parler d'elle, c'est parce qu'il commençait à se faire une idée de l'identité de l'assassin, et qu'il ne pouvait pas se confier à Allison. Du moins, pas encore.

— Eh, Betty Boop. Je veux que tu me promettes une chose.

Elle ouvrit la bouche puis éclata de rire.

— En bien, de quel tiroir poussiéreux est-ce que tu viens de sortir ça ?

— Jure-moi de ne jamais révéler que je suis venu ici, à qui que ce soit. Si cela remonte aux oreilles de mon agent de probation, c'est fini pour moi.

— Ils pourraient te renvoyer en prison pour quelque chose d'aussi insignifiant ? Impossible.

— Pour que j'accomplisse le restant de ma peine. Six ans, deux mois et des poussières. Une condamnation pour vol avec effraction, à quatre-vingt-dix-neuf pour cent bidon. Je te raconterai un jour. Je prends de gros risques, mais si je peux être de retour à Miami d'ici deux semaines, ça devrait aller. La fouine veut me voir tous les mois, ou chaque fois qu'il a envie de tirer un peu sur ma laisse.

— C'est qui, la fouine ? demanda-t-elle, se penchant vers lui.

— George Weems, mon agent de probation.

Tom sortit un stylo de sa poche et fit une caricature, dans la marge d'une page du carnet de notes d'Allison. Un visage émacié, un nez de rongeur…

— Si mon boulot, ou mes amis, ou l'endroit où je vis ne lui plaisent pas, il peut en principe me faire plonger pour non-respect des conditions de probation.

La caricature la fit sourire, pour la première fois depuis des heures. Tom la barra d'une croix.

— Alors on doit oublier, pour le moment du moins, ce qu'on a vu. Une fois rentrés à Miami, tu devrais aussi oublier qu'on se connaît. Ça pourrait te causer des ennuis.

— Comment ça ?

— De me fréquenter. Ça ne plairait pas trop au barreau de Floride. Les candidats doivent être blancs comme neige. Enfin, il paraît. Attends, pour t'encanailler, d'avoir prêté serment.

— Tu veux voir si on peut partir pour l'Italie ce soir même ?
Pourquoi pas ?

Allison sortit sa tablette, et rangea ses carnets de notes et ses
livres de droit dans son fourre-tout.

— Ils ont le Wifi dans l'Eurostar. Je peux trouver un vol pour
Florence grâce à mon ordinateur. On arrive à la gare du Nord vers
19 heures. On prendra un RER à destination de Roissy ou d'Orly,
selon l'endroit d'où décolle notre avion et… *siamo in Firenze alle
dieci*. Nous arriverons aux alentours de 22 heures.

— Tu es incroyable, dit Tom.

— Je devrais aussi réserver une voiture de location et un
hôtel.

Elle sourit.

— Fini le Claridge ! Je vais trouver deux chambres dans un
hôtel aux tarifs raisonnables… près de l'Arno. J'adorerais te
montrer… enfin, si on a le temps. Je sais que tu as du travail. Tom,
tu veux bien me dire ce que tu comptes faire ? Il n'y a pas de raison
de me laisser complètement dans le brouillard.

— OK. Tu as raison. Je dois retrouver un ancien ami de
Miami, Eddie Ferraro. Il a travaillé toute sa vie chez des imprimeurs, et il est venu vivre ici il y a environ quatre ans. Il habite sur
la côte, mais on doit se voir à Florence. Ne t'inquiète pas, la carte
ne sera pas une image numérique. L'informatique nous permet
simplement de prendre des raccourcis. Je t'expliquerai tout plus
tard. Ce matin, à Londres, je suis passé chez un imprimeur et j'ai
fait faire un scan haute définition de la carte de Corelli. Et après
notre entretien, je suis allé prendre des clichés en gros plan des
cartes maritimes du musée de Greenwich. Ça me donne une
meilleure idée des techniques d'imprimerie de Corelli. Je prendrai
d'autres photos à la bibliothèque nationale de Florence.

— La *Biblioteca nazionale*, dit Allison. Je pourrais t'y
amener.

— Je la trouverai tout seul. (Il leva la main.) Ne t'inquiète
pas, je t'appellerai. Eddie et moi allons travailler sur la carte, je
l'apporterai à Miami, et voilà. Tu me devras vingt-cinq mille
dollars, frais non inclus.

— Si la carte convient à mon père.

— Elle lui conviendra.

Allison pencha la tête.

— Eddie Ferraro... Ce n'est pas l'homme avec qui ta sœur sortait ? Je crois avoir entendu parler de lui.

— Tu as entendu des ragots. Ils vivaient ensemble. Rose l'aurait épousé, mais Eddie s'est fait arrêter pour contrefaçon. Il a pris la fuite après avoir été libéré sous caution. Il s'était rangé des voitures, et n'avait jamais été un gros poisson, mais le gouvernement fédéral voulait qu'il en prenne pour vingt ans. Tu traînes avec les mauvaises personnes, Allison. C'est ce qui arrive quand on décide de se lancer dans la contrefaçon. À présent, dis-moi un truc : pourquoi Stuart veut-il cette carte ? Il prétend que c'est pour lui, mais je ne marche pas.

— Désolée. Secret professionnel.

— Alors que moi, je t'ai tout raconté ?

— Je ne dirai rien.

Il était à deux doigts de parler, de confier à Allison que Rhonda lui avait proposé dix mille dollars. Mais il se ravisa. Elle n'avait pas besoin de savoir. Elle irait aussitôt le répéter à Stuart, et ça ferait sûrement toute une histoire. Le deal serait-il annulé ? Possible. Or Tom comptait tenter sa chance jusqu'au bout. En bref, Rhonda avait affirmé que son mari était fou. Si Tom n'y croyait pas, cela venait tout de même s'ajouter aux autres informations qu'il possédait sur Barlowe. Il voulait la vérité. Il voulait découvrir ce que savait Royce Herron. Tom ne souhaitait pas entendre Barlowe lui dire : *Bien sûr que je vais vous aider à rentrer aux États-Unis. Mais, avant, il faudra que vous me donniez la carte et qu'on renégocie le prix.*

Il se pencha vers le couloir. Au-dessus de la porte du compartiment, un indicateur lumineux indiquait que le wagon-restaurant se trouvait quatre voitures devant la leur.

— Tu as faim ?

— Je déteste la nourriture du train, dit Allison. Attendons d'être à Paris pour dîner. Je connais un petit café pas touristique du tout près de Notre-Dame. En métro, ça nous prendra dix minutes. On a le temps.

— Je vais quand même voir ce qu'ils ont, dit-il en s'extirpant de son siège. Tu ne veux pas un café ou autre chose ? Reste là, OK ?

Il jeta un coup d'œil aux valises, dans le porte-bagages au-dessus de leurs têtes. Elle hocha la tête et lui demanda de lui rapporter un jus d'orange.

Dans le sas, entre deux wagons, Tom laissa passer un groupe d'adolescents allemands. Par la vitre, il voyait se succéder rapidement les lumières vives. Le train était sorti du tunnel. Tom colla son visage à la petite fenêtre, à sa gauche. Une bande gris pâle séparait le ciel et le sombre paysage français. Une rangée de poteaux défila, indistincte. Au loin, la tache lumineuse d'une maison clignota, puis disparut.

Tom se remit à songer à Jenny Gray et Royce Herron. Il n'y avait pas que deux morts dans cette affaire, mais trois. L'amie de Jenny, Carla, était morte elle aussi. Ils avaient tous un point commun : Larry Gerard. Les filles avaient travaillé pour lui et avaient été mêlées aux sales combines visant à faire autoriser la construction de ces monstrueuses tours, au bord du fleuve – construction à laquelle s'était opposé Royce Herron.

En laissant Carla de côté, c'est à Stuart Barlowe que le conduisaient ses déductions. Ce dernier était menacé par le secret (quel qu'il soit) qu'avait découvert Herron, et que Jenny avait prétendu connaître. Or Jenny, à Londres, ne constituait plus une menace.

Tom revint sur sa première théorie : le Metropolis. Jenny était au courant des pots-de-vin et des chantages. Stuart Barlowe n'était pas vraiment le genre de gars à pouvoir décrocher son téléphone pour engager un tueur à gages à Londres. Larry, en revanche… celui-ci comptait, parmi ses fréquentations, des types capables de tordre le cou à une fille. Tom en avait rencontré un sur le bateau.

Une femme traversa le sas, tenant une bouteille de vin et des gobelets. Cela rappela à Tom où il était censé aller. Il appuya sur le bouton d'ouverture automatique de la porte et s'apprêtait à entrer dans la voiture suivante lorsqu'il remarqua un homme qui sortait des toilettes, à l'autre extrémité. Pantalon et pull sombres, cheveux noirs. L'homme s'assit à contresens, et son visage disparut aussitôt de son champ de vision.

Tom recula d'un pas. Bien qu'il l'eût juste aperçu – deux secondes tout au plus –, il était certain d'avoir déjà vu cet homme. Barraqué, trente-cinq, quarante ans, les sourcils arqués, le nez fin, une plantation de cheveux en forme de V. Le visage qu'il avait distingué dans la vitrine de la boutique londonienne.

Tom ouvrit la porte. Parvenu au bout de la voiture, il se planta près de l'homme. Jusqu'à ce que celui-ci lève sur lui un regard perplexe. Tom posa la main sur le dossier de son fauteuil.

— Excusez-moi. On se connaît, non ?

Le sourire de l'homme trahit la même perplexité que son regard.

— Je suis désolé… je ne parle pas anglais, dit-il, avec un accent que Tom ne put identifier.

— Je ne vous ai pas vu sur Regent Street, hier après-midi ?

— Désolé.

L'homme haussa les épaules sans cesser de sourire. Son voisin lança à Tom un regard dénué de curiosité, puis se replongea dans la lecture du *Times*.

— Je dois faire erreur…

Tom repartit en sens inverse afin de regagner sa voiture.

— Tu n'as rien pris ? demanda Allison.

— La file d'attente était trop longue.

Il jeta un coup d'œil dans l'autre direction, vers les toilettes situées au bout de leur voiture.

— Je reviens tout de suite.

Il y entra et referma la porte étroite. La lumière s'alluma, faisant briller les surfaces en inox. Le bruit lancinant des roues sur les rails lui parvenait aux oreilles. Tom alluma son portable et attendit, pendant que celui-ci prenait le temps, comme à son habitude, de trouver une antenne-relais.

Pas d'erreur possible. C'était le même homme. Tom l'avait vu trois fois. Deux fois, il aurait pu se dire que c'était un hasard. Mais pas trois. Comme les trois meurtres : trop pour une simple coïncidence.

Il feuilleta son carnet d'adresses. Colla le mobile contre son oreille.

— *Pronto*, dit une voix, quelques secondes plus tard.

— Eddie, c'est Tom.

— Où es-tu ?

— Dans l'Eurostar. On vient d'arriver en France. Je crois qu'on a un problème.

19 Ayant effectué de nombreux séjours à Paris, Allison savait se repérer dans le métro. Quand, à la gare du Nord, elle et Tom se furent rués hors de l'Eurostar avec les cinq ou six cents autres passagers, elle suivit les indications pour le RER en direction de l'aéroport Charles-de-Gaulle. Tom lui retira son béret rouge et lui dit de le cacher dans sa poche : il était trop facilement repérable dans ce flot de vêtements sombres. Les roues de sa valise cliquetaient sur le sol dallé. Des pigeons plongeaient entre les poutres métalliques du toit et voletaient devant les fenêtres des arcades.

Ils prirent un escalator qui descendait. Tom se retourna et examina le visage des gens, derrière eux.

— Tu me rends parano, protesta Allison.

Sans doute n'aurait-elle pas cru l'improbable histoire de Tom – un homme qui l'avait suivi à Londres venait de ressurgir dans l'Eurostar – si elle n'avait vu, de ses propres yeux, Jenny gisant sur le sol, étranglée. Tom n'aurait pu jurer que l'homme en pardessus noir l'avait tuée, mais il préférait ne pas courir de risque.

Ils avaient, sur les conseils de son ami Eddie Ferraro, modifié leur itinéraire. «Ne prenez pas l'avion pour Florence, avait dit Eddie. Prenez un train pour Milan, puis un autre pour Gênes, en direction du sud, en suivant la côte ligure.» Eddie vivait dans une petite ville où il connaissait tout le monde. À cette période de l'année, un étranger passerait aussi peu inaperçu qu'un flamant rose.

À l'entrée du RER, Allison acheta, avec sa carte de crédit, des tickets pour Roissy. Le train était bondé de gens qui se rendaient dans la banlieue nord de Paris. Des travailleurs plus que des touristes, de nombreux Africains et plus d'une femme en tchador. À la station suivante, ils attendirent que les portes se soient presque refermées et bondirent hors du train, gagnèrent le quai opposé et prirent le métro suivant pour retourner d'où ils venaient.

Tom s'assit en tournant le dos aux vitres, appuyé à son sac à dos, l'ordinateur portable serré dans ses bras. Allison lui fit remarquer que, s'ils étaient dehors en train de marcher, ils verraient les tours carrées de Notre-Dame. Qu'ils pourraient traverser la Seine et, une fois sur la rive gauche, longer le fleuve et écumer les petites librairies.

— Tu voulais m'emmener dîner, dit Tom.

— La prochaine fois.

Dix minutes plus tard, à la station Gare-de-Lyon, ils reprirent un métro pour Paris-Bercy, d'où partait le train de nuit à destination de Milan.

Leur voiture était la quatrième à partir de la motrice. Un employé en uniforme les guida dans le couloir, le long de fenêtres d'un côté, et de portes en simili-lambris de l'autre. Avant leur arrivée à Paris, Allison avait réservé et réglé, par téléphone, un compartiment couchette de première classe à deux lits. L'employé les aida à ranger leurs bagages, leur montra la minuscule salle de bains et les pria de ne pas utiliser la douche avant le départ du train. Il tendit à Allison le menu et la carte des vins. Ils étaient libres de dîner dans la voiture-restaurant ou ici, dans leur compartiment.

— *Ici, s'il vous plaît*,* répliqua Allison.

Elle demanda s'il pouvait leur apporter tout de suite de l'eau et une bouteille de vin blanc.

— Pour moi, ce sera deux bières, dit Tom à Allison en observant, par la fenêtre, les autres passagers hisser leurs bagages dans le train. Et dis-lui que nous ne voulons pas être dérangés.

Elle s'exécuta dans un français approximatif, accompagné d'un billet de cinq euros.

---

* En français dans le texte original.

— *Bien sûr mademoiselle**, répondit l'homme, qui hocha la tête et referma la porte derrière lui.

Épuisée, Allison retira sa veste et la pendit dans le placard. Ils parviendraient à 6 h 40 à la gare centrale de Milan. De là, ils prendraient le train de 7 h 10 pour Gênes et, trois heures plus tard, seraient à La Spezia. Eddie Ferraro les conduirait jusqu'à un endroit nommé les Cinque Terre – cinq petits villages disséminés le long de la côte. Allison en avait entendu parler, mais n'y était encore jamais allée.

Tom baissa le rideau puis alluma une lampe, au-dessus des sièges. Il inspecta la banquette qui constituerait l'une des étroites couchettes, et la forme arrondie qui, une fois rabattue, formerait la seconde. Le petit compartiment de ce train – qui allait les mener dans un lieu que ni l'un ni l'autre ne connaissaient – créait une promiscuité à laquelle Allison n'avait pas songé en achetant les billets.

— Eh bien, c'est intime, dit-il, esquissant un sourire.

La jeune femme lui jeta un regard réprobateur. Elle ouvrit son fourre-tout, en extirpa adaptateur électrique et chargeur, et brancha son téléphone mobile.

— Il faut que j'appelle mon père. Il doit se demander où je suis. Ne t'inquiète pas, je sais ce qu'il ne faut pas dire.

— Raconte-lui qu'on attend d'embarquer pour un vol à destination de Florence.

— Mais pourquoi ?

Tom lui arracha le téléphone des mains.

— Écoute-moi, Allison. Personne ne doit savoir où nous sommes, surtout pas Larry et son copain gangster.

Il maintint le téléphone au-dessus de sa tête lorsqu'elle chercha à s'en emparer.

— Ton père parle à sa femme, sa femme parle à Larry…

— Larry se fiche complètement de la carte !

— J'ai dit non !

— C'est bon, j'ai compris. On se dirige vers Florence.

---

* En français dans le texte original.

225

Comme elle composait le numéro de son père, on frappa à la porte. On apportait les boissons. Tom prit le plateau et paya l'employé. Lorsque Stuart répondit, Allison lui expliqua que tout se déroulait comme prévu et qu'ils s'apprêtaient à prendre un train pour Florence…

Tom mima le mot « aéroport » et leva les mains dans un geste d'exaspération. Allison fit une grimace et ses lèvres formèrent le mot « désolée ». Elle dit à Stuart qu'elle ignorait encore où ils séjourneraient… et oui, Tom avait déjà commencé à travailler sur la carte.

— Papa, où est Rhonda ?… Eh bien, j'ai appelé Fernanda ce matin et, d'après elle, ta femme a sorti de sa valise toutes ses affaires de bain et les a remplacées par des pulls et son manteau de fourrure. Je pensais que tu saurais peut-être…

Long silence à l'autre bout de la ligne.

— Rhonda a toujours aimé n'en faire qu'à sa tête, pas vrai ? dit enfin Stuart.

Il demanda à parler à Tom.

Celui-ci se contenta de répondre par monosyllabes avant d'éclater de rire.

— Je suis désolé, mais ce n'est pas comme ça que ça marche. On s'était mis d'accord : je fais la carte et vous, vous me payez. Ça ne vous donne pas le droit d'assister à son élaboration… Vous pourrez la voir quand j'aurai fini.

Il raccrocha.

— C'est quoi, le problème ? demanda Allison.

— S'il rappelle, ne répond pas.

Tom reporta son attention sur sa bière.

— Ton père veut regarder. Personne ne regarde.

— A-t-il dit qu'il venait en Italie ?

— Non, mais je ne serais pas surpris qu'il débarque. Où est ta belle-mère, si elle n'est pas à Hawaii ?

Allison haussa les épaules.

— Elle ne voulait pas partir en croisière. Mon père non plus, apparemment.

Tom engloutit sa bière, ouvrit la seconde, et s'affala dans le siège près de la fenêtre pour la siroter. C'était son habitude, Allison n'avait pas oublié. La première montait à la tête, mais la suivante se dégustait. Elle s'assit face à lui afin de boire son vin. Le liquide s'agita un peu dans son verre. Le train avait démarré.

— Drôle de façon de découvrir Paris ! s'exclama Tom.

Vers 22 heures, l'employé revint chercher les plateaux du dîner. Il repassa quelques minutes plus tard, ouvrit les couchettes et prit des oreillers dans un tiroir en dessous des sièges. Désiraient-ils une autre bouteille d'eau ? Avaient-ils besoin d'autre chose ?

— Oui, grogna Tom. Qu'il nous foute la paix !

— *Non. Tout va bien, merci beaucoup* *, répondit Allison.

Une fois l'homme parti, la jeune femme fronça les sourcils.

— Ce que tu peux être grossier, parfois.

Il leva les mains.

— Désolé. Bon, je vais faire un tour.

— Tu vas où ?

— Nulle part. Je veux informer Eddie qu'on a réussi notre coup. Je reviens. Ferme la porte à clé. Si quelqu'un frappe, demande qui c'est.

Allison comprit.

— Tu vas chercher quelqu'un, c'est ça ? Et tu comptes faire quoi si tu le trouves ? Lui flanquer une dégelée ?

— Non, je suis un garçon civilisé.

Tom sortit dans le couloir, puis lui sourit à travers l'embrasure de la porte.

— Je me contenterai de le balancer hors du train.

Une heure s'était écoulée lorsqu'elle distingua le raclement de ses doigts sur la porte. Elle se leva de son siège où, le visage collé à la fenêtre, les bras autour des genoux relevés, elle avait regardé défiler le paysage du centre de la France. Le train, précédé par un sifflet mélancolique lointain, avait traversé une dizaine de petites gares sans ralentir l'allure.

Allison alluma la lumière et demanda qui c'était.

* En français dans le texte original.

— Gaetano Corelli, s'entendit-elle répondre.

Elle déverrouilla la porte.

En entrant, Tom regarda longuement ce qu'elle portait : un tee-shirt des Red Sox et un pantalon de pyjama en tissu écossais.

— Waouh... Sexy !

— La ferme ! dit-elle. Tu as vu des hommes mystérieux en pardessus noir ?

— Non.

Il s'assit et délaça ses chaussures.

— J'ai parcouru tout le train et j'ai traîné un petit moment au bar. Et toi ? Tu as révisé ?

— Pas vraiment. Impossible de me concentrer. Je n'arrête pas de penser à Jenny. C'est affreux, ce qui lui est arrivé.

Allison replia ses lunettes et les glissa dans leur étui.

— C'est tellement bizarre, dit-elle, voire rocambolesque... Jenny connaissait Royce Herron, elle travaillait sur ses cartes. Il a été abattu, et maintenant elle est morte, elle aussi. Et tu penses que c'est cet homme qui l'a tuée... Mais pourquoi ? Et pourquoi est-il lancé à tes trousses ? Sans parler de ce qui t'est arrivé sur le bateau avec Marek Vuksinic. Tout est lié, non ?

En guise de réponse, Tom haussa les épaules.

— OK, je vois, tu ne sais rien.

— Je ne sais rien, en effet, insista Tom. Il faut dormir, maintenant.

Il voulut ôter son pull. Son tee-shirt se releva en même temps, et Tom tira dessus pour le remettre en place. Son torse était loin d'être aussi décharné qu'autrefois. Il s'était drôlement musclé.

Allison détourna les yeux et, abandonnant son compte rendu sur la responsabilité délictuelle, referma son carnet de notes et y accrocha son stylo.

— Hé, qu'est-ce que c'est que ça ?

Tom avait saisi le globe miniature posé sur la table. Il ne mesurait que cinq centimètres du sommet au petit socle en cuivre. Les océans étaient bleu émail, les continents blanc cassé, et une fine ligne dorée marquait l'équateur.

— Tu l'avais sur le bord de ta fenêtre, dans ta chambre d'étudiante.

Une image traversa l'esprit d'Allison : des flocons tombant silencieusement, par une matinée grise et pâle. Tom endormi près d'elle, un bras autour de sa taille.

— Je l'emporte toujours avec moi lorsque je voyage, dit-elle. Mon père me l'a acheté à Dublin quand j'étais gamine, je n'avais même pas trois ans. En ce temps-là, il voyageait beaucoup pour la société de mon grand-père, à Toronto.

— Et il t'a dit que le globe t'indiquerait où il se trouvait.

Allison sourit.

— Tu te souviens de ça ?

— Je me souviens d'un tas de choses.

L'exposant à la lumière, Tom examina les continents.

— Tu détestais ton paternel. C'est pour lui que tu es revenue à Miami ? Pour tenter de te réconcilier ?

— En partie. Dans le Nord, je ne me suis jamais sentie chez moi. J'imagine qu'en vieillissant on accorde plus d'importance à sa famille, même si elle se limite à une seule personne. On s'entend bien, maintenant.

— Tant mieux.

Tom reposa le globe à côté de son coffret, où l'on pouvait voir son empreinte en creux, tapissée de velours rouge.

— Alors… Larry dirige plus ou moins les affaires de ton père ?

— Non. D'où sors-tu une idée pareille ?

— Larry a dit des choses, sur le bateau…

— Larry est un beau parleur.

— Et le Metropolis ? C'est bien lui qui dirige les opérations, non ?

— C'est ce qu'il s'imagine. J'ignore quel degré de responsabilité lui a confié Stuart. Tu sais, c'est moi qui ai choisi de rester en dehors de la vie de mon père. J'étais comme une espèce de boule de rancœur. Je les détestais tous, à commencer par Rhonda. On ne sera jamais proches, elle et moi, et je m'en fiche pas mal. Je ne sais pas ce qui, chez elle, a pu plaire à mon père.

— Ses gros nibards ?

Allison grimaça.

— Oh, je t'en prie. C'est même pas des vrais !

Tom cessa de sourire.

— Que sais-tu des investisseurs du Metropolis ? demanda-t-il. Qui ils sont, ce qu'ils font...

— Rien du tout. En quoi ça t'intéresse ?

— J'essaie juste d'assembler les morceaux du puzzle. Il y a un truc que Jenny m'a raconté. Le permis de construire n'était pas encore accordé. Un des types de la commission chargée d'étudier les demandes refusait de le valider. Larry Gerard lui a envoyé une prostituée. Une certaine Carla Kelly, une amie de Jenny. Ils ont pris des photos pour le faire chanter afin qu'il valide le permis de construire.

— Tu mens ! Il n'y a pas... il n'y a pas une miette de vérité dans tout ça !

— Je n'accuse pas Stuart... à moins qu'il ne soit au courant.

— Il ne s'est rien passé de tel... Et si c'est le cas, Larry a agi derrière le dos de mon père.

— Mais ça ne t'étonnerait pas de Larry, pas vrai ?

Allison avait envie de vomir. Elle voulait appeler son père, le mettre en garde.

— Qu'essaies-tu de me dire ? Que Larry est impliqué dans le meurtre de Jenny ? C'est ça ?

— Eh bien, ton ami dévoué va prendre une douche.

Tom se dirigea vers son sac à dos et en sortit des sous-vêtements propres.

— Tu m'as laissé de l'eau chaude ?

— Pas une goutte.

— Évidemment.

Elle se glissa dans la couchette du bas pendant qu'il était dans la salle de bains. Il en émergea en tee-shirt et en short, sentant le savon, les cheveux dressés sur le front. Il débrancha son portable et le balança sur la couchette, puis il éteignit la lumière. Allison l'observa de bas en haut, la couverture remontée jusqu'au menton.

Pour atteindre la couchette du haut, Tom grimpa sur une table basse puis agrippa une poignée sur le mur. Dans la faible lumière venant de la fenêtre, Allison vit des jambes musclées et un tatouage juste au-dessus de la cheville – un motif celtique, qui n'était pas là autrefois. Elle l'entendit se cogner une minute ou deux, tandis qu'il s'installait. Le silence revenu, elle demanda :

— Est-ce que ton nez touche le plafond ?

— Non. Il y a une quarantaine de centimètres. Tu veux jeter un coup d'œil ?

— Non.

— Qu'est-il advenu de Betty Boop ?

— Elle a grandi. Dors, Tom.

Le sifflet retentit une nouvelle fois et des lueurs traversèrent le compartiment.

— Allison. Tu dors ?

Elle ouvrit les yeux.

— Non.

— Je veux t'expliquer certaines choses. Comme ce qui s'est passé après mon retour à Miami. Pourquoi je suis allé en prison.

— Rien ne t'y oblige.

— Si. Tu es au courant des bêtises que j'ai faites quand j'étais gamin, à compter du jour où mon père est mort. Je volais dans les magasins, je fumais de l'herbe, je séchais les cours… assez pour être étiqueté « jeune délinquant ». Après ça, la police, le juge pour enfants, et même tes amis sont incapables de te voir autrement, au point que tu t'identifies à cette image. J'étais le mauvais garçon, et j'en tirais fierté.

« On avait seize ans quand on a commencé à sortir ensemble… après ce concert contre la déforestation, tu te souviens ? Qu'est-ce que j'ai fait pour être aussi verni ? C'est ce que je me demandais à l'époque. Tu étais belle – tu l'es toujours – et intelligente, et je voulais pouvoir te mériter. Tu étais un peu rebelle aussi, reconnais-le. N'empêche que tu as changé ma vie. J'ai obtenu mon diplôme, rassemblé un portfolio, et été admis à l'École des arts graphiques de New York. Ma famille me soutenait et j'obtenais de bonnes notes. Mais tu avais des amis riches, et je n'arrivais pas à suivre. Alors ma mère est tombée malade, et l'argent s'est mis à manquer. J'ai eu le sentiment de perdre tout ce que j'avais. Et elle est morte.

Le bruit des roues sur les rails changea de tonalité lorsque le train s'engouffra dans un tunnel, puis en émergea.

La voix de Tom paraissait plus proche, comme s'il s'était déplacé vers l'extrême bord de sa couchette.

— Ça a sans doute été la pire période de ma vie. Je buvais beaucoup. J'ai été arrêté deux fois pour conduite en état d'ivresse. Je me suis retrouvé dans des bastons. Sans raison précise, j'en voulais au monde entier. J'ai fait quatre ou cinq séjours en prison, deux jours par-ci, deux semaines par-là. J'ai resquillé à un concert de rock, un flic m'a chopé, et je l'ai un peu bousculé. Ça s'appelle «violence contre un agent de la force publique», et c'est un délit. J'aurais pu négocier ma peine, mais vu mon attitude et mes antécédents… Ils m'ont collé un mois de prison. À ma sortie, j'ai été arrêté dans une voiture, avec un copain qui avait quinze grammes de coke en poche. J'en ai été le premier surpris, mais comme j'étais déjà une racaille, ils m'ont arrêté moi aussi. Le tribunal a rejeté l'accusation. Je me suis quand même retrouvé avec un délit de plus sur mon casier.

Je travaillais sur des chantiers à la journée et j'aidais Rose à la boutique quand j'ai rencontré Eddie Ferraro. Il s'est installé avec ma sœur et a veillé à ce que je ne sorte pas du droit chemin, en me promettant une putain de dérouillée si je désobéissais. Puis il s'est fait arrêter pour cette histoire de contrefaçon et s'est enfui après avoir payé sa caution. Je m'étais déjà établi comme graphiste, à l'époque. Je partageais un appartement avec un gars rencontré en désintox. Je pensais qu'il s'occupait du loyer, mais ce n'était pas le cas. Le proprio a donc fait changer les serrures. Tout mon matériel informatique, ma chaîne stéréo et mes CD étaient là-dedans. Comme je n'avais pas le fric, je suis rentré par une fenêtre. Le proprio a débarqué, on a commencé à se battre. Quelqu'un a appelé les flics et on m'a arrêté pour vol avec effraction et coups et blessures volontaires. Le proprio a réclamé cinq mille dollars de dommages et intérêts. Pourtant, je n'avais causé aucun dommage à part la fenêtre. Bref, j'étais susceptible d'écoper de dix ans de prison. Rose a hypothéqué la boutique pour me payer un bon avocat. Il a convaincu le juge de me donner un «364», c'est-à-dire un an de prison, moins un jour et huit ans de probation. J'ai fait deux ans. Il m'en reste six à tirer. Et je dois encore quatre mille dollars de dommages et intérêts.

Tom se tut, et son silence se prolongea. Enfin, Allison comprit qu'il attendait qu'elle dise quelque chose.

— Je n'arrive même pas à imaginer à quel point ça a dû être dur pour toi. Je suis vraiment désolée.

— Pourquoi ? J'ai survécu.

— Je sais, mais…

— Quand la carte sera finie, tout ira bien pour moi.

Tom éclata de rire.

— Ah, ces vacances en Europe !

Depuis le couloir, un léger tintement de sonnette leur parvint. Une voix annonça, en français puis en anglais, que le train arriverait à Lyon dans quinze minutes.

— Tom ?

Elle leva la main, et toucha celle de Tom.

— Je suis contente que tu m'aies parlé.

Silence. Il respira une fois, deux fois. Les couvertures bougèrent. Nouveau silence.

— Allison.

— Oui ?

— Je ne vais jamais réussir à dormir.

Il sauta sur le sol, se pencha et l'embrassa. Sa peau, rasée de frais, était douce. Et sa bouche était tiède. Allison avait un goût de dentifrice à la menthe.

Il se redressa.

— J'espère que tu ne vas pas me demander de m'excuser.

— C'est bon. Je pardonne, pour cette fois.

— Dors bien, Betty Boop.

Il lui donna encore un baiser sur le bout du nez.

— *Pou pou pi dou*, murmura-t-elle lorsqu'il fut remonté sur sa couchette.

Douze ans plus tôt, il avait loué une chambre dans une vieille maison du New Jersey – des combles aménagés, avec vue sur le sud de Manhattan. Sur tous les murs il avait épinglé ses croquis des toits se découpant sur le ciel. La dernière fois qu'ils s'étaient parlé, Allison était venue le voir pour qu'ils aient une explication. Il l'avait embarrassée au cours d'une soirée. Était-ce cela ? Elle avait dansé avec quelqu'un d'autre, et Tom s'était bourré la gueule. Ou bien c'était la fois où il était resté deux jours sans l'appeler ? À moins qu'ils ne se soient disputés parce que l'un voulait louer une moto et que l'autre préférait passer son dimanche au lit ? Quoi qu'il en soit, elle était venue chez lui afin de récupérer ses affaires. Elle lui avait hurlé dessus. Tom avait lui aussi hurlé, et l'avait traitée de garce. Elle l'avait giflé avant de se précipiter dehors. À présent, après tout ce temps, il ne se rappelait même pas pourquoi ils s'étaient disputés.

Elle s'arracha peu à peu au sommeil, consciente de distinguer la sonnerie d'un téléphone. Elle mit un moment à comprendre où elle était. Elle entendit Tom remuer sur la couchette du haut. Suivit un bruit sourd, lorsqu'il sauta à terre. La lumière s'alluma. Elle enfouit son visage sous la couverture et ferma à nouveau les yeux.

Tom lui ordonna de se réveiller. Habillé de pied en cap, il la tirait par les bras.

— Allison, lève-toi. On doit y aller.

— Pas encore, marmonna-t-elle.

— Réveille-toi, ma beauté. On descend à Turin.

— Où ça ?

— À Turin. On ne va pas tarder à arriver. Je t'ai laissée dormir le plus longtemps possible. Les sacs sont bouclés.

— Turin ?

S'agrippant à la couverture, elle gémit :

— C'est à Milan qu'on descend. Pas à Turin !

— Écoute, Allison. Quand j'ai fait un tour dans le train un peu plus tôt, j'ai vu quelqu'un, pas le type qui me suivait à Londres, celui qui était assis à côté de lui dans l'Eurostar. J'ai appelé Eddie et il m'a dit de descendre à Turin.

— Tu es fou ou quoi ? C'est juste un type qui va dans la même direction que nous !

— Non, c'est autre chose. La façon dont il se comportait… Comment il m'a évité… On descend. Eddie est déjà en route.

Tom l'aida à s'asseoir et posa ses affaires sur ses genoux.

— Allez, Allison, dépêche-toi !

Elle se dirigea en tâtonnant jusqu'à la salle de bains, et lorsqu'elle en ressortit habillée et réveillée, Tom portait veste et casquette, et leurs bagages étaient empilés devant la porte. Comme elle fourrait son pyjama dans sa valise, les haut-parleurs du couloir annoncèrent : *Arriviamo in Torino, stazione Porta Susa. Partiamo alle sei meno cuarto.*

— Il dit que le train part à moins le quart.

— C'est dans dix minutes.

Tom endossa son sac à dos et prit son sac d'ordinateur. Le quai était désert, à l'exception d'un agent d'entretien poussant un large balai et d'un employé en uniforme qui s'assurait de la bonne fermeture des portes.

— Allons-y ! lança Tom quand il s'approcha de leur voiture.

Ils se précipitèrent dans le couloir. Tom poussa une porte. L'employé laissa exploser son agacement en un italien des plus fleuri. Tom sauta du train et se tourna vers Allison. Elle lui passa sa valise puis bondit sur le quai.

L'homme claqua la porte à l'instant où le sifflement des freins à air retentissait et où la vibration de la motrice s'intensifiait. Le train s'ébranla.

Tom, remarqua Allison, avait les yeux rivés sur le train. Regardant dans la même direction que lui, elle vit ce qu'il voyait : un homme blond courait dans le couloir, s'empressant de gagner la porte.

— Oh, mon Dieu ! C'est lui ?

Tom fit un doigt d'honneur au type et pivota sur ses talons tandis que le train quittait la gare et que l'homme frappait du poing sur la vitre.

— Tom, allons-y.

Ils détalèrent. Les murs de la gare avaient été revêtus de plaques de marbre blanc et les sols de béton écaillé brillaient dans la lumière des néons. La valise à roulettes d'Allison dévala bruyamment une volée de marches conduisant à un grand couloir tapissé d'affiches et d'horaires de train. Il était désert.

Tom jeta un coup d'œil alentour.

— Eddie avait dit qu'il serait là. Il nous attend peut-être dehors.

Allison désigna une porte où l'on pouvait lire USCITA. Ils se retrouvèrent sur un trottoir surmonté d'une large marquise. Il neigeait légèrement.

— Où est-ce qu'il est, bordel ?

Le souffle de Tom demeura figé dans l'air immobile.

Des phares fondirent sur eux. Une petite Sedan s'arrêta. La porte s'ouvrit, côté conducteur. Un homme sortit et contourna la voiture, ses bottes laissant des marques sombres sur la fine couche de neige.

Eddie Ferraro était musclé et un peu plus grand que Tom. Il avait les cheveux gris coupés court, les traits marqués et anguleux. Les deux hommes s'étreignirent brièvement, puis Eddie tourna vers Allison son visage souriant.

— Vous êtes prêts ? On a un long trajet à faire.

20

Une cheminée en pierre, un verre de vin rouge. Le village de Champorcher, dans la vallée du même nom, ressemblait, vu par la fenêtre, à une carte postale. Le clocher d'une église, des toits couverts de neige. Et un violoncelle pour accompagner le coucher de soleil.

Leo interprétait du Prokofiev. Sous l'effet de la musique, du vin et des flammes, Rhonda sentait la chaleur l'envahir. Leo jouait avec tout son corps, ses coudes relevés, sa tête chauve dodelinant au gré des coups d'archet, sa main gauche arquée au-dessus des cordes. Rhonda avait choisi ses vêtements avec soin : un pull blanc au décolleté plongeant orné de faux diamants, un pantalon blanc moulant, son manteau et sa toque de renard blanc. À son arrivée, après l'avoir embrassée sur les deux joues, Leo lui avait dit qu'elle était une vraie reine des neiges.

Elle s'attendait à ce qu'il l'invite à rester dormir. Leo ne voudrait pas qu'elle conduise à la nuit tombée. Les abondantes chutes de neige de la semaine précédente avaient laissé sur les routes des plaques de verglas et la météo en prévoyait de nouvelles dans la soirée. Rhonda sirotait son vin et examinait le pour et le contre, quant au fait de passer la nuit au chalet de Leo Zurin. Sa valise était à son hôtel milanais, mais elle avait glissé un fourre-tout dans le coffre de sa voiture de location. Elle avait songé à appeler Stuart pour lui dire que, pour finir, elle ne reviendrait pas à Miami.

Les cordes gémissaient sous le frottement de l'archet. C'était une musique difficile à suivre. Rhonda aurait préféré qu'il choisisse du Bach au lieu de cette crécelle slave. Les derniers rayons du soleil pénétraient dans la pièce aux poutres apparentes. Une tache de lumière se déplaçait imperceptiblement sur le cadre contenant la photo de la carte de Corelli.

Leo avait été stupéfait d'apprendre par Rhonda que l'original avait été volé. Elle avait parcouru avait-elle expliqué, près de dix mille kilomètres pour en appeler à sa clémence. Tout était sa faute. C'est elle qui avait suggéré que Tom Fairchild livre la carte. Or il avait disparu avec, à Bimini. Stuart était dans tous ses états. Évidemment, ils la remplaceraient par une autre carte rare, quelle que soit sa valeur.

Après une insupportable minute de silence, pendant laquelle Leo sembla osciller entre la rage et les larmes, il lui avait souri et s'était emparé de son violoncelle.

Le problème était résolu – du moins, presque. Il ne restait plus qu'à l'annoncer à Stuart, ce qui pouvait attendre son retour à Miami. *Nous sommes à l'abri, à présent. J'ai tout arrangé.*

Rhonda avait rencontré Leo Zurin six ans plus tôt, lors d'une croisière Barcelone-Istanbul. Il avait perdu des milliers de dollars à la roulette et en avait ri. Il avait dansé comme un cosaque dans la salle de danse, tandis que tous les gens présents claquaient des mains en cadence. Et il l'avait possédée contre le garde-fou avec une férocité animale, pendant que Stuart, assis au bar, buvait un énième dernier verre.

Sirotant son vin dans un coin du canapé, elle commençait à se détendre. Le soleil n'était plus qu'une mince courbe orange entre deux pics enneigés. Il disparut, à l'instant même où Leo achevait son solo avec un ultime et grinçant coup d'archet. Rhonda posa son verre et applaudit.

— Bravo ! C'est merveilleux, Leo. Tu joues avec tellement de passion. J'aimerais écouter un autre morceau. C'est possible ?

— *Stelle !* dit Leo, dans un souffle. Regarde, le soleil s'est couché. J'ai joué trop longtemps. Tu vas avoir du mal à conduire si tu ne pars pas immédiatement.

— Mais… je ne suis pas obligée de rentrer à Milan ce soir, protesta-t-elle.

— Oh, pardonne-moi, *carissima.* J'ai déjà des projets…

Il cala le violoncelle sur son support et se précipita vers le canapé où elle avait jeté son manteau.

— Il faut que tu partes tout de suite. Les routes sont dangereuses une fois la nuit tombée.

Elle enfila son manteau et ramena ses cheveux sur son col, souriant pour cacher sa déception. Elle mit une main sur le torse de Leo.

— Puis-je dire à Stuart qu'il est tout à fait pardonné ?

— Ah, eh bien… si la carte a été volée, il n'y a pas grand-chose à faire. Et tu ne sais pas du tout où ce type peut se trouver ? Ce Tom…

— Tom Fairchild. Je suis vraiment désolée, Leo. Stuart a engagé des détectives pour le traquer. Si on nous rapporte quoi que ce soit, on te préviendra.

Elle coiffa sa toque, l'ajusta devant le miroir du vestibule et ramassa son sac à main.

À la porte, elle lui lança :

— Réfléchis à ce qu'on va pouvoir te dégoter. Ça ne m'étonnerait pas que tu gagnes au change ! Tu vas avoir une belle carte, rare et vraiment spectaculaire. Je sais à quel point tu voulais la Corelli, mais il en existe tellement de meilleure qualité.

Leo l'escorta jusqu'à la terrasse. Elle glissa, dans ses bottes à hauts talons. Il la rattrapa par le coude, serrant si fort qu'il lui fit mal.

— Fais attention, ma jolie.

Le vent ramena la fourrure de renard blanc sur ses joues.

— Merci d'être si compréhensif, Leo. C'est un tel soulagement, de ne plus avoir à s'inquiéter. Je vais dire à Stuart de t'appeler dans les jours qui viennent, afin que vous puissiez parler affaires.

Elle rit gaiement.

— Pour ça, je vous laisse entre hommes. Mais permets-moi de t'inviter à dîner. Je serai en Italie au moins toute la semaine. J'aimerais skier un peu.

— Oui, faisons cela. Je t'appellerai. À présent, il faut que tu partes. Conduis prudemment.

— Promis.

Elle frôla ses lèvres d'un baiser.

— *Grazie mille, caro amico.*

Il lui envoya des baisers depuis la terrasse, tandis qu'elle franchissait l'allée enneigée pour regagner sa voiture.

— *Addio*, Rhonda.

— Ciao ! Appelle-moi.

Marek observait ces effusions par l'une des fenêtres de la cuisine. Arrivé de Londres une demi-heure plus tôt, il était entré par une petite porte, ne voulant pas qu'elle le voie. Rhonda Barlowe s'engouffra dans son Audi de location, agita la main et franchit la grille. Sa voiture disparut dans le bois de pins qui entourait la maison. Leo l'avait renvoyée à la tombée de la nuit, alors qu'une tempête de neige s'annonçait. Marek se demanda ce qu'elle avait fait pour que Leo lui en veuille à ce point-là.

Il éteignit sa cigarette dans l'évier, ce qui lui valut des jurons de Luigi. Il sortit et, contournant la maison, gagna la terrasse. Leo l'aperçut.

— Tu es rentré. Tu as entendu ma conversation avec cette femme ?

— Non.

— Tu aurais dû. Ça t'aurait bien fait rigoler. Ma carte a été volée – ou du moins c'est ce qu'elle dit – par cet homme que tu cherches. Tom Fairchild.

Leo serra les poings et hurla en russe :

— *Yobtvuyu mat !*

La montagne renvoya sa voix en écho. Les veines saillaient sur ses tempes.

— Son mari t'avait dit qu'il confiait la carte à un restaurateur londonien, dit Marek.

— Oui, dit Leo avec un grand sourire.

— Elle n'est pas au courant ?

— Je ne crois pas. Lequel des deux ment ? Ça va être très amusant d'écouter les explications de Barlowe. Je vais l'appeler après dîner. A-t-il la carte ou a-t-elle été volée par Tom Fairchild ? Et ce Fairchild, tu l'as retrouvé ou pas ?

240

— Il a quitté Londres. Il dormait chez la fille anglaise, Jenny Gray. Elle est morte. Étranglée avec un foulard, à en croire la police. Du beau boulot.

Marek se lissa la moustache pour dissimuler son sourire.

— Non, Leo. Quelqu'un est passé la voir avant moi. J'ai donné de l'argent à sa mère pour la faire parler. Elle m'a dit qu'un Américain, un certain Tom, blond et âgé d'une trentaine d'années avait dormi dans la chambre de sa fille il y a de ça deux nuits. Sa fille lui aurait dit que ce Tom allait l'emmener en Italie. La mère n'en sait pas davantage. Scotland Yard est dans le brouillard.

— Tom Fairchild l'a-t-il tuée?

— Sans doute, oui.

— Alors comme ça, il va venir en Italie. Ah. Il a peut-être l'intention de me vendre ma carte. Ou de me descendre.

Lorsqu'ils se furent installés près de la cheminée, Marek lui rapporta ce qu'il avait appris de ses contacts à Miami. Tom Fairchild avait un casier judiciaire chargé. Il habitait dans la maison d'un type du nom de Fritz Klein. Ce Klein, peut-être payé par la CIA, avait travaillé comme pilote civil jusqu'au milieu des années quatre-vingt, faisant la navette entre Miami et l'Amérique centrale. Son épouse, ou du moins la femme de la maison, s'appelait Sandra Wiley et était la veuve de Pedro Bonifacio Escalona, un trafiquant de cocaïne péruvien qui avait fini sa vie à Miami. Sandra Wiley avait elle-même passé dix ans en prison. Le cousin de feu son mari était un candidat gauchiste à la présidence du Pérou, dont le directeur de campagne n'était autre que…

Leo leva la main.

— Laisse-moi deviner… Oscar Contreras.

— Tout est lié, dit Marek.

Leo s'accorda quelques minutes de réflexion.

— Tout cela ne prouve rien. Il se peut que Fairchild soit un agent américain. Ou qu'il travaille pour Contreras. Ou qu'il soit un voleur de cartes.

— On sera fixés quand je l'aurai retrouvé.

Après avoir passé plus d'une heure à descendre péniblement la montagne dans la neige, Rhonda avait mal aux bras à force de se cramponner au volant. À la seconde où elle tourna sur l'*autostrada* de Milan, sa tension tomba et ses mains se mirent à trembler si violemment qu'elle dut se ranger sur le bas-côté, et mit dix minutes à se remettre. Elle sortit son mobile et composa le numéro de Larry, pour la douzième fois peut-être depuis son arrivée en Italie, à midi. Elle voulait l'entendre dire que tout était fini, que la carte n'était plus qu'un tas de cendres, et que Tom Fairchild gisait au fond de la Tamise.

Après quelques sonneries, la ligne fut coupée – à cause de ces saloperies de montagnes ! Rhonda jeta un coup d'œil au rétroviseur, démarra et poursuivit sa route en direction de son hôtel. L'hôtel Colosseo, un quatre étoiles situé à un kilomètre de l'aéroport de Malpensa, avait été conçu pour évoquer le Colisée de Rome, mais possédait des fenêtres antibruit et des chambres minimalistes dans les tons de beige. Stuart et elle avaient coutume d'y descendre quand ils venaient à Milan.

Un employé prit ses clés de voiture. Rhonda récupéra son fourre-tout Vuitton. Ses talons cliquetèrent dans le hall de l'hôtel, puis ralentirent lorsqu'elle aperçut son mari assis dans un fauteuil carré, à l'autre bout de la pièce. Son pardessus était jeté en travers de sa valise. Il tenait un verre à whisky où ne restaient que les glaçons.

Il sourit et la salua d'un geste de la main. Rhonda aspira une grande bouffée d'air et s'avança vers lui afin de comprendre le pourquoi du comment.

— La voici ! dit Stuart en lui plaquant un baiser sur la joue. Comme tu n'étais pas partie en croisière, je me suis demandé : « Mais où est-ce qu'elle a bien pu aller ? »

Rhonda ne cessa pas de sourire.

— Tu as pris l'avion depuis Miami ?

— Non, non. Depuis Londres. Je voulais voir Tom Fairchild. Je l'ai loupé de peu. Allison m'a appelé hier soir sur la route de Florence. Fairchild et elle voyagent en train. Elle m'a appris que tu avais déclaré forfait, pour la croisière à Hawaii.

— Quelle cafteuse, celle-là !

— Lâche-la un peu ! Je suis bien content qu'elle m'ait parlé parce que je n'aurais vraiment, vraiment pas aimé penser que ma chère femme était venue en Italie *derrière mon dos* pour me compliquer la vie. Il y a trois heures que je suis là. À t'attendre. À espérer que tu me rappelles.

— Mon mobile ne marche pas.

— Évidemment. On monte ?

Dans l'ascenseur, elle remarqua qu'il avait l'haleine chargée d'alcool. Les miroirs des portes lui renvoyèrent leur image : une femme blonde en fourrure blanche ; un homme grand et mince portant un bouc et un pull en cachemire noir avec, sous les yeux, de grands cernes bleutés.

Les portes s'ouvrirent. Rhonda sortit la première et glissa sa carte magnétique dans la fente. Elle balança son manteau et sa toque sur le lit. La couette marron était assortie au rideau uni recouvrant la fenêtre antibruit. Comme le hall, la chambre était conçue pour les hommes d'affaires – toute en angles et dénuée de fantaisie.

Stuart posa sa valise contre le mur et pendit son manteau dans le placard.

— Qu'es-tu venue faire ici, ma douce ? Je t'en prie, ne me dis pas que tu avais l'intention de voir Leo Zurin.

— Je viens de le voir. C'est là que j'étais, Stuart. Avec Leo, afin de régler notre problème.

Stuart se retourna lentement et la fixa. Il se passa la langue sur les lèvres et plaqua une main sur son ventre.

— Oh, Rhonda… Qu'est-ce que tu lui as dit ?

— J'ai fait ce que tu n'avais pas eu le cran de faire. Je lui ai dit qu'il ne pourrait pas avoir la carte. J'ai inventé une histoire, la seule qui avait une chance d'être crédible. J'ai raconté que tu avais payé Tom Fairchild pour qu'il lui apporte la Corelli. Que c'était un spécialiste des cartes anciennes, qu'il possédait une boutique, et que c'était pour ça que tu lui avais fait confiance. Que tu l'avais mis dans le bateau de Larry parce qu'il avait des problèmes de passeport, et qu'il avait disparu avec la carte à la première occasion. Que tu étais désespéré. Qu'il t'avait trahi…

En riant, Stuart balaya une mèche de cheveux sur son front.

— Je n'avais pas le choix ! Comment Tom Fairchild pourrait-il contrefaire une carte Renaissance ? Tu parles d'un artiste !

C'est juste un petit escroc, et Leo s'en serait tout de suite rendu compte.

— Oh, Rhonda…

— J'ai dit à Leo que tu étais affreusement désolé. Je l'ai supplié de te pardonner. J'ai même dit que c'était ma faute. J'ai pris sur moi. J'ai prétendu que c'était moi qui t'avais suggéré d'embaucher Tom Fairchild. Je lui ai promis qu'on lui achèterait toute autre carte qu'il pourrait désirer, que le prix n'avait aucune importance. On pourra vendre quelques-uns des tableaux. Mes bijoux. Leo n'a pas parlé de se retirer du Metropolis. C'est bon. Tout va bien, maintenant.

— Tout… ne va pas… bien !

La paume de Stuart vola vers elle. Elle sentit comme une explosion, derrière ses yeux, et se laissa tomber sur l'ottomane.

Il se tenait au-dessus d'elle.

— Il y a deux jours, commença-t-il d'une voix cassée, j'ai dit à Leo que j'allais moi-même apporter la Corelli à Londres pour la faire restaurer. J'ai promis à Leo que dans deux semaines… peut-être moins… Tu comprends, Rhonda, j'essayais de gagner du temps, afin de permettre à Fairchild de fabriquer un faux. Nous n'avions pas de problème avant que tu n'en crées un !

Un peu sonnée, elle repensa à la maison de Champorcher, et au sourire de Leo, dévoilant ses petites dents blanches.

— Pourquoi ne m'avoir rien dit ? gémit-elle. Si tu m'avais parlé, crois-tu que je serais allée le voir ?

— On est morts. C'est foutu.

Stuart s'affala sur le bord du lit.

— Ne dis pas ça ! On va arranger les choses. On va trouver le moyen.

Rhonda se releva, prenant appui sur l'ottomane.

— Il faut que tu l'appelles… que tu lui dises : « Leo, la carte avait déjà disparu le jour où on s'est parlé. » Dis-lui ça. Que tu savais que c'était Tom Fairchild qui l'avait, et que tu espérais, avec un peu de temps, pouvoir la récupérer.

— C'est trop tard.

Elle le saisit par les épaules.

— Tu veux voir s'effondrer tout ce que nous avons bâti ? C'est ce qui va se passer si Leo se retire du Metropolis. Je ne te laisserai pas renoncer ! Je ne le permettrai pas ! Regarde-moi, Stuart ! Ça va marcher. Regarde-moi ! Il faut que tu l'appelles. Que tu lui demandes pardon de ne pas avoir été sincère. Que tu vas retrouver la carte. Que tu en es certain. Dis-lui que Tom Fairchild arrive en Italie. Qu'il s'est enfui avec ta fille, et que tu peux, de cette façon, remonter jusqu'à lui.

— Non, je ne veux pas mêler Allison à tout ça.

— Alors, comment prétendre pouvoir retrouver Fairchild ? Dis à Leo qu'Allison n'est pas au courant. Raconte-lui n'importe quoi. Que Fairchild t'a contacté. Qu'il croyait que tu voulais qu'il apporte la carte à Leo. Qu'il l'a toujours, et que tu vas la récupérer. Dis-lui que je n'ai rien compris, que la carte n'a jamais été volée. Dis-lui que ta femme s'est trompée. Ça va marcher, Stuart, il le faut !

Stuart esquissa un vague sourire.

— Puisqu'on y est jusqu'au cou.

Rhonda prit la tête de son mari entre ses mains et se mit à lui caresser les cheveux.

— Oui, mon chéri. Tout va bien se passer.

— Il faut que Fairchild finisse la carte.

— Il la finira. J'en suis sûre.

Stuart se dégagea et se frotta le visage de ses mains.

— Nous resterons en Italie, toi et moi, jusqu'à ce que tout soit résolu. Téléphone à tes amis et donne-leur les raisons que tu voudras.

— Oui, Stuart. On va faire ça. Tu as faim ? Je demande qu'on nous monte de quoi dîner ?

— S'il te plaît.

— Qu'est-ce qui te dirait ?

— Je ne sais pas… du poisson ? Du veau ?

— De l'osso bucco, alors. Et du vin.

— Je crois que je vais prendre une douche.

— Bonne idée.

Stuart alla à la salle de bains. Rhonda entendit les pilules rouler d'un flacon, l'eau couler dans un verre. Lorsqu'il parlerait à

Leo, sa voix ne le trahirait pas. Stuart avait toujours eu le don de paraître sûr de lui – étrange faculté chez un homme qui se désagrégeait depuis trente ans. Rhonda commençait tout juste à s'en rendre compte. C'était pire que ce qu'elle aurait cru. Stuart était à deux doigts de craquer.

Elle écarta le rideau et regarda la piscine recouverte d'une bâche et, au-delà de l'hôtel, les lumières de bâtiments industriels et l'aéroport. Un avion décollait. S'il avait fait jour, on aurait pu distinguer les cimes enneigées des Alpes.

Comme elle se levait pour prendre les repas livrés à sa porte, elle remarqua son sac à main, sur le fauteuil, et son mobile qui s'en échappait. Elle baissa la tête pour étudier l'écran. Il s'était remis à marcher. L'icône des messages clignotait.

Elle allait devoir appeler Larry. Elle descendrait à la boutique de l'hôtel ou – sous prétexte d'avoir oublié quelque chose – à sa voiture, et l'appellerait. Larry avait ses propres intérêts, mais ils étaient liés à ceux de Rhonda comme les deux faces d'une médaille. Elle lui dirait ce qui s'était passé parce qu'il fallait qu'il sache. Mais ça ne changerait rien. Ils allaient devoir continuer comme prévu. Ils n'avaient pas le choix.

21 Eddie Ferraro vivait dans un étroit bâtiment jaune de trois étages qui se dressait, parmi un enchevêtrement de constructions aux couleurs pastel, sur un promontoire dominant la mer ligure. Son grand-oncle y fabriquait du vin dans la cave, tandis qu'au rez-de-chaussée l'un de ses cousins tenait une boulangerie. L'appartement d'Eddie occupait tout le troisième étage. Un escalier de bois menait à son atelier, où il imprimait et encadrait des vues, coloriées à la main, des cinq villages des Cinque Terre. En hiver, une fois les touristes partis et presque toutes les boutiques fermées, Eddie aidait à réparer le toit, à repeindre les volets ou à nettoyer les vignes en terrasse. Il avait coutume, alors, de s'asseoir dans un bar et de regarder les petits bateaux de pêche aller et venir dans le port minuscule.

Eddie n'avait jamais vu l'Italie ni parlé l'italien avant d'avoir à fuir la justice. À son arrivée à Manarola, il possédait en tout et pour tout huit cent vingt-deux dollars. Il reconnaissait qu'il n'y avait pas grand-chose à faire dans cette ville, et était heureux de se voir offrir l'opportunité d'aider Tom Fairchild à copier une carte ancienne trouée de trois balles de revolver et éclaboussée de sang sur cinq continents.

Pendant que Tom gravait des logiciels sur son nouvel ordinateur portable et affichait la copie scannée de l'*Universalis Cosmographia* de 1511, Eddie déroulait l'original à l'autre bout de la table en bois. Après en avoir lesté les coins au moyen de sachets de balles de plomb, il se pencha au-dessus de la carte avec une loupe. Quatre années passées à gravir et à descendre les collines l'avaient aminci, et ses cheveux grisonnaient au niveau des tempes. Il portait un vieux pull vert et un jean si usé que les ourlets s'effilochaient. Tom songea que si Rose était là, elle irait tout de suite chercher sa boîte à couture.

— C'est faisable.

Eddie déplaçait la loupe au-dessus de la carte.

— Le trait est net et bien marqué. Il n'y a pas beaucoup de moirage ou d'estompage. Je parle de l'impression. Le reste… c'est ton rayon. C'est toi l'artiste, pas moi.

Pendant le trajet depuis Turin, Tom avait rancardé Eddie sur l'histoire de la carte : sa publication dans un atlas vénitien, son passage entre les mains de marchands et de nobles gênois, le musée de Lettonie où elle avait été vue pour la dernière fois, pendant l'ère communiste. Le voleur avait brisé la reliure et vendu les gravures séparément. La carte du monde s'était retrouvée dans un grenier d'Albuquerque, au Nouveau-Mexique, où Stuart Barlowe l'avait dénichée.

À l'aube, Allison, remarquant qu'Eddie commençait à piquer du nez, avait proposé de prendre le volant. Alors qu'Eddie dormait sur la banquette arrière, elle avait dit à Tom qu'il n'y avait pas de police de la route en Italie, le respect de la vitesse limite étant laissé à l'appréciation des conducteurs. Elle écrasa le champignon. Ils ne s'arrêtèrent qu'une seule fois pour faire le plein de la vieille Lancia et prendre des cappuccini avec croissants. À leur arrivée à Manarola, ils se garèrent au pied d'une colline et durent gravir sur une centaine de mètres, en tirant leurs valises, d'abruptes rues pavées. Ils croisèrent des gens qui descendaient. On était dimanche matin, et les cloches sonnaient dans la Chiesa di San Lorenzo datant du XIIᵉ siècle. Eddie laissa sa chambre à Allison, installa Tom sur le canapé et déplia un lit de camp dans son atelier.

À présent, des rayons de soleil obliques s'infiltraient par la fenêtre, assez chauds pour qu'on puisse se croire au printemps. Il n'y avait pas de neige sur le sol et le vent avait poussé les nuages vers le large. Allison était partie se promener une heure plus tôt, accompagnée par un des gamins de la famille pour ne pas risquer de se perdre dans le dédale de ruelles. Tom, lui, était resté derrière son ordinateur, dans l'atelier d'Eddie.

— Je vais te montrer le genre de plaques que nous utiliserons.

Eddie se dirigea vers des étagères et revint avec une plaque d'acier d'environ vingt centimètres sur vingt-cinq. La surface était couverte d'une fine couche de polymère opaque.

— Celle-ci est jetable, dit-il. Tiens, prends-la. Le plus beau, avec ce système, c'est qu'on n'utilise même pas de produits chimiques toxiques. En gros, on va imprimer ton image numérique de la carte sur un transparent, qu'on posera sur une plaque et qu'on exposera aux rayons UV pendant cinq à dix minutes. Je suis en train de fabriquer une boîte à UV, mais on pourrait tout aussi bien la laisser dehors, en plein soleil. Le polymère durcit aux endroits où la lumière le frappe. Pour retirer le surplus, tu n'as qu'à passer la plaque sous l'eau du robinet. *Presto*. Tu poses ensuite la plaque sur le plateau de la presse, tu l'encres, tu mets ta feuille par-dessus et tu obtiens ce que Gaetano Corelli mettait des semaines à obtenir. Il aurait pissé dans son froc s'il avait pu réaliser une gravure aussi vite.

— C'est génial ! s'exclama Tom en retournant la plaque.

— J'ai dû passer une commande spéciale à un grossiste de Berlin. Elles m'ont coûté cent dollars pièce, plus les frais d'expédition. J'en ai acheté six, ce qui nous permet d'en gâcher quelques-unes. Elles doivent être livrées mercredi dans une imprimerie de Florence. On ira les chercher. C'est à deux heures de voiture. Le même imprimeur peut travailler sur CD et nous fournir un transparent. Nous pouvons soit revenir préparer les plaques ici, soit transporter tout notre matériel à Florence. Je préférerais travailler ici, et retourner là-bas pour l'impression.

— Ça me va. Et pour l'encre ? Tu vas la trouver où ?

— Sur le balcon. Jette un coup d'œil !

Tom se leva et ouvrit la porte. Dehors, sur une vieille table en bois, était disposée une bonne dizaine de lampes à huile. Eddie avait bricolé un caisson recouvert d'une vitre épaisse, qu'il avait suspendu à une trentaine de centimètres des lampes. La suie noircissait la cheminée en verre des lampes et le verre au-dessus d'elles.

— On peut les allumer tout de suite.

Eddie craqua des allumettes de cuisine et ajusta les mèches jusqu'à ce que des volutes de fumée s'insinuent dans l'intérieur du caisson et dérivent par-dessus la balustrade.

— Tu comprends pourquoi je ne fais pas ça chez moi. Mon voisin me croit *pazzo* !

Eddie fit tournoyer son index près de la tempe.

— Complètement toc-toc.

Il laissa la porte entrouverte pour pouvoir surveiller les opérations.

— Tu penses que ça va marcher ? demanda Tom, sceptique.

— Et comment ! Autrefois, on utilisait des os ou de la vigne brûlée, mais la suie de lampe fait aussi bien l'affaire. Une bonne chose que ce ne soit pas une carte manuscrite, parce qu'alors il aurait fallu faire de l'encre à partir de pomme de chêne, de gomme arabique ou Dieu sait quoi, et ça nous aurait pris des semaines. L'encre à gravure, c'est un jeu d'enfant.

Il montra à Tom un bocal à moitié rempli de poudre noire.

— Il y a trois jours que je racle la suie sur ce verre. À la fin de la semaine, on en aura plus qu'assez. Je la mélangerai avec de l'huile de lin brûlée toute prête. Je pourrais la confectionner moi-même, mais je ne voudrais pas faire sauter la maison. Celle qu'on trouve dans le commerce conviendra très bien. Il n'y aura rien, dans l'encre ou dans le papier, qui ait moins de cinq cents ans. Par conséquent, à moins que Stuart Barlowe ne passe la carte au spectrographe, et encore, il n'y verra que du feu.

À sa table, Eddie touchait la carte avec le revers de ses doigts calleux aussi délicatement que s'il caressait la joue d'une femme.

— Nous avons onze feuilles de papier provenant d'un antiquaire de Milan. Le genre de gars à qui on ne confierait pas les clés de sa maison, mais pour ce qui est du papier, tu peux lui faire confiance. Il refuse de me dire où il l'a trouvé… je sais juste qu'il s'agit des dernières pages, blanches et d'origine italienne, d'atlas ou de manuscrits in-folio datant du début du XVIe siècle. La couleur varie. On devra se rapprocher le plus possible de l'original. Qu'on vérifie aussi son taux d'absorption. L'encre s'étale davantage sur certains papiers que sur d'autres. Je vais devoir couper un coin de la carte pour tester le papier. Ça ne te dérange pas ?

— Fais ce que tu juges utile. Combien t'a coûté le papier ?

— Trois cents euros la feuille.

— Merde !

— Ce gars est fiable, dit Eddie. S'il dit XVIe siècle, tu ne te retrouves pas avec des pages arrachées à un album de lithographies du XIXe. J'ai un pote à Florence qui peut nous brancher avec un imprimeur possédant une presse de la fin du XVIe. Techniquement, les machines n'ont quasiment pas changé depuis l'époque de Corelli. La presse est un de ces trucs avec deux gros rouleaux.

Eddie fit mine d'actionner une roue imaginaire.

— C'est un enfer de tourner la roue, et c'est d'une lenteur pas possible. Mais l'impression de la plaque sur le papier est inimitable. Ça va être magnifique.

— Je te dois combien, jusqu'à présent ?

— J'ai payé quatre mille euros, et j'en dois encore mille. J'y ai mis toutes mes économies. Alors ne tarde pas à me rembourser.

— Pas de problème. Je peux sans doute effectuer un transfert bancaire en ligne. Tu veux bien noter tout ce que je te dois ? On m'a versé dix mille dollars en salaire pour le moment. La moitié t'appartient, mais j'ai dû la dépenser pour arriver ici.

— Pour ce qui est du salaire, on en discutera plus tard.

Eddie donna à son ami une grande tape sur l'épaule.

— Montre-le-moi, cet ordinateur si performant.

Tom avait déjà ouvert le dossier dans Illustrator. Le scan était si large qu'il ne pouvait en afficher qu'un fragment sur l'écran dix-sept pouces de son ordinateur.

— Tu ne vois ici qu'une fraction de la carte, dit-il. C'est une espèce de monstre. Ça prend dix minutes d'ouvrir tout le fichier, je l'ai donc divisé grâce à un quadrillage. Tout ça, c'est mathématique. Je n'aurais pas de mal, plus tard, à rassembler les morceaux. On dirait qu'on est sur la côte nord-africaine.

Tom désigna un point sur l'écran.

— Tu distingues cette petite tache brune, en haut à droite ? C'est du sang séché. On devine à peine ce qui se trouve au-dessous. Regarde ! Je vais placer une couche transparente sur le dessin matriciel et compléter la ligne.

À l'aide de l'un des outils du logiciel, Tom agrandit le carré jusqu'à ce que les fibres en soient visibles. La côte apparut, imprécise, sous la tâche de sang. Se servant du stylo sur sa tablette graphique, Tom dessina un smiley sur la carte.

— Tu crois que je devrais le laisser ? Peut-être pas…

Tom effaça le visage, puis traça une courbe en S.

— Est-ce qu'elle est trop fine ? Je peux la faire plus épaisse. Ou encore plus fine. Tu vois… les impacts de balle vont être faciles à réparer, mais il faudra remplir les espaces vides d'une façon ou d'une autre. Une chance que le cartouche ait été épargné. Il y a aussi, sous les taches de sang, des traits que je ne peux pas distinguer. C'est pourquoi je veux aller voir les Corelli de la bibliothèque nationale… voir les noms qu'il y utilise pour désigner les lieux, et utiliser les mêmes. Ce n'est pas difficile, mais ça prend pas mal de temps. C'est une grosse galère, si tu veux mon avis…

Eddie se pencha sur la table, les bras croisés.

— Tu trouves qu'on te paie assez ?

— Cinquante mille dollars, ça fait beaucoup de fric. Ou vingt-cinq mille, vu que je t'en dois la moitié.

— Réfléchis, Tom. On dirait que cette carte porte la poisse. Un homme a été abattu alors qu'il l'avait dans les mains. Ton amie Jenny travaillait pour lui. Tu as des types lancés à tes trousses, et pas la moindre idée de ce qu'ils te veulent. Qui sont-ils ? Les assassins de Jenny Gray ? Est-ce Larry Gerard qui les a envoyés ? Je ne suis pas sûr que tu sois payé à la hauteur des risques que tu prends. Quant à moi, les vingt-cinq mille dollars sont plus qu'assez. Tu n'étais même pas obligé de me payer quoi que ce soit. Je te l'ai dit, je l'aurais fait rien que pour avoir le plaisir de te revoir au bout de quatre ans, mon ami.

— On partage le salaire, insista Tom. OK, tous ces événements me rendent sûrement un peu nerveux, mais je ne vois pas en quoi Stuart Barlowe pourrait être impliqué. J'ai fait un deal avec lui et je m'y tiendrai, à moins d'un changement.

— Très bien. La décision t'appartient, et je te suis. Voici quand même un petit conseil : continue à t'intéresser aux histoires louches qui circulent sur Barlowe. Si les choses se passent comme prévu, tu n'en auras pas besoin. Mais s'il cherche à te baiser, tu auras un moyen de pression.

Une voix de femme se fit entendre, depuis la rue.

— Ohé !

Eddie alla à la fenêtre.

— Devine qui c'est !

Il ouvrit la fenêtre toute grande et agita la main. À côté de lui, Tom se pencha au-dehors. Allison était en bas, avec un petit garçon d'environ huit ans. Ils allaient devoir gravir les marches raides de la ruelle pour parvenir à la maison d'Eddie.

Son béret rouge jetait une tache de couleur sur les pierres grises. Elle désigna le balcon.

— J'ai cru qu'il y avait le feu. Maintenant, je comprends. Ce sont des lampes ! Vous faites quoi ?

— Eddie est *pazzo*, cria Tom en réponse. Il est fou. Viens, monte !

Elle tira une bouteille d'un sac marron et la leur montra.

— Du *lemoncino*. De la liqueur au citron. C'est la dame du magasin de glaces qui la fabrique. C'est délicieux.

Elle fit signe au garçon de la suivre et disparut de leur champ de vision, gravissant la colline d'un pas lourd avec ses gros souliers.

— Elle est marrante, cette fille, fit remarquer Eddie. Il y a quoi entre vous ?

— Rien. Du moins pour le moment.

— Ne laisse pas passer ta chance quand elle se présente.

— Tu parles d'Allison ? Ou de Rose ?

Eddie referma la fenêtre pour éviter que la pièce ne se refroidisse.

— Sérieusement… elle va comment ?

— Elle n'a pas d'homme dans sa vie, si c'est ce que tu veux savoir. Pourquoi tu ne l'appelles pas ?

Il secoua la tête.

— À quoi bon ? Je me mettrais à espérer des choses qui n'ont aucune chance d'arriver. Je ne peux pas retourner à Miami, et elle ne peut pas venir ici.

— Elle pourrait te rendre visite, si tu en avais envie.

— Je ne veux pas qu'elle le fasse. C'est trop loin et trop cher. Son argent, il vaut mieux qu'elle le dépense pour les filles.

Tom se dirigea vers son sac d'ordinateur, où il avait rangé son carnet d'adresses.

— J'ai oublié de te donner un truc. Rose voulait que je te la donne. Les bords ont pris l'eau, mais je l'ai séchée comme j'ai pu.

Il donna à Eddie la photo récupérée sur le réfrigérateur de Rose. Rose, Megan et Jill bras dessus, bras dessous. Eddie la regarda un bon moment et redressa un coin corné.

— C'est bien. Elles ont l'air très heureuses. Merci.

Tom entendit une porte se refermer dans l'appartement de dessous. La voix d'Allison leur parvint depuis le bas des marches.

— Je suis de retour ! Eh les gars, ça vous dirait de goûter le *lemoncino* ?

Eddie gardait les yeux rivés sur le cliché.

Tom se pencha au-dessus de la rambarde.

— Oui, je descends tout de suite !

Il alluma son mobile et le posa sur la table, à portée de main d'Eddie.

— Je viens de composer le numéro de Rose. Ça sonne.

Eddie parut stupéfait.

— Ne fais pas ça. Enfin… elle est sûrement au lit, en train de dormir.

— Il n'est même pas 21 heures à Miami.

— Qu'est-ce que je vais bien pouvoir lui dire ?

— Prends ce téléphone, espèce de lâche !

Eddie obéit puis, après avoir jeté un coup d'œil à Tom, se tourna pour préserver son intimité. Alors qu'il descendait l'escalier, Tom l'entendit qui disait :

— Rose… ? Oui, c'est moi. Comment vas-tu ?

Cela prit une journée pour reconstituer les zones détruites par l'impact des balles et obscurcies par le sang. Tom travaillait sur de si petits fragments qu'il lui fallait de temps à autre consulter l'original pour se rappeler où il en était. Eddie l'avait punaisé à une planche disposée sur un chevalet, à côté de la table. Le lendemain,

Tom commença à retracer la carte ligne par ligne. C'était un travail fastidieux, de reproduire les moindres trait, lettre, chiffre, point indiquant une ville, côte ou fleuve. Il devait faire en sorte que tous soient légèrement plus fins que sur l'original car l'encre, soumise à la pression, déborderait de la taille en creux. Si la gravure suivait trop exactement le scan, les traits seraient un poil trop épais sur l'image imprimée. Or si Barlowe était prêt à payer cinquante mille dollars, frais non inclus, c'est qu'il attendait la perfection.

Il avait d'ailleurs appelé ; Tom avait laissé Allison se charger de répondre. À cette dernière, Barlowe avait dit que son avion venait d'atterrir à Milan, et qu'il était très désireux de savoir où ils se trouvaient. Cette bonne vieille Allison avait répété ce que Tom lui avait demandé de répondre : *Je suis désolée, papa, Tom ne veut pas être dérangé.*

Ses écouteurs sur les oreilles, Tom écoutait la musique téléchargée sur son iPod en utilisant la connexion Internet d'Eddie. Avec ses soixante giga, l'iPod pouvait stocker, outre tous les fichiers de la carte, une quantité vertigineuse de musique.

Dans une zone à part de son cerveau, bercé par la musique et par la monotonie d'une tâche consistant à tracer ligne après ligne, Tom songeait à Stuart Barlowe. Il s'interrogeait sur ce que Royce Herron avait découvert – le scandale, le scoop, l'information de première main. Tom possédait, pour seuls indices, les paroles surprises par Jenny : *Je sais des choses à ton sujet... je suis au courant de la vérité... N'imagine pas que tu vas pouvoir t'en tirer une fois de plus.*

Le juge n'était pas dans le secret des affaires de Barlowe et n'aurait donc pas été au courant d'un délit financier. Il était informé de sa liaison avec Jenny, mais n'en aurait jamais soufflé mot. Royce Herron était d'une autre époque, d'un temps où les hommes avaient le sens de l'honneur.

Le stylo virtuel de Tom se figea sur la palette graphique, tandis qu'il fixait un point, au-delà de l'écran. Le secret de Barlowe n'était pas forcément récent. Il pouvait être lié à un événement très ancien. Royce Herron connaissait Stuart depuis de longues années ainsi que son père, avec qui il avait assisté à un colloque sur les cartes anciennes à la fin des années soixante, à Toronto.

Allison parlait fréquemment de sa famille – surtout pour s'en plaindre – à l'époque où Tom et elle sortaient ensemble. Elle n'avait jamais connu sa mère, morte peu de temps après sa naissance. Son père s'était remarié avec une divorcée, mère d'un garçon, quand Allison était encore toute petite. Stuart Barlowe avait hérité de son père une compagnie canadienne pesant plusieurs millions de dollars. À l'origine, il y avait deux frères : Stuart et Nigel. Tom se rappelait le nom de ce dernier, pour l'avoir lu au dos de la vieille photo que le fils du juge Herron avait trouvée dans le bureau de son père et donnée à Rose.

La musique s'interrompit brusquement lorsque quelqu'un lui retira ses écouteurs. Allison venait de le rejoindre. Elle rejeta ses cheveux en arrière et porta l'un des écouteurs à son oreille.

— C'est beau, ce saxo. Qui joue ?

— Sonny Rollins.

Allison bougeait au rythme de la musique en fixant l'écran, par-dessus l'épaule de Tom. Les îles du Japon se reflétaient dans les verres de ses lunettes.

— Mon père a encore appelé. Je lui ai dit que tu travaillais d'arrache-pied, et que la carte progressait bien. Mais il tient à te voir.

— Non. Je n'ai pas de temps à perdre. Si je ne me dépêche pas de rentrer à Miami, la fouine va me renvoyer au trou.

Elle posa les écouteurs. Son visage prit une expression sérieuse.

— Il faut que tu le voies, Tom. Je lui ai dit qu'on serait à Florence demain. Il veut te parler. Vraiment, je suis sérieuse. Je suis censée te verser quinze mille dollars de plus jeudi, et il refuse d'autoriser le virement à moins de te rencontrer pour faire le point.

Tom avait bûché sans répit, parce qu'il n'allait rien pouvoir faire le jour où ils se rendraient à Florence. Il devait prendre les cartes de Corelli en photo à la bibliothèque pendant qu'Eddie irait chercher les plaques et le papier ancien. Après ça, il leur faudrait passer à l'imprimerie pour effectuer deux ou trois essais sur la vieille presse. Perdre une heure ou deux avec Stuart Barlowe ne faisait pas partie de ses plans.

— Allison, je t'ai expliqué comment je procédais. Tu es venue ici, et tu m'as vu bosser. Je t'ai suggéré de faire un rapport à ton père, et je suppose que c'est ce que tu as fait.

— Ne me parle pas sur ce ton ! dit-elle.

— OK. Il peut te parler, à *toi*. C'est pour ça qu'il t'a demandé de venir, non ? Pour le tenir au courant de mes progrès...

— Oui, mais il s'imagine que... (Elle rit.) Eh bien, qu'on se cache quelque part, qu'on s'amuse comme des petits fous, et que le boulot n'avance pas vraiment.

Se renversant sur sa chaise, Tom l'interrogea :

— On s'amuse comme des fous ? Et comment ça ?

— Je lui ai dit que nos relations étaient strictement professionnelles, qu'on était descendus dans des hôtels différents. Que je révisais mon examen pour le barreau pendant que tu travaillais jour et nuit sur la carte.

— Dans des hôtels différents... Allison, tu as menti à ton père !

— Ce n'est pas un mensonge. On ne dort pas dans la même chambre.

— Tu devrais le rappeler et lui dire la vérité. Je passe mes journées assis ici à penser à toi.

— Ce n'est pas vrai.

— Si.

Elle partit d'un grand éclat de rire. Elle avait enfilé, avec son jean, un pull appartenant à Eddie. Il lui arrivait juste au-dessous de ses jolies fesses, et les manches étaient remontées sur ses fins poignets blancs. Tom tendit la main vers son bloc à dessin, le feuilleta et le posa sur la table.

— C'est quoi ? demanda Allison, jetant un regard sur le bloc. Oh, mais c'est moi !

L'esquisse au crayon représentait une fille qui montait la colline. Un grand sourire, un béret, de grosses chaussures noires, des lunettes...

Tom essuya des marques laissées par le crayon.

— Il pourrait être plus réussi...

— Il est parfait ! Les maisons, les balcons, le clocher de l'église, les collines couvertes de vigne. Tu vois tout cela d'ici ?

Elle se précipita à la fenêtre et ouvrit les volets verts. Le soleil frappait les murs enduits de stuc jaune et un petit nuage dérivait, en haut du rectangle de lumière bleu vif.

— C'est exactement comme sur le dessin ! Oh, Tom, il faut à tout prix que tu sortes de cette pièce !

— Je vais le faire. Demain, on va à Florence.

— Non, avant qu'on parte. Il faut que tu voies cet endroit. Que tu marches dans les rues pavées, que tu voies la statue de la Vierge Marie placée dans une minuscule niche, sur le mur qui est juste en bas. Dans la cave, ils ont d'énormes cruches à vin, dans des paniers gigantesques. Et tu ne peux pas rater le port ! Marcello m'a montré un sentier qui longe le bas de la falaise. Les vagues bouillonnent et, quelquefois, sans avertissement, elles jaillissent à travers un petit trou ! J'ai fait un de ces bonds en arrière, Marcello s'est moqué de moi. Je crois qu'il m'a emmenée là exprès ! Mais je lui ai quand même offert une glace.

Voilà, songea Tom, pourquoi il était tombé amoureux d'elle. Et à présent, de but en blanc, sans qu'il n'ait rien vu venir, ça le reprenait.

— Très bien. Je vais rencontrer ton père. Je n'aurai pas beaucoup de temps, ceci dit.

— Je voulais te parler d'autre chose. Eddie et quelques membres de sa famille vont faire une balade à pied jusqu'à Riomaggiore, pour boire un verre en contemplant le coucher de soleil. C'est à moins de deux kilomètres d'ici, et il paraît que la vue est splendide. Ils partent bientôt. Eddie m'a demandé de te convaincre de nous accompagner. Tu vas finir soudé à cette chaise ! Éteins cet ordinateur…s'il te plaît ?

— OK, OK. Accorde-moi dix minutes. J'ai besoin de sauvegarder mon travail.

— Dix minutes, répliqua Allison d'une voix ferme. Pas une de plus.

— Parfait. Je te rejoins en bas.

Il la regarda tournoyer autour de la rambarde, en haut des marches, et disparaître. Elle ne se retourna pas vers lui, et il savait qu'elle prétendait ne pas se soucier qu'il la suive ou non des yeux. Le claquement de ses chaussures s'atténua.

Après que Tom eut sauvegardé son travail dans l'iPod, et télé-chargé les modifications sur un serveur, quelque part en Finlande ou – qui sait ? – sur Jupiter, il cliqua sur l'icône de son compte mail. Il tapa le message suivant :

> Salut Rose. Je travaille dur, je t'appelle bientôt. Rends-moi un service, le plus vite possible. Scanne cette vieille photo de grand-père et Royce Herron au colloque de Toronto et envoie-la-moi, verso compris, de préférence en haute définition. Merci beaucoup.
> Bonjour à Megan et Jill.
> Bises à vous trois,
> Tom

Riomaggiore, le village le plus au sud des Cinque Terre, était un peu plus grand que Manarola. Pour y parvenir, ils suivirent Eddie et la famille de son grand-oncle. Le vieil homme ne les retar-dait pas malgré sa canne, et sa femme, en bottes, était tout emmi-touflée de châles. Un cousin fumeur de pipe parlait à Tom – surtout par gestes. Marcello, le petit garçon, courait en zigzaguant, éten-dant les bras pour faire l'avion. Sa mère discutait en italien avec Allison. Ils gravirent la Via Discovolo jusqu'au niveau du quai du chemin de fer à voie étroite qui reliait les cinq villes entre elles. Le sentier s'enfonçait dans un long tunnel qui, au fil des ans, avait été recouvert de fleurs peintes, de vues sur la mer, de noms d'amou-reux et de signatures de touristes, accompagnés de dates.

Eddie pivota sur ses talons.

— Tu sais comment on appelle le sentier de Riomaggiore ? demanda-t-il à Tom.

— Non. Comment ?

— La Via dell'Amore.

Eddie fit un clin d'œil à Allison.

— Tu peux le lui traduire ?

— Je n'ai pas besoin de traduction, rétorqua Tom.

Marcello gloussa et trotta en avant.

Après la gare, ils prirent la passerelle qui épousait la courbe des falaises. Une solide grille de métal préservait les piétons d'une chute d'une soixantaine de mètres. Les vagues enflaient, se brisaient en écume et retombaient. Un ferry laissait une trace blanche sur l'eau d'un bleu d'encre, déchirant la bande orange projetée par le soleil couchant. À un kilomètre et demi de là, Riomaggiore devenait rose et les vitres renvoyaient des éclairs de lumière.

Ces images perdraient leur fraîcheur. Dans un mois ou deux, il n'en resterait rien. Tom avait beau le savoir, il en saisissait chaque détail pour tenter de le graver dans sa mémoire. Il avait laissé son bloc à dessin sur la table, s'attendant à ne rien voir de plus que de l'eau et des rochers.

Alors qu'ils contournaient un autre angle, le vent froid fit voler les écharpes et souleva la jupe de la vieille femme. Son mari pouffa et lui embrassa la joue. Tom rabattit son bonnet sur ses oreilles. Il remarqua une voûte de pierres en ruine qui avait autrefois fait partie d'une petite maison dominant la mer. Allison avait l'œil collé au viseur de son appareil quand Eddie leur dit, à Tom et elle, de s'asseoir sur un banc de pierre pour qu'il puisse les prendre en photo.

— Mets-toi plus près. Tom, passe le bras autour d'elle. Parfait.

Allison souhaitait photographier la famille d'Eddie avec Riomaggiore en arrière-plan. Elle leur fit signe de s'appuyer au garde-fou et de sourire.

Quand la famille disparut dans un nouveau coude du sentier, Tom, tenant Allison par le devant de sa veste, l'attira vers lui. Elle perdit momentanément l'équilibre. Avant qu'elle se fût redressée, il l'embrassa. Ses lèvres étaient fraîches au-dehors, tièdes au-dedans. Tom l'enlaça, ne relâchant son étreinte que lorsqu'il fut à bout de souffle.

En riant, Allison enfouit le visage dans son cou.

— J'avais tellement envie que tu refasses ça.

— C'était comment ?

Elle retira ses lunettes et releva la tête. Ses yeux, au soleil, avaient des reflets cannelle.

— Je ne suis pas encore sûre. Réessaie.

Le second baiser fut plus long. Le serrant contre elle, elle murmura :

— Que nous est-il arrivé, Tom ?

— On était des gosses. Je ne connaissais rien à rien.

— Moi non plus. Je suis désolée pour… oh… pour tout.

— Maintenant, ça n'a plus d'importance, dit-il.

— On était de vrais bébés. Du moins, moi. On ignorait tout de la vie, pas vrai ? Et ce n'était pas facile, tu sais, entre moi qui habitais New York et toi dans le New Jersey. Et puis ta mère est tombée malade. Tu te souviens de ce gars avec qui j'étais sortie, celui à qui tu avais failli flanquer une dérouillée ? Randall. C'est la dernière soirée que j'ai passée avec lui. C'était un poseur, ce qui n'a jamais été ton cas. Je ne pensais pas ce que j'ai dit, l'autre fois. Tu as toujours été sincère avec moi.

— Tais-toi, Allison. Je t'en prie.

Tenant le visage de Tom, elle plaqua un baiser sur les deux coins de sa bouche, avant de l'embrasser franchement.

— J'avais oublié à quel point c'était bon. Tu crois que ça dérangerait Eddie si… si on dormait dans la même chambre ?

Tom éclata de rire.

— Il m'a demandé pourquoi on ne le faisait pas.

Il glissa les bras dans le dos d'Allison et la serra contre lui.

— Tu veux continuer à te balader ? Ou bien…

Elle jeta un coup d'œil au sentier. Un sourire illumina son visage

— Je suis sûre qu'on finira par voir Riomaggiore, un jour.

— Tu peux y compter.

Il lui tendit la main et ils repartirent par où ils étaient venus.

22 La Biblioteca nazionale centrale di Firenze qui, au XVIIe siècle, avait été la bibliothèque privée d'un duc s'était métamorphosée en l'une des plus grandes bibliothèques d'Italie. Elle renfermait des millions de livres, des centaines de milliers de manuscrits anciens, et la plupart des documents ayant appartenu à l'astronome et physicien Galilée. Elle possédait aussi bon nombre de cartes rares et, parmi elles, deux pièces du cartographe et éditeur vénitien Gaetano Corelli.

Tom espérait qu'il n'allait pas s'écouler encore cinq siècles avant qu'il les voie. Depuis presque une heure, Allison et lui étaient renvoyés d'une personne à l'autre. Ils étaient entrés par l'accès principal, sous deux tours carrées, et avaient franchi un hall au haut plafond en verrière et aux nombreuses galeries dominant un sol de marbre gris et rose. La lettre d'introduction à l'en-tête du musée historique de Miami, signée par Stuart Barlowe, du conseil d'administration, fut traduite et débattue dans tous les bureaux. Mais Tom et Allison parvinrent à s'enfoncer dans le bâtiment qui s'étendait sur des centaines de mètres, jusqu'à la salle d'attente toute simple du département des cartes anciennes. Là, assis sur un banc, ils écoutèrent des conversations étouffées, interrompues de temps à autre par la sonnerie d'un téléphone.

— S'ils nous font attendre davantage, j'appelle mon père, déclara Allison.

Tom consulta sa montre.

— Donnons-leur encore dix minutes. Après, j'irai tambouriner à la porte pour leur demander ce qui se passe.

Ils avaient atteint Florence juste avant midi. Eddie devait aller chercher le matériel destiné à la fabrication de la carte et graisser la patte de l'imprimeur. Il avait donc déposé Tom et Allison chez un loueur de scooters d'Oltrano, au sud de l'Arno. Ils dormiraient tous à l'hôtel ce soir-là et retourneraient très tôt le lendemain à Manarola. Ils reviendraient à Florence quand la plaque serait prête à passer sous presse.

Stuart Barlowe et sa femme espéraient pouvoir discuter avec Tom de l'avancée de son travail. Ils étaient arrivés la veille par l'avion de Milan. Quelle blague que Rhonda ait décidé de venir elle aussi, alors qu'elle avait essayé de payer Tom pour qu'il ne fasse pas la carte. Il n'avait pas encore décidé s'il devait ou non en parler à Stuart. Il n'avait rien dit à Allison. Inutile de créer davantage de tensions entre elle et sa belle-mère.

Cette famille avait ses secrets. Royce Herron avait découvert quelque chose. Tom avait cherché l'occasion d'en apprendre plus par Allison. Mais, il n'avait pas pu lui parler pendant le trajet Manarola-Florence, avec Eddie dans la voiture. Et, la nuit précédente, alors qu'ils faisaient l'amour, ça lui était complètement sorti de la tête. Toute distance avait disparu entre Allison et lui, et il n'avait pas le cœur de lui apprendre que son père avait commis un crime si terrible que Royce Herron aurait pu s'en servir pour faire capoter une opération immobilière pesant des milliards de dollars.

Tom posa sa sacoche de photo à côté de lui. Il prit la main de la jeune femme.

— Depuis combien de temps ton père est-il marié à Rhonda ?

Visiblement peu surprise par la question, elle répondit :

— Voyons… presque trente ans. Ma mère est morte quand j'étais bébé.

— Je sais. De quoi ?

— Arrêt cardiaque. Une maladie très rare qui n'avait jamais été diagnostiquée. Elle faisait des courses dans un grand magasin de Toronto, elle s'est écroulée, et elle est morte quelques minutes après. À vingt-trois ans. Elle s'appelait Marian. Je ne me souviens pas d'elle, mais mon père l'aimait beaucoup. Et il a épousé une femme dénuée de tout instinct maternel. Quelle idée…

— Ton père avait un frère cadet. Nigel, c'est ça ? Que lui est-il arrivé ?

— Non, en fait il avait un an de plus. Il est mort d'un accident de voiture, dans les Alpes.

— C'est affreux. Ça s'est passé comment ?

— Mon père et Rhonda avaient loué une maison près de Chamonix pendant la saison de ski. Ses affaires l'amenant à Genève, Nigel a décidé de leur faire une surprise. Il a roulé jusqu'à Chamonix mais, en chemin, une tempête de neige lui a fait quitter la route. Ils ignoraient sa venue si bien que, le temps qu'on réalise qu'il avait disparu, la voiture avait été recouverte de neige. Quand quelqu'un l'a aperçue, des semaines s'étaient écoulées. Mon père a été contraint d'identifier le corps. Ça a dû être horrible pour lui de perdre sa femme, puis son seul frère. Il n'est jamais retourné à Toronto. Rhonda est venue me chercher, m'a amenée à Miami et nous y avons vécu depuis.

Tom hocha la tête.

— Ton père a dû beaucoup souffrir. Frederick, ton grand père, était-il déjà mort à l'époque ?

— Je crois bien, oui. Oui, il était mort. J'étais si petite que je ne me rappelle pas grand-chose. Stuart n'aime pas parler de ce temps-là.

— Nigel n'a jamais été marié ? Pas d'enfants ?

— Non. J'étais la seule. J'ai des cousins éloignés à Edmonton, mais je ne sais même plus comment ils s'appellent. Pourquoi me poses-tu toutes ces questions ?

Tom fut dispensé d'avoir à répondre car une porte s'ouvrit et un petit homme à l'air affable en sortit, la lettre d'introduction à la main. Tom remarqua d'abord les lunettes à double foyer et la barbe, puis le sourire.

— *Buon giorno, io sono Guido Grenni.*

Il jeta un coup d'œil à la lettre, comme pour s'assurer qu'il s'adressait aux bonnes personnes.

— Monsieur… euh… Fairchild ?

Allison et lui se levèrent.

— *Buon giorno, signore*, dit-elle.

Elle se présenta comme étant la fille de Stuart Barlowe et expliqua (à ce que Tom crut saisir) que son ami ne parlait pas italien.

— *Parla inglese ?* demanda-t-elle à l'homme.

— Désolé, oui, répondit l'homme. Je parle anglais, mais pas bien. Désolé vous devoir attendre aussi longtemps. Vous venez d'Amérique pour voir les cartes Gaetano Corelli. Venez avec moi.

Ils traversèrent un hall, changèrent plusieurs fois de direction et s'engouffrèrent dans un ascenseur. Pendant que la cabine descendait, Guido Grenni leur posa poliment des questions sur leur intérêt pour le cartographe vénitien. Tom raconta qu'il travaillait dans une boutique de cartes anciennes et que Corelli était l'un de ses cartographes préférés.

Grenni eut un sourire hésitant, comme s'il se demandait si Tom voulait plaisanter. Quand Allison fit allusion au salon international de Miami, le visage de l'homme s'illumina.

— *Sicuro !* J'ai entendu parler du salon de Miami. J'espère pouvoir m'y rendre un jour.

Enfin, il les mena jusqu'à une porte métallique, glissa sa carte sur un lecteur magnétique et les conduisit à l'accueil. Il échangea quelques mots en italien avec la femme derrière le bureau et lui laissa la lettre d'introduction.

— La signora Santini va aider vous à trouver ce que vous cherchez. Elle parle anglais parfait… pas comme moi. J'étais enchanté de rencontrer vous. *Benvenuti a Firenze.*

Il prit congé d'eux avec un nouveau sourire.

— Nous vous sommes très reconnaissants, dit Allison à la femme, comme celle-ci sortait de derrière la réception.

— Tout le plaisir est pour moi. Le docteur Grenni m'a demandé de faire tout mon possible pour vous être utile.

— Il occupe un poste important ? demanda Tom.

Elle lui jeta un regard appuyé.

— *Il Dottore* Guido Grenni est le conservateur de la collection de cartographie ici, à la Biblioteca nazionale centrale. Il a peut-être l'air d'un banal employé à vos yeux, mais personne ne s'y connaît mieux que lui en cartes Renaissance. Les bibliothèques du monde entier l'appellent pour le consulter, même votre bibliothèque du Congrès.

— Oh, dit Tom.

— Suivez-moi, je vous prie, lança la femme, amusée par son embarras.

Elle les fit entrer dans une vaste pièce pleine de meubles à tiroirs qui leur arrivaient aux épaules. Après en avoir dépassé une dizaine, elle fit glisser ses doigts le long d'une succession de tiroirs plats.

— Corelli... Corelli... *Ecco !*

Elle sortit deux chemises, qu'elle posa sur la table la plus proche.

— Vous avez le droit de pendre des photos à condition de ne pas utiliser de flashes. Si ça ne vous dérange pas, je vais rester avec vous. Ce sont les règles de la maison.

— Pas de problème. Merci de nous consacrer votre temps.

Tom défit la fermeture éclair de sa sacoche de photo et se mit au travail. Après toutes ces heures passées à détailler la carte du monde, il reconnaissait le style de Corelli. La première chemise contenait une carte de la Sicile, qui ne pouvait lui être d'aucune utilité. Il braqua son objectif sur la seconde, représentant les ports de la Méditerranée. Sur la carte du monde, le sang s'était répandu sur l'Afrique du Nord. Ce que Tom voyait ici allait lui permettre de la compléter. Il prit des clichés en haute définition avec l'objectif classique puis attacha l'objectif macro pour obtenir de très gros plans.

Quand il eut fini, Allison lui désigna une carte sur un chevalet.

— Tom, regarde !

La signora Santini sourit.

— Vous connaissez cette carte ? Elle est belle, n'est-ce pas ?

— C'est une Martellus. Je l'ai vue dans des livres.

Allison se rapprocha pour lire la description.

— *Henricus Martellus. Planisfero tolemaico.* 1490. J'en ai des frissons.

La double page, colorée à la main, provenait d'un atlas. L'ensemble des continents connus du monde – qui, à l'époque, n'incluaient pas l'Amérique – avaient été représentés sous la forme d'un haricot blanc, à la courbe plus large en bas qu'en haut. Il y avait des animaux, des plantes, des poissons bondissants. Dans un ciel bleu pâle, les vents – dix têtes aux joues gonflées et aux chevelures bouclées – soufflaient en direction de terres blanc cassé et d'un océan bleu foncé. Comme toutes celles de son époque, la carte portait des inscriptions latines. Tom songea au prix qu'il exigerait pour en faire une copie... Cinq cent mille dollars ne seraient pas suffisants. Il se demanda, pour la énième fois, pourquoi Stuart Barlowe aimait tant la Corelli.

— Nous avons tellement de pièces extraordinaires, à la Biblioteca nazionale. Voulez-vous que je vous fasse visiter ? En tant qu'invités du Dr Grenni...

Avec un grognement, Allison secoua tristement la tête.

— On adorerait, mais nous avons rendez-vous. Vous ne pouvez pas savoir à quel point ça nous plairait.

Tom avait garé le scooter de location le long du trottoir, un pâté de maisons plus loin. Sortant par l'entrée principale, il s'arrêta derrière une colonne et saisit Allison par le bras pour l'empêcher de descendre les marches. Il examina les gens qui marchaient sur la place et les voitures rangées de chaque côté de la rue. À une centaine de mètres de là, le flot de véhicules longeait une rue faisant face à l'Arno, qui s'écoulait paresseusement vers l'ouest. Tom observa, sur l'autre rive, les bâtiments aux façades beige ou jaune toscan et aux toits de tuiles rouges. Leurs fenêtres étaient fermées en raison du froid, et il ne vit personne sur les terrasses et les balcons.

— Tom, dit Allison. On est au beau milieu d'une ville. Si les types du train nous ont suivis, ce qui m'étonnerait, ils ne feront rien ici.

— Tu as raison. Allons-y.

Ils mirent une minute à retrouver leur scooter parmi une longue rangée. Tom enfourcha le véhicule et, en le poussant, le sortit dans la rue étroite. Allison grimpa alors à l'arrière. Elle avait insisté pour qu'ils portent des casques. Les automobilistes étaient suicidaires, avait-elle précisé.

Allison lui criant des instructions, Tom traversa le fleuve pour éviter les embouteillages et les rues à sens unique du centre historique. Depuis la rive sud du fleuve, il aperçut le Ponte Vecchio, avec son enfilade de petites boutiques. Les arches de pierre se reflétaient dans des eaux vertes et indolentes. Allison tapota le dos de Tom et lui montra le musée des Offices et le Duomo – la coupole en terre cuite de Santa Maria del Fiore. Elle appuya son menton contre l'épaule de son compagnon.

— Demain ! Tu dois absolument venir avec moi ! Je vais te faire découvrir Florence.

Ils retraversèrent la rivière au niveau du pont Amerigo Vespucci et, après avoir tourné à droite, parvinrent à l'hôtel Cellini – bâtiment de quatre étages avec une façade en marbre et un toit en terrasse dominant la ville. Tom alla se garer au milieu d'une autre longue rangée de scooters.

Il retirait son casque quand il entendit sonner son téléphone. Il s'en saisit et consulta l'écran.

— C'est Rose.

— Réponds, dit Allison. Ce n'est pas grave si on a quelques minutes de retard.

— Allô, Rose ? Que se passe-t-il ?

Mauvaises nouvelles. La fouine s'était remis à poser des questions. Pourquoi Tom n'avait-il pas encore entamé son programme de maîtrise de la colère ? Pourquoi son propriétaire, Fritz Klein, trouvait-il toujours de bonnes excuses pour justifier son absence ? M. Weems avait dit à Rose avoir tenté de joindre son frère sur le mobile dont s'était servi Tom pour son dernier appel. Une voix de femme avait annoncé qu'elle serait absente pendant deux semaines environ, et l'avait invité à laisser un message. Où Tom Fairchild était-il passé ?

— Tom, il ne faut pas que tu tardes à rentrer, conclut Rose. Tout ça m'inquiète beaucoup.

— Oh, super. Et tu lui as dit quoi ?

— Que lui et toi n'arrêtiez pas de vous louper, j'imagine.

— OK. Fais-le patienter le plus longtemps possible. Je serai de retour dans dix jours, si rien ne foire ici.

Quand il eut raccroché, Allison demanda :

— Ton agent de probation ?

— Exact.

— Sers-toi de mon portable pour l'appeler.

— Il sent qu'il y a quelque chose de louche avec ce numéro. Je vais devoir trouver une autre idée.

— Mon père a un numéro de Miami. Sers-toi de son portable à lui.

— Ouais, bien sûr. Allez, viens, qu'on en finisse le plus vite possible !

Tom avait amené son ordinateur portable, des captures d'écran en couleurs de la carte, et une plaque de gravure de démonstration.

Elle enlaça sa taille et le fixa avec gravité.

— Je ne permettrai pas qu'il t'arrive quoi que ce soit. Je mentirai pour toi. Je dirai à la fouine que tu étais avec moi. S'il t'accuse de violation de probation, nous contre-attaquerons. Je me fiche de ce que ça coûtera. Non… écoute-moi ! Je refuse que tu retournes six ans en prison. Ni même six jours. À notre retour à Miami, je vais demander à l'un des avocats de mon cabinet de se charger de ton cas.

Si Tom ne s'opposait pas à cette idée, il savait néanmoins que le renvoyer derrière les barreaux était pour la fouine une mission sacrée.

Les Barlowe n'avaient pas de chambre… mais une suite dont le décorateur avait été encouragé à se lâcher. Sur les plafonds à caissons, hauts de six mètres, alternaient des fleurs de lys orange et bleues assorties au motif des épais rideaux, maintenus ouverts par des cordes de soie tressée ornées de glands dorés. Il y avait suffisamment de miroirs sculptés et dorés, de copies de tapisseries anciennes, de lustres en cristal de Venise, d'appliques, de plantes vertes et de tissus d'ameublement en soie rose et ivoire pour donner le tournis. Des portes coulissantes donnaient sur une chambre tout aussi extravagante – comprenant, entre autres, un grand lit surmonté d'un baldaquin recouvert de brocard.

Allison et son père s'installèrent sur le canapé. Tom, quant à lui, s'assit sur le coussin bleu d'un siège pliant du Moyen-Âge et vida le contenu de son sac sur un plateau en verre biseauté, monté sur des pieds dorés tarabiscotés. Il alluma l'ordinateur et ouvrit le fichier. En face de lui, Rhonda faisait tourner la pointe de son escarpin en daim rose en sirotant un verre de vin. Tom supposait que c'était elle qui avait choisi l'hôtel.

Elle les avait chaleureusement accueillis à la porte. Mais, aux regards qu'elle lui jetait par-dessus la table, Tom comprit que s'il mentionnait le fait qu'elle avait voulu l'acheter, elle nierait tout en bloc. C'était le genre de femme avec qui on n'aurait pas voulu se retrouver seul sur un balcon au sixième étage.

On leur avait monté des fruits et du fromage. Tom était trop nerveux pour être tenté. Après avoir expliqué le procédé de fabrication de la carte, il se dirigea vers la fenêtre et attendit la réaction de Barlowe. Au-delà du Ponte Vecchio, songea-t-il, dans le dédale de rues au loin Eddie glissait, en ce moment même, cinq cents euros dans la main de l'un des imprimeurs.

— Je ne suis pas très convaincu, déclara Stuart, fixant l'écran de l'ordinateur. Je ne comprends pas comment ça peut marcher.

Il avait la voix tendue et semblait ne pas avoir dormi depuis plusieurs jours.

— Monsieur Barlowe, le résultat sera parfait, objecta Tom. C'est ce que vous désirez, c'est ce que je vais vous donner.

— Mais c'est un *ordinateur*. Je vous ai dit que je voulais un duplicata de l'original.

Allison intervint :

— Papa, il t'a expliqué. Il fabrique une nouvelle plaque de gravure.

— Ces images ne me permettent pas d'apprécier la texture du papier, n'est-ce pas ? Où est l'original ? Vous auriez dû l'apporter afin que nous puissions comparer les deux cartes.

— Je ne l'ai pas avec moi, concéda Tom.

— C'est ce que je constate. Pouvez-vous aller la chercher ?

— Non, elle n'est pas à Florence.

— Je crois que ce qu'il entend par là, Stuart, dit tranquillement Rhonda, c'est qu'il compte garder l'original jusqu'à ce qu'il récolte, demain, les quinze mille dollars. Si tu ne peux pas comparer les deux pièces, tu ne pourras pas refuser de le payer.

— Rhonda, protesta Allison. Je t'en prie, laisse mon père décider par lui-même.

— Écoute-moi, ma chérie. Ton père et moi sommes sur le même bateau. Quant à toi, j'ignore de quel côté tu es.

La jeune femme s'apprêtait à lui répondre quand Barlowe coupa net :

— Ça suffit, Rhonda !

— Très bien, mais je ne permettrai pas que qui que ce soit profite de toi.

— Je t'en suis reconnaissant. À présent, laisse-moi discuter avec M. Fairchild. (Il balaya une mèche qui lui barrait le front.) Tom, quand pouvez-vous finir la carte ?

— Lors de notre premier entretien, vous avez dit qu'il vous la faudrait dans les trois semaines. Il reste encore onze jours. J'estime que c'est le temps qu'il me faudra.

— J'en ai besoin avant. Pouvez-vous me l'apporter dans une semaine ?

Tom et Allison échangèrent un regard.

— Non, il m'est impossible d'être aussi rapide.

— Si vous fabriquez la plaque gravée à partir d'un scan, je ne vois pas pourquoi ça vous prend si longtemps.

— Je ne la fais pas à partir du scan. Je vous ai expliqué que l'encre avait tendance à s'étaler. Si vous voulez un résultat approximatif, je peux le faire. Mais vous vouliez du beau boulot.

— Je veux du boulot rapide.

— Tom a travaillé aussi vite que possible par rapport aux conditions que vous aviez fixées.

— On reconnaît l'avocate, pas vrai ? lança Rhonda, remplissant à nouveau son verre. On dirait qu'elle veille sur les intérêts de M. Fairchild.

— J'essaie de faire en sorte que ce projet soit exécuté, rétorqua Allison. Et que sa qualité soit à la hauteur des attentes de mon père.

— Vous êtes amants, M. Fairchild et toi ?

Le visage d'Allison s'empourpra.

— Oh ! Comment oses-tu me parler comme ça ?

— D'un point de vue moral, ça m'est égal, dit Rhonda. Mais un homme qui a un passé criminel… On est bien forcé de se demander ce qui se passe, au juste.

— Pardonnez-moi, répliqua Tom, mais ce que fait Allison ne vous regarde pas. Ce n'est plus une enfant.

— Il prend ta défense… très révélateur.

— Rhonda, je t'en prie, murmura Barlowe.

Allison se dressa au-dessus de sa belle-mère, les poings serrés.

— Tu m'as toujours détestée, pas vrai ?

— Non. Je n'ai pas confiance en toi, c'est tout. Tu as tout fait pour t'immiscer entre Stuart et moi. Tu n'as pas réussi à t'associer à un cabinet de Boston, alors tu reviens, décidée à jouer la fille à son papa. Comme c'est charmant, après toutes ces années. Permets-moi de penser que c'est sur autre chose que tu as des vues.

— La ferme, Rhonda ! Arrête ! Arrêtez toutes les deux !

La voix de Stuart se brisa. Une fois le silence revenu, il regarda Tom.

— Dites-moi, monsieur Fairchild. Pourriez-vous terminer la carte plus tôt ? Est-ce que ce serait possible ?

Les rides de ses joues se creusèrent lorsqu'il esquissa un sourire qui ressemblait à un rictus.

— Si j'augmentais votre salaire, pourriez-vous l'avoir finie dans une semaine ? Combien exigez-vous ?

— À qui la destinez-vous, monsieur Barlowe ? Pourquoi la voulez-vous si rapidement ? Si je dois me casser le cul pour un bout de papier, j'aimerais savoir pour quelle raison.

— Dix mille ? Une augmentation de vingt pour cent. Ça me semble correct, non ?

Avec un long soupir, Tom pivota sur ses talons, une main pressée sur son front.

— Ce n'est pas ce qu'on avait décidé.

— Vingt mille… non, disons cinquante mille dollars de plus. Soit un total de cent mille dollars.

Rhonda se figea, tandis qu'elle portait son verre à ses lèvres.

— Stuart… dit-elle, fixant son mari comme s'il avait perdu la tête. Mon Dieu, Stuart…

— Changement de conditions, annonça Barlowe. Je vous offre cent mille dollars pour cette carte. Allison, tu es autorisée à virer quinze mille dollars à M. Fairchild demain, et le solde de soixante-quinze mille dollars dans une semaine, quand le boulot sera terminé.

Allison secouait lentement la tête, impatiente de voir comment Tom allait réagir.

— Je vais essayer, dit-il.

— Vous allez faire plus qu'essayer. Permettez-moi de vous reposer la question : pouvez-vous me remettre la carte dans une semaine ?

Allison se cramponnait à lui et, malgré le vacarme du scooter et des véhicules environnants, Tom croyait l'entendre sangloter. Il quitta la route et s'engagea dans un bosquet de cyprès, situé à l'intérieur d'un petit parc.

Ses larmes étaient des larmes de colère. Quand Tom tenta de l'enlacer, Allison se mit à courir, ramassa une pierre et la lança contre un arbre. Puis une deuxième, et une troisième.

— Je la déteste. Je les déteste tous les deux. Cette misérable garce en a fait quelqu'un que je ne reconnais même plus. J'ai été folle de penser qu'on pourrait s'entendre, lui et moi.

Elle jeta encore quelques cailloux, jusqu'à épuisement de ses forces. Tom s'approcha d'Allison et posa son menton sur sa tête.

— Ça va mieux maintenant ?

— Tu n'aurais pas dû dire que tu ferais la carte en une semaine. Et si tu n'y arrives pas ?

— En une semaine, c'est jouable. J'ai presque fini, le reste dépend d'Eddie. Mais ça signifie plus de temps devant l'ordinateur, et moins avec toi.

— Pourquoi avoir refusé de dire la vérité ? On couche ensemble, dit-elle, se tournant pour lui faire face. Je n'en ai pas honte.

— À la différence d'autrefois…, répliqua Tom, ajoutant aussitôt : Désolé, j'imagine que les choses ont changé.

Allison le scrutait de ses yeux sombres.

— J'espère. Qu'est-ce que je fiche ici ? Mon père traite directement avec toi. Je ne sers plus à rien. Je ferais mieux de rentrer chez moi.

— Enfin, Allison...

Douze ans plus tôt, Tom aurait sans doute répondu : « Oui, c'est ça, rentre chez toi ! Si tu le prends comme ça... » Mais à présent, il était conscient de ce qu'elle voulait entendre.

— Non. Tu restes. Ne m'oblige pas à sortir les menottes.

Elle éclata de rire et laissa Tom l'embrasser.

— Allons-y ! dit-il.

— Attends... Il est normal que tu connaisses la vérité. La carte n'est pas pour mon père. Elle est destinée à l'un des investisseurs du Metropolis. Un certain Leo Zurin. Un Russe qui collectionne les cartes anciennes. M. Zurin s'efforce depuis des années de reconstituer l'unique atlas de Gaetano Corelli. Il était depuis longtemps dans sa famille, avant que les communistes ne le saisissent, pour le mettre dans un musée de Lettonie. Quelqu'un l'y a volé et a découpé les cartes. M. Zurin les a toutes retrouvées à l'exception de celle du monde. Mon père l'a dénichée et a promis de la lui donner, pour le remercier, en quelque sorte, d'avoir investi dans le Metropolis. Si M. Zurin n'a pas sa carte, il va piquer une crise terrible et reprendre son argent. Ça fait beaucoup – cinq millions de dollars. Mon père en a besoin pour prouver à la banque qu'il a les épaules suffisamment solides pour être l'un des associés du projet. C'est compliqué.

— Non, je te suis très bien, dit Tom. Stuart ne peut donner la vraie carte à M. Zurin et désire donc que j'en fasse une copie.

— Il est passé chez moi pour me supplier de l'aider. C'est la première fois que ça lui arrive ! Comment aurais-je pu dire non ? Cette histoire pourrait le démolir, Tom. Je n'aime pas l'idée de la contrefaçon, mais j'ai pensé que... tout bien considéré... ça valait la peine. Quand M. Zurin aura sa carte, Stuart cessera de prendre des pilules pour ses nerfs et redeviendra peut-être lui-même.

Tom hésita, puis :

— Le plus drôle dans tout ça – n'en parle pas à ton père, ça ne ferait que jeter de l'huile sur le feu –, c'est que Rhonda m'a offert dix mille dollars pour ne pas faire la carte. Sérieusement.

Avant que j'embarque sur le bateau de Larry, elle m'a emmené dans la salle des cartes et montré les billets. Je lui ai dit de laisser tomber. Que j'avais un accord avec son mari.

— Oh, mon Dieu ! Pourquoi a-t-elle fait ça ?

— Elle a prétendu que ton père était taraudé par la mauvaise conscience parce que Royce Herron tenait la carte quand on l'a abattu. Qu'elle voulait le tirer de cette obsession. À ce qu'on dirait, elle a changé d'avis.

— C'est Rhonda, la plus dingue des deux. Tu aurais dû parler, quand on était à l'hôtel !

— Sûrement pas. Écoute, tout va bien. Je touche une nouvelle tranche de quinze mille dollars demain, je fais la carte, je récupère les cinquante mille dollars restants dans une semaine. Et puis je rentre, je paie mes dommages et intérêts, et je dis à la fouine qu'il peut aller se faire voir. Ne fiche pas mes plans en l'air, s'il te plaît.

Ça ne plaisait pas à Allison ; Tom s'en rendait compte. Il lui passa le bras autour du cou et l'attira vers lui.

— Je veux pas te perdre, bébé. Si je ne parviens pas à faire cette carte, qu'est-ce que j'aurai ? Un casier judiciaire et un voilier pourri qui ne verra jamais la mer. Tu mérites mieux que ça.

— Oh, merci de me faire sentir à quel point je suis futile.

— Tous tes amis diraient : « Mais qu'est-ce qui te prend de sortir avec lui ? »

— Je me moque de ce que les gens diront de moi.

— Non, je ne crois pas. Ou alors tu as tort. On aimerait bien qu'il en soit autrement, mais le monde est fait comme ça. J'aurais au moins appris ça.

Il lui tendit son casque.

— La carte sera finie à temps et elle sera bonne. Parfaite, même. Si j'ai accepté les cinquante mille dollars en plus, ce n'est pas pour entendre gémir et rouspéter. Ce n'est pas à toi que je fais allusion. Je parle de ton père et de cette… de cette personne à qui il est marié.

Allison accrocha la sangle du casque sous son menton. Un sourire, soudain, se dessina sur ses lèvres.

— Tu as entendu comme il lui criait dessus ?

— Il va peut-être finir par la larguer.

Tom enfourcha le scooter et démarra.

— Croisons les doigts ! dit Allison.

Ils rentrèrent à l'hôtel. Eddie avait choisi le Brianza, dans le quartier de San Niccolò, sur l'autre rive du fleuve. À leurs chambres du deuxième étage, on accédait par un ascenseur qui grinçait, à peine moins exigu qu'une cabine téléphonique. Les minuscules salles de bains avaient été ajoutées un siècle plus tôt et le chauffage au gaz sortait d'une grille, dans le sol. Mais ils avaient une belle vue. Ils ouvrirent les vieux volets de bois, débouchèrent une bouteille de vin et regardèrent les collines passer du bleu au violet au fur et à mesure que le soleil se couchait. Puis Tom alluma son ordinateur et Allison, calée sur les oreillers du grand lit, se mit à étudier. Elle portait deux paires de chaussettes pour ne pas avoir froid.

À 6 h 30, Eddie les appela de l'imprimerie. Ils étaient sur le point de procéder à des essais sur la presse ancienne et avaient besoin d'examiner l'original de la carte. Eddie proposa à Tom d'amener Allison, si elle le souhaitait.

— Tout de suite ? répondit-elle. Je croyais qu'on allait manger.

— Eddie, ça va prendre combien de temps à ton avis ? Allison a faim.

Cela prendrait une heure, expliqua Eddie. Allison décida de ne pas se rendre à l'imprimerie et de les attendre pour dîner.

Tom enfila sa veste, balança l'étui à cartes sur son dos et embrassa la jeune femme avant de sortir. Dans sa hâte, il dévala l'escalier qui tournait autour du treillis métallique de la cage d'ascenseur. Un couple de touristes français remplissait sa fiche à la réception. Tom franchit le petit hall et s'engagea dans une ruelle, sur le flanc du bâtiment. Il y avait un bar juste en bas. Ses clients avaient attaché leurs scooters à une longue barre de fer fixée au mur. Tom les avait imités.

Tandis qu'il détachait son scooter, Tom entendit des pas et leva les yeux. Un homme avait pénétré dans la ruelle. Trapu, de la même taille que Tom, sa silhouette se découpait telle une ombre chinoise. Tom songea d'abord que l'homme avait dû, lui aussi, se garer dans la ruelle. Or il ralentit son pas et dépassa la rangée de scooters. Tom retira l'antivol de la roue.

— Ohé, Tom.

Il fit volte-face.

— Pas de panique ! dit une voix. Ce n'est que moi !

L'homme se plaça dans la lumière et Tom put distinguer son visage.

Larry Gerard.

23

Larry se tenait à deux mètres de lui, son sourire visible à la faible lueur d'un réverbère.

— Qu'est-ce que tu fais là? demanda Tom.

— Il faut que je te parle. Je vous ai suivis depuis le Cellini, Allison et toi. Mais je ne voulais pas monter à votre chambre, sachant qu'elle s'y trouvait. Je peux t'offrir un verre?

Tom enroula le câble d'acier autour de sa main.

— Non, tu ne peux pas m'offrir un verre. Dis ce que tu as à dire et tire-toi!

— Tu m'en veux encore de ce qui s'est passé sur le bateau, pas vrai? Je suis désolé. Cela dit, je te le jure, je savais pas que Marek se foutrait en boule comme ça. Crois-moi.

— Où est-il?

— Je l'ai laissé à Nassau, où il a pris un avion pour rentrer chez lui à Dubrovnik, j'imagine. Tu as un étui à cartes, à ce que je vois. Il y a quoi, dedans? L'original de la Corelli ou la copie?

— Tu ne veux pas dégager d'ici? demanda Tom.

Larry posa la main gauche sur le pare-brise du scooter, puis le tapota avec sa paume.

— OK, voilà ce que j'ai à dire… Stuart t'a augmenté pour la Corelli, portant ton salaire à cent mille dollars. À ta place, je ne compterais pas trop dessus. La carte n'est pas pour Stuart. Elle est pour un ami à lui, un collectionneur de cartes anciennes qui connaît Corelli comme sa poche. Selon toute probabilité, il verra que ta carte est un faux. Si cela devait se produire… on serait dans la merde jusqu'au cou, toi et moi. Cet homme, cet ami de Stuart, s'est

279

engagé à placer un tas de fric dans le Metropolis mais, s'il pense qu'on l'a grugé avec une carte bidon, il se retirera. C'est pourquoi ma mère t'a proposé dix mille dollars pour laisser tomber. Ce n'était pas suffisant, à ce qui semblerait. Pourquoi on n'essaierait pas de s'accorder sur un chiffre ?

Son histoire contenait assez de vérité pour être crédible, du moins en partie. Mais c'était trop tard. Tom avait déjà plongé les yeux dans le regard sans vie de Jenny Gray, et pouvait lier Larry à deux autres meurtres. S'il n'y avait pas de preuves, les mobiles ne manquaient pas.

— Qu'est-ce que tu en dis, Tom ? demanda Larry, souriant toujours. Tu ne recevras pas deux fois une telle proposition. On est dans le même bateau, mec.

— C'est qui, cet homme ? Cet investisseur ?

— Ça n'a pas d'importance. L'accord est entre toi et moi. Je m'engage à te ramener ici dans une demi-heure. Allison n'aura pas le temps de se rendre compte de ton absence. Ma voiture est garée juste à l'angle.

— Il s'appelle comment ? Leo Zurin ?

Le sourire de Larry s'atténua. Il marqua un temps d'hésitation avant de répondre.

— J'ignore d'où tu sors ça.

— De Jenny Gray. Elle m'a raconté des choses.

— Ah ouais ?

— Elle est morte.

Tom attendit une réaction.

— Ça ne te surprend pas, Larry ?

— Bien sûr que si. Que lui est-il arrivé ?

— Elle a été étranglée vendredi dernier, dans la maison de sa mère.

— C'est affreux.

Larry l'observa, puis :

— C'est toi qui l'a tuée ?

— Quand t'es-tu rendu à Londres pour la dernière fois ?

— Eh, ce n'est pas moi. Je suis désolé pour Jenny. Mais je n'étais pas à Londres et je ne sais pas qui l'a butée.

— Une chance pour toi, qu'elle ne soit plus là. Elle ne peut plus rien dire sur les officiers municipaux que tu as fait chanter ou à qui tu as graissé la patte pour faire valider le Metropolis.

— Tout ça, c'est des conneries ! C'est elle qui t'a raconté ça ? Elle t'a dit aussi qu'elle se prostituait ? Le manager de mon club l'a surprise à faire des avances aux clients.

Tom songea aux hématomes sur le cou de Jenny et sentit son poing se crisper autour du câble métallique.

— Carla, cette amie de Jenny qui était également au courant de tes combines, est morte elle aussi. Et Royce Herron. Il savait ce que tu trafiquais. A-t-il menacé d'alerter les médias ?

— Voyons, Tom… Nous devons discuter de choses importantes. Je vais te proposer plus d'argent que tu n'aurais jamais imaginé en posséder.

— Je ne marche pas, répliqua Tom en maîtrisant sa voix. Maintenant tire-toi d'ici avant que je te vire à coups de pied dans le cul !

— Putain, Tom !

Larry éclata de rire et se remit à tapoter le pare-brise. Puis son visage se crispa. Quand il sortit la main droite de la poche de sa veste, il tenait un revolver.

Pris au dépourvu, Tom fit un bond de côté. Son bras heurta le guidon du scooter. Le pare-brise pivota, attirant l'attention de Larry. Tom en profita pour s'élancer et martela le ventre de Larry. Le revolver glissa bruyamment sur les pavés. Larry fut projeté contre un mur. Il émit une sorte de râle. Des feuilles tombèrent dans un tourbillon.

L'étui à cartes oscillait frénétiquement, tandis que Tom envoyait des coups de pied dans les côtes de son adversaire. Larry s'effondra et se recroquevilla, se protégeant la tête avec les bras. Tom le chevaucha, le remit debout en le tirant par le col de sa veste et l'envoya à terre.

— Qu'as-tu fait à Jenny, fils de pute ? Et à Royce Herron ? Qu'est-ce que tu leur as fait ?

— Je n'ai pas… Lâche-moi ! Arrête !

Tom avait toujours le câble enroulé autour du poing. Il leva le bras et fit retomber l'acier gainé de caoutchouc sur le visage de

Larry. Une fois, puis deux… Il s'apprêtait à assener un troisième coup lorsqu'il vit le sang jaillir de la bouche de Larry. Tom se redressa, à bout de souffle.

— Allez, fous le camps avant que je te tue.

Larry s'éloigna en marchant à quatre pattes puis, en vacillant, se remit d'aplomb. Tom fit mine de le poursuivre pour être certain qu'il parte pour de bon. Larry courut et disparut au coin de la rue. Tom ouvrit la main et le câble antivol retomba en formant une spirale.

— Nom de Dieu !

Il reprit son souffle et revint sur ses pas dans la ruelle, en songeant qu'il lui fallait appeler Eddie et monter dire à Allison de faire sa valise. Ils allaient devoir partir, trouver un autre hôtel ou retourner à Manarola dans la soirée.

Il se retournait, s'apprêtant à mettre son casque et à sortir la clé de contact, quand il vit les hommes s'avancer vers lui. Il se figea. Ils étaient deux. Celui de droite avait les cheveux blonds coupés court. Celui de gauche portait un pardessus noir et tenait mollement le revolver de Larry, un doigt passé dans l'arceau.

— Beau boulot. Je reconnais que je suis impressionné.

La plantation de cheveux en forme de V et les sourcils arqués étaient ceux de l'homme que Tom avait vu dans l'Eurostar. Mais son accent, cette fois-ci, était américain.

— Qui êtes-vous ?

— Vous venez avec nous.

Avant que Tom ait pu s'enfuir, quelqu'un le saisit par-derrière et, tordit son bras vers le haut. Tom s'agenouilla, puis se retrouva plaqué au sol.

L'homme au pardessus noir ordonna à son ami blond d'aller chercher la voiture. Celui-ci avait si mal qu'il en avait des haut-le-cœur. L'homme se pencha vers lui et plongea ses yeux sombres dans les siens.

— Avez-vous des armes sur vous ?

— Non, répondit Tom dans un souffle.

Des mains palpèrent ses chevilles, remontèrent sur ses jambes, glissèrent sous sa veste. On fit passer la sangle de l'étui à cartes au-dessus de sa tête. Puis on lui rabattit le bras et Tom sentit le contact du plastique autour de ses poignets. Une voiture passa et s'arrêta près d'eux. L'homme ouvrit la portière arrière et Tom fut traîné jusqu'au véhicule. Une main pressa sa tête et on le fourra dedans.

Le type blond conduisait. Tom était pris en sandwich entre les autres. La voiture quitta la ruelle, effectuant un rapide virage à droite. Le pneu mordit le trottoir dans un crissement. Des lueurs balayaient l'intérieur.

Tom sourit, puis éclata de rire.

Le type brun le regarda.

— Qu'est-ce qu'il y a de drôle ?

— Je ne connais pas vos noms, mais je sais qui vous êtes.

— Et on est qui ?

— Des flics de Miami. Vous avez oublié de me lire mes droits.

— Ici, c'est pas Miami.

24

Tom se trompait; il ne s'agissait pas de flics de Miami. Coincé sur la banquette arrière d'une voiture s'éloignant à grande vitesse de la ville, il avait envisagé toutes les explications possibles – y compris que c'était la fouine qui les envoyait. Mais lorsqu'ils parvinrent à une petite maison sur une route non pavée à environ vingt-cinq kilomètres de Florence et qu'on le força à s'asseoir, toujours menotté, sur une chaise de cuisine, Tom découvrit qui étaient ces hommes.

Celui qui portait le pardessus noir le retira et le balança sur une table branlante. Il remonta les manches de son col roulé gris comme un type qui s'apprête à se salir les mains. Prenant l'étui à cartes des mains de son compagnon blond, il demanda à Tom :

Il y a quoi là-dedans?

— Une carte ancienne.

L'homme retira le capuchon de plastique et tourna l'ouverture vers le néon de faible intensité du plafond. Il déroula la carte et l'étala sur la table. Tous les regards se portèrent sur elle.

— C'est du sang?

— À votre avis? demanda Tom.

L'homme brun traîna une chaise et s'installa en face de Tom.

— Je m'appelle Manny Suarez. Je travaille pour l'ATF, chargé de lutter contre le trafic de l'alcool, du tabac et des armes à feu.

— Foutaises! L'ATF n'intervient pas en dehors du territoire national. Qui vous a demandé de m'arrêter?

— Fermez-la et écoutez. Je vais vous poser des questions et si vous voulez sortir d'ici avant le prochain millénaire, il va vous falloir dire la vérité.

Suarez expliqua qu'il était agent spécial de l'ATF, dont le siège était situé à Washington. Ses deux collègues, le blond et un brun plus petit, se nommaient Ricker et Ianucci. Par une fenêtre sans rideau du séjour, Tom apercevait un autre homme qui, planté devant l'entrée, surveillait la route. Tous portaient des vêtements sombres semblables à ceux des travailleurs italiens les jours de congé et rien, dans leur allure, n'attirait l'attention.

— Et eux, qui les emploie ? La CIA ?

Suarez lui donna un petit coup sur l'épaule.

— Un peu de concentration… Pourquoi avez-vous tabassé Larry Gerard ?

— Comment savez-vous que c'était lui ?

— Répondez à la question.

— Parce qu'il a essayé de me tuer. Il avait un flingue. Vous auriez fait quoi, à ma place ?

— Pourquoi voulait-il vous tuer ?

— Quand allez-vous vous décider à me dire ce que vous voulez ?

— Reprenons… Qu'êtes-vous venu faire en Italie ?

— Non, dites-moi d'abord pourquoi vous m'avez embarqué. Ici, on est à Florence, pas à Bagdad. La police italienne est-elle au courant de vos agissements sur son sol ?

— On aimerait mieux qu'ils ne le soient pas, dit Suarez. Pour éviter ça, on pourrait vous balancer dans le puits qui se trouve derrière la maison et repartir comme on est venus. Ou on pourrait raconter que Scotland Yard vous recherche pour le meurtre d'une jeune Londonienne. Cessez de jouer les durs et parlez-moi.

Tom jeta un coup d'œil aux deux autres, puis regarda à nouveau Suarez.

— On m'a envoyé ici pour que je fasse une copie de cette carte. Elle est vieille de cinq siècles et appartient à Stuart Barlowe, un collectionneur de Miami. Il l'avait prêtée pour qu'elle soit exposée dans le musée de la ville. C'est un juge en retraite, Royce Herron, qui l'avait quand quelqu'un s'est introduit chez lui et l'a abattu. C'est son sang que vous voyez. Stuart Barlowe m'a envoyé en Italie afin que j'en fasse une copie.

Ricker sourit.

— Vous êtes là pour contrefaire une carte vieille de cinq siècles ? Jolie histoire… Allez la vendre au *Journal de Mickey*. La vérité, c'est que vous travaillez pour Oscar Contreras.

Tout en s'efforçant de digérer ça, Tom regardait le visage pâle et carré de l'homme.

— Vous venez d'où ? De la planète Mars ?

Ricker le poussa et la chaise se renversa. Tom avait les mains attachées derrière lui, et c'est son épaule qui heurta le sol en premier. Ricker se pencha sur lui.

— Qu'êtes-vous venu faire en Italie ?

— Apprendre à faire les pâtes.

Les hommes forcèrent Tom à se rasseoir.

Suarez reprit :

— Vous nous avez demandé ce nous voulions. Je vais vous le dire : nous voulons des informations sur une cargaison d'armes illégale qui quittera le port de Gênes d'ici sept à dix jours. Nous pensons que vous savez quelque chose. Fascinante, votre histoire de carte ancienne. Mais bidon. C'est une couverture.

— Je n'ai aucune idée de ce dont vous parlez.

— Voici ce que nous savons sur vous, monsieur Fairchild. Vous n'avez pas de vrai métier. Vous trouvez du boulot par-ci, par-là en tant que technicien informatique et aspirant graphiste. Vous louez un appartement à une femme dont le mari défunt était membre d'un cartel de trafiquants de drogue. Vous avez laissé tomber la fac, vous êtes un multirécidiviste actuellement sous probation. Répondez à nos questions, ou nous n'hésiterons pas à vous renvoyer ce soir même aux États-Unis par avion militaire. Et je vous garantis, petit morveux, que vous allez croupir longtemps, très longtemps, en prison.

Tom était si nerveux que les muscles de son torse se contrac-taient. Il s'efforça de conserver une respiration régulière.

— Il y a une semaine, vous avez quitté les États-Unis en douce sur le bateau de Larry Gerard avec, pour compagnon de voyage, un certain Marek Vuksinic. Il est au service de Leo Zurin, un marchand d'armes russe habitant près de Dubrovnik, en Croatie. M. Zurin est en ce moment même dans son chalet, ici en Italie.

Un marchand d'armes ?

Tom ouvrit la bouche, mais aucun son n'en sortit.

— C'est Laurence Gerard qui a mis Zurin et Contreras en contact, poursuivit Suarez. Il se trouve être le beau-fils de Stuart Barlowe, dont nous ignorons le degré d'implication dans ces accords. Nous pensons que vous pouvez nous aider sur ce point.

Tom laissa échapper un rire. Ricker et son copain Ianucci semblaient n'attendre qu'une chose : qu'il leur donne l'occasion de l'écrabouiller entre les rainures du vieux plancher.

— Je vous jure que je ne sais rien de tout ça. J'ai rencontré Marek Vuksinic, mais si je suis venu ici, c'est pour faire une carte, la copie de celle-ci. Pour Stuart Barlowe. Royce Herron la lui avait empruntée et quelqu'un l'a abattu. Regardez les trous laissés par les balles…

Suarez interrompit Tom d'un geste de la main.

— En filant M. Vuksinic, nous sommes tombés sur vous. Nous savons que vous et lui avez embarqué sur la vedette de Larry Gerard, derrière la maison de Stuart Barlowe, sur l'île de La Gorce, à Miami Beach. Nous avons suivi la piste du bateau de Miami à Nassau, où vous et Vuksinic avez débarqué. Oscar Contreras se trouvait lui aussi à Nassau. On vous a perdu, puis retrouvé à Londres jeudi dernier grâce à votre passeport. On surveillait le Claridge quand on vous a vu arriver pour y rencontrer Allison, la fille de Stuart Barlowe. Suite à quoi vous vous êtes rendus, elle et vous, dans une agence de la Barclays…

— Ouais, elle m'a payé pour travailler sur la carte ! C'est pourquoi elle est ici.

— Je vous ai donné l'autorisation de parler ? Le lendemain, à Regent Street, vous avez acheté un appareil photo numérique haut de gamme, ainsi qu'un ordinateur portable. Vous avez passé la nuit avec une jeune femme du nom de Jenny Gray qui, à Miami, était employée par M. Gerard. Vendredi après-midi, nous vous avons suivi alors que vous retourniez chez Mlle Gray, à Brixton. Mlle Barlowe est arrivée quelques minutes plus tard, talonnée par la mère de Mlle Gray, qui a signalé à la police que sa fille avait été assassinée. Elle a déclaré que Jenny lui avait dit que le jeune homme qui avait dormi chez elles devait l'emmener à Florence. Vous nous avez échappé, Mlle Barlowe et vous, mais elle s'est servie de sa carte pour payer l'Eurostar. Scotland Yard ne connaît pas encore votre identité, mais ça pourrait ne pas tarder.

Tom avait songé à cracher le morceau, à leur dire à qui était destinée la carte. Mais ça signifiait renoncer aux cinquante mille dollars. Il ne révélerait, de la vérité, que ce qui était nécessaire.

— Je n'ai pas tué Jenny Gray.

Tom entreprit de se lever mais Ricker s'approcha d'un pas.

— Allison n'a rien à voir là-dedans, elle non plus. Son père l'a envoyée ici pour qu'elle supervise mon travail sur la carte. Elle est passée chez Jenny parce qu'elle me cherchait, et l'a trouvée morte. Si vous voulez savoir qui a tué Jenny, allez le demander à Larry Gerard. Interrogez-le aussi sur le juge Herron et sur Carla Kelly.

Suarez le contempla une seconde, puis :

— Continuez !

— Je crois que Larry, ou l'un de ses hommes de main, a abattu Royce Herron et touché la carte par accident. Jenny et Carla travaillaient pour Larry. Tous savaient qu'il distribuait des pots-de-vin dans le cadre d'un projet de construction, à Miami – le Metropolis. Stuart Barlowe a misé gros dans l'affaire, mais ne saurait être impliqué dans une histoire de trafic d'armes. Larry, oui… ça me paraît crédible. Vous venez de me dire que c'est lui qui a mis Contreras en contact avec ce… c'est quoi son nom déjà… Leo Zurin.

— On y reviendra, dit Suarez. Pour le moment, laissez-moi terminer.

Il se renversa sur sa chaise, les mains mollement jointes sur les genoux. Il avait les ongles soignés, mais une cicatrice barrait ses articulations.

— Grâce aux achats effectués par Mlle Barlowe avec sa carte de crédit, nous avons pu retrouver votre trace en Italie. Vous avez disparu à Turin mais elle s'est servie de sa carte pour réserver deux chambres à l'hôtel Brianza de Florence. Nous savons que Stuart Barlowe se trouve à Florence, en compagnie de sa femme. Nous avons suivi M. Gerard à son arrivée à Londres vendredi, à son arrivée à Milan dimanche, et à son arrivée ici hier soir. On dirait que tous les protagonistes de cette histoire convergent.

— Bon sang, vous m'écoutez ou pas ? Je suis en train de contrefaire une carte pour Stuart Barlowe. Je ne connais pas ces autres gars dont vous parlez.

— Leurs noms vous sont inconnus ?

— Oui.

— Nous sommes venus à l'hôtel pour discuter avec vous quand nous vous avons vu sortir et vous castagner avec Laurence Gerard. (Suarez haussa les sourcils.) Ce qui nous ramène à ma première question. C'était quoi, le problème, entre vous et lui ?

— Larry n'aime pas que je couche avec Allison.

— Au point de vouloir vous tuer ? demanda Suarez, le sourire aux lèvres. Nous n'avons pas beaucoup de temps, monsieur Fairchild. Nous avons besoin de renseignements et il est logique que nous nous adressions à vous, vu qu'on vous tient par les couilles. Nous préférerions ne pas mêler Mlle Barlowe à ça, mais, à Scotland Yard, ils sont très curieux de connaître l'identité de la femme arrivée en taxi juste avant la mère de Jenny, et qui a trouvé sa fille morte. Réfléchissez-y.

C'est ce que fit Tom.

— Vous voulez bien me retirer les menottes ?

— Bien sûr.

Ianucci, le gars court sur pattes, sortit un cutter de sa poche et contourna la chaise de Tom. Le plastique céda. Tom étendit les doigts et fit tourner son épaule endolorie.

— Larry ne veut pas que je fasse cette carte.

— On en revient à la carte ?

— Stuart Barlowe l'a promise à Leo Zurin. Et vous me dites que c'est un marchand d'armes. Bon Dieu !

Tom rassembla ses pensées.

— Zurin s'est engagé à placer de grosses sommes dans le Metropolis. Il collectionne les cartes de Corelli, et Stuart lui a promis celle-ci, mais elle a été détruite avant qu'il ait pu la lui donner. C'est pourquoi il m'a embauché. Larry pense que si Zurin découvre qu'il s'agit d'un faux, il retirera ses billes et que le projet du Metropolis sera à l'eau. Je suppose qu'on peut dire que Larry et Stuart ont des divergences d'opinion, quant à mes talents de faussaire.

Ricker et Ianucci échangèrent un regard, mais les yeux noirs de Suarez restaient rivés sur Tom.

— Je croyais que Larry allait me tuer ce soir, reprit celui-ci. Et puis vous vous êtes pointés. C'est lui que vous devriez pister. Il faut que j'appelle Allison. Si je ne rentre pas, elle va prévenir la police.

— Plus tard, dit Suarez. Vous êtes là pour un moment. Vous avez fait allusion à une femme, Carla Kelly. Revenons-y. Vous avez dit que Larry Gerard l'a tuée ?

— Simple hypothèse. Il se servait d'elle pour faire chanter un type du conseil municipal. Carla savait de quoi il retournait. C'est Jenny qui me l'a dit. C'était une amie de Carla.

— Connaissiez-vous Carla ?

— Je ne l'ai jamais rencontrée.

— Connaissez-vous Oscar Contreras ?

— Vous me l'avez déjà demandé.

— Je vous le redemande.

— Ma réponse est la même… non. Je ne l'ai jamais rencontré. J'en ai entendu parler pour la première fois sur le bateau de Larry, et ils l'ont simplement désigné par son prénom. Marek Vuksinic m'a demandé si j'allais à Nassau pour y rencontrer Oscar. Il voulait savoir si je bossais pour Oscar ou pour Larry.

— Et vous lui avez répondu ?

— Que j'ignorais à quoi il faisait allusion. Un peu plus tard, je suis descendu en cabine et je l'ai surpris qui fouillait dans mon sac à dos. Je lui ai dit d'en retirer ses sales pattes. Quand on est remontés sur le pont, il m'a balancé par-dessus le tableau arrière et m'a plongé la tête sous l'eau. Vous vous trompez, Marek et moi n'avons pas débarqué ensemble à Nassau. J'ai débarqué à Bimini parce que je ne savais pas à quoi je devais encore m'attendre de sa part. Il m'a dit qu'il avait été soldat, et qu'il s'était reconverti dans le commerce de pièces détachées pour poids lourds. C'est vrai ?

— Non, répondit Suarez avec un sourire.

— Il m'a raconté qu'il avait fait de la prison en Bosnie. Vous savez pour quel motif ?

— Participation au meurtre de dix-sept civils et inhumation de leurs cadavres dans une fosse commune. C'était le chef d'accusation. Le tribunal chargé de juger les crimes de guerre n'a rien pu prouver.

Tom dut aspirer une longue bouffée d'air.

— Qu'êtes-vous allé faire à Londres ?

— Jenny y vivait et pouvait me servir de guide. J'avais des cartes de Corelli à voir, au musée de la Marine. Et il fallait que j'achète un appareil photo et un ordinateur pour exécuter la carte destinée à Stuart Barlowe. J'ai dormi chez Jenny le jeudi soir. Je lui ai demandé qui était Oscar Contreras. Elle a répondu qu'il s'occupait, ou s'était occupé, de trafic de coke. Je crois que c'est comme ça que Larry et lui se sont connus. Larry ne deale pas, mais il a des liens dans ce milieu-là.

Tom s'interrompit pour être certain de ne pas s'emmêler les pinceaux.

— Vendredi après-midi, je suis retourné chez elle pour récupérer mes affaires. Je l'ai trouvée morte. Comme je vous l'ai dit, Allison me cherchait. Elle est arrivée là-bas quelques minutes après moi. J'ai vu la mère de Jenny franchir la grille et dit à Allison qu'il fallait qu'on parte. Pas question que la police nous trouve là.

Un long silence s'ensuivit, rompu par Ricker :

— Vous savez quoi ? Cet imbécile est peut-être aussi ignare qu'il le prétend.

Suarez se leva, se dirigea vers la table et, d'un geste de la main, lissa la carte.

— Vous dites qu'elle date d'il y a combien de temps ?

— Cinq siècles. Elle est de Gaetano Corelli. *Universalis Cosmographia*, 1511. Elle provient d'un atlas. Faites attention en la manipulant.

Suarez la regarda à la lumière, qu'il voyait au travers des trous laissés par les balles.

— Je vais vous parler de M. Zurin. Leo Mikhailevich Zurin est le fils unique d'un commandant de l'armée soviétique. Sa mère était violoniste à l'Orchestre symphonique de Moscou. En 1953,

292

Staline a fait exécuter son grand-père pour haute trahison. Le père de Zurin a été rétrogradé et affecté dans le Kazakhstan. Leo y a travaillé pour l'industrie du pétrole. Il a fini par revenir à Moscou, et on l'a envoyé en Asie du Sud-Est et au Moyen-Orient, où son activité consistait à faire obtenir des armes aux insurgés soutenus par les Soviétiques. Après la chute de l'Union soviétique, Zurin s'est enrichi en rachetant des parts de l'ancienne compagnie pétrolière publique. Il s'est offert une villa sur une île au large de la Croatie, où son yacht est amarré. Il possède un appartement à Paris et une maison dans les Alpes italiennes – c'est là qu'il se trouve en ce moment. Dès que le Metropolis sera construit, il aura son appartement à Miami.

Suarez enroula la carte et la glissa dans le tube.

— Zurin a des tas de passions : le ski, la musique, les beaux-arts, la voile. Et maintenant, voilà qu'on découvre qu'il aime les cartes anciennes.

Suarez revint vers la chaise où Tom était assis et baissa les yeux vers lui.

— Où est la copie ?

— Je n'ai pas fini de travailler dessus. Elle est sur mon ordinateur.

— Vous vous y prenez comment ? Avec PhotoShop ?

— Pas tout à fait. Quelque chose dans ce goût-là.

À la dernière seconde, il se garda de mentionner le nom d'Eddie Ferraro.

— Je fabrique une nouvelle plaque gravée. Ensuite, j'imprimerai la carte sur du papier ancien et je la compléterai avec des taches brunes et une déchirure au niveau de la pliure

— Vous pensez que Leo Zurin va marcher ?

— Je n'en sais rien. J'espère.

— Combien Barlowe vous paie-t-il pour ça ? demanda Ricker.

— Assez pour que ça vaille la peine.

— Combien ?

— En tout, ça fera dans les cent mille dollars. Si je la finis à temps et si Leo Zurin n'y voit que du feu. Barlowe la veut d'ici une semaine.

Les hommes se consultèrent du regard.

Ianucci haussa les épaules.

— C'est bon.

— Vous la donnez à Barlowe, dit Suarez. Et Barlowe la remet à Zurin, qui l'accepte ou pas. C'est bien ce qui est prévu ?

— Tout à fait.

Suarez croisa les bras et réfléchit une minute. Puis il se rassit.

— Écoutez-moi bien… Contreras est en train d'acheter à Leo Zurin pour environ deux millions de dollars d'armes légères, de mitrailleuses, de lance-roquettes, d'armes anti-tank, de munitions et autres marchandises du même tonneau. Les armes transitent en ce moment même depuis l'une des anciennes républiques soviétiques et doivent en principe arriver à Gênes dans une semaine, à peu de chose près. Malheureusement, nous ignorons par où elles doivent être acheminées. À leur arrivée à Gênes, les armes doivent être réexpédiées quelque part en Afrique du Nord puis chargées dans un avion à destination de l'Amérique du Sud, où elles serviront à déstabiliser un pays qui, jusqu'à présent, était de notre côté.

— Le Pérou, dit Tom.

— En effet. Il n'est pas illégal de se livrer au commerce des armes. Ce qui l'est, c'est d'en vendre ou d'en importer sans les licences appropriées. Le boss de Contreras est un ancien trafiquant de drogue qui a renoncé au commerce de la cocaïne pour se lancer dans la politique. Il veut être président, défendre les droits des pauvres et des opprimés, et tenir tête à l'Oncle Sam. Ce qui serait une louable intention si ce type ne demeurait, au fond, un gros bonnet de la drogue. S'il perd les élections, ses partisans, armés jusqu'aux dents grâce à Contreras, contesteront les résultats des élections. Voilà la situation. À présent, vous allez enfin savoir ce qu'on attend de vous. Nous voulons connaître le nom du bateau et le jour où il partira de Gênes.

— Je ne suis pas au courant, objecta Tom. Pourquoi disposerais-je de ce genre d'information ?

— Vous allez le découvrir pour nous. Je pensais, avant que nous discutions, que vous bossiez sans doute pour le compte de Contreras et disposeriez par conséquent de ces renseignements. Il se peut que vous mentiez, mais ça m'étonnerait. Stuart Barlowe est ici pour voir Leo Zurin; de cela nous sommes certains. Il est possible qu'il soit impliqué, ou non, dans l'accord relatif aux armes. Ce qui est sûr, c'est qu'il doit donner la carte à Zurin. Ça nous facilite la tâche. Quand il est sur le point de conclure un accord, Zurin ne s'éloigne pas trop de sa maison de Champorcher. Je ne l'imagine pas venir à Florence. Il est plus probable que M. Barlowe aille lui remettre la carte là-bas. Champorcher se trouve dans les Alpes, à environ une heure de route de Milan. Vous l'accompagnerez. Nous voulons que vous placiez deux ou trois micros dans la maison de Leo Zurin.

Bouche bée, Tom les regarda à tour de rôle.

— C'est incroyable ce qu'ils sont petits de nos jours! fit remarquer Ianucci. Personne ne se rendra compte de rien. On vous reverra pour vous montrer comment ça marche.

— Je ne peux pas accompagner Stuart Barlowe. Je ne peux pas m'imposer. Il n'accepterait pas.

Ricker posa la main sur le dossier de la chaise de Tom.

— Demandez à sa fille de vous arranger le coup. C'est votre petite amie, pas vrai? Vous avez partagé un wagon-lit dans le train de nuit pour l'Italie.

— Ne me demandez pas de la mêler à ça. Je ne le ferai pas. Allez placer vos micros vous-mêmes! Eh, les gars, c'est vous les spécialistes.

— Nous n'avons aucun moyen d'entrer dans la maison, dit Ricker. Vous, si.

— Leo Zurin est un trafiquant d'armes. Si Marek Vuksinic me revoit, il voudra savoir ce que je fais là. Et, à votre avis, je serai encore en vie dans une semaine?

— Vous serez avec Stuart Barlowe, insista Suarez. Zurin devra se prononcer sur la carte, n'est-ce pas? Alors dites simplement à Barlowe de vous présenter en tant qu'expert en cartes anciennes. Si nous pensions que cela comportait des risques importants, nous ne ferions pas appel à vous.

— Foutaises! Vous n'êtes qu'une bande de menteurs. Vous êtes pires que les flics. Allez-y, renvoyez-moi à Miami. J'ai six ans à tirer. Ça vaut mieux qu'une balle dans la nuque.

— Dans ce cas, je vais vous dire les choses autrement…

Suarez avança la tête, les coudes appuyés sur les cuisses.

— Eddie Ferraro. C'est un ami à vous ?

Tom le regarda.

— Eddie Ferraro, répéta Suarez. Il a pris une chambre à l'hôtel Brianza, en même temps que Mlle Barlowe et vous. Au fond, je suis persuadé que vous êtes un bon garçon. Malgré votre casier judiciaire, je ne crois pas que vous soyez du genre à trahir un ami. Eddie doit purger une peine de vingt ans, et ça me ferait tout aussi plaisir de le réexpédier aux États-Unis dans le même avion que vous. À vous de décider.

25 Ils garderaient Larry pour la nuit dans une chambre à deux lits, à l'hôpital Santa Maria Nuova. Ils avaient voulu le renvoyer après lui avoir fait ses points de suture. Personne ne parlait anglais, ou bien leur attitude était typiquement italienne. « Votre fils ne va pas si mal. » *Non è molto grave.* Mais Rhonda avait insisté pour qu'on s'occupe correctement de lui. Elle paierait le prix qu'il fallait. Ils finirent par capituler. « Demain. » *Domani, signora.* « Revenez le chercher demain. »

À peine le brancard à roulettes de Larry avait-il été poussé dans la chambre que l'infirmière accorda à Rhonda cinq minutes (et pas une de plus) avec son fils. Ils avaient si bien gavé Larry de calmants et d'analgésiques qu'il ne se réveillerait pas avant plusieurs heures.

Stuart attendait près de la porte, portant sa veste sur le bras, comme si un œil au beurre noir et un nez cassé étaient contagieux. Rhonda, penchée au-dessus de son fils, frôla de ses lèvres son front contusionné et sa joue enflée. Elle lissa délicatement ses cheveux rares.

— On devrait y aller, dit Stuart à voix basse.

— Pas tout de suite. On reste encore un peu.

Elle s'habillait pour le dîner quand Larry l'avait appelée. Elle avait dû hurler afin de l'obliger à ralentir son débit, et lui raconter ce qui lui était arrivé et où il se trouvait. Stuart était sorti de la douche alors que Rhonda saisissait déjà manteau et sac à main. Elle avait pris un taxi pour aller chercher Larry, s'était servie de son foulard pour étancher son sang. *Parle-moi,* lui avait-elle dit. *Qu'est-ce qui s'est passé ? Comment tu as pu foirer à ce point-là ?*

297

Le chauffeur de taxi les avait conduits aux urgences les plus proches. Rhonda était restée près de Larry le plus longtemps possible. *Ne dis rien. Rien du tout. Je m'en occupe.*

Or c'était sa faute, pas celle de Larry. Elle avait échoué. Échoué lamentablement, sans appel. La fausse carte serait exécutée – à présent, c'était certain. Leo Zurin dirait à tout le monde que Stuart avait tenté de le berner, et l'édifice de leurs vies s'effondrerait en un tas de décombres fumants.

Elle sentait le regard de son mari posé sur elle. À peine auraient-ils quitté l'hôpital qu'il commencerait à poser des questions. Elle croyait déjà les entendre se bousculer dans l'esprit de Stuart. Comment y répondrait-elle ? *J'ai prié Larry de tuer Tom Fairchild. Qu'est-ce que tu dis de ça, Stuart ?*

Elle était seule à blâmer. Elle n'aurait jamais dû demander à Larry d'agir lui-même. Ce n'était pas une flèche. Il n'était ni fort ni brutal. Rien à voir avec le cas de Royce Herron. Ç'avait été un jeu d'enfant. Rhonda avait dit à Larry de trouver quelqu'un, et celui-ci avait envoyé Marek Vuksinic. Du boulot rapide, professionnel. Gratuit, qui plus est. Merci beaucoup.

L'infirmière revint.

— *Mi dispiace, ma adesso dovete…*

— Oui, on s'en va, répliqua Rhonda. *Grazie.*

— *Grazie*, dit Stuart. Merci.

Rhonda ramassa son manteau de renard blanc sur la chaise. Son mari se garda bien d'y toucher. Quoi d'étonnant ? Une manche était souillée du sang de Larry. Stuart s'en était aperçu et lui avait suggéré de le laisser au réceptionniste, qui connaîtrait sans doute un bon teinturier.

Ils empruntèrent le couloir menant à la sortie, accompagnés du bruit de leurs pas et des voix étouffées provenant de la salle des infirmières. Stuart lui prit le coude.

— Ça va ?

— Ça ira mieux demain quand on reviendra le chercher.

— Il aura besoin d'un dentiste, dit Stuart. Il devrait rentrer à Miami dès que possible.

— Ça vaut sans doute mieux. Je verrai comment il se sent demain.

Une infirmière passa, suivie d'un aide-soignant poussant un chariot.

— Désolée de t'avoir laissé en plan et d'avoir quitté l'hôtel comme une voleuse, mais je ne pouvais pas attendre. Il fallait que je sois près de lui.

— L'instinct maternel, murmura Stuart.

La lueur des néons du plafond accentuait ses cernes.

— Qu'est-ce qu'il vient faire en Italie ? demanda-t-il.

Rhonda s'appuya sur son bras.

— J'aurais dû te prévenir tout de suite. Larry a été tellement sous pression ces derniers temps. Toi aussi, d'ailleurs. Le promoteur, les décorateurs, la banque... il les avait tous après lui. Il désirait parler du Metropolis avec toi, et pour ça il lui fallait s'éloigner d'eux. J'ai donc accepté qu'il vienne nous rejoindre. On va faire la surprise à Stuart, j'ai dit.

— Pour une surprise, c'est réussi. On a dîné ou pas ? Je ne me souviens plus.

— Je ne crois pas, soupira Rhonda. Je te remercie d'avoir attendu avec moi. Larry appréciera.

— On se fera monter le dîner dans la chambre. Il faut qu'on discute de choses et d'autres.

— Larry est arrivé cet après-midi. Il voulait discuter avec Tom de ce qui s'était passé sur la vedette... de ce que Marek avait fait. Il voulait s'excuser...

— Pas ici, Rhonda. Des gens pourraient...

— Ils n'écoutent pas ! Ils n'entendent même pas.

Pendant qu'ils marchaient, elle posa la tête sur l'épaule de Stuart.

— J'ai dit à Larry où ils étaient descendus, et il a proposé à Tom de boire un verre avec lui. Ils se sont retrouvés devant l'hôtel et ils se sont disputés. Tom s'est jeté sur Larry. Il l'a frappé au visage avec un antivol de moto.

— Grands Dieux !

— Tom Fairchild est un homme violent. Larry aurait pu y laisser la vie. Heureusement, il est parvenu à s'enfuir. Et il m'a appelée.

Rhonda tourna dans le couloir et sortit un mouchoir en papier de son sac à main.

— Quand j'ai répondu au téléphone, je ne l'ai pas reconnu au début. Juste cette voix qui gémissait « maman, maman »…

Derrière elle, Stuart posa les mains sur ses épaules.

— Larry va se remettre. D'après le docteur, il n'aura pas de séquelles. L'un des membres du personnel m'a demandé si je comptais prévenir la police. J'ai répondu non. Je pense qu'il vaut mieux ne pas les impliquer pour le moment.

Rhonda crispa le poing autour du mouchoir en papier.

— Non. Mieux vaut laisser passer. S'ils envoient Tom en prison, il ne pourra pas finir la carte, pas vrai ?

— Calme-toi, Rhonda. J'aurai une explication avec lui.

— Attends-toi à ce qu'il te mente. Il va sûrement prétendre que c'est la faute de Larry. Dieu sait ce qu'il va te raconter. C'est un malade.

— Ne t'occupe pas de ça, répliqua Stuart d'un ton contrarié. Tu crois qu'on pourrait sortir de cet endroit ?

Les lèvres pincées, il ajouta :

— Je pense que tu devrais rentrer à Miami avec Larry. Il risque d'avoir besoin de toi.

Les femmes les suivirent des yeux lorsqu'ils traversèrent le hall. Par la façade vitrée du hall, on voyait, dominant les immeubles de la petite place, la coupole en terre cuite de la cathédrale Santa Maria del Fiore. Rhonda ralentit le pas. Elle ne voulait pas se retrouver seule avec lui. Pas encore. Il ne laisserait pas éclater sa colère tant que des gens les observaient.

Elle se figea et attendit qu'il se tourne vers elle.

— Stuart, il faut que je te dise… que je t'avoue quelque chose. J'ai eu très peur que Leo Zurin se rende compte que la carte était un faux, et qu'il nous en veuille davantage que si nous reconnaissions tout simplement que la carte avait été détruite.

— Ta position sur la question est très claire. Tu avais autre chose à me dire ?

— Oui. Tout ce que j'ai fait, je l'ai fait pour nous, et si je me suis trompée… Je suis désolée, et j'espère que tu me pardonneras. Avant que Tom Fairchild ne quitte Miami, je lui ai demandé de ne pas faire la carte. Je lui ai offert de l'argent pour qu'il renonce. Et aujourd'hui, j'ai chargé Larry de passer à son hôtel et de lui proposer le montant qu'il exigerait. C'est peut-être pour ça que Tom l'a agressé. Je me sens si coupable, je m'en veux tellement…

Les traits de Stuart s'affaissèrent sous l'effet de la consternation.

— Tu as fait quoi… ? Pourquoi ? Pour me saborder délibérément ? Tu m'as menti…

— J'essayais de t'aider… de sauver ce que nous avons bâti ensemble. Parce que je t'aime. Parce que j'ai été idiote et que j'ai eu peur.

Elle pressa ses lèvres sur sa joue et sur son cou et, glissant les bras sous le pardessus de Stuart, le serra contre elle.

— Pardonne-moi, je t'en supplie. J'ai eu tort et j'en suis consciente. Je t'ai tout raconté. Ne me force pas à te quitter. Je ne pourrais pas vivre sans toi. Ne parlons plus de ça ce soir. Ramène-moi à l'hôtel. S'il te plaît. Je veux être près de toi. On reviendra chercher Larry demain et je le mettrai dans un avion pour Miami. Mais ne m'oblige pas à partir moi aussi. J'ai besoin de toi. J'ai toujours eu besoin de toi. Je veux retourner à notre chambre, m'endormir dans tes bras, et tout oublier hormis ce que nous sommes l'un pour l'autre. Dis-moi que tu m'aimes. (Elle laissa échapper un petit rire.) Dis-le avant que je n'aie envie de me tuer. Tu m'aimes ? Pas vrai que tu m'aimes ?

— Pour mon malheur, oui. Tu me rends dingue, Rhonda. J'ai souhaité ta mort, comme tu as souhaité la mienne. Ne prétends pas le contraire.

Il chuchotait tout contre l'oreille de Rhonda.

— C'est ce qui nous lie.

— On va bientôt rentrer, dit-elle, sentant sa barbe lui piquer les lèvres. On sera chez nous dans quelques jours. Tom Fairchild va finir la carte, on la donnera à Leo et on rentrera chez nous.

26 Oscar Contreras faisait une longueur de piscine quand il vit l'employée de maison se diriger vers lui. Elle tenait un téléphone et Contreras en conclut que ce devait être important, les domestiques se permettant de le déranger sans bonne raison durant ses exercices matinaux étant virés illico.

Tout en fendant l'eau de ses bras, il voyait les pieds hâlés chaussés de sandales de cuir avancer à son rythme. Il arriva au bout de la piscine et se redressa.

— *Quién es ?*

— *Perdóne me, señor. Es el señor Zurin de Italia.*

Il demanda qu'on lui apporte sa serviette et remonta les marches, le torse et le ventre ruisselants. S'épongeant le visage, il se hâta de gagner le solarium et la table abritée par un parasol où la femme avait posé le téléphone.

— Leo, c'est vous ?

— Ciao Oscar, répondit la voix à l'autre bout du fil. J'espère que je ne vous réveille pas.

Leo avait dû entendre les bruits de la piscine. Il faisait de l'ironie – un trait typique des Européens.

— Je fais cent longueurs de piscine chaque matin, pour rester en forme.

Oscar mit ses lunettes de soleil.

— Un vrai macho, commenta Leo Zurin. Vous devriez venir skier en Italie. C'est grisant, mais il faut faire attention à ne pas quitter la piste et finir dans une crevasse. Pardonnez-moi d'être aussi direct, mais où est mon argent ?

— Où est ma marchandise ? rétorqua Contreras. Je serai direct moi aussi : vous ne m'avez toujours pas informé à ce sujet.

— C'est parce que je n'ai pas encore touché le troisième versement, qui est censé intervenir avant l'expédition des marchandises. C'étaient les conditions.

— Comment puis-je savoir que tout sera dans le container ?

Ses paroles furent suivies d'un silence. Puis Leo demanda :

— Êtes-vous en train de mettre en doute mon intégrité ?

— Non, mais les affaires sont les affaires. Je ne vous connais pas. Je vous ai passé commande sur votre seule parole. La prochaine fois, on aura établi une relation de confiance et on n'aura pas besoin de repasser par toutes ces conneries.

— Il n'y aura pas de prochaine fois, *señor* Contreras. Vous voulez vos marchandises ou pas ?

La domestique posa un verre de jus d'orange sur la table. Contreras en but et croqua la glace pilée.

— Écoutez-moi, Leo… Pas la peine de faire le malin. La marchandise, je peux l'acheter ailleurs. Je ne suis pas pressé. Alors voilà ce qu'on va faire : je vous transférerai l'argent quand je serai assuré que tout est en ordre. Je connais quelqu'un qui est en Italie, justement en ce moment. Lorsque les articles auront été inventoriés et tout ce qui s'ensuit, je lui dirai de lâcher l'argent. Vous le connaissez vous aussi… Larry Gerard, de Miami. C'est un ami très proche. Je vais lui demander de me rendre ce service. Dès que j'aurai donné le feu vert, vous aurez votre argent. Pas avant. OK, deuxièmement…

Le téléphone coincé sous l'oreille, Contreras s'épongea les bras et les jambes avec une serviette avant de s'installer sur une chaise de patio.

— Vos tarifs sont archi-élevés. Je veux payer directement le coût de l'expédition. De cette façon, ma société économise de l'argent et vous, vous n'avez pas à vous soucier d'apporter la marchandise jusqu'ici. Ça vous convient ?

La réponse parvint à Contreras plus tôt qu'il ne l'attendait.

— Tout à fait, dit Leo Zurin. Je demanderai à un représentant de ma compagnie de vous recontacter bientôt.

À l'autre bout de la ligne, on raccrocha. Contreras fit signe à la domestique, qui attendait respectueusement à bonne distance.

— Vous pouvez me servir le petit déjeuner.

Leo Zurin remit le mobile dans la poche de sa veste de ski. Sa bouche dessinait une ligne fine et tendue. En l'espace d'une minute, Marek l'avait regardé passer de la contrariété à la rage.

— Des soucis avec le Péruvien ?

— Ce fils de chien ! Dès que le matériel sera chargé, il sera à lui. Après ça, plus question de lui vendre un lance-pierre, et je me débrouillerai pour que personne ne le fasse. C'est la dernière fois que je fais affaire avec des Sud-Américains. Ils sont corrompus et arriérés. Ce qui explique toutes ces révolutions…

Marek et Leo déjeunaient d'une raclette à la terrasse d'un restaurant, sur la petite place de Champorcher. La table offrait une belle vue des montagnes et Marek pouvait fumer. Le soleil faisait briller le crâne chauve de Leo et se reflétait dans les verres de ses lunettes noires. Le Russe saisit le couteau et racla le fromage fondu sur ses pommes de terre.

— Contreras nous a préparé une autre surprise : il va demander à Larry Gerard d'être ses yeux et ses oreilles avant de me payer. Ah ! Je savais que ça te ferait bondir.

— C'est ma faute, dit Marek. C'est moi qui ai laissé Gerard te mettre en contact avec Contreras.

— Ne t'inquiète pas pour ça.

Leo fit suivre le fromage d'une gorgée de vin blanc.

— On peut tous, de temps à autre, tirer une mauvaise carte. Tu pourrais être à Gênes, mardi ? La cargaison arrivera dans l'après-midi ou dans la soirée. À peine chargée dans le container, elle appartiendra à Contreras. Je ne récolte pas la totalité de l'argent mais, d'un autre côté, je n'ai pas à garantir la livraison au Pérou. C'est où, au juste, le Pérou ?

— Au sud de la Colombie, répondit Marek. Alors… Il semblerait que Tom Fairchild ne soit pas au service de Contreras, après tout.

— En effet, approuva Leo. Hier, j'ai enfin eu des nouvelles de mon ami de la société internationale des cartes anciennes. La sœur de Fairchild possède une boutique spécialisée à Miami. Il y travaille. Il est tout particulièrement chargé de nettoyer, de colorier et d'encadrer les vieilles cartes.

Avec sa fourchette, Marek fit passer l'une des pommes de terre dans le fromage grésillant.

— D'accord, il travaille dans une boutique de cartes anciennes. On le savait déjà. Mais tout ça continue à me sembler louche.

— Il arrive que les choses soient ce qu'elles ont l'air d'être, fit remarquer Leo. Ces montagnes, par exemple. Ce pain. Le soleil sur notre visage. Et il arrive même, parfois, même si c'est rare, que les gens disent la vérité.

Moins de vingt-quatre heures après que Rhonda Barlowe se fut présentée chez Leo pour l'informer que la carte avait été dérobée, son mari l'avait appelé pour lui dire qu'elle s'était trompée. Barlowe avait soutenu que Tom Fairchild était parti à Londres pour tenter de voir, avec des spécialistes, comment régler le problème des taches brunes. Rhonda n'en sachant rien, elle s'était imaginée que la carte avait été volée. Tom Fairchild s'était ensuite rendu en Italie afin d'acheter des solvants et des colles spécifiques. Le nettoyage serait fini avant le week-end et Stuart Barlowe viendrait personnellement lui remettre la carte à Champorcher.

À Marek, toute cette histoire paraissait sans queue ni tête. Leo, quant à lui, voulait y croire.

Leo l'observa de ses yeux noirs, par-dessus le verre de ses lunettes.

— Tu penses que Barlowe ment ?

Marek se complut soudain à imaginer le visage de Barlowe coincé sous la source de chaleur de l'appareil à raclette. Quels mensonges allait-il leur raconter ?

— Pourquoi ignore-t-il où se trouve Fairchild ?

— Ils sont en contact téléphonique, expliqua Leo. Fairchild tient à ce qu'on le laisse travailler en paix.

— S'il restaure des cartes anciennes, pourquoi est-ce qu'il a tué l'Anglaise ?

— Peut-être voulait-il la baiser et elle a refusé... Je m'en fiche. Il peut tout faire sauf abîmer la Corelli. Si ça devait se produire, je lui arracherai les bras et je les ferai bouffer à Stuart Barlowe. Qu'est-ce qui prend si longtemps, bordel ?

Marek prit une cigarette dans son paquet et l'alluma.

— Larry Gerard sera-t-il à Gênes ?

— Si Contreras l'y envoie. Pourquoi ?

— Il pose un gros problème. Il est trop bavard.

— On a besoin de lui pour vérifier la cargaison.

— Oui, mais après ça... ?

— Fais comme bon te semblera. Tu n'as pas besoin de me demander la permission. Du moment que j'ai ma carte, dit Leo, je ne serai pas mécontent qu'une avalanche les emporte tous.

27 Sous un vieux parapluie dont l'une des baleines était cassée, Allison s'empressait de regagner la maison d'Eddie Ferraro. Elle portait un sac que la vieille tante de celui-ci avait rempli de victuailles – du poulet au romarin, des pâtes ligures aux haricots verts. Allison contourna des flaques et enjamba les petits ruisseaux qui, depuis les rues du haut, s'écoulaient en gargouillant sur le pavé. La pluie faisait fondre la fine couche de neige laissée par un front froid, deux jours plus tôt. L'après-midi du dimanche touchait à sa fin et, vu le temps glacial, tous les habitants s'étaient calfeutrés chez eux. Le lendemain, les enfants feraient la queue devant le car de ramassage scolaire et les boutiques rouvriraient. Des caisses de légumes et de fruits seraient exposées sur les trottoirs, à condition qu'il cesse de pleuvoir.

Ils avaient prévu de se rendre à Florence dans la matinée et d'imprimer la carte dans la soirée. Mais encore fallait-il pour cela qu'Eddie parvienne à obtenir une plaque gravée utilisable. Sur les six plaques vierges arrivées d'Allemagne la semaine précédente, il en avait déjà gâché trois sous les tubes à ultraviolets de son caisson lumineux. Ne supportant plus ce suspense, Allison avait proposé d'aller chercher le dîner pour ne pas le voir en balancer une quatrième en travers de la pièce. La carte les avait tellement occupés qu'ils n'avaient pas vu s'épuiser leurs réserves de nourriture. Eddie avait appelé tante Lucia pour lui demander si elle avait des restes.

Allison tourna à l'angle au niveau du tabac et gravit la très pentue Via Rossa. Par une illusion d'optique, les portes en bois semblaient pencher. Elles se faisaient face, dans cette rue aux trottoirs étroits et au sol couvert de pierres grises et plates, et incisé pour éviter que les gens et les chariots ne glissent.

À moins d'un imprévu, la carte serait finie avec un jour d'avance sur le programme. Eddie avait assemblé son caisson et montré à Allison comment mélanger l'encre et fabriquer de quoi l'appliquer sur la plaque. Quant à Tom, il buvait des litres d'expresso, vissé devant son ordinateur. En ouvrant l'œil aux premières lueurs du jour, Allison avait trouvé dans le lit, à sa place, le petit mot qu'il lui avait laissé. Eddie et lui étaient partis à Florence avec l'image numérique gravée sur DVD. Six heures plus tard, ils avaient rapporté un transparent et deux sauvegardes, et s'étaient mis à travailler sur les plaques.

Allison aurait voulu les accompagner, mais Tom ne l'avait pas réveillée. Non qu'il manquât d'attentions. Il l'évitait, tout simplement. Il ne voulait pas avoir à répondre à ses questions sur ce qui s'était passé le mercredi soir. Eddie et elle s'étaient fait un sang d'encre, se disputant pour décider s'il fallait attendre un coup de fil ou appeler la police. Puis Tom était rentré et avait déclaré s'être battu avec Larry. Ça, Allison n'avait pas de mal à le croire. C'est le reste de l'histoire qu'elle trouvait difficile à avaler : après le départ de Larry, Tom avait été enlevé par des hommes qui, le croyant riche, s'étaient imaginés pouvoir en tirer une rançon. Après qu'il fut parvenu à les convaincre qu'il n'était qu'un étudiant, les types l'avaient relâché.

Tout ça, c'était des conneries, évidemment. Mais Tom avait demandé à Allison de lui fiche la paix. Il avait du boulot et elle, n'était-elle pas censée réviser ? Or Allison en avait par-dessus la tête d'étudier. Dans deux semaines, elle passerait l'examen du barreau de Miami. Avec succès ou pas ? Cela lui paraissait, pour le moment, aussi peu en rapport avec sa vie que l'annuaire des marées des îles Fidji.

Parvenue devant chez Eddie, elle leva les yeux vers les volets fermés de l'atelier, trois étages au-dessus. Si, à elle, Tom avait raconté des bobards, Eddie avait eu droit à une autre version de l'histoire. Plus d'une fois, ils avaient interrompu leur conversation lorsqu'elle entrait dans la pièce pour aussitôt lui poser une question idiote, du genre : « Il reste encore de la bière ? » ou : « Il pleut encore dehors ? »

Sur le côté du bâtiment, un escalier de pierre menait à un petit porche, sur lequel Allison posa son sac et referma son parapluie. Elle avait la main sur la poignée quand elle entendit quelqu'un crier. Elle ouvrit lentement la porte.

C'était Tom, et Allison s'étonna de la colère contenue dans sa voix. N'entendant pas d'interlocuteur, elle comprit qu'il était au téléphone. Comme elle n'avait pas croisé Eddie dans la rue, elle se demanda s'il était lui aussi là-haut. Elle referma discrètement la porte et emporta le sac dans la cuisine, marchant en silence sur le sol carrelé. Sans avoir retiré sa veste et son chapeau, elle alla au pied des marches et tendit l'oreille.

Tom se plaignait d'avoir été mis dans le pétrin.

— Vous pourriez décider de rentrer à Miami, dire « le pauvre gars, c'est triste pour lui » et m'abandonner à mon sort... Je ferais quoi, alors, je vous poursuivrai en justice ?... Ce que vous voulez, c'est la carte, mais comment puis-je être certain qu'elle vous conviendra ?... Elle n'est pas pour vous, mais pour Leo Zurin. C'est à lui de décider.

Réalisant que Tom s'adressait à son père, Allison monta une marche. Quand le bois craqua, elle se figea.

— Débrouillez-vous pour expliquer ça à Zurin, mais quand vous lui apporterez la carte, je viendrai aussi. C'est ça ou rien... Oui, vous pouvez y réfléchir, mais dépêchez-vous. Sans accord préalable, pas de carte... Vous savez où me joindre.

Il y eut un bref moment de silence, puis Eddie demanda :

— Tu crois qu'il va accepter ?

— Je ne sais pas. Peut-être.

— Tu devrais songer à trouver un moyen de pression, Tommy. Il va te falloir des munitions, s'il essaie de se retourner contre toi.

— Attendons de voir ce qui se passe. Je vais dire à Suarez que c'est bon et croiser les doigts.

— J'ai l'impression que c'est de ces gars que tu devrais te méfier, plus que de Barlowe.

— Tu m'étonnes ! Ce qu'un agent de l'ATF est venu foutre en Italie, voilà ce que je voudrais savoir.

Tom éclata de rire, puis :

— Eh, Eddie, tu n'as pas besoin d'un colocataire ? Il se peut que je m'installe à Manarola si tout ça foire. Bon Dieu, je suis naze ! Ça y est, la plaque est sèche ?

— Viens jeter un coup d'œil.

Allison avait atteint le haut des marches. Le sol était souillé de poussière de carbone, suite à la fabrication de l'encre, et des cartons d'emballage s'entassaient dans un coin. Les étagères étaient jonchées de bouteilles de bière et de tasses à café vides. Les deux hommes se penchaient sur l'établi. La lumière jouait sur les cheveux gris d'Eddie et sur la loupe que Tom déplaçait au-dessus de la plaque à graver.

— Le dîner est en bas, annonça-t-elle.

Ils levèrent la tête et la dévisagèrent, avant d'échanger un regard. Allison retira sa veste et son béret, qu'elle posa sur la balustrade. Elle traversa la pièce et vit une plaque qui devait faire soixante centimètres sur quatre-vingt-dix. Eddie en avait retiré ce qui n'avait pas été durci par les rayons ultraviolets. La surface de polymère brillait, révélant un entrecroisement de traits fins, l'*Universalis Cosmographia* de Corelli à l'envers.

— Je crois qu'on tient enfin la bonne.

Il était évident qu'elle avait surpris leur conversation.

— Tom a fait un boulot magnifique, dit Eddie. Mais il reste encore à imprimer la carte. On prépare une plaque de plus ce soir, au cas où.

Allison se tourna vers Tom.

— Ça ne te dirait pas de faire un tour ?

— Allison, dit Eddie. On n'avait pas l'intention de te laisser dans le noir, crois-moi.

Comme elle se contentait de le regarder, il poussa un soupir.

— Vous deux, restez ici. Je crois que je vais aller chercher une bouteille. Appelez-moi sur le portable quand le dîner sera prêt.

Il descendit. Ils entendirent claquer la porte.

— Tu te disputais avec mon père, dit Allison. Pourquoi ?

Tom avait la tignasse ébouriffée, comme s'il s'était passé la main dans les cheveux.

312

— Je ne t'ai pas tout dit.

— Quelle surprise !

— Je ne pouvais pas, Allison. Il y a encore quantités de choses que je ne peux pas te dire, et je voudrais que tu puisses me faire confiance sur ce point. Dans une semaine, on sera rentrés. Dès qu'on se sera tirés d'ici, je t'expliquerai tout. Mais pas maintenant.

— Oh... Je croyais que tu comptais t'installer ici avec Eddie.

— C'étaient des paroles en l'air.

— Cesse de me mentir, Tom. Tu prétends ne m'avoir jamais menti, alors que tu n'arrêtes pas...

— Écoute. J'ai dit à ton père que je voulais l'accompagner quand il remettrait la carte à Leo Zurin. Il le faut. Et s'il allait prétendre que Zurin n'aime pas la carte ? Ou qu'il décidait de ne pas me payer ? J'aurais quoi, comme recours ? Je ne veux pas me retrouver le bec dans l'eau.

— Tu veux que je m'en aille tout de suite ? J'en suis capable, Tom. Je peux retourner tout de suite à Florence et aller interroger mon père...

— Très bien. Je vais tout te raconter, concéda-t-il, toujours hésitant.

— Arrête d'inventer des explications alambiquées ! Contente-toi de me dire la vérité ! C'est si difficile ? Pourquoi ne pas commencer par me dire où tu étais mercredi soir ? Tu as parlé de Larry à mon père ? Vous vous êtes engueulés ?

— Non. Il m'a appelé le lendemain. Ce n'est pas ton père que j'ai vu. Viens là.

Tom la fit asseoir au bout du lit pliant d'Eddie et s'installa à côté d'elle. Il lui prit la main.

— Ce que je vais te confier, Stuart ne doit surtout pas l'apprendre. Je suis sérieux, bébé.

— D'accord, dit-elle lentement.

— Je ne suis allé nulle part... du moins, pas volontairement. Tu te souviens de ces hommes qui nous ont suivis dans le train ? Eh bien, ils attendaient devant l'hôtel. Ils sont remontés jusqu'à moi grâce à ta carte de crédit. Ils étaient sur le point de monter dans notre chambre au moment où je suis sorti. Ils nous ont vus nous battre, Larry et moi. Quand il a fichu le camp, ils m'ont chopé et m'ont fourré dans leur voiture.

Allison ne le quittait pas des yeux.

— Je t'en prie… Dis-moi que c'est une blague.

— Tu veux la vérité ou pas ?

— Oui. Continue.

Le peu de lumière filtrant par les volets s'atténua peu à peu. Avant que Tom eût achevé de parler, il faisait nuit. À la fin de son récit, Allison avait saisi que deux des investisseurs dans le projet immobilier de son père étaient impliqués dans un trafic d'armes que certains agents du gouvernement américain voulaient empêcher. Et que, pour ce faire, ils attendaient de son amant qu'il place des micros dans la maison de Leo Zurin, dans les montagnes à proximité de Champorcher.

— Juste deux ou trois, précisa Tom. Ce matin, quand Eddie et moi nous sommes rendus à Florence, ils m'en ont montré un. Très petit, avec une face adhésive. Je pourrai le coller sous une table ou sur un mur. Quand on retournera à Florence, je suis censé voir Suarez une dernière fois.

— Oh, mon Dieu !

Allison appuya son front sur ses mains.

— Il n'arrivera rien, dit Tom. Leo Zurin sera bien disposé. Il va avoir sa carte. Il n'aura pas idée de chercher des micros. C'est la dernière chose à laquelle il s'attend – qu'on fiche sa maison sous écoute.

— Et Marek Vuksinic ? Imagine qu'il soit là-bas.

Tom haussa les épaules.

— Et alors ? Il saura se tenir, devant Stuart.

— Tu en es certain ?

— Oui. Ne t'inquiète pas, Allison.

Elle scruta le visage de Tom. Les longues heures passées devant l'ordinateur avaient laissé leur trace, mais elle ne remarqua aucun signe de malaise.

— L'agent Suarez croit-il mon père impliqué d'une façon ou d'une autre ?

Tom hésita, puis :

— Je ne sais pas ce qu'ils croient.

— C'est Larry. C'est lui qui est derrière tout ça. Il se sert de Stuart. Il l'a toujours fait. Il agit pour Rhonda, tu le sais. Elle le manipule comme une marionnette.

— Tu penses vraiment que c'est elle qui me l'a envoyé, pas vrai ?

— Évidemment. Ce n'était pas mon père. C'est Rhonda qui a tout fait pour te dissuader. L'argent qu'elle t'a proposé, Larry et son flingue... Je pense qu'elle voulait qu'il te tue.

— Ça, je n'en sais rien. Peut-être voulait-il juste m'intimider ? Je lui ai cassé la gueule pour rien.

— Tu étais censé faire quoi ? Attendre qu'il appuie sur la détente ?

— Waouh... Tu es une vraie dure, toi !

— Je t'en prie, laisse-moi prévenir Stuart. Tout le monde lui ment.

— Ne fais pas ça ! Je veux finir la carte et être payé. Après ça, ces deux-là pourront s'entre-tuer si ça leur chante. Mais pour le moment, oublie.

— Quelle salope !

— Je ne plaisante pas, Allison.

Tom leva un doigt en guise de mise en garde.

— C'est bon. Je ne dirai rien. Je peux te parler comme si j'étais ton avocate, juste une minute ? Quand tu reverras Suarez, demande-lui de régler le problème avec ton agent de probation. Il peut au moins faire ça.

— Je lui ai déjà demandé. Il a refusé. Ils bossent pour le gouvernement fédéral et Weems est au service de l'État.

— Aucune importance. Les fédéraux peuvent faire pression sur l'État s'ils le souhaitent. C'est possible. Il leur suffit de dire : « Tom Fairchild est à nous et, si vous y touchez, vous vous rendez coupable d'une infraction fédérale. »

— Merci pour vos conseils, madame l'avocate, mais Suarez ne marchera pas. Tu comprends, il ne souhaite pas qu'on sache qu'il opère en dehors de sa juridiction : lui et son agence se feraient épingler par les médias. Tout ce qu'il m'a promis, c'est un laissez-passer pour le pays natal, et j'espère que sur ça, il ne va pas essayer de me baiser.

Tom attira Allison vers lui et l'embrassa sur la tête.

— Il n'y a pas que moi qu'ils ont dans le collimateur, mais aussi Eddie. Ils ont menacé de le renvoyer aux États-Unis pour qu'il y soit jugé. Il risque une peine de vingt ans. Je n'ai rien dit à Eddie. Parce que, enfin… pourquoi l'inquiéter, hein?

Allison se dégagea et le regarda bien en face.

— C'est pour Eddie que tu fais ça? Non… OK… je veux dire… Mon Dieu, c'est tellement… tellement noble.

— Noble? Pas vraiment. On est dans le même bateau, lui et moi.

— Quand Eddie a dit qu'il te faudrait des munitions contre mon père, il entendait quoi par là?

— Pardon?

— Quand vous discutiez, Eddie et toi… Il a dit qu'il fallait que tu songes à trouver un moyen de pression, et tu as répondu… Tu as répondu que tu préférais attendre de voir ce qui allait se passer. Qu'est-ce que tu insinuais?

Tom secouait la tête, le visage fermé.

— Ce que je voulais dire par là… c'est qu'on allait devoir convaincre Stuart de me laisser l'accompagner pour remettre la carte à Zurin. Je suis désolé, Allison, je suis tellement fatigué que je n'arrive plus à réfléchir. Tout ce que je veux, c'est finir la carte, fiche le camp de ce pays et oublier que tout cela est jamais arrivé.

Allison hocha la tête. Elle posa sa paume dans celle de Tom, qu'elle pressa.

— On prend tous les deux un nouveau départ, en quelque sorte. Je ne sais pas comment ça va évoluer, entre nous… on verra bien. J'ai aussi réfléchi à ma carrière. Je n'y accorde plus la même importance. Et mon père… eh bien, j'ai toujours du mal à le comprendre mais, même si j'ignore encore ce qu'il pense vraiment de moi, je l'aime. Je n'y peux rien. C'est mon père.

— Fais attention, bébé. Les gens sont parfois décevants.

— Pourquoi dis-tu ça?

— C'est juste que… ils ne sont pas toujours ce qu'on voudrait qu'ils soient.

— Comment Manny Suarez a-t-il obtenu le feu vert pour travailler en Italie?

— Quoi ?

— C'est un agent de l'ATF. Il enquête sur une affaire de trafic d'armes, mais les armes ne sont pas destinées aux États-Unis. L'ATF, comme le FBI, n'opère que sur le territoire national. Et ses amis, ils travaillent pour qui ?

— Je lui ai demandé. Il m'a dit de la boucler. (Tom consulta sa montre.) 16 h 40. Il est quelle heure à Miami ?

— 10 h 30.

Il se leva du lit et alla chercher son mobile.

— Qu'est-ce que tu fais ?

— J'ai un ami… mon propriétaire, Fritz. Il est retraité d'une petite entreprise panaméenne de transport aérien. À moins que ce soit le roi des embobineurs, c'était une couverture. En fait, il bossait pour la CIA. Il prétend avoir gardé des contacts avec ses anciens copains. Je vais le charger d'une mission : découvrir qui est Manny Suarez.

28

La cargaison arriva le mardi, juste avant la tombée de la nuit, dans un entrepôt proche du port de Gênes. Les Ukrainiens qui avaient fait franchir aux caisses six frontières internationales montèrent dans leurs camions et repartirent. Des employés de l'entrepôt ouvraient les caisses à l'aide de barres de fer et en déposaient le contenu sur une bâche déployée sur le sol en béton. L'homme travaillant pour Oscar Contreras vérifiait, liste à l'appui, que tous les articles étaient bien là. Chaque caisse, une fois refermée et son couvercle cloué, était chargée sur un chariot par un Algérien au teint mat et un Sicilien à qui il manquait un œil. Ils l'emportaient ensuite jusqu'à un container en acier destiné au transport maritime. Ce manège se poursuivait depuis des heures.

Les caisses avaient été enregistrées comme renfermant des pièces détachées d'occasion de voitures allemandes à destination de Caracas, Venezuela. Elles seraient chargées sur l'*Ulysse*, cargo naviguant sous pavillon tunisien. Le bâtiment franchirait le détroit de Gibraltar et atteindrait un port du Sahara occidental. Le container serait alors déchargé, mis dans un vol pour le Venezuela et, de là, transporté au Pérou par voie terrestre. C'est Marek Vuksinic qui avait élaboré cet itinéraire mais, après qu'on aurait scellé la porte du container, les caisses cesseraient d'être son problème.

Une fois l'agent de Contreras assuré que la cargaison correspondait à la liste, Larry Gerard appellerait un certain banquier pour valider la transaction et lui demander de virer l'argent sur un compte identifié par un simple numéro. Le jour où l'on chargerait le cargo, l'homme de Contreras reviendrait et accompagnerait le container jusqu'au dock.

Larry Gerard assistait à la scène, assis sur une chaise à roulettes. Il porta délicatement un verre à ses lèvres. Depuis son arrivée, il buvait le whisky de l'affréteur. Un gros bandage blanc lui recouvrait le nez, et l'un de ses yeux ressemblait à une prune fendue d'un trait rouge. Ce que Tom Fairchild avait fait à Larry incitait Marek à penser que Fairchild était plus qu'un petit employé dont la sœur possédait une boutique de cartes anciennes.

Il ne restait que quelques caisses à charger. Larry posa la bouteille de whisky et fit signe à Marek de s'approcher.

— J'ai à te parler.

Sa bouche bougeait à peine. Il avait les lèvres enflées et il lui manquait deux dents.

Ils franchirent une petite porte et pénétrèrent dans une cour encombrée de containers.

— Marek, je veux que tu fasses quelque chose. Je te p... paierai. Pour commencer, il faut que je te p... parle de la Corelli.

Larry avait du mal à prononcer les « p » et les « b ».

Marek fumait sa cigarette, attendant la suite.

— C'est une contrefaçon. Un faux. Leo Zurin n'aura pas l'original. Il est foutu.

— Je ne comprends pas.

— La carte est une copie de l'original. C'est une arnaque. Tu n'es pas au courant de ce que tu as fait ? Quand tu as abattu le juge Herron, tu as tiré à travers la Corelli... trois balles. Du sang partout...

— Non !

— Si !

Larry souffla l'air par le nez, émettant un rire qui se transforma aussitôt en grimace.

— En un sens, c'est marrant. Quand on... pense que... À ta place, je ne le dirais pas à Zurin.

De la fumée s'éleva au-dessus de la tête de Marek.

— Tu es en train de me dire que j'ai détruit la carte. Et que Stuart Barlowe va donner un faux à Leo ?

— Oui, c'est exactement ça. Il p... Il paye Tom Fairchild cent mille dollars. Incroyable, non ?

La nouvelle était si stupéfiante que Marek ne savait comment réagir.

— Où est ce type ?

— En ce moment, il est à Florence. Il va im... imprimer la carte. C'est peut-être déjà fait.

— Où ça ?

— Je n'en sais rien. Mais il va l'apporter à Stuart. Rhonda et lui sont descendus au Cellini. Ensuite Stuart ira la remettre à Leo.

— C'est un faux de bonne qualité ?

Larry haussa les épaules.

— Je ne l'ai pas encore vu, mais Leo n'est pas un imbécile.

Larry se rapprocha de Marek et lui posa une main sur l'épaule.

— Ne t'inquiète pas. Je ne lui dirai pas ce que tu as fait. OK ? Mais il faudra que tu m'aides à le convaincre de ne pas se retirer du Metro... du Metropolis. Il y a un putain d'appartement de luxe. Je peux me débrouiller pour qu'il fasse davantage de...ppp... de profit. Il y a les moyens pour ça. Mon comptable a... beaucoup d'imagination.

Les lèvres enflées de Larry se relevèrent en un sourire.

— Mais je ne peux rien faire tant que j'aurai Stuart dans les pattes. Tu vois où je veux en venir ?

Marek regarda la faible lumière se déplacer sur le visage défoncé de Larry.

— Non. Où veux-tu en venir ?

— Stuart doit disparaître, Marek. Merde, c'est déjà un homme mort. Quand Leo réalisera que la carte est un faux, ça le rendra dingue.

Larry braqua son œil intact vers la porte de l'entrepôt, avant de poursuivre :

— Stuart craque depuis pas mal de temps. Il est sous antidépresseurs. C'est moi qui prends les décisions relatives au pppp... au projet. Il est lourdement endetté mais très bien loti, côté assurance-vie. Je veux que tu supprimes aussi Allison. À toi de décider comment tu t'y prendras. Dis-moi combien tu veux.

321

— Pourquoi ta sœur ? demanda Marek en tapotant la cendre de sa cigarette.

— Sœur par alliance, précisa Larry. Pourquoi ? En dehors du fait que c'est une connasse ? (Larry eut un petit rire.) Vivante, elle aura droit à la moitié de l'assurance-vie de Stuart et à une quantité de bbb… de biens immobiliers.

— Ça ne te dérange pas, que ta famille soit décimée ?

— Ils ne sont pas de ma famille. Ils ne signifient rien pour moi. (Larry passa la langue sur ses dents cassées.) Tu veux combien ?

— Pour deux personnes ?

— Ouais. Tu prends combien pour ce genre de boulot ?

— Et Tom Fairchild ?

— Ah ouais, lui aussi. Il le mérite bien, vu ce qu'il m'a fait. OK. Trois. Combien ?

— On en parlera plus tard.

D'un geste de la tête, Marek désigna la porte de l'entrepôt.

— Entrons. Il fait froid ce soir. On va boire un verre en attendant que toutes les caisses soient chargées dans le container. Ensuite, on pourra discuter.

À 2 h 35, le container fut cerclé avec du câble d'acier et une plaque au nom d'un agent maritime qui n'existait que sur le papier. Les employés de l'entrepôt repartirent aussitôt, mais Marek demanda à l'Algérien et au Sicilien de rester jusqu'à ce que tout soit réglé. Ils disparurent dans l'une des pièces du fond avec leur pipe à haschisch.

Marek sortit fumer une cigarette pendant que l'homme d'Oscar Contreras passait un coup de fil au Pérou. Après ça, Larry Gerard appellerait le banquier.

En descendant la pente, à l'arrière de l'entrepôt, Marek pouvait distinguer les vieux quartiers de Gênes. La colline était suffisamment élevée pour offrir une vue dégagée du port, aussi vivement illuminé qu'un centre commercial américain. Des grues de chargement perçaient le ciel noir, et il y avait deux bonnes dizaines de cargos à quai. Les navires de croisière attendaient l'embarquement du matin.

Marek avait appris, par les Italiens de l'entrepôt, que Christophe Colomb était parti de ce port, alors en pleine gloire. Et qu'un siècle et demi plus tôt, la peste noire était arrivée sur le dos des rats d'Odessa, qui avaient dévalé les aussières et couru sur les quais.

La cigarette coincée entre les dents, le Croate glissa la main dans la poche de poitrine de sa veste et en tira son Walther P99 et son silencieux, qu'il vissa au bout du canon. Après avoir vérifié par habitude le contenu du chargeur, il remit le revolver dans sa poche.

Les lueurs clignotantes d'un avion lointain traversèrent le ciel, avant de disparaître derrière une montagne. Marek devait faire en sorte que Leo n'apprenne jamais que la Corelli était un faux. Comment expliquer que ses balles avaient détruit l'original ?

Marek avait abattu Herron, le vieux collectionneur de cartes anciennes, parce que Larry lui avait dit que c'était nécessaire. Selon lui, le vieux devait mourir car il était au courant des affaires de pots-de-vin et de prostitution. Il risquait, s'il parlait à la police, de compromettre la construction du Metropolis. Marek avait agi dans l'intérêt de Leo Zurin mais avait, par accident, détruit la chose que ce dernier désirait le plus au monde.

Marek se demanda si la copie était bonne. Il se demanda s'il pouvait la donner à Leo sans rien dire. Si seule la contrefaçon existait, elle devenait en quelque sorte l'original.

Il distingua des pas derrière lui. Larry était de retour.

— Tu as passé le coup de fil ? demanda Marek.

— Mmm-mmm.

— La banque va virer l'argent ?

— J'ai dit oui.

Larry regarda le port.

— Tu as vu ces yachts en bas ? C'est ça que je veux. Parcourir le monde sur un yacht de trente mètres, avec un équipage exclusivement féminin. Bien. Tu as fixé ton pppp…prix ?

— Tu me prends pour un tueur à gages, Larry ?

— Tu t'es occupé du juge Herron.

— Pas pour toi. Pour Leo.

— OK. Tu l'as fait pour sauver l'investissement de Leo. C'est pourquoi… tu dois le convaincre de ne pas renoncer.

— Et tu ne lui diras pas ce que j'ai fait à sa carte ?

— Bien sûr que non. C'est notre secret.

Marek sortit le revolver de sa poche et, visant Larry Gerard, lui tira deux balles dans la poitrine puis une balle dans le front. Larry tomba parmi les mauvaises herbes, se contorsionna quelques secondes et s'immobilisa.

Marek remonta la colline et ordonna aux deux hommes d'aller chercher une bâche. Ils en enveloppèrent le corps qu'ils transportèrent à l'avant du bâtiment et déposèrent sur le sol, au pied du container.

— Ouvrez la porte.

L'Algérien se servit d'un gros coupe-boulon qui cisaillait aisément le câble. La porte s'ouvrit à la volée. Ils coincèrent le corps emballé entre deux caisses en bois, qu'ils recouvrirent d'une troisième.

Marek pinça le bout de sa cigarette et balança le mégot dans le container.

— Tu voulais naviguer sur un gros bateau… Bon voyage !

Il fit signe aux hommes de fermer la porte et de resceller le container.

29

LUCCHESE E FIGLI, STAMPATORI DAL 1826, pouvait-on lire sur l'enseigne, devant la porte. Lucchese & fils étaient imprimeurs depuis près de deux siècles. Les pièces donnant sur la rue avaient été retapées, sans doute au lendemain de la Seconde Guerre mondiale, et la presse d'origine avait été remisée dans une longue et étroite salle d'entreposage au plafond voûté. Le lourd cadre en bois massif de la presse supportait une table et quatre longues tiges métalliques reliées à un engrenage qui actionnait les deux rouleaux. Ceux-ci pressaient plaque et papier l'un contre l'autre avec une telle force que la feuille pompait l'encre dans les sillons.

Tom déchargea une caisse sur l'établi pendant qu'Eddie débarrassait la presse de sa housse et branchait les lampes. Puis il enfila un tablier bleu d'imprimeur et en tendit un autre à Allison. Elle s'attacha les cheveux avec une barrette et annonça qu'elle était prête à obéir aux ordres.

Tom devait garder les mains propres. Eddie le chargea donc de placer des feuilles de papier moderne sur du papier buvard et de mouiller à l'éponge les deux côtés. C'étaient des feuilles échantillons, destinées aux essais. Eddie expliqua que les fibres devaient être assouplies afin d'épouser les rainures de la plaque. Une fois les feuilles humidifiées de façon homogène, Tom en fit un tas bien net, à côté de la presse.

Eddie sortit les onze feuilles de papier ancien de leur boîte.

— À présent, mouille ceux-ci… Souviens-toi qu'ils sont fragiles.

Allison l'aida à appliquer l'encre sur la plaque et l'essuyer jusqu'à ce que la surface de polymère brille. Leurs mains devinrent aussi noires et huileuses que l'encre. Eddie travailla près d'une heure sur la plaque avant d'annoncer qu'elle était prête. Après s'être lavé les mains, il disposa une feuille échantillon sur la plaque. Il l'entoura de plusieurs couvertures en feutrine de laine, puis les pressa contre les rouleaux de métal noircis par le temps.

— Nous y voilà !

Allison et Tom regardèrent Eddie contourner la machine, se placer sur le côté, tendre le bras, saisir une poignée en forme de tige et tirer. Son visage rougit sous l'effet de l'effort quand les rouleaux se mirent à tourner. Le vieux bois craqua. Eddie poussa un rayon du pied, au niveau du sol, et feutrine, plaque et feuille disparurent lentement sous le rouleau du haut, pour reparaître de l'autre côté. Retenant son souffle, Eddie souleva les couvertures. Il prit l'épreuve humide par un coin et la retira précautionneusement de la plaque.

Tom pencha la tête. Ce n'était pas du papier ancien et ce n'était pas la bonne carte. Mais il n'en sentit pas moins un frisson lui parcourir l'échine. Il avait sous les yeux l'*Universalis Cosmographia*, la trace des balles et le sang en moins.

— Tu en penses quoi ? demanda Eddie.

— Waouh !

Tom eut un rire de stupéfaction.

Allison examinait la carte, derrière les verres de ses lunettes.

— C'est réussi ? demanda-t-elle.

— Presque, fit Tom.

Puis, s'adressant à Eddie :

— Faisons un nouvel essai. On a un tout petit peu trop d'encre sur celle-ci.

Ils répétèrent l'opération, jusqu'à ce que Tom fût satisfait du résultat obtenu.

— OK, on y va !

Eddie positionna la plaque sur la première feuille humidifiée de papier vieux de cinq siècles et les recouvrit avec la feutrine. Il se signa avant de saisir les rayons qui actionnaient le mécanisme.

Les muscles de ses avant-bras saillirent, et les rouleaux tournèrent. Lorsque la plaque ressortit de l'autre côté, Eddie était haletant. Il retira la couverture, révélant le papier, qui était à l'envers. Tenant deux coins de la feuille, il la souleva lentement.

— Allez, mon bébé... Sois gentille avec papa !

Allison commença à virevolter en claquant des mains.

— Elle est magnifique !

— Ne nous emballons pas, rétorqua Tom. Regardons-la d'un peu plus près.

Il approcha la carte de la lumière et abaissa les verres de sa loupe frontale.

— Désolé, les amis. On a des taches blanches sur la marge de la bordure supérieure.

Ils s'y remirent. Il était près de 3 heures du matin quand Tom en obtint une qui lui plaisait. À l'établi, il demanda à Allison de brancher le sèche-cheveux. Lorsque l'encre fut assez sèche pour ne pas risquer de s'étaler, Tom mouilla un fin pinceau en poil de chameau avec une peinture à l'eau brune, pour reproduire les taches dues au temps. Elles seraient plus pâles que sur l'original ; Stuart avait dit à Leo Zurin que la carte avait été nettoyée. Des tests chimiques pourraient permettre d'isoler des ingrédients récents dans la peinture, mais ils seraient attribués aux procédés de restauration.

La plupart des taches se trouvaient dans les marges. L'original de la carte était en bon état, à l'exception de la déchirure au niveau du pliage, que Tom récréerait dans la copie. Dans la marge intérieure, alternant le noir et le blanc, Corelli avait représenté les continents là où ils devaient l'être, bien qu'il se fût contenté, pour certaines parties du monde, de la laisser en blanc ou de s'en remettre à son imagination. L'Europe était un peu plus fidèle à la réalité que le Nouveau Monde ou l'Asie. La Floride était une petite protubérance de rien du tout, et la côte Atlantique de ce qui deviendrait le Canada flottait vers l'Europe du Nord. L'original comportait quelques lignes et lettres brisées, et Tom avait reproduit ces erreurs sur la plaque.

Des nervures fines comme des cheveux partaient de roses des vents, situées dans les océans Atlantique et Indien. En tête des noms de lieux, une simple majuscule – et non les fioritures alambiquées qu'on trouverait dans les cartes plus tardives. Tom était reconnaissant à Corelli de ne pas avoir vécu au XVIIe siècle, où les cartes étaient ornées dans leurs moindres coins et recoins.

— Tu peux dormir un peu, si tu veux, suggéra Tom à Allison.

— Oh, non. Je suis trop excitée !

Son regard passait de l'original de la carte à la copie.

— Je m'étais habituée à toutes ces taches rouges, dit-elle. Celle-ci a l'air tellement vide.

Tom lui demanda d'y passer deux ou trois fois le sèche-cheveux, réglé sur la vitesse la plus faible. Alors qu'elle s'exécutait, il jeta un coup d'œil à son mobile, posé sur l'établi. Elle l'avait laissé là pour le cas où son père appellerait. Il n'en ferait rien, pas au milieu de la nuit. Mais Tom commençait à redouter que Stuart rejette sa requête.

À 10 heures, ce matin-là, Tom devrait être sur la Piazza di Santa Maria Novella, à proximité de la gare. Manny Suarez lui donnerait les micros qu'il était censé placer chez Leo Zurin, à Champorcher, à condition que Stuart lui permette de s'y rendre avec lui lors de la remise de la carte.

Tom était quasiment certain que Suarez et ses gros bras ne l'avaient pas suivi jusqu'à l'imprimerie. Des petites fenêtres à barreaux de fer donnaient sur une cour invisible depuis la rue. L'étroite porte d'entrée avait été conçue pour les voitures à chevaux. Eddie avait garé leur véhicule dans la cour après avoir emprunté un itinéraire si complexe que seul un hélicoptère équipé d'un spot aurait pu les suivre à travers la ville.

— Eddie ? C'est possible d'en avoir une de plus ? Si j'abîme notre seule copie, on est fichus.

— Tom, bon sang !

— Désolé, vieux.

— Je croyais que tu avais la copie que tu voulais. Je n'ai pas lavé toute l'encre sur la plaque. Si elle est déjà sèche, il n'y aura pas moyen de…

Eddie leva les mains.

— Très bien. Allons-y !

Il retourna à la presse et Allison ouvrit un autre bocal d'encre.

À l'établi, Tom ajouta une légère touche d'un gris évoquant les piqûres de moisissure, qu'il essuya presque totalement pour donner l'impression que la carte avait été nettoyée récemment. Pendant qu'elle séchait, et pour se détendre le dos, il alla voir comment évoluait la seconde copie.

La plaque gravée disparut lorsque Eddie la recouvrit d'une autre feuille de papier ancien. L'encre s'était insinuée dans les sillons de ses mains larges et calleuses – mais peu importait quelques traces sur le bord du papier, qui serait coupé aux dimensions de la carte.

Tom consulta sa montre.

— 4 h 10. On est quel jour ?

— Mardi, il me semble.

Eddie disposa les couvertures de feutrine sur le papier.

— Que vas-tu faire une fois de retour chez toi, Tommy ?

— Finir de retaper mon voilier. J'ai payé quelqu'un pour réparer le moteur pendant mon absence. Dès que j'aurai acheté les voiles, j'essaierai de le mettre à l'eau.

— Je pourrai venir ? demanda Allison.

— Je compte sur toi pour casser la bouteille de champagne sur la coque.

— Tope là !

— Je ne peux pas rater ça.

Eddie s'essuya les mains sur son tablier maculé d'encre, puis tendit le bras pour saisir l'une des tiges.

— Vous m'enverrez des photos, hein ?

— On voguera jusqu'en Italie pour venir te chercher, dit Tom.

Il adressa un sourire à Eddie, mais celui-ci était pris par sa tâche. Le vieux bois craqua, le mécanisme émit un gémissement inquiétant. Tom s'attendait à ce qu'il cède d'une seconde à l'autre.

Eddie grogna et serra les dents.

— Sainte Marie mère de Dieu, j'espère que c'est la dernière.

Quand ce fut fini, il s'épongea le front avec une serviette.

Allison se pencha au-dessus de la table.

— Eddie, qu'est-ce que tu vas faire quand tout ça sera fini ? demanda-t-elle.

— Moi ? Eh bien...

Centimètre par centimètre, il décolla la feuille de papier de la plaque.

— J'aurai assez d'argent pour faire venir Rose et les filles.

Il jeta un coup d'œil à Tom.

— J'aurais dû rester en contact avec elle. J'ai commis des tas d'erreurs, ça c'est sûr. Mais on se reverra, elle et moi.

— Tu crois qu'elle serait prête à s'installer ici ?

— Oh non, je ne pense pas. Les filles. Tu comprends, elles sont bien là elles sont. Mais elles pourraient toutes venir passer les vacances d'été ici. Elles habiteraient chez moi. Ce serait marrant, non ?

— Elles adoreraient. Tu pourrais leur montrer la Via dell'Amore.

À la grande surprise de Tom, Eddie rougit.

— Pourquoi pas ? Ce sera dur de la voir repartir, cela dit. Vraiment dur.

Il éclata de rire.

— Écoutez-moi... alors que je ne lui ai même pas encore demandé de venir.

Il tint la gravure de façon que Tom puisse la voir.

— C'est bon ?

Tom examina le second exemplaire et hocha la tête. Mais la première était meilleure. Il la finirait puis, s'il avait le temps, en ferait une de secours. Il suggéra à Eddie de se reposer, ce qu'il fit, avec un soupir d'épuisement.

— Toi aussi, Allison. Pique un somme. Tu ne peux rien faire à part attendre.

— Tu es sûr ?

Il l'embrassa.

— Dors un peu.

Après s'être lavé les mains, elle replia son tablier, déroula un tapis rangé dans un coin de la pièce, s'y allongea et ferma les yeux. La seule source de lumière provenait des lampes éclairant l'original de Corelli et sa copie en cours d'achèvement. Tom tendit la main vers sa tasse, bien que son café eût refroidi.

Les taches – pluie de pâles taches de son – avaient rapidement séché sur le papier ancien. Tom coupa le papier aux bonnes dimensions à l'aide d'une règle plate et d'un couteau-scalpel. Puis il fit légèrement rebiquer les bords et les frotta délicatement sur le plateau sale de l'établi, ce qui les tacha comme des doigts moites de sueur auraient pu le faire en feuilletant l'atlas. Quand les bords furent identiques à ceux de l'original, Tom plia la carte en son milieu, dans un sens puis dans l'autre.

Son mobile vibra dans sa poche. Il avait coupé la sonnerie pour ne pas réveiller ses compagnons. Avant de répondre, il consulta le numéro s'affichant sur l'écran.

— Allô ? dit-il à voix basse. Fritz ?

— Pas de noms. Tu dormais ?

— Absolument pas. Je bosse. Quelles sont les nouvelles ?

— Cette question que tu m'as posée. On vient de me donner l'info. Ça n'a pas été facile, mais la personne sur qui tu veux des renseignements… Il fait en effet partie de l'organisation à laquelle il dit appartenir. Il a demandé un congé.

Fritz parlait de Manny Suarez.

— Tu veux bien me répéter ça ?

— Ce type n'est pas sur son territoire. En bref, il travaille en free-lance. Les gars qui l'accompagnent ? Ce sont des vrais. Ils bossent pour la boîte avec laquelle j'avais des contacts. Ils lui font une fleur, en quelque sorte.

— Tu veux dire que ce sont des agents de la CIA ?

— Attention à tes paroles ! Tu es sûr de ne pas être sur écoute ?

— Désolé. Alors, il y a quoi derrière tout ça ?

— Il se trouve que ton type est péruvien. Né à Miami. Mais tu sais, ces gars aiment bien garder des liens avec les leurs. Son seul frère travaillait là-bas, c'était un flic. Il avait été affecté à une mission antidrogue. À ce qu'on raconte, il a refusé de se laisser acheter. Il avait une femme et des gosses. Les salopards l'ont descendu. C'est la même bande qui est en train d'acheter du matos au Russe. Tu me suis ?

— Parfaitement.

— C'est tout ce que j'ai pu découvrir. Tu as besoin d'autre chose ?

— C'est plus que je n'en attendais. Merci.

— Fais attention à toi, fiston. Maintenant, je la boucle.

Tom raccrocha et jeta un coup d'œil à Allison, couchée sur le vieux tapis. Quant à Eddie, il ronflait, assis sur sa chaise, la tête appuyée contre le mur. Tom décida de les laisser dormir encore un peu. Il se remit à travailler sur la carte.

Il avait fait un pli au centre, là où la carte avait été intégrée à l'atlas. Il frotta les fibres, au verso, jusqu'à ce qu'elles commencent à se défaire puis, découpant le papier avec soin, obtint une déchirure identique de taille et d'aspect à celle de l'original. Ensuite, il créa grâce à ses peintures une bande plus claire le long de la pliure, comme si la carte avait été collée à un de ces morceaux de carte – appelés languettes – que l'on cousait à l'intérieur des atlas. Un relieur se serait servi de colle de cuir ou de colle de pâte. N'ayant pas de colle animale, Tom en avait fabriqué une à base d'amidon de blé. Il en appliqua une fine couche au dos de la carte, puis la saupoudra d'une pincée de poussière provenant d'un tiroir de l'établi.

La colle une fois sèche, Tom retourna la carte. Pour simuler une restauration récente, il badigeonna d'une colle à base d'acétate de polyvinyle une fine bande de papier d'environ dix centimètres, qu'il appliqua contre la déchirure.

Dans la cour, l'éclairage de sécurité s'éteignit, laissant la lumière grise du matin filtrer par les fenêtres crasseuses. Par-dessus le bourdonnement du sèche-cheveux dirigé sur l'endroit à réparer, Tom crut distinguer un autre son. Le mobile d'Allison. Un bruit de carillons annonçait un appel. Tom éteignit, laissa tomber le sèche-cheveux et s'empara du téléphone. Il eut du mal à trouver la bonne touche.

— Allô !

Mais ce n'était pas Stuart Barlowe. Tom pivota sur sa chaise et articula un juron silencieux.

Allison se redressa péniblement.

— Tom ? Que se passe-t-il ?

Il lui fit signe de se taire et appuya sur une autre touche. Une voix grêle, dotée d'un vague accent du Sud, sortit du haut-parleur.

— ... plus d'une semaine que je cherche à vous mettre la main dessus, monsieur Fairchild. Votre sœur prétend que vous êtes en visite chez des amis. Mais je la soupçonne de me raconter des histoires. Je vais vous poser franchement la question, et si vous mentez, je vous fais condamner pour parjure. Où êtes-vous ?

— En ce moment ?

— Oui, en ce moment. Précisément. Tandis que nous parlons. Où... êtes... vous ?

Eddie s'était approché pour écouter. Allison et lui avaient les yeux rivés sur le mobile.

Tom le tenait à trente centimètres de son visage.

— Je suis avec une amie. On était en train de pêcher dans les Keys, mais son ex-petit ami l'a suivie jusqu'ici. Il lui a fichu une raclée. Elle a dû se rendre aux urgences. Je m'occupe d'elle. Nous sommes toujours dans les Keys, en lieu sûr. Je ne peux pas dire où, pas même à vous, monsieur Weems, vu que cette ligne est probablement sur écoute.

— C'est pas vrai ! murmura Allison en échangeant un regard avec Eddie.

Un rire leur parvint, depuis le combiné :

— Joli ! Celle-là, on ne me l'avait encore jamais faite ! Ah ah. Dites à la femme avec qui vous êtes de se dégoter une autre infirmière. Écoutez-moi bien, monsieur Fairchild. Si vous n'êtes pas dans mon bureau avant 17 heures aujourd'hui – pas demain, ni la semaine prochaine –, je fais établir un mandat d'arrêt pour violation de probation. Vous m'avez bien entendu ?

— Oui, monsieur Weems. Parfaitement bien.

Tom raccrocha et consulta sa montre.

— Bon sang ! Il est une heure du matin à Miami. Vous savez ce qu'il a dit quand j'ai répondu ? « Je t'ai eu ! »

— Qu'est-ce que tu vas faire ? demanda Allison.

— Me flinguer ?

— On ne peut pas lui graisser la patte ? demanda Eddie.

— Impossible. La fouine irait jusqu'à me payer, moi, pour que ça arrive. Il adore ça. Il ne m'a jamais paru aussi heureux.

Tom retira lentement sa loupe frontale et se frotta le front.

— Le suicide est décidément une solution.

— Je t'en prie, Tom, arrête ! On trouvera bien le moyen…

— La carte est finie, dit Eddie. Je te conduis tout de suite à l'aéroport et tu pars d'ici par le premier avion. Allison et moi remettrons la carte à son père. Quant à Suarez et ses potes, ils peuvent aller se faire voir.

Allison compta sur ses doigts.

— C'est jouable. Avec le décalage horaire, tu as vingt-deux heures devant toi.

Il les fixa l'un après l'autre.

— Même si j'avais le temps, ce qui n'est pas le cas, la sécurité intérieure ne me laisserait pas rentrer. Ils ont ordre de bloquer mon passeport.

— Voyons, Tommy, insista Eddie. Ils te retarderont un peu, mais ils ne t'empêcheront pas de rentrer. Tu n'as rien fait. Ton agent de probation ne peut pas te pendre pour quelques heures de retard.

Tom secoua la tête.

— Il ne partira pas, Eddie, dit Allison. Il va aller chez Leo Zurin même s'il ne doit jamais en revenir, parce que les fédéraux ont dit qu'ils te ramèneraient toi aussi aux États-Unis pour t'y juger.

— Quel besoin tu avais de le lui dire ? demanda Tom.

— C'est la vérité, non ?

— Nom de Dieu ! s'exclama Eddie, prenant appui sur l'établi. Tu n'avais pas à faire ça pour moi, Tom. Ils ne vont pas se donner la peine de demander mon extradition à l'Italie.

— Extradition ? Je pensais davantage à un enlèvement, dit Tom.

— Non, non, non. Leurs menaces, c'est du vent. Ils te collent ces idées en tête pour te fiche la frousse, c'est tout.

— Tu en es vraiment sûr ?

— Eh bien… quasiment.

Eddie avait cessé de sourire.

— Ce n'est pas seulement pour toi, c'est clair ? déclara Tom. Je me suis cassé le cul pour cette maudite carte. Pas question que

334

je laisse tomber maintenant. Si on m'arrête pour violation de probation, tant pis.

— Ne dis pas ça ! s'exclama Allison en le secouant. Je ne
permettrai pas que vous retourniez en prison, ni l'un ni l'autre ! Ça
n'arrivera pas, je le jure devant Dieu ! Mon père a des amis. Il
connaît des gens à Washington.

Tom leva les mains.

— Écoutez, vous voulez bien vous calmer tous les deux ?
Tout va bien. Ça va s'arranger.

Il se dirigea vers l'autre bout de l'établi, où il avait laissé le
second exemplaire de la carte. Il la déchira en deux.

— Qu'est-ce que tu fais ? s'écria Allison.

— Pas le temps de faire une copie de secours. On se conten-
tera de celle que je viens de finir. Elle est suffisamment bonne. Plus
que bonne, bordel ! Elle est parfaite.

Tom plaça l'original de la carte et son double plus récent entre
des feuilles de mylar, les enroula et les glissa dans l'étui.

— Il faut qu'on fasse le ménage et qu'on se tire d'ici. Mais
d'abord… Allison, prends ton téléphone. Appelle cet hôtel sur
l'autostrada, et annule nos réservations.

— Pourquoi ?

— Parce qu'on va avoir besoin d'être près, le plus près
possible, de Santa Maria Novella.

30

Les quatre étages de l'hôtel Mercurio – bâtiment de style toscan à façade en stuc jaune d'or et volets marron – donnaient directement sur la Piazza di Santa Maria Novella. Allison avait appelé pour réserver deux chambres disponibles tout de suite. 9 heures allaient sonner quand ils parvinrent devant l'entrée. Après que Tom et Allison se furent empressés de décharger la voiture, Eddie partit en quête d'un endroit discret où la garer.

Lorsque le bagagiste se fut retiré avec son pourboire, Tom alla à la fenêtre et écarta le fin rideau blanc. Allison, qui se tenait près de lui, regarda dehors.

À droite, côté nord, une église gothique dominait la place. Plus loin, une allée en pierre menait à un obélisque de marbre blanc de près de dix mètres de haut et à des bancs publics. Une vieille dame passa, tenant un petit terrier blanc en laisse.

Allison balaya la place des yeux, de l'église aux bâtisses qui se trouvaient à l'autre bout. Le soleil s'étant voilé de nuages, leurs façades semblaient plus ternes.

— Je ne vois personne qui porte un pardessus noir.

— Il est trop tôt. Il nous reste une heure.

Tom tourna la manivelle pour ouvrir la fenêtre, laissant entrer une bouffée d'air froid. La vieille dame s'était arrêtée pour discuter avec une amie. Le chien posa les pattes sur son genou, et elle le souleva du sol. Tom colla son œil au viseur, appuya sur le déclencheur et consulta l'écran.

— Regarde ça !

En appuyant sur un bouton, Tom zooma sur la minuscule vignette, jusqu'à ce que le visage de la femme occupe la moitié de l'écran.

— Je peux l'agrandir encore davantage sur l'ordinateur. Je l'ai réglé pour que l'heure et la date apparaissent sur les clichés, et chargé la batterie. J'ignore si Suarez va me remettre le matos ici ou s'il voudra qu'on aille ailleurs. Si c'est le cas, appuie sur le déclencheur jusqu'à ce que nous ayons disparu de ton champ de vision. Mais s'il s'éloigne et que je suis toujours là, garde l'objectif braqué sur moi.

Tom leva la sangle pour lui passer l'appareil autour du cou

— Fais un essai. Enlève tes lunettes et ajuste le viseur. C'est bon ?

Allison glissa ses lunettes dans sa poche.

— Et s'il me voit ?

— Il ne te verra pas. Recule-toi un peu. Voilà. Tu as repéré les bancs ? Je serai sur celui qui est face à l'hôtel. Lorsque je remonterai dans la chambre, je prendrai des gros plans des micros.

Allison appuya sur le déclencheur.

— Quand comptes-tu annoncer à l'agent Suarez ce que tu auras fait ?

— Je n'ai pas encore décidé. Après m'être rendu à Champorcher, sans doute.

Allison fit le point sur un homme à vélo. Il passa devant l'église et contourna la pelouse ovale, slalomant entre les rares voitures.

— Pourquoi te donner tout ce mal ? demanda Allison. Contente-toi de montrer les photos à Suarez. Ça devrait suffire.

— Suffire à quoi ?

— À te permettre de rentrer aux États-Unis. À l'obliger à demander au procureur de l'État de renoncer à te poursuivre pour violation de probation.

— Je veux plus que ça, dit Tom. Je ne veux plus être en probation, je veux que la fouine sorte de ma vie, je veux qu'on efface mon casier.

— C'est beaucoup demander, Tom.

— Tu m'as dit que les fédéraux pouvaient faire pression sur les procureurs de l'État.

— Dans certaines limites. Mais là…

— Là quoi… ? Je disposerai de photos d'un employé d'une agence nationale en train d'opérer en territoire étranger. S'ils ne veulent pas les voir diffuser partout sur Internet, ils ont intérêt à me tirer d'affaire.

— À mon avis, ce ne sera pas si simple.

— Il m'a mis dans le pétrin, je contre-attaque.

Baissant la tête, Tom regarda la place en plissant les yeux. Il paraissait soudain vieilli, comme si les événements des deux dernières semaines remontaient à la surface après l'avoir miné de l'intérieur. Un muscle se contracta, au niveau de sa mâchoire, et il reprit, d'une voix dure :

— Oscar Contreras est responsable du meurtre du frère de Suarez. Suarez veut empêcher la cargaison d'armes de parvenir à Contreras. Parfait. Je vais laisser ces fichus micros chez Zurin. Mais Suarez devra faire quelque chose pour moi. Ces clichés sont un moyen de l'y contraindre. Suffiront-ils ? On verra bien.

Allison lui rendit l'appareil photo.

— Il faut que tu appelles mon père pour lui dire que la carte est finie.

— Je le ferai, dès que je me serai occupé de Suarez.

Tom eut un sourire triomphant.

— J'ai fait du beau boulot, non ?

— Oui, du très beau boulot.

— La carte est parfaite.

Allison était consciente de s'être peu à peu, au cours de la semaine précédente, rangée aux côtés de Tom. Ses principes en avaient pris un coup. Cela ne la gênait pas de fourguer une contre-façon à un marchand d'armes. Mais elle avait autre chose à considérer : c'est pour son père qu'elle travaillait.

Elle hésita :

— Parfaite, je ne sais pas… Ce n'est pas à moi d'en juger, n'est-ce pas ?

— Non, c'est au Russe d'en décider.

Tom posa l'appareil et referma la fenêtre.

— Je dois configurer mon ordinateur.

Il ouvrit la sacoche posée sur le lit et en sortit son portable, qu'il transporta jusqu'à la table.

— Allison, j'ai besoin que tu me rendes un autre service. Il faut que tu persuades ton père de m'emmener avec lui. Je dois absolument m'introduire chez Leo Zurin. Tu le sais. Lors de notre dernière conversation téléphonique, il m'a dit qu'il y réfléchirait. Ce à quoi il réfléchit, c'est à la manière dont il va bien pouvoir me dire non.

Elle n'aurait pas dû se sentir si angoissée. Et pourtant...

— Tu es sûr que ce n'est pas dangereux ? Je t'en prie, sois franc. Leo Zurin achète et vend des mitrailleuses et des grenades...

— C'est un homme d'affaires.

— Ah oui ? Et Marek Vuksinic... C'est son agent commercial ?

Tom éclata de rire.

— Ce n'est vraiment pas drôle.

— Pardonne-moi, bébé. À supposer qu'ils fouillent dans mes poches, que feront-ils ? Ils vont me descendre ? Non, non, non... Ils me foutront dehors à coups de pompe dans le cul. Et Leo Zurin dira à ton papa qu'il renonce à investir dans l'immobilier à Miami.

— Tu es trop optimiste, marmonna Allison.

— Tu vois une autre solution ? Écoute. Je te promets de ne rien faire si je ne me sens pas en sécurité. Suarez m'a dit que si je ne le sentais pas, je ne devais pas prendre de risques. D'accord ? C'est bon ?

— Je veux venir avec toi.

— Non. Et pas la peine d'insister !

— Un simple « non » serait plus gentil.

— Non, dit-il en l'embrassant. Désolé.

Elle hocha la tête.

Tom s'assit et alluma son ordinateur.

— Tu pourrais demander à la réception où se trouve la borne Internet la plus proche ? Il faut que je décharge mon appareil et que je mette les photos sur mon site. *No parlo italiano.*

— *Non parlo.*

Allison s'agenouilla pour ouvrir sa valise. Déballer ses affaires lui occuperait l'esprit.

— Bébé, trouve-moi la carte flash d'un giga, tu veux bien ? Je n'ai que cinq méga dans l'appareil, et je veux être sûr de ne pas manquer d'espace. Elle est au fond de la sacoche de l'ordi.

Assise au bord du lit, Allison en sortit plusieurs feuilles de papier, pour la plupart des copies d'écran en couleurs de la carte. C'est pourquoi, quand elle vit des visages la fixer sur une grande image en noir et blanc, elle remit ses lunettes. C'était la reproduction d'une photo. Les hommes y étaient en costume cravate et l'unique femme y portait une robe fourreau sans manches – des vêtements démodés depuis plusieurs décennies.

Allison s'apprêtait à la mettre de côté lorsqu'elle reconnut son grand-père, Frederick Barlowe. Elle tint la photo des deux mains et identifia d'autres visages. Sa grand-mère Margaret. Royce Herron, encore jeune. Et deux jeunes hommes, des ados, même. L'un d'eux, son père, était un peu plus petit que l'autre. Il avait comme aujourd'hui le visage long et mince, mais sans les rides, les cernes et la barbe auxquels elle était accoutumée. Son frère Nigel avait été surpris au milieu d'un éclat de rire. Ses yeux, aussi sombres que ceux de Stuart, la regardaient avec une expression amusée. Elle ne se rappelait pas si elle avait ou non connu Nigel. Sans doute, même si elle était encore bébé à sa mort. La reproduction était fixée à une autre feuille au moyen d'une agrafe, comportant une liste manuscrite de toutes les personnes présentes sur la photo.

— Tom ? Où as-tu trouvé ça ?

Tom leva les yeux de l'écran de l'ordinateur. Allison retourna la reproduction pour qu'il la voie.

— C'est une photo prise à Toronto à la fin des années soixante, lors d'une foire aux cartes anciennes.

— Pourquoi est-elle en ta possession ?

Il hésita quelques secondes avant de répondre, puis :

— Rose me l'a envoyée par mail. Le fils de Royce Herron lui a donné l'original. J'ai trouvé que c'était intéressant, nos deux grands-pères sur la même photo.

— Ah oui ?

— L'homme aux cheveux gris coupés court, c'est mon grand père, William Fairchild.

Allison jeta un nouveau coup d'œil à la photo.

— En effet. Tu avais l'intention de me la montrer ? demanda-t-elle, déconcertée.

— Ouais. J'avais oublié qu'elle était là-dedans. Tu as trouvé la carte flash ?

Levant les yeux, elle croisa le regard de Tom.

— C'est quoi, ce que tu refuses de me dire ? Je flaire quelque chose de bizarre. L'autre jour, à la bibliothèque, tu n'as pas arrêté de me poser des questions sur ma famille. Comment ma mère est-elle morte ? Qu'est-il arrivé à mon oncle Nigel ? Et maintenant, tu te balades avec cette photo… Pourquoi ?

Tom s'avança vers elle, la lui prit des mains et l'étudia.

— C'est la première fois que tu la vois ?

— Oui.

— Sans doute ne l'avais-tu pas remarquée. Mais elle était accrochée au mur, dans le bureau du juge Herron. Après qu'on l'a abattu, son fils l'a trouvée sur son secrétaire et donnée à Rose. Je l'ai vue chez elle. À Manarola, je m'en suis souvenu et je lui ai demandé de me l'envoyer.

Tom s'assit sur le lit à côté d'Allison.

— La vérité, c'est que j'essayais de découvrir le plus de trucs possible sur ton père, au cas où il aurait refusé de me payer ce qu'il me devait.

— Qu'est-ce que la photo a à voir là-dedans ?

— Rien. Allez… Eddie va monter, et il faut que je me prépare à rencontrer Suarez.

Allison lui arracha la photo des mains dans un geste furieux.

— Je ne saisis pas bien la situation, mais tu farfouilles dans ses affaires et tu cherches à rassembler des preuves contre lui comme tu l'as fait pour Manny Suarez. C'est quoi, ton idée ? Tu crois que mon père fait partie du deal avec Contreras ? Qu'il a donné ordre à Larry de te tuer ? Ou quoi d'autre ?

— Ce n'est pas le moment d'en parler, Allison. Rends-moi cette photo.

— Non.

— Dans ce cas…

Tom se leva, s'éloigna, puis revint vers elle.

— Autrefois, tu le détestais. À présent, c'est l'excès inverse, tu ne vois plus rien en dehors de cette fantaisie que tu t'es créée : ton père et toi avez eu des désaccords, mais il suffirait que vous dépassiez ça pour que tout redevienne aussi merveilleux qu'autrefois, quand tu avais trois ans. Mais il n'est pas ce que tu crois, Allison. Il ne se soucie que d'une chose, c'est de son argent. Pourquoi me paye-t-il cent mille dollars pour contrefaire une carte ? Parce que la perspective de perdre des millions si Zurin se retire du Metropolis le met au désespoir. Tu ne t'imagines même pas à quel point cette affaire sent mauvais. Jenny Gray m'a confié que l'ancien commissaire à l'urbanisme a démissionné parce qu'on le faisait chanter. Quelqu'un lui avait envoyé une prostituée et avait pris des photos. Possible que Larry ait été derrière tout ça, mais ton père est-il si innocent ? Enfin… il n'aurait même pas eu des soupçons ?

— J'ai eu vent de ces rumeurs, dit Allison. Mais j'avais si peu confiance en Jenny Gray que je ne lui aurais même pas demandé quel jour on était.

— Stuart et elle ont eu une liaison. Il lui a donné cinq mille dollars pour qu'elle accepte de rompre et a menacé d'alerter les services d'immigration si jamais elle le relançait.

— C'est le mensonge le plus méprisable, le plus pathétique…

Tom ouvrit la bouche et la garda ouverte quelques secondes sans pouvoir parler.

— Je suis désolé, murmura-t-il enfin. Je n'aurais pas dû te le dire.

Il voulut lui prendre la main.

Elle eut un mouvement de recul.

— Ne t'avise pas de t'approcher, Tom.

On frappa à la porte. Puis une voix leur parvint.

— Ohé ! Vous êtes là, les amis ?

— C'est Eddie. On a la clé de sa chambre. Une seconde, mec ! lui cria-t-il. (Il jeta un coup d'œil à Allison.) Alors, est-ce que tu vas m'aider ?

Tom s'approcha d'elle, mais ne la toucha pas.

— Si tu veux qu'Eddie prenne les photos de Suarez, je peux lui montrer comment faire, mais j'ai vraiment besoin que tu parles à Stuart. Il faut que j'aille avec lui à Champorcher quand il remettra la carte à Leo Zurin.

Allison tourna la tête vers la porte.

— Non…, dit-elle. Je vais prendre les photos. Et je parlerai à Stuart. Mais montre-lui la carte, qu'il soit le premier à la voir.

— D'accord. Je suis désolé. Je n'ai pas les réponses à tes questions, Allison. Je ne les ai pas.

Il lui posa une main sur le bras, et elle ne chercha pas à se dégager.

— Quand tu lui parleras, ne fais allusion à rien de tout ça, d'accord ?

— Ça ne risque pas.

À 10 heures tapantes, Manny Suarez s'engagea à grands pas sur la place, depuis le côté sud. L'homme brun, de corpulence moyenne, portait un journal et une tasse en carton. Le vent écarta les pans de son pardessus noir, les faisant claquer sur ses jambes tandis qu'il marchait. Il s'arrêta et porta la tasse à ses lèvres. Collant son œil au viseur, Allison suivit Suarez alors qu'il se dirigeait vers l'église à l'autre bout de la place. Devant le banc situé sous l'obélisque, il se figea.

Tom était déjà là, face à l'hôtel. En veste bleu marine, tête nue. Il sortit les mains de ses poches. Suarez se tenait debout, tournant le dos à Allison, cachant en partie Tom.

Celui-ci fit le geste de se lever, puis se rassit. Les deux hommes discutaient.

Allison entendit Eddie murmurer :

— Retourne-toi, fils de pute ! retourne-toi ! Montre-moi ton visage !

Tom changea de position. Suarez tourna la tête et, l'espace d'un instant, regarda en direction de l'hôtel. D'abord tentée de battre en retraite, Allison s'obligea à demeurer parfaitement immobile, à l'exception de son doigt appuyant sur le déclencheur. Suarez était un bel homme d'environ trente-cinq ans, aux sourcils arqués et à l'implantation en V. Le vent lui ébouriffait les cheveux.

Suarez s'assit près de Tom et posa le journal entre eux. Il sirotait son café dans la tasse en carton. D'autres paroles furent échangées. Puis Suarez se leva avec son journal et se déplaça vers le bord inférieur du cadre. Allison commença à le suivre, puis revint aussitôt sur Tom.

Ce dernier demeura un bon moment assis, les mains dans les poches. La tasse était à côté de lui. Il la ramassa, en examina le contenu, posa la main dessus et la retourna délicatement. Pas de café. Tom en retira un petit objet.

— C'est ça, chuchota Eddie. Tu l'as, Allison?

— Il me semble que oui. Mais sa veste est tellement sombre.

Lorsque Tom le tint devant la tasse en carton, l'objet se révéla être un sachet de plastique avec quelque chose à l'intérieur – trop petit pour qu'Allison puisse en distinguer les détails. Tom mit le sachet dans la tasse, se leva et sortit de son champ de vision.

Allison respira, s'écarta de la fenêtre et regarda l'appareil. Elle avait appuyé cent soixante-treize fois sur le déclencheur.

31 À 16 heures, un homme grand et mince, à la barbe grise, portant un manteau de cachemire brun clair et des chaussures bien cirées, fit son entrée dans le hall de l'hôtel Mercurio. Allison s'avança à sa rencontre et le conduisit en haut. Tom les attendait. Il ouvrit l'étui à cartes, déroula l'*Universalis Cosmographia* sur la table de leur chambre, et tendit une loupe à Stuart. La porte donnant sur la chambre d'à côté était entrouverte. Allison devinait pourquoi : pour permettre à Eddie Ferraro d'intervenir au cas où Stuart s'emparerait de la carte et tenterait de s'enfuir avec. Allison trouvait ce scénario peu probable, mais Tom devenait obsessionnel. Il avait même emporté l'étui dans la salle de bains lorsqu'il était allé prendre sa douche.

Son père reposa enfin la loupe.

— Excellent travail. C'est exactement ce que je voulais. C'est fascinant.

Il passa un doigt sur les marges.

— Je pourrais jurer que c'est la même carte, miraculeusement débarrassée des taches de sang.

— Quand est-on censés la remettre ? demanda Tom.

— Comment ça, « on » ? Cela ne fait pas partie de notre accord. Je vous dois cinquante mille dollars. On peut passer à la banque dans la matinée. À présent, il est trop tard. Mais je peux transférer les fonds dans la matinée, ce qui conclura notre affaire.

Tom enroula la carte et la remit dans l'étui.

— Indiquez-moi comment on va à Champorcher. Je vous y retrouverai et ne toucherai l'argent qu'après.

L'hôtel Cellini était à dix minutes à pied, mais Stuart semblait décidé à y parvenir en cinq minutes. Allison réglait son pas sur celui de son père tandis qu'ils marchaient vers le sud, longeant la Via dei Fossi en direction du fleuve.

— Tom veut observer la réaction de M. Zurin, expliqua-t-elle. Il dit qu'il pourrait poser des questions sur la restauration.

— Tu veux que j'avale ça ? Il a délibérément attendu que les banques soient fermées pour me montrer la carte.

— Tu sais pourquoi, dit Allison. Tom veut être là quand tu montreras la carte à Leo Zurin.

— On passera à la banque dans la matinée.

— Il refusera. Je suis désolée. Je suppose qu'après avoir tellement travaillé dessus, il veut savoir comment la carte sera reçue. C'est raisonnable comme demande, non ?

Ils avaient atteint la rue qui longeait le fleuve. Allison prit le bras de son père.

— Viens, traversons.

Ils marchèrent en direction de l'est, sur un large trottoir qui, en été, devait grouiller de touristes. Un muret séparait la rue d'une pente herbeuse et du fleuve, juste au-dessous.

— Il veut y être, insista-t-elle. Tu as peut-être du mal à comprendre pourquoi, mais il y tient. Pourquoi tu t'y opposes ?

— Tom Fairchild est un homme imprévisible. Il pourrait dire, devant Leo Zurin, des choses qu'il ne faudrait pas dire. Et il est préférable que Rhonda et lui ne se croisent pas, après ce qu'il a fait à Larry.

— Il avait de bonnes raisons.

— D'après lui. La version de Larry est tout autre.

— Je n'en doute pas, dit Allison.

— Où est Larry ? Tu l'as vu ?

— Il ne risque pas de se pointer, avec Tom dans les parages.

— Rhonda se fait du souci. Elle n'a plus de nouvelles de lui depuis hier.

— Juste depuis hier ? Il doit cuver son vin quelque part.

— Oui, ça ressemble au Larry que je connais.

Un bateau étroit manœuvré par quatre hommes glissa sur le fleuve, tel un insecte aquatique à huit pattes. L'eau était grisâtre, à l'exception du sillage d'écume et des cercles dessinés par les avirons.

Allison se tourna à nouveau vers son père.

— Et moi, tu me connais ?

— Que veux-tu dire ?

— Rien. C'est juste… rien.

Elle appuya ses bras croisés sur le muret.

— Il m'arrive d'avoir l'impression que nous sommes deux étrangers. Tu ne ressens pas ça, parfois ?

— Bien sûr que non. Tu es ma fille.

— Quand as-tu cessé de sourire ? Autrefois, tu riais tout le temps. Je m'en souviens.

Stuart leva les mains et eut un pathétique sourire de clown.

— Comme ça ?

Allison ne réagissant pas, il se remit à contempler le fleuve.

— À présent, qui est la grincheuse ? demanda-t-il.

— J'aimerais bien venir, moi aussi, si tu n'y vois pas d'inconvénient.

— Où ça ?

— À Champorcher. Je suis curieuse de rencontrer ce M. Zurin.

Stuart ricana.

— Une véritable expédition familiale !

— Tom et moi pouvons prendre un avion pour Milan dans la matinée. À vrai dire, il n'a pas envie que je vienne, mais je viendrai quand même.

— Eh bien, d'accord. Je vais tenter de faire digérer ça à Rhonda. On louera une voiture à l'aéroport. Mieux vaut que Tom et toi arriviez de votre côté. Je t'indiquerai la route.

Écartant les doigts sur le dessus du vieux muret, il reprit son souffle comme s'il venait de gravir une colline abrupte.

— Franchement, je ne pensais pas qu'on y arriverait, et voilà, c'est presque fini. Dans un mois, nous serons tirés d'affaire. On commencera à construire ce satané immeuble. Je veux que tu sois chargée des questions juridiques.

Allison secoua la tête.

— Non?

Elle coinça une mèche de cheveux derrière son oreille.

— J'aimerais mieux ne rien avoir à faire avec le Metropolis.

Elle l'observa un bon moment, puis dit :

— Quand Tom était à Londres, il a vu Jenny Gray. Je t'ai parlé d'elle. Elle travaillait dans l'un des restaurants de Larry, plus ou moins comme serveuse. Elle a confié à Tom que Larry graissait la patte des conseillers municipaux. Qu'il avait fait photographier l'un des membres de la commission qui délivre les permis de construire avec une prostituée. Je la crois. Ça ressemble tellement à Larry. C'est pourquoi je ne veux plus rien avoir à faire avec lui. Je préfère penser que tu ne savais rien de tout cela.

— C'est une question?

— Peut-être.

Il retira ses mains du muret et les essuya.

— Si tu étais mon avocate, et tu viens de me signaler que tu n'en avais pas l'intention, tu aurais le droit de me poser des questions sur mes affaires. Maintenant, je ne t'en dirai qu'une chose. C'est la dernière fois que je m'implique dans un projet du genre du Metropolis.

Elle eut un rire dénué de toute gaieté.

— Tu viens de me renvoyer?

— Ne fais pas l'idiote. Bien sûr que non.

— Au fait, Jenny est morte. Elle a été étranglée chez elle le jour où Tom et moi avons quitté Londres.

À l'expression choquée de Stuart, Allison comprit la vérité : Jenny avait été sa maîtresse. Leur liaison n'avait été ni longue ni heureuse, mais ils avaient couché ensemble.

— C'est affreux, dit-il. On sait qui a fait ça?

— Non. C'est aussi très troublant : c'est elle qui a découvert le corps de Royce Herron.

Stuart plissa légèrement les yeux, dans la faible lumière d'hiver.

— Vraiment? Ah oui, je crois que tu m'en avais parlé. Eh bien… quelle heure est-il? (Il releva la manche de sa veste afin de consulter sa montre.) Bientôt 17 heures. Rhonda m'attend. Elle craint que la carte ne soit pas bonne. Je serai heureux de la décevoir sur ce point.

— Attends. Avant que tu ne partes…

Allison ouvrit son sac et y plongea la main pour trouver le petit écrin recouvert de cuir qu'elle y avait glissé plus tôt. La vachette était élimée aux angles et l'incrustation dorée avait disparu.

— Tu sais ce que c'est ?

— Je devrais ?

— Tu ne le reconnais pas ?

— C'est une devinette ?

— En un sens, oui. Il y a de ça deux semaines, quand je suis passée à ton bureau – c'était le dimanche où avait lieu le salon des cartes anciennes, et Tom venait de partir –, je t'ai demandé si tu te rappelais le cadeau que tu m'avais rapporté de Dublin lorsque j'avais trois ans. Le voici. Il est là-dedans.

— Ah oui ?

— Grâce à lui, m'avais-tu dit, je saurais toujours où tu serais.

Secouant la tête, il esquissa un sourire embarrassé.

— J'ai besoin d'un indice.

— Tu ne souviens pas, hein ?

— C'était il y a très longtemps, Allison.

Elle appuya sur le fermoir de cuivre. Sur du velours d'un rouge fané était couché le globe miniature au socle de cuivre, avec ses tons bleu et ivoire, ses continents au contour doré.

Il le lui prit des mains.

— Ah oui ! Le globe ! Je me le rappelle à présent.

Il le fit tourner sur son socle.

— Tu l'as acheté où ? Tu te souviens de la boutique ?

— Mon Dieu, non. Mais il a quand même dû me coûter dans les cinquante dollars. Jolie pièce, non ?

En le lui rendant, il pencha la tête et lui jeta un regard en biais.

— Y avait-il une question piège quelque part ?

— Non. Je n'étais pas certaine de ce que tu te rappelais, c'est tout.

Elle tenta de remettre le globe dans l'écrin mais ses mains tremblaient. Il lui échappa et roula sur le trottoir.

— Oh !

Elle le ramassa et l'essuya.

— Attention, dit Stuart. Il n'est pas cassé ?

— Il est intact.

Elle rajusta ses lunettes et leva les yeux vers lui. Ils échangèrent un long regard.

— Eh bien, à demain, alors, dit-il.

Rhonda entendit claquer la lourde porte de leur suite puis vit Stuart jeter son manteau sur le canapé. Elle était en train d'attacher la boucle de sa chaussure.

Elle se dirigea vers la grande porte reliant la chambre au salon.

— Oh, Stuart, c'est si raté que ça ?

— Qu'est-ce qui est raté ?

— La carte. De quoi veux-tu que je parle ?

Il pinça les lèvres et se caressa la barbe, avant d'aller au bar et de retirer le couvercle du bac à glaçons.

— La carte est parfaite.

— Tu en es sûr ?

— J'ai dit qu'elle était parfaite. C'est un pur chef-d'œuvre. Leo va l'adorer. Tom Fairchild a mérité son argent.

Stuart fit tournoyer le couvercle et le rattrapa au vol.

— Il veut venir avec nous, et Allison aussi. Pour remettre la carte.

— Pourquoi ça ?

— Pour fêter ce moment. Pour boire à la santé de l'immortel cartographe Gaetano Corelli.

— Pas question qu'ils nous accompagnent.

— Dis-le-leur. Fairchild ne me donnera pas la carte à moins de pouvoir la remettre lui-même à Zurin.

— Je ne veux pas qu'il vienne. Je refuse de le voir.

— Il viendra. Et Allison aussi.

Elle força Stuart à se retourner et le regarda droit dans les yeux.

— C'est quoi le problème ? Que s'est-il passé ?

— Allison sait, dit-il.

— Qu'est-ce que tu sous-entends ?

— Elle m'a posé des questions. Elle connaît la vérité, ou ne tardera pas à la découvrir.

— Comment pourrait-elle savoir ?

Haussant les épaules, Stuart laissa retomber le couvercle sur le bac à glaçons.

— C'est fou qu'on ait pu s'en tirer si longtemps. Il y a trente ans que je m'attends à ce que le couperet tombe. Tu ne sens pas un courant d'air froid passer sur ta nuque ?

— Ne sois pas si morbide. Qu'est-ce que tu comptes faire ?

— Je vais boire un verre, et je te suggère d'en faire autant.

32

Le sang et les impacts de balles sur l'original de l'*Universalis Cosmographia* disparurent quand Tom glissa la carte entre deux épaisseurs de carton, avant de la placer dans une grande enveloppe elle aussi doublée de carton. Puis il tendit l'enveloppe à Eddie Ferraro.

— Une fois au bureau d'expédition, demande-leur une boîte.

— Ouais, je sais. Et plein de papier à bulles.

— Je t'ai donné l'adresse de Rose ?

— Oui, dit Eddie avec un sourire. Ne t'inquiète pas, le paquet arrivera à bon port.

Tom lui donna une tape sur l'épaule.

— Merci.

La carte partirait pour La Rose des vents par courrier express. Garder l'original dans les parages n'était pas souhaitable. Tom ferait aussi expédier l'ordinateur. Il avait déjà effacé tous les fichiers relatifs à la carte et jeté tous les documents papier.

Eddie ramassa le sac d'ordinateur.

— Bon, je vais chercher ma casquette. Je reviens tout de suite.

Il franchit la porte de communication entre les deux chambres et la referma derrière lui. Eddie avait dit que ça ne le dérangeait pas d'attendre quelques jours encore la moitié des cinquante mille dollars restants. Il trouvait même que c'était trop, mais pas question pour Tom de revenir sur leur accord.

Ils partiraient le lendemain, à l'aube. Eddie les déposerait à l'aéroport et retournerait à Manarola. Allison avait déjà acheté deux billets pour le vol de 9 heures à destination de Milan.

Savoir si Tom aurait jamais la possibilité de rentrer à Miami était une autre question.

Il glissa la main le long de sa cuisse et, tâtant sa poche, sentit le sachet que lui avait remis Suarez. Il contenait quatre petits micros noirs qui ne prenaient pas plus de place, à eux quatre, qu'une barre chocolatée. Chacun possédait un minuscule interrupteur et une face adhésive protégée par une pellicule de papier. Trois étaient à placer chez Leo Zurin. Le quatrième servirait à faire un essai préalable. Rien qu'à y penser, Tom avait les mains moites.

Il mit son sac à dos sur son lit et en sortit ses chaussures de marche – il se pouvait qu'il en ait besoin, dans les montagnes. On annonçait de la neige. Il fourra son appareil photo, des tee-shirts et ses sous-vêtements dans le sac. Allison, quant à elle, voyageait avec une valise grand modèle, un sac à main qu'elle portait en bandoulière et un fourre-tout. Elle avait laissé chez Eddie cinq bons kilos de manuels de droit.

Tom distingua un bruit de serrure et jeta un coup d'œil à l'autre bout de la pièce. Il vit le béret rouge, le visage d'Allison. Presque aussitôt après, elle écarquillait les yeux d'horreur et un bras gainé dans une manche noire lui serrait le cou.

— Allison !

Marek Vuksinic entra avec elle et claqua la porte derrière eux.

— Bonjour, Tom. Reste là où tu es. Je peux lui briser le cou avant que tu aies fait deux pas.

— Il était dans le hall…

Les mots lui restèrent coincés dans la gorge quand Marek resserra son étreinte. Allison s'accrochait à son bras, ses pieds traînaient par terre.

— Marek, lâche-la !

— Elle va bien. Je ne lui ai pas fait de mal. On s'est croisés dans le hall, et je me suis présenté. Approche cette chaise… Approche-la !

— Tu veux quoi ? demanda Tom.

— La chaise. Mets-la là, dit-il avec un mouvement du menton.

Tom lui obéit. Marek ordonna à Allison de s'asseoir et lui enleva son béret qu'il balança sur le lit. Puis il se tint derrière elle, une main posée sur son épaule. Il plongea la main dans sa poche pour ressortir un couteau à cran d'arrêt. Il appuya sur un bouton et une fine lame fut éjectée.

— Espèce de pourriture !

— Ça va, Tom, dit Allison d'une voix tremblante.

Marek lui tapota la joue.

— Assieds-toi et ne bouge pas ! Ton petit ami et moi devons discuter affaires. Où est la carte ?

— Quelle carte ? demanda Tom.

La lame brilla devant le visage d'Allison, et souleva délicatement une mèche de cheveux, sur la tempe. Elle étouffa un cri.

— La carte du monde de Corelli…, dit Tom.

— Tu l'as ? Ou bien tu l'as donnée à Stuart Barlowe ? Où est-elle ?

— Elle est ici, répondit Tom. C'est moi qui l'ai.

— Montre-la-moi.

Tom désigna un coin entre le mur et le lit.

— Elle est dans l'étui.

— Va la chercher ! Je veux la voir. Pas de gestes précipités !

Ses yeux marron rapprochés suivirent Tom, comme celui-ci se dirigeait vers le coin de la pièce, et revenait vers lui. Tom retira le couvercle et y plongea deux doigts. Il en extirpa lentement la carte recouverte de mylar.

— Montre-moi ! Approche-toi !

La tenant à deux mains, Tom s'avança jusqu'à ce que ses genoux touchent presque Allison, assise sur la chaise. Il songea à Royce Herron, qui avait tenu la carte de la même façon, aux balles qui avaient traversé celle-ci, et sa nuque se couvrit de sueur. Il respira un grand coup pour ralentir le rythme de son cœur, qui battait à tout rompre, faisant trembler ses mains. Les bords de la carte vibraient.

— Elle est authentique ? demanda Marek en examinant la carte.

— Qu'est-ce que tu entends par là ?

— Elle est authentique ou c'est toi qui l'as faite ?

— Moi ? Non, ce n'est pas moi qui l'ai faite. Pourquoi cette question ?

Son sourire laissa entrevoir des dents couvertes de taches de nicotine, sous la moustache grisonnante.

— On m'a dit que vous l'aviez fabriquée par ordinateur.

— Qui ça, « on » ? Tu vois un ordinateur quelque part ?

— Plus près... Tiens-la plus près...

Allison tourna la tête et leva les yeux vers lui, tandis qu'il se penchait sur la carte.

— Larry vous a raconté que Tom avait contrefait la carte. C'est lui qui vous a dit ça, pas vrai ?

Marek se servit de la pointe de son cran d'arrêt pour éloigner les doigts de Tom du cartouche.

— Il affirme que Stuart Barlowe a payé Tom Fairchild pour qu'il en fasse une copie. La voici, non ?

— Larry ment, répondit Allison.

— Peut-être que oui, peut-être que non. La carte ne paraît pas si vieille.

— Elle a cinq siècles, répliqua Tom. Est-ce Leo Zurin qui t'a envoyé y jeter un coup d'œil ? Je la lui apporte demain. M. Barlowe m'a payé pour que je la restaure. J'ai réparé une déchirure au niveau du pliage. Regarde !

Tom retourna la carte.

— Où est Larry ? demanda Allison.

— Larry ? Il a embarqué sur un bateau. Les bateaux, il adore ça.

Marek regardait la carte en plissant les yeux, sa grosse main toujours posée sur l'épaule d'Allison. Le pouce mutilé de sa main gauche lui frôlait le cou.

— Le vieux est tombé sur une carte quand il a été abattu, précisa Marek. Larry prétend que c'était cette carte-ci.

Allison ouvrit les lèvres.

— Oh mon Dieu, dit-elle à voix basse. C'est vous... c'est vous qui l'avez tué.

Tom la fixa en écarquillant les yeux, afin de lui signifier de se taire.

Marek inclina légèrement la tête. Une mèche de cheveux ondulés lui tomba sur le front. Il plaqua la main gauche sur le visage d'Allison et colla sa bouche contre son oreille.

— Si je te réponds « oui », tu feras quoi ?

— C'était un brave homme. Il ne méritait pas de mourir.

— Tu es un peu maigrichonne à mon goût, mais on pourrait bien s'amuser, tous les deux.

— Allez vous faire voir !

Elle s'efforça de se dégager, en vain : les doigts de Marek étaient crispés sur son visage.

Tom serrait les dents.

— Marek, lâche-la !

Le Croate éclata de rire. Ses yeux se posèrent à nouveau sur Tom.

— Larry dit que la Corelli a été détruite et que tu en as fait un faux.

— Non ! Ce n'était pas cette carte que Royce Herron avait dans les mains, rétorqua Allison. Larry en veut à mort à Tom de lui avoir cassé la gueule, vous ne comprenez pas ?

— Tais-toi, Allison. Ne l'énerve pas. Je n'ai pas contrefait mais nettoyé la carte de Corelli. Larry a pigé de travers.

Marek fixa la carte.

— OK. Remets-la dans l'étui.

— Hein ?

— Remets-la !

— Pourquoi ?

— Parce que si tu le fais pas, je lui tranche la gorge.

Tom roula la carte et la glissa dans l'étui. De la main gauche, Marek lui fit signe de la lui remettre.

— Donne-la-moi.

— Il faut que je l'apporte à Leo Zurin demain.

— Je vais la lui apporter moi-même. Ça t'évitera d'avoir à te déranger.

— Mais c'est à moi de...

Lorsque Marek tourna autour d'Allison, la main levée, Tom projeta l'étui à cartes vers le cran d'arrêt. Juste avant que Marek ne laisse échapper le couteau, Tom réalisa à quel point il avait été maladroit. Aussitôt, il bondit sur un pied et envoya l'autre dans le ventre de Marek.

Celui-ci vacilla, cherchant à conserver son équilibre. Allison s'élança hors de la chaise et, de ses ongles, lacéra le visage de Marek. Il lui asséna un coup de coude sous la mâchoire. La tête d'Allison partit en arrière et la jeune femme glissa sur le sol.

Marek chercha le couteau, puis émit un grognement lorsque le pied gauche de Tom atteignit sa cuisse charnue. Tom était en position d'attaque. Il se déplaça et frappa Marek au genou. Mais l'autre, plus robuste, fit rapidement volte-face, se baissa et attaqua Tom par le côté. Marek parvint à lui plaquer les bras le long du corps. Leurs deux visages étaient si proches que Tom respirait l'odeur du tabac.

Marek lui fit un croche-pied et Tom lutta pour rester debout. Marek recula, entraînant Tom, et tous deux heurtèrent le lit. Alors qu'ils retombaient sur le sol, la fragile tête de lit frappa bruyamment le mur. Marek enfourcha Tom et porta les mains à sa gorge. Tom prit appui sur son pied tout près de Marek, souleva les hanches de son adversaire pour tenter de le repousser, mais le Croate connaissait mieux ses prises que lui.

Il passa un bras autour du cou de Tom et appuya. Celui-ci remarqua la calme intensité du visage de l'homme tandis qu'il accomplissait sa besogne : le tuer. Des points de lumière vive apparurent aux coins de son champ de vision. Le visage de Marek grossit puis devint flou. Tom crut distinguer un terrible et lointain fracas.

Marek s'effondra sur la poitrine de Tom.

Comme celui-ci recouvrait l'usage de ses yeux, il vit Eddie qui se dressait au-dessus de lui, tenant en main une chaise cassée. Il la jeta et, en tirant le corps de Marek, lui permit de se dégager.

— Tom ! Ça va mon pote ? Ohé !

Toussant, Tom se mit à quatre pattes. Allison s'agenouilla, l'entoura de ses bras, et le serra contre elle.

— Ça va ? Laisse-moi te regarder, Tom !

— Oui. Je vais bien. (Il s'accroupit) Il est mort ?

— Non, dit Eddie.

— Essaie encore !

Tom respira profondément, les mains sur les genoux. Il avait des haut-le-cœur.

Eddie trouva le couteau près de la porte de la salle de bains.

— Saloperie de truc !

Il pressa la pointe contre le mur et la lame rentra, avec un clic, dans la poignée d'un noir mat.

— *Cosa succede ?*

On entendait, depuis le hall, parler et crier en italien.

— *Cosa sta capitando la dentro ?*

On frappa du poing sur la porte. Les clients ou la direction voulaient savoir ce qui se passait.

— *Chiamate la polizia !*

— Ils veulent appeler la police, dit Eddie.

— Non ! Dis-leur de s'en aller ! murmura Tom. Pas la police !

Allison atteignit la porte avant Eddie et l'entrouvrit.

— *Va tutto bene ! non vi preoccupate ! Ho scoperto il mio ragazzo con un'altra donna...*

Eddie recula.

— Bougeons-le d'ici !

Il saisit Marek par un bras, Tom par l'autre, et ils le traînèrent tous deux derrière le lit – masse inerte de quatre-vingt-dix kilos.

— Qu'est-ce qu'elle a dit ?

— Qu'elle était désolée de tout ce remue-ménage. Qu'elle venait de découvrir que son petit ami la trompait et lui avait flanqué une dérouillée.

— Nom de Dieu !

Tom la regarda. Les voix s'étaient tues. Allison referma la porte et s'appuya dessus.

— Ils sont partis, annonça-t-elle.

Tom vit l'étui à cartes dépasser, sous le lit. Il s'en empara. Le tube était un peu cabossé mais à part ça intact. Tom s'avança jusqu'à Marek, le regarda une seconde, lui balança un coup de pied dans la jambe, suscitant un grognement sourd.

— Du calme !

Eddie s'accroupit près de lui et fit rouler sa tête sur le côté. Ses doigts, quand il les retira, étaient poisseux de sang. Il les essuya sur la poitrine de Marek.

— Il s'en remettra. Qu'est-ce qu'on va faire de lui, Tommy ?

Il fallut quinze minutes à Manny Suarez et ses amis pour arriver ; et cinq de plus pour faire descendre Marek Vuksinic par l'escalier de secours et le fourrer dans le coffre de leur voiture. Il avait alors repris connaissance. Mais ils avaient apporté un rouleau de ruban adhésif en toile.

Ils avaient garé l'auto derrière un camion-fourgon, qui la protégeait plus ou moins des regards. Un bout du parking donnait sur l'entrée livraison d'une série de boutiques. Le jour tombait.

Suarez referma le coffre à l'instant où un garçon de cuisine sortait par la porte de derrière pour balancer un carton dans une poubelle. Il leur jeta un regard méfiant et retourna à l'intérieur.

En passant devant Tom, Suarez lui glissa :

— C'est la deuxième fois cette semaine que quelqu'un essaie de vous tuer, Fairchild. Vous devriez être plus prudent.

Tom l'arrêta avant qu'il n'ait atteint la portière de la voiture.

— Marek Vuksinic a reconnu avoir abattu Royce Herron, le collectionneur de Miami.

— Je sais de qui vous parlez. Le juge Herron était un ami de Stuart Barlowe, je m'intéresse donc aussi à lui. Pourquoi Vuksinic a-t-il tué le juge ?

— Il ne l'a pas dit. On n'a guère eu l'occasion de discuter, là-haut. Que savez-vous au sujet de Jenny Gray ? Ils vous ont contactés, à Scotland Yard ?

— La fille de Londres… (Suarez secoua la tête.) Vous pensez que c'est lui qui a fait ça ?

— J'aimerais le savoir, répliqua Tom.

— Je lui poserai la question, dit Suarez en esquissant un sourire.

— J'ai une autre question. Jenny avait une colocataire nommée Carla Kelly. Elle aussi travaillait pour Larry Gerard. Comme call-girl à temps partiel, j'imagine. Jenny m'a dit que Larry Gerard s'était servi de Carla pour obtenir le permis de construire du Metropolis. Il y a deux semaines, on a retrouvé son cadavre dans les Everglades.

— Et ?

— Et je pensais que vous seriez peut-être au courant de quelque chose.

Suarez hésita quelques secondes, puis :

— On lui a brisé le cou. Je suis à quatre-vingt-dix-neuf pour cent sûr que ce n'est pas parce qu'elle avait baisé avec quelques politiciens. À Miami ? Un peu de sérieux… Non. C'est un coup de Vuksinic. J'avais interrogé Carla au sujet d'Oscar Contreras. Je crois qu'il s'en est rendu compte.

— Vous l'emmenez où ?

— Ne vous souciez pas de ça.

— Questionnez-le à propos du bateau qui doit quitter Gênes. Je vous l'ai servi sur un plateau. Maintenant, vous pouvez me lâcher la grappe, non ?

— On le ferait peut-être s'il y avait une chance qu'il parle. Mais je parie qu'il va nous dire d'aller nous faire foutre en cinq langues ! Bonne chance pour demain. On ne sera pas loin. Vous avez le numéro.

— Une minute ! J'ai failli me faire tuer, et vous refusez de me fiche la paix ?

— On discutera quand vous aurez fait votre boulot.

Tom appuya sur la portière de toute la force de son bras, empêchant Suarez de l'ouvrir.

— Très bien…, fit Tom. J'étais sûr que vous réagiriez comme ça. Je veux vous faire écouter quelque chose. À vous seul, pas à vos amis, précisa-t-il à voix basse.

— Qu'est-ce que ça signifie ?

Tom parcourut quelques mètres en direction de l'étroite allée de galets qui débouchait sur la place. Suarez se pencha pour dire quelque chose à Ricker, puis s'avança vers lui.

— OK, je vous écoute.

— J'allais utiliser ça contre vous au cas où vous tenteriez de me couillonner. Mais le moment me paraît tout aussi bien choisi.

Tom tira son mobile de sa poche et composa un numéro.

— C'est quoi, ça ?

— Une seconde. J'appelle un numéro enregistré à New York. C'est un message automatique. Un ami à moi m'a arrangé ça.

Il appuya sur la touche « haut-parleur » et orienta le portable vers Manny Suarez.

— C'est une blague ?

— Pas pour moi.

La voix de Suarez sortit du combiné :

Placez si possible les micros dans des pièces différentes – de préférence à proximité d'un téléphone. Espérons que Zurin n'est pas un maniaque du ménage.

Suarez le regarda. Tom leva la main, et sa propre voix lui parvint aux oreilles.

Dites-moi un truc, Suarez... Vous n'êtes pas habilité à opérer en dehors des États-Unis. Pourquoi venir jusqu'en Italie pour choper Contreras ? Vous avez un compte personnel à régler avec lui ?

Long silence. Bruit d'une voiture qui passe. Aboiement d'un chien. Autre voiture. Et à nouveau la voix de Suarez :

Mon frère était agent de police à Lima. C'était un bon gars, un flic honnête. L'un des hommes de main de Contreras va le voir et lui dit : « ¿ Plata o plomo ? » En d'autres termes : « Tu prends le fric ou on te fiche une balle ? » Mon frère n'a pas voulu marcher. Ils l'ont abattu. Il avait une femme et trois gosses. Vous comprenez ?

Tom raccrocha.

— Et ça continue comme ça. J'avais le téléphone dans une poche de poitrine et mon pote qui suivait la conversation, depuis New York. Il l'a enregistrée. J'ai demandé à quelqu'un de nous prendre en photo lorsque vous m'avez remis cette tasse en carton pleine de micros et j'en ai fait des gros plans quand je suis remonté dans la chambre. Cet après-midi, j'ai téléchargé une trentaine de clichés sur un site Internet.

Le regard vif de Suarez se fit menaçant.

— Il est inaccessible, à moins de posséder l'adresse URL et le mot de passe.

Il rangea son téléphone et remit à Suarez un bout de papier.

— Voici ce qu'il vous faut pour y accéder. N'essayez pas de le fermer. C'est impossible. À tout moment, les informations peuvent être envoyées partout. À votre boss. À la CIA. Au procureur général des États-Unis. À CNN. À la chaîne People...

— Vous voulez quoi ?

— Je veux que vous respectiez vos engagements. Et que vous tiriez aussi Eddie d'affaire.

— Vous me prenez pour Dieu ? Je ne peux pas faire ça. Je n'en ai pas le pouvoir.

— Eddie m'a sauvé la vie. Réfléchissez-y. Songez à ce que ça peut représenter pour moi.

Quand Tom remonta, Allison était en train de faire sa valise. Elle se retourna dans un sursaut, comme si elle avait craint de voir ressurgir Marek Vuksinic. Tom tendit les mains vers elle et elle se jeta dans ses bras.

— Ça va ? demanda-t-il.

— Maintenant, oui.

Elle l'embrassa doucement, tendrement, longuement… Tom aurait voulu que ça dure encore plus longtemps.

— Je veux que tu ailles chez Eddie. Que tu retournes à Manarola et que tu m'y attendes.

— Tu ne te débarrasseras pas de moi aussi facilement.

— Je ne tiens pas du tout à me débarrasser de toi, mais tu veux bien rentrer avec Eddie ?

— Pourquoi ? Marek n'est plus là pour nous poser de problème.

— Et si Zurin me demande ce qui lui est arrivé ?

— Tom. Crois-tu sérieusement que Zurin sait qu'il allait venir ici ? C'est Marek qui a détruit la carte. Comment aurait-il pu en parler à Zurin ?

— Tu as sans doute raison, mais…

Elle sourit et secoua la tête.

— C'est moi qui ai l'adresse, pas toi.

33 Les entrepôts, bâtiments industriels et cages à poules de la banlieue de Milan s'éloignèrent, tandis qu'Allison prenait vers l'ouest, en direction de l'autostrada qui les conduirait dans les montagnes. Assis sur le siège passager, Tom lisait le mode d'emploi du moniteur couleur, qui comprenait GPS, chaîne hi-fi et système de contrôle de la température. La voiture était une puissante Alfa Romeo gris métallisé – le genre qui ne ferait qu'une bouchée d'une Fiat. Allison l'avait choisie pour les quatre roues motrices, au cas où ils devraient rouler dans la neige.

D'après le GPS, ils se trouvaient à cent quarante kilomètres de Champorcher. Après Novara, ils emprunteraient la A-5 qui allait de Turin à Chamonix, en traversant la vallée d'Aoste. Se ravisant, Tom préféra se rendre à Champorcher par une route plus petite, sur le versant sud des Alpes.

Le père d'Allison leur avait faxé le matin même les indications à leur hôtel. Les Barlowe avaient quitté Milan la veille. Allison ignorait s'ils avaient prévenu Zurin de leur arrivée, à Tom et elle. Elle avait tenté, en vain, de joindre Stuart sur son mobile. Peut-être ne captait-il pas à cause des montagnes.

Peu à peu, le paysage devint vallonné et la neige apparut par endroits, autour des fermes, dans les ravins, ou parmi les arbres en lisière des champs. Allison montra quelque chose du doigt, et Tom vit se dresser la silhouette d'un château fort, qui disparut lorsqu'ils prirent un virage. La route grimpait de plus en plus. Allison accéléra au niveau d'un camion-citerne et dépassa une Mercedes immatriculée en Suisse.

Tom pouvait, en utilisant le moniteur, allumer la radio et régler le volume. Il fit défiler les stations, entendit de la variété française et du rock allemand. Une voix masculine annonça :

— *Sono le undici e quarto. Adesso ascoltiamo rap americano...*

— Tu ne veux pas éteindre ce truc ?

Allison lui jeta un coup d'œil et se remit à froncer les sourcils en direction du pare-brise.

— Ce n'est pas le moment.

Il éteignit la radio et gigota pour atteindre la bonne poche de son pantalon. Puis, montrant à Allison les trois micros qu'il avait dans la paume, il appuya sur le bouton permettant de baisser la vitre. L'air froid s'engouffra dans la voiture. Tom balança les micros dehors.

— Tom ! Pourquoi as-tu fait ça ?

— Est-ce que ça te soulage ?

Elle éclata de rire.

— Eh bien... oui. Tu n'auras qu'à dire à Manny Suarez que tu les as placés chez Zurin. Il ne va pas le lui demander, pas vrai ?

— J'aurais dû le faire avant.

Tom joignit les mains et, en étendant les bras, fit craquer ses articulations.

— Je réfléchissais... ce n'est pas grave, si Leo Zurin s'aperçoit que la Corelli est une copie. Tu sais pourquoi ?

— Non, pourquoi ?

— Parce que ton père aurait pu l'acheter comme ça, non ? La vieille dame qui la lui a vendue n'avait pas les documents indiquant sa provenance.

L'expression d'Allison s'assombrit.

— Tu avais raison. Il avait une liaison avec Jenny Gray.

— Désolé de te l'avoir dit.

Elle haussa les épaules.

— Ça m'est égal. Après ça, je couperai les ponts avec lui et Rhonda. Je lui ai dit que je refusais de travailler pour sa société. Que je préférais être une avocate lambda avec des clients lambda. C'est ce que je veux. Et je veux que tu t'en sortes. Je suis prête à faire tout ce qu'il faudra pour que ce soit possible, Tom.

Elle lui prit la main.

La route se divisa en deux voies. Ils s'enfoncèrent dans un tunnel, en ressortirent presque aussitôt.

La terre devenait grise et inhospitalière. Des affleurements de rochers venaient rompre de vastes nappes de neige. La cime des montagnes se perdait dans d'épais nuages.

— Il neige là-haut, dit Allison.

Enfin, ils parvinrent dans la province de la vallée d'Aoste. Tom déplia le fax et regarda les indications manuscrites de Barlowe. Il leur restait encore dix kilomètres à faire avant de parvenir au panneau indiquant Champorcher, près d'une ville appelée Hône. La S-2 les mènerait ensuite vers Pontboset, à l'ouest, où ils chercheraient l'embranchement. Tom tenta de rallumer la radio mais seuls des parasites sortirent des enceintes.

Construite sur les rives d'une petite rivière, la route suivait le flanc de la montagne. Tom sentit son corps se crisper sur le siège de cuir alors que la voiture gravissait une pente de plus en plus raide. Allison rétrograda, prit un virage puis un autre. L'Alfa Romeo collait à la route comme une voiture de course. Des flocons de neige flottaient à l'horizontale devant les vitres.

Roulant au pas, ils traversèrent des villages miniatures aux toits très pentus. À la sortie de Pontboset, la route décrivait une longue série de lacets. Tom avait le vertige à force de tournants, et les oreilles bouchées. La neige tombait de manière uniforme. Allison actionna les essuie-glaces.

Des pins enserraient la chaussée des deux côtés. La jeune femme ralentit et scruta la route sans panneau, à une voie, qui disparaissait derrière des rochers de granit.

— Tom, tu es sûr que c'est le bon chemin ?

— À cent pour cent. J'ai consulté le compteur. À cette altitude, le GPS n'est bon à rien.

Elle donna un coup de volant à gauche et la voiture accéléra.

— Si on ne trouve pas très vite, je fais demi-tour et j'appelle de la ville la plus proche.

— Tu as le numéro de Leo Zurin ?

— Je n'ai pas pensé à le demander. Je réessaierai de joindre Stuart.

Tom regarda par la vitre. Il n'y avait pas de glissière de sécurité et le gouffre entre la route et la vallée était tel qu'il n'en voyait pas le fond.

— Va moins vite. Ça me rend nerveux.

— Tu veux prendre le volant ?

— Non merci.

Les pneus grondèrent sur une plaque de verglas. Une cascade avait gelé, sur la falaise au-dessus d'eux, et de gros rochers faisaient saillie, mordant sur la route. Allison jeta un coup d'œil au rétroviseur.

— Il y a quelqu'un derrière nous.

— Ça signifie, j'imagine, que la route va quelque part.

Se retournant, il vit les phares d'un 4 × 4 noir à gros pneus, au toit équipé d'une galerie. Le véhicule les suivit dans une descente puis le long d'une route en zigzag. La vallée s'étendit devant eux puis s'évanouit lorsqu'ils s'enfoncèrent entre les arbres.

— Arrête de me coller au train, bordel ! marmonna Allison.

Les phares se rapprochèrent et Tom put lire le mot NISSAN sur la calandre.

— Laisse-les passer.

— Comment ? La route est trop étroite.

Elle rétrograda dans un virage en épingle à cheveux et les deux voitures se retrouvèrent momentanément côte à côte. Tom distinguait la vitre côté conducteur mais, comme elle était couverte de buée, il ne pouvait voir la personne au volant. Quand la route redevint droite, le 4 × 4 s'empressa de se remettre derrière eux. Tom sentit son pare-chocs avant percuter leur voiture par-derrière.

— Ils sont dingues ou quoi ? cria-t-il.

— Je n'ai pas l'intention de le découvrir.

Allison appuya sur le champignon et la voiture monta en flèche. Le 4 × 4 la rattrapa. Les pneus de l'Alfa Romeo patinèrent puis se redressèrent comme Allison effectuait un brusque virage à droite.

— Fais gaffe, nom de Dieu !

— Je fais gaffe. Ne me crie pas dessus !

La Nissan disparut derrière un coude, puis reparut. De la neige tourbillonna derrière eux et du gravier vint percuter le dessous de leur voiture. Ils parvinrent en haut d'une colline. La route partait sur la gauche. Tom ancra ses pieds au sol et s'agrippa à la poignée au-dessus de la vitre.

— Ralentis, Allison !

— Ils sont où ?

— Je ne les vois pas. Ah si... Merde ! Ils sont juste derrière nous.

— Aide-moi à trouver un raidillon.

Elle se pencha pour regarder à travers le pare-brise. Les essuie-glaces se mouvaient rapidement sur la vitre. Des arbres se dressèrent devant eux puis s'estompèrent.

— Attention ! hurla Tom.

La route s'achevait devant une grille. Deux poteaux bas, en pierre, soutenaient une barrière triangulaire en fer rouillé. La lueur des phares éclaira un cercle rouge barré horizontalement d'une ligne noire. La voiture dérapa, s'empêtra dans la neige et s'arrêta, au moment où la portière de Tom heurtait l'un des poteaux. Il ne distinguait rien, par la vitre, hormis la cime des arbres et un sommet lointain.

Allison fit une marche arrière. Les roues patinèrent. Pivotant, Tom vit la Nissan à quelques mètres d'eux. Ses essuie-glaces étaient activés, ses feux avant allumés. Elle demeura quelques secondes sur place, puis ses portières s'ouvrirent. Une femme en manteau de fourrure blanc, toque assortie et bottes noires à talons hauts en sortit, côté conducteur. Elle se dirigea vers leur voiture, tenta d'ouvrir la portière et, d'une main gantée, tapota sur la vitre.

— Vous allez bien ? On a essayé de vous arrêter. Vous avez tourné au mauvais endroit !

— Mon Dieu ! C'est Rhonda.

Allison coupa le contact.

— N'ouvre pas la porte ! s'écria Tom.

Mais Allison avait déjà appuyé sur le bouton de déverrouillage.

— Vous avez essayé de nous faire quitter la route ou quoi ?

Stuart Barlowe pencha vers eux son visage aux yeux cernés et à la barbe grisonnante. De la neige tombait sur le bord de son chapeau mou. Il jeta un coup d'œil à l'intérieur.

— Personne n'est blessé ?

Tom poussa sa portière. Elle s'écarta de quelques centimètres et heurta le montant de la barrière. Il mit la main à la boucle de sa ceinture de sécurité.

— La carte est dans le coffre ? Elle est à l'abri ?

Barlowe chercha, sur le tableau de bord, le bouton d'ouverture du coffre.

— Il ne faut pas qu'il prenne la carte !

Tom bouscula Allison pour se glisser entre les sièges et atteindre la portière arrière. Quand il l'ouvrit, il se trouva nez à nez avec le canon d'un revolver.

— Je suis désolé, dit Barlowe. Remontez dans la voiture ! Tous les deux.

— Prends-la donc, cette putain de carte ! Prends-la ! hurla Allison.

Barlowe claqua la portière de sa fille, puis celle de Tom, et se planta dehors pour s'assurer qu'elles demeuraient fermées. Allison pivota sur son siège.

— Tom ! Laisse-lui la carte !

Celui-ci perçut l'agitation tout autour de lui. La porte du coffre se referma en claquant.

La neige recouvrait la lunette arrière. Tom regarda par une des vitres et vit Rhonda regagner la Nissan avec l'étui à cartes. Le moteur tournait toujours. Elle ouvrit la porte côté conducteur et monta dans la voiture.

Tom repassa par-dessus le siège arrière et poussa violemment avec l'épaule la portière côté passager. Elle s'ouvrit à peine avant de heurter le portail métallique.

— Allison, défais ta ceinture ! Il faut qu'on sorte de la voiture !

Il plongea en avant et mit le contact. Allison avait toujours les yeux rivés sur Barlowe, qui tenait le revolver.

— Allison ! Il faut qu'on sorte !

Le vrombissement du moteur s'intensifia et les roues du 4 × 4 se mirent à tourner. Les phares étaient braqués sur eux.

Tom appuya sur un bouton et la vitre s'abaissa lentement, côté passager. Il se jeta dehors la tête la première tandis que l'Alfa

Romeo dérapait vers le bord du gouffre. Puis il passa un bras par la vitre abaissée, saisit à pleine main la manche d'Allison et hurla son nom.

Elle se hissa sur le tableau de bord et parvint à sortir la tête et les bras. Tom l'attrapa par les poignets et tira. La voiture vacilla, l'arrière se souleva du sol, et elle disparut immédiatement de leur champ de vision. Le hurlement du métal déchiré sembla se répercuter à l'infini.

Comme Tom aidait Allison à se remettre debout, les grosses roues du 4 × 4 patinèrent sur le verglas. Elles finirent par adhérer au sol, et le véhicule fit une brusque marche arrière, révélant Stuart Barlowe.

Celui-ci leva son arme.

— Ne bougez pas !

— Pourquoi fais-tu ça ? hurla Allison.

Le manteau de Rhonda s'entrouvrit tandis qu'elle courait vers eux.

Barlowe se tenait au bord de la route, le revolver braqué sur eux. Tom poussa Allison derrière lui. Le poteau de la barrière les empêchait de reculer davantage. Quand Tom changea de position, des pierres glissèrent sous son pied et plongèrent par-delà la route, heurtant bruyamment les rochers

— Descends-le ! ordonna Rhonda d'une voix perçante, pleine de panique. Je m'occupe d'elle !

Voulant passer devant lui, elle bouscula Stuart. Il la repoussa.

Le talon de sa botte la fit trébucher. Elle tituba sur le côté, en direction du gouffre. Ses bras moulinèrent l'air, l'épais manteau blanc rendant ses gestes maladroits. Elle oscilla un moment, cherchant, de ses mains tendues, à saisir le bras de son mari.

— Stuart !

Il aurait pu la retenir… Au lieu de ça, il la regarda tomber. Il y eut un cri, suivi d'un craquement de branches.

Stuart s'avança vers le bord de la falaise. Ses belles chaussures noires étaient couvertes de neige. Il fixa le gouffre et leva les bras comme s'il s'apprêtait à rejoindre sa femme.

Allison enfouit son visage contre le torse de Tom.

Alors Barlowe laissa retomber ses bras. Il balança le revolver en arrière, puis en avant. Le lâcha. L'arme disparut dans le ravin. Comme si une ficelle avait été coupée, Stuart s'effondra tel un pantin et resta assis dans la neige, les jambes étendues devant lui. On n'entendait que le vent sur la cime des pins. Tom respira enfin.

— C'est comme ça qu'ils ont tué Nigel. Ton oncle, ils l'ont assassiné. Ils ont mis son corps dans sa voiture et l'ont balancé dans le vide pendant une tempête de neige.

— Non, non. Tu n'as pas saisi. C'est lui, Nigel.

Allison courut vers Barlowe et, le prenant par les épaules, le secoua. La montagne, dans l'air frais et immobile, renvoya l'écho de sa voix :

— Tu l'as tué ! Pas vrai, espèce de salopard ! Tu as assassiné mon père ! Je le savais ! Au fond de moi, je le savais !

Il tendit les mains. Elle le repoussa, fouettant l'air de ses poings. Le chapeau de Stuart tomba et ses cheveux lui barrèrent le front.

— Calme-toi, Allison !

Tom l'écarta du gouffre et la serra dans ses bras tandis qu'elle sanglotait. Il regarda l'homme qui, assis là, fixait le ravin d'un air absent.

— Nigel. Vous êtes Nigel Barlowe.

Il écarquilla les yeux comme s'il venait lui aussi de le réaliser.

— Oui. Je crois que vous avez raison.

34

Tom effectua une marche arrière avec le 4 × 4, l'arrêtant là où était assis Nigel Barlowe. Il sortit, contourna le véhicule et releva la portière du coffre. Il jeta quelques valises sur le sol et trouva de la corde jaune dans un kit de secours. Barlowe semblait relativement docile, mais Tom lui lia néanmoins les mains derrière le dos en le menaçant, s'il bougeait, de l'envoyer rejoindre Rhonda.

Allison s'appuyait contre le pare-chocs avant, leur tournant le dos, les bras croisés sur la poitrine. Son béret rouge et sa veste étaient dans la voiture au fond du ravin. Bien qu'elle eût froid, elle ne voulait pas s'approcher de Nigel. Elle avait suggéré qu'ils le hissent sur la galerie.

Tom aida Barlowe à s'asseoir sur le sol du véhicule et à ramener ses jambes à l'intérieur. Il les lui attacha, serrant bien la corde.

— Qui a tué votre frère ? Vous ou Rhonda ?

— Stuart était déjà mort. Ils s'étaient disputés. Il avait fait une chute dans l'escalier. D'après elle, c'était un accident. Rhonda voulait que je l'aide, et c'est ce que j'ai fait. De Genève, je me suis rendu à Chamonix.

— Vous l'avez cru ?

— Sur le moment, oui. Nous étions amoureux. C'était la femme la plus belle, la plus intelligente, la plus passionnée…

— Vous avez donc balancé votre voiture du haut d'une falaise, avec lui au volant.

— Oui.

— Puis vous avez pris sa place.

— On a mis mes papiers d'identité dans son portefeuille. Stuart et moi nous ressemblions beaucoup. Je n'avais pas mis les pieds au Canada depuis longtemps. Je n'y suis jamais retourné. Je me suis laissé pousser la barbe, comme lui. Et je suis devenu Stuart.

— Pourquoi ? Vous pouviez avoir Rhonda. Pourquoi ne pas l'avoir épousée en tant que Nigel ?

— Eh bien... Il y avait Allison à prendre en compte. Elle aurait hérité. C'est Stuart qui gérait l'entreprise familiale. J'étais couvert de dettes. Non, il était préférable que... que Stuart reste en vie.

— Bon sang !

Après avoir glissé une autre longueur de corde dans une boucle d'acier fixée au sol, Tom l'attacha à celle qui liait les chevilles et les poignets de Barlowe.

— Royce Herron l'a découvert. C'est comme ça que ça s'est passé ? Vous avez chargé Marek Vuksinic de le tuer.

— Je ne l'ai su qu'après coup. Rhonda m'a confié qu'elle avait demandé à Larry de s'en occuper. Larry n'était pas au courant de la vérité. Elle lui a dit qu'il fallait le faire si on tenait à ce que le Metropolis voie le jour. Je suis désolé pour Royce. Je l'aimais bien.

Avec un rire sinistre, Tom tira sur la corde d'un geste brusque. Barlowe grimaça.

— Lequel de vous deux a tué Jenny Gray ?

— Rhonda. Elle disait que Jenny connaissait mon secret, que Royce le lui avait révélé. Elle est allée à Londres pour lui parler. Les choses ont dégénéré.

— Dégénéré ?

Tom attacha la corde autour des chevilles de Barlowe à un crochet dans le sol.

— Jenny ne savait rien. Elle faisait semblant pour vous soutirer de l'argent.

— Rhonda prétendait que si.

— Elle se trompait.

— Je suis désolé.

— C'est ça. Comment avez-vous pu faire une chose pareille ? Et comment pouvez-vous vivre avec ?

— J'aimais ma femme.

— Pas assez pour la sauver.

Barlowe bougea les épaules et appuya la tête contre le dos de la banquette arrière.

— Ça m'est égal d'aller en prison. Je crois que ce sera très paisible.

— Ah oui ? demanda Tom. Dans ce cas, vous auriez dû vous jeter dans le vide.

Champorcher était situé dans une longue vallée. À l'approche du village, Tom distingua depuis la route ses toits de tuile rouge, son église, son beffroi. Roulant au pas, il dépassa une arche romaine, qui devait se dresser là depuis deux millénaires. De la neige s'était amassée sur son sommet, et sur les branches vert foncé des pins bordant la route. Seuls de rares flocons glissaient en travers du pare-brise, mais le ciel était encore gris.

Tom entendait Allison renifler. Elle avait pleuré pendant tout le trajet de la montagne à la vallée, et avait épuisé sa réserve de mouchoirs en papier. À présent, elle relevait ses lunettes pour s'essuyer les yeux avec le col roulé de son pull. Tom se rangea sur le bas-côté, laissant le moteur tourner et les bouches d'aération souffler l'air chaud. Il fouilla dans la boîte à gants et trouva une serviette en papier.

— Tiens !

Elle s'en saisit et ouvrit la portière.

— Allison, ne te…

Mais elle claqua la porte et, marchant péniblement au bord de la route, se dirigea vers le village. Tom jeta un coup d'œil au rétroviseur et vit la tête penchée de Barlowe, ses cheveux gris. L'homme était perdu dans ses pensées. Tom roula pour rejoindre Allison puis, dans un dérapage, s'arrêta devant un petit marché. Il courut et la rattrapa.

— Je refuse de respirer le même air que ce fils de pute, dit-elle, les mâchoires serrées. Je n'ai pas envie de m'empoisonner.

— OK.

Tom lui prit la main.

— Trente ans de mensonges ! Ma vie entière est un mensonge !

— Non. Toi, tu n'es pas un mensonge, Allison. Si c'était le cas, je ne pourrais pas t'aimer autant.

Elle se remit à pleurer. Il la prit dans ses bras. Elle avait le visage et les cheveux glacés.

— J'ai l'impression que mon père est mort deux fois. Ce n'est pas juste !

— Eh, regarde comme on est près du centre de Champorcher ! dit Tom. Tu vois ce clocher ? La place du village doit être juste là.

Allison foudroya le 4 × 4 du regard.

— J'y vais à pied.

— Allons, bébé.

Entre deux hoquets, le visage décomposé, elle lui demanda :

— Qu'est-ce que je vais faire, Tom ?

— On va trouver un café avec un bon feu de cheminée et commander un chocolat chaud ou un truc dans ce goût-là. De toute façon, il faut que j'appelle Manny Suarez. Il a dit qu'il serait dans les parages.

Tom retira sa veste et la mit sur les épaules d'Allison.

— Toi, au moins, tu as l'esprit pratique, dit-elle, le visage brillant de larmes.

— Ouais… eh bien, s'il y a un truc que j'ai appris dans la vie, c'est qu'on n'a pas le choix, il faut continuer.

Tom pressa sa joue contre celle d'Allison.

— Si ça peut te soulager, on va laisser Nigel dans le coffre, à se cailler les miches jusqu'à l'arrivée de Suarez.

Elle moucha son nez rougi par le froid avec les derniers lambeaux de sa serviette en papier, puis respira un grand coup.

— Bon, ça va. Allons-y.

Il la tint serrée contre lui. Il avait remarqué la tour de l'horloge, dominant les bâtiments de la place du village. 14 heures passées de dix minutes.

— Allison, il faut que j'apporte la carte à Leo Zurin.

— Oublie cette putain de carte ! Je regrette que cette garce ne l'ait pas emportée avec elle dans sa chute.

— Suarez s'attend à ce que je le fasse. Il s'imagine encore que je vais placer les micros. Il faut que je parle à Zurin.

— Non, non. Sûrement pas. Après ce qui s'est passé avec Nigel et Rhonda, comment Suarez peut-il exiger la moindre chose de toi ?

Tom secoua la tête.

— Tu dois m'aider, bébé.

— Que je t'aide à quoi ? répliqua-t-elle lentement.

— À rentrer chez moi. À sortir du tunnel où j'ai passé les trois quarts de ma vie. Et à en faire sortir Eddie, si possible.

35 Avant de l'attacher dans le coffre du 4 × 4, Tom avait confisqué son mobile à Barlowe. Il y chercha le numéro de Leo Zurin alors qu'Allison et lui arpentaient la colonnade du marché. Il composa le numéro tandis qu'elle se mordait les lèvres, puis lui passa l'appareil.

Elle parla en italien – que Tom comprenait assez pour deviner qu'elle disait ce qu'il lui avait demandé de dire :

Je suis la fille de Stuart Barlowe. Il n'a pas pu venir vous donner la carte en personne, mais l'expert qui a restauré la carte est avec moi, et tient à vous la remettre lui-même. Il s'appelle Tom Fairchild. Nous sommes en route vers Champorcher. Pouvez-vous m'indiquer le chemin ?

Elle griffonna les indications sur le carnet de notes de Tom.

— *Grazie mille.*

Quand elle raccrocha, ses mains tremblaient.

— Il a dit qu'il se réjouissait de nous rencontrer.

— Comment ça, « nous » ? Toi, tu ne vas nulle part.

Tom sortit son portable d'une de ses poches et fit défiler les numéros.

— Tu appelles qui ?

— Notre copain Manny Suarez.

Zurin vivait au bout d'une route privée, à mi-hauteur d'une montagne dominant la vallée. Nichée dans une futaie de hauts sapins, la maison était toute de pierre et de poutres. Des stalactites pendaient au rebord du toit très pentu. Il y avait deux dépendances, un garage et un mur en pierre de près de deux mètres cinquante. En se rapprochant, Tom constata que l'arrière de la maison reposait sur la pente abrupte d'une montagne. La façade donnait sur la partie montante, vaste étendue blanche assombrie de saillies rocheuses ou de bosquets de sapins. Le sommet se perdait dans les nuages.

Tom franchit la grille ouverte et se gara dans le jardin. Une terrasse de pierre menait à une porte d'entrée peinte en rouge vif. Une longue baie vitrée révélait la silhouette d'un homme qui, planté là, regardait dehors.

Quand Tom émergea du 4 × 4, deux hommes portant bonnets et vestes épaisses s'avancèrent vers lui. L'un d'eux portait une mitrailleuse sur l'épaule, et l'autre tenait en laisse un berger allemand. Le chien émit un grognement, montrant les dents.

Tom demeura immobile.

Les gardes se rapprochèrent.

— *Cosa vuoi ? Chi sei ?*

— Désolé. *Non parlo italiano.*

Tom leva une main en direction de la maison et s'écria d'une voix forte :

— Bonjour, monsieur Zurin ! Je suis Tom Fairchild.

Des nuages de vapeur accompagnèrent ses paroles.

Le chien se mit à aboyer violemment. Tom recula.

Quelqu'un ouvrit la porte d'entrée. Un homme en chapka et pull à coll roulé sortit sur la terrasse. Il claqua une fois dans ses mains.

— Bruno !

Aussitôt, le chien se tut et se coucha dans la neige, la langue pendante.

— *Perquisitelo !* ordonna Zurin.

Le garde portant l'arme fit signe à Tom de lever les bras. Il effectua une fouille au corps en règle, le palpant sous sa veste et le long des jambes.

— *E pulito.*

Il poussa Tom vers le porche.

— *Vai !*

382

Nettement plus petit que Tom, Zurin avait le nez pointu, de profondes rides aux coins de la bouche et les lèvres minces. Sous d'épais sourcils noirs, ses yeux sombres scrutaient le nouveau venu avec une curiosité non dissimulée.

— Je suis Leo Zurin.

Les mains sur les hanches, il rendait la poignée de main impossible.

— Je reconnais que je n'ai pas bien compris le coup de téléphone de Mlle Barlowe, mais visiblement mes amis ont décidé de ne pas venir.

Il avait un léger accent, russe, supposa Tom.

— C'est... à peu près ça. En fait, c'est plus compliqué. Mais j'ai l'*Universalis Cosmographia*. Ils m'ont chargé de vous la remettre.

Tom avait les lèvres engourdies par le froid.

Zurin jeta un coup d'œil au 4 × 4, derrière lui, mais ne dit rien.

— Stuart Barlowe m'a confié sa restauration. Il a fallu que je la nettoie et que j'arrange deux ou trois petites choses. Les taches brunes, par exemple. Je l'ai, mais pas sur moi.

Le regard de Zurin revint sur Tom.

— La carte est à Champorcher. Je voudrais conclure un marché. Pas d'argent. Ce n'est pas ce qui m'intéresse. La carte est à vous. J'ai juste un service à vous demander.

Il plongea la main dans sa poche.

— Je veux vous montrer quelque chose sur mon mobile. C'est une photo. Vous voulez bien la regarder ?

— Bien sûr. Tout cela est si intrigant.

Malgré ses doigts gelés, Tom parvint à activer la fonction « appareil photo » de son téléphone. Il appuya sur une autre touche et orienta l'écran vers Zurin.

— Vous distinguez quelque chose ?

Zurin plissa les yeux.

— Je vois... une jeune femme. Elle tient... c'est quoi ?

— Votre carte. Et elle, c'est Allison Barlowe. Elle tient un briquet dans l'autre main. Juste au-dessous d'un coin de la carte.

— *Ehi* ! souffla Zurin, écarquillant les yeux.

— Vous voyez la tour de l'horloge de Champorcher ? La photo a été prise à 15 h 15. Si je ne suis pas de retour dans une heure, elle brûlera la carte.

Zurin émit un rire glaçant.

— Si la carte n'est pas ici dans une demi-heure, j'ordonnerai à mes hommes de vous maintenir chacun par une jambe, de faire un vœu, et de tirer de toutes leurs forces. On jettera les restes à Bruno. Qu'est-ce qui pourrait m'en empêcher ?

— Vous voulez la carte. Elle appartenait à votre arrière-grand-père. Elle a été volée dans un musée de Lettonie. Vous possédez toutes les cartes de l'atlas à l'exception de celle-ci. Elle est belle. Elle est parfaite. Regardez-la !

Zurin fixa le petit écran.

— Si quelque chose m'arrive, elle la brûle.

Les lèvres de Zurin se relevèrent peu à peu, et il regarda à nouveau Tom.

— Qu'attendez-vous de moi, monsieur Fairchild ?

— Je veux retrouver ma liberté. Et vous êtes le seul à pouvoir me la rendre.

En regagnant la vallée, une demi-heure plus tard, Tom appela Allison pour la rassurer : il était toujours en vie. À Champorcher, il la retrouva où il l'avait laissée : à une table devant un feu de cheminée, dans une petite *osteria* en retrait de la place du village. Suarez et Ricker, assis non loin, jouaient les touristes. Le troisième gars, Ianucci, tenait Barlowe à l'abri des regards, dans un hôtel au coin de la rue.

Suarez alla à la fenêtre et regarda dehors.

— Ils ne m'ont pas suivi, dit Tom lorsqu'il passa près de lui.

— Vous êtes entré dans la maison ?

— Lâchez-moi, vous voulez bien ?

Tom s'assit et posa la main sur celle d'Allison.

— Ça va ?

Elle poussa un long soupir.

— Et toi ?

— Pour le moment, oui. Où est la carte ?

384

— Je viens avec toi.

— Sûrement pas ! Où est la carte ?

— Manny Suarez pense que ça aura l'air moins louche si je t'accompagne.

— Ah oui ? Il pense ça ?

Tom pivota sur sa chaise. Suarez eut un haussement d'épaules. Quand Tom se retourna vers Allison, elle enfilait un manteau noir en laine. Celui de Suarez. Il lui arrivait presque aux chevilles.

— Je viens avec toi, Tom.

Quand Tom franchit la grille de chez Zurin au volant du 4 × 4, ni le chien ni les gardes n'étaient là. En revanche, une petite voiture grise était garée près des marches de l'entrée.

— C'est qui ? se demanda Tom à voix haute. La voiture… Elle n'était pas là avant.

— Elle est immatriculée à Florence, fit remarquer Allison.

La porte du chalet s'ouvrit avant qu'ils ne l'aient atteinte, et Leo Zurin les invita à entrer. Il jeta un coup d'œil à l'étui à cartes avant de se tourner vers Allison.

— La femme à la flamme, murmura-t-il.

Elle releva la manche du manteau et tendit la main à Zurin.

— Enchantée de vous rencontrer, dit-elle. Mon père est désolé de ne pas pouvoir être ici. Il a été retenu par une affaire personnelle, et m'a donc envoyée à sa place.

— Nous ne perdons pas au change. (Zurin porta la main d'Allison à ses lèvres.) Vous amenez un parfum de printemps sur nos pentes enneigées.

Les deux jeunes gens s'approchèrent de la cheminée. Un fauteuil en cuir était disposé pour faire face à la vallée. Tom et elle remarquèrent au même instant l'homme qui se tenait juste à côté, un verre de vin à la main. Il avait des cheveux gris peignés avec soin, une barbe coupée court et des lunettes. Il leur sourit, visiblement dans l'expectative.

Leo Zurin tendit un bras.

— Mademoiselle Barlowe, monsieur Fairchild. Je voudrais vous présenter un ami à moi, qui arrive tout juste de Florence.

Allison échangea un regard avec Tom, qui ne put retenir une expression de surprise. Puis elle traversa la pièce pour serrer la main de l'homme.

— Mais c'est le *Dottore* Grenni. Nous nous sommes déjà rencontrés, n'est-ce pas, Tom ?

— Ah oui !

Guido Grenni posa son verre de vin.

— Je les connais, Leo. Nous nous sommes vus à la Biblioteca nazionale. *Buon Giorno, signorina.*

— Je vous en prie, appelez-moi Allison. Voici Tom Fairchild, qui s'occupe de la collection de cartes de mon père.

— Enchanté.

Tom et Grenni échangèrent une poignée de main.

— Je suis si impatient de voir cette carte que vous apportez d'Amérique, déclara Grenni en souriant. L'atlas de Gaetano Corelli est chose rare, très rare. Il en a fait seulement un, vous savez... et trouver la carte du monde, qui est la... comment dites-vous... ? La pièce maîtresse... Très excitant. Mais Leo souhaite que je lui donne mon opinion : la carte provient-elle de l'atlas ? Sans documents pour garantir la provenance, des vérifications sont nécessaires. C'est la coutume aussi, en Amérique, d'avoir une opinion sur les choses ?

— Tout à fait, dit Tom.

Le regard de Zurin se dirigea sur l'étui.

— Si la carte est celle que nous pensons, nous fabriquerons un nouvel atlas. L'un des meilleurs artisans de Florence confectionnera une reliure à partir du meilleur cuir.

— J'espère que j'aurai l'occasion de le voir.

— Oui, pourquoi pas ?

— Mon cuisinier a préparé des spécialités locales et nous allons ouvrir une bouteille de vin, intervint Zurin. Mais tout d'abord... la carte. Monsieur Fairchild ?

Ils suivirent Zurin à l'autre bout de la pièce, où un lustre fait de ramures de cerf éclairait une table de bois. Les chaises avaient été retirées et une pièce de tissu blanc la recouvrait en partie.

— *Mi faccia vedere.* (Grenni sourit à Tom.) Je peux la voir, s'il vous plaît ?

Tom retira le capuchon et extirpa de l'étui la feuille de plastique. Il la déroula sur l'étoffe et en sortit la carte.

Zurin et Grenni se rapprochèrent.

Le papier était de la couleur du vieil ivoire, les lignes étaient nettes et noires, sauf là où le temps les avait altérées. Tom expliqua que le coin manquant ne pouvait pas être remplacé mais qu'il avait fait de son mieux pour ce qui était des taches, et réparé la déchirure dans le pliage de manière à ce qu'on la remarque à peine...

Grenni tira une loupe de sa poche et se pencha sur la carte.

— *La carta è certamente molto antica... quattrocento o cinquecento anni.*

— Il dit que le papier est très ancien, chuchota Allison, quatre ou cinq siècles...

— *La mappa è del tipo di quelle del sedicesimo secolo.*

— Et la carte semble dater du XVIᵉ siècle.

— Semble dater?

— Chut...

Enfin, Grenni se redressa.

— *Si*, dit-il à Zurin. *Si tratta di una Corelli.*

— Pardon? demanda Tom.

— C'est une Corelli.

Les doigts d'Allison se crispèrent autour de ceux de Tom.

— *Ne è sicuro?*

— Zurin lui demande s'il en est certain.

— *Certamente! No ho alcun dubbio.*

Grenni reposa la loupe et se tourna vers Tom et Allison.

— Je suis formel. Cette carte provient de l'atlas de Corelli.

— *Slava boghu!* murmura Zurin en portant les mains à son visage.

Il jeta un coup d'œil aux autres.

— Veuillez m'excuser... une telle émotion!

Tom dut s'asseoir sur la chaise la plus proche. Tournant le dos à la table, Allison le regarda en écarquillant les yeux et articula un « Oh, mon Dieu! » silencieux.

Comme dans la brume, il entendit le *Dottore* Grenni demander à Allison si elle ne trouvait pas, comme lui, que Zurin ne devrait pas replier la carte, mais la faire encadrer. Alors Zurin s'interrogea :

que mettrait-il dans l'atlas si l'original était sous cadre ? Grenni lui suggéra de faire effectuer une copie. Zurin lui demanda s'il connaissait quelqu'un qui en serait capable.

Allison se pencha vers Tom.

— N'y songe même pas ! chuchota-t-elle.

— Crois-moi, je n'y songeais pas, répondit-il.

Leo Zurin contempla la carte quelques instants encore, en en caressant les marges. Puis il partit d'un rire sonore, fit quelques pas et cria :

— Alexei ! *Il vino !* Ouvre la bouteille !

36 Avec toutes les formalités, Eddie Ferraro dut attendre la mi-juillet pour rentrer aux États-Unis en toute sécurité. Le premier week-end où Tom put rassembler tout le monde, il les emmena sur son voilier. Le temps était typique de cette saison : plus de trente degrés à l'ombre, et une humidité qu'on aurait pu manger à la petite cuillère. Rose et Allison, tartinées d'écran total, se prélassaient sur la proue. Équipées de leurs gilets de sauvetage, les jumelles étaient assises dans le cockpit et, penchées au-dessus du bastingage, jetaient des chips à l'eau pour les regarder flotter.

Poussé par un vent d'est régulier, le bateau voguait vers le sud de Biscayne Bay à une vitesse de quatre nœuds. Derrière eux, les étincelants bâtiments du centre-ville de Miami paraissaient flotter sur l'eau turquoise.

Tom avait l'intention de louvoyer vers Key Biscayne au nord-est, de passer sous le Rickenbacker Bridge au nord-ouest, et enfin vers l'ouest. Il carguerait alors les voiles et remonterait le fleuve au moteur. Martha Framm le laissait utiliser gratuitement sa marina. Et s'il avait besoin de réparations sur son bateau, c'était offert par la maison. C'est dire si elle était heureuse que le Metropolis ait mordu la poussière. Quand le groupe de Barlowe avait plongé, d'autres gros investisseurs avaient retiré leurs billes et tout le projet avait capoté.

Allison avait décidé de ne pas cacher la vérité. L'histoire de Nigel Barlowe avait, des semaines durant, fait la une des actualités.

Allison avait refusé des dizaines d'interviews et presque autant de demandes en mariage.

Il faudrait pas mal de temps pour résoudre les problèmes juridiques liés à la mort de son vrai père, mais tout ce que possédait Nigel Barlowe reviendrait probablement à Allison. Nigel serait poursuivi, en Italie, pour enlèvement et coups et blessures volontaires – le maximum, vu qu'il n'y avait pas de preuve de son implication dans les autres crimes. Allison ne se réjouissait guère à l'idée de revoir Nigel lorsqu'il lui faudrait témoigner à son procès, mais elle n'avait pas le choix.

Au printemps, elle s'était rendue sur la tombe de son père à Toronto et s'était occupée de faire changer la pierre tombale. Le chagrin qu'elle était trop jeune pour ressentir à l'âge de trois ans la frappait de plein fouet près de trois décennies plus tard.

L'énigme de la disparition de Larry Gerard avait été résolue. Quand elle avait saisi la cargaison illégale d'armes destinée à Oscar Contreras, la police péruvienne avait trouvé son cadavre dans le container. Il avait été abattu de trois balles, identiques à celles qui avaient tué Royce Herron. Il n'y avait aucune chance que Marek Vuksinic soit jamais arrêté, mais cela n'avait pas d'importance. Manny Suarez l'avait livré à des survivants bosniaques qui le recherchaient pour crimes de guerre.

Suarez avait demandé à Tom pourquoi Leo Zurin s'était montré si disposé à se retourner contre Oscar Contreras – leur fournisseur, en plus des informations relatives à la cargaison, les preuves dont avait besoin le gouvernement péruvien pour arrêter Contreras et ses associés. Tom avait prétendu l'ignorer, mais Suarez ne s'en était pas moins montré reconnaissant. Allison avait suggéré qu'il pourrait par conséquent s'arranger pour que George Weems soit muté dans une prison de haute sécurité afin d'y faire du soutien psychologique. Tom s'était satisfait de ne plus avoir la fouine sur le dos. Il lui avait envoyé une photo de lui-même en Italie, avec le Ponte Vecchio en arrière-plan, mais n'avait pas reçu de réponse.

Eddie remonta avec deux canettes de jus de pomme et s'assit près de Megan et Jill pour les ouvrir. Rose et lui se redécouvraient et un mariage semblait se profiler à l'horizon. Eddie ne lui avait pas encore demandé sa main, mais Rose pensait qu'il le ferait, et qu'elle dirait sans doute oui. Il n'allait pas tarder à rentrer à Manarola, car on était en pleine saison touristique. Il pouvait gagner pas mal d'argent grâce à ses aquarelles. Rose pensait l'y accompagner et rester une semaine ou deux si Tom voulait bien s'occuper des filles. Ils trouveraient un moyen de le faire.

À la barre, Tom se leva, laissant Eddie manier l'enrouleur de foc. Il mit ses mains autour de sa bouche et s'écria, en direction de la proue :

— Ohé mesdames, on vire à tribord ! Attention à vos têtes !

Allison et Rose se baissèrent pendant que le foc se relâchait, ballottait sur le pont avant et se tendait, de l'autre côté. Le bateau vira de bord. S'agrippant au garde-corps, Allison se dirigea vers le cockpit et prit la place d'Eddie, qui alla rejoindre Rose à l'avant.

Les jambes d'Allison avaient pris une jolie couleur dorée. Elle donna à Tom un petit coup de coude dans les hanches. Il se poussa pour la laisser barrer. Sa longue chevelure châtaine, rassemblée en queue-de-cheval, ressortait par l'arrière de sa casquette. Il tira gentiment dessus. Elle lui sourit.

— Où suis-je censée amener ce machin ?

— Garde le cap sur le phare de Key Biscayne.

Tom s'ouvrit une bière et se pencha en arrière sur la banquette, savourant la tiédeur de l'air marin sur son visage.

Ce qui adviendrait d'Allison et de lui, il l'ignorait. Mais pour le moment, ça collait. Elle avait été reçue au barreau de Floride et il travaillait toujours comme graphiste free-lance. Depuis que son casier judiciaire avait été effacé, il trouvait plus facilement du travail. Ça ne le dérangeait pas d'avoir une petite amie riche, du moment qu'elle ne passait pas son temps à le lui rappeler.

— Tu veux reprendre la barre ? demanda-t-elle.

Il secoua la tête et ferma les yeux.

— Non, c'est toi qui gouvernes.

REMERCIEMENTS

Ne sachant généralement pas d'où viendra leur prochaine idée de roman, les auteurs sont sans cesse à l'affût. Un jour, alors que je déjeunais avec une nouvelle amie, elle mentionna le fait qu'elle et son époux collectionnaient les cartes anciennes. Elle me parla d'un atlas du monde de 1507, que la bibliothèque du Congrès venait d'acquérir pour la coquette somme de dix millions de dollars. En tant qu'auteur de romans à suspense, ma première pensée a été : « Eh bien, il y en a qui tueraient pour ça ! » Mon amie a continué à parler cartes, et j'ai ressenti cette palpitation à la poitrine annonçant qu'une histoire se profile à l'horizon.

Pour m'avoir lancée dans cette aventure, je dois donc remercier Lorette David. Elle m'a invitée au salon international des cartes anciennes, à Miami, où j'ai rencontré son époux Bob David, encore plus passionné qu'elle de cartes anciennes. Ils m'ont présenté un éminent spécialiste de Miami, le Dr Joseph Fitzgerald – lequel m'a aidée à inventer un cartographe italien de la Renaissance, Gaetano Corelli, et m'a envoyée au musée d'histoire de la Floride du Sud, où la conservatrice Rebecca A. Smith et son assistante Dawn Hugh m'ont permis de consulter leur collection de cartes.

Mon intrigue n'était toujours pas construite, que Bob et Lorette ont organisé une visite à la bibliothèque du Congrès, à Washington, où John R. Hébert, directeur du département de géographie et cartographie, m'a généreusement consacré de son temps. Le Dr Hébert m'a tout de suite dissuadée de faire vendre une contrefaçon à la bibliothèque du Congrès par un de mes personnages – situation d'après lui invraisemblable. Il m'a alors fait rencontrer Heather Wanser, spécialiste du département conservation-restauration. Heather m'a présenté Cindy Ryan, travaillant pour le laboratoire d'analyse des documents anciens. J'ai vite compris qu'il y avait peu de chances de leur faire prendre une copie pour un original.

À la bibliothèque, on m'a fait visiter la chambre forte, pièce blindée où notre pays conserve ses plus précieux trésors cartographiques, parmi lesquels des globes terrestres vieux de centaines d'années et des cartes rares de toute beauté, imprimées sur du vélin ou du papier vergé, et coloriées à la main avec des additions d'or véritable. John W. Hessler, brillant technicien cartographe, a su me présenter l'Histoire comme une suite de péripéties dignes d'un thriller – titillant ainsi mon imagination.

De longues semaines ont encore été nécessaires, avant que mon intrigue soit sur les rails. J'ai correspondu avec Kirsten A. Seaver, auteur d'un livre-enquête sur un faux de sinistre réputation, la soi-disant carte du Vinland. Après avoir décidé qu'une carte dessinée à la main serait trop complexe pour mes visées, j'ai effectué, sur le Net, des recherches concernant la gravure sur cuivre. C'est ainsi que je suis tombée sur Evan Lindquist, artiste spécialiste de la gravure et de l'impression en taille-douce. Il m'a fourni des détails sur les presses anciennes, sur l'encre, et sur les techniques nécessaires à la reproduction de l'*Universalis Cosmographia* de Corelli, ce chef-d'œuvre de 1511.

Mais l'image devait, pour commencer, être transformée en une image numérique. Le mérite en revient à mon fils James Lane, qui travaille comme graphiste à New York. C'est lui qui a permis à Tom Fairchild d'associer les techniques informatiques modernes à la cartographie Renaissance.

Je dois également beaucoup à John Prather pour ses informations sur le service correctionnel de Miami ; à l'avocat et auteur de romans policiers Milton Hirsch pour m'avoir suggéré le personnage de Leo Zurin ; et à Sallye Jude et Jane Caporelli pour leurs observations relatives à la surexploitation immobilière des rives du fleuve Miami.

MENSONGES ET ILLUSIONS

Si Allison Barlowe parle italien, c'est grâce à mon amie Grazia Guaschino. Le charmant époux de Grazia, Guido Grenni, m'a fourni des photos de la gare de Turin et a joué le rôle du conservateur du département de cartographie de la Biblioteca nazionale centrale di Firenze. *Grazie mille* à Loredana Giannini, qui vit à Florence, pour m'avoir permis d'entrevoir l'intérieur de la bibliothèque.

La romancière Christine Kling, tout aussi habile à manœuvrer un voilier qu'une intrigue policière, a confié à Tom Fairchild son bateau et les moyens de le piloter.

Merci, enfin, à mes éditeurs chez Penguin, Julie Doughty et Brian Tart, et à mon agent Richard Curtis pour m'avoir incitée à délaisser temporairement ma série depuis longtemps débutée, et en entreprendre une nouvelle.

Pour plus d'informations et de liens sur l'univers fascinant des cartes de collection, consultez mon site Internet : www. barbaraparker.com

Dans la même collection

Keith Ablow
L'Amour à mort

Lin Anderson
La Toile sanglante
Feu sur la ville

Edna Buchanan
Double vie, double mort
La Femme de glace

Elizabeth Dewberry
Une couronne de mensonges

Janet Evanovich
À la une, à la deux, à la mort
Quatre ou double
Cinq à Sexe
Six Appeal
Septième ciel
Le Grand Huit
Flambant Neuf

Clare Francis
Serre-moi fort

Pat Frieder
Mauvaise Pioche
Confidences dangereuses

Leslie Glass
L'Heure du feu
L'Heure du cœur battant
Une mariée sous silence

Leonard S.-Goldberg
Soins mortels
Moisson mortelle
Menace mortelle
Folie meurtrière
Mortelle thérapie
Crime de mémoire

Erin Hart
Le Chant des corbeaux
Le Lac des derniers soupirs

Cet ouvrage a été achevé d'imprimer en avril 2008
dans les ateliers de Normandie Roto Impression s.a.s.
61250 Lonrai
N° d'imprimeur : 08-1373
Dépôt légal : mai 2008

Imprimé en France

Richard Stivers

TECHNOLOGY
as
MAGIC

the triumph of the irrational

CONTINUUM